LA PITONISA
Y EL IDIOTA

Jonas Jonasson

LA PITONISA
Y EL IDIOTA

Traducción del francés de
Irene Oliva Luque

narrativa
salamandra

Papel certificado por el Forest Stewardship Council®

Título original: *Profeten och idioten*
Primera edición: julio de 2024

© 2022, Jonas Jonasson
All rights reserved
Publicado por acuerdo con Albatros Agency (Suecia)
Edición original sueca publicada por Bokförlaget Polaris en 2022
© 2024, Penguin Random House Grupo Editorial, S.A.U.
Travessera de Gràcia, 47-49, 08021 Barcelona
© 2024, Irene Oliva Luque, por la traducción

Printed in Spain – Impreso en España

ISBN: 978-84-19346-53-7
Depósito legal: B-9.128-2024

Impreso en Liberdúplex
Sant Llorenç d'Hortons (Barcelona)

SM4653A

LA PITONISA
Y EL IDIOTA

2011

En el momento en que da comienzo esta historia, Barack Obama es presidente de los Estados Unidos de América; Ban Ki-moon, secretario general de la Organización de las Naciones Unidas; y a Angela Merkel todavía le queda una década al frente de la cancillería alemana, cargo que ocupa desde hace ya seis años.

Rusia tiene un presidente cuyo nombre sólo recuerdan unos pocos porque todo el mundo sabe que, en realidad, quien dirige el país es el presidente del Gobierno, Vladimir Putin.

La Primavera Árabe se expande por el norte de África apoyada por cientos de miles de personas hastiadas de la corrupción y la pseudodemocracia que creen que un cambio es posible.

Un sismo en el océano Pacífico provoca una ola tan alta como un edificio de cinco plantas que arrasa la costa de Japón y destruye todo a su paso, incluida la central nuclear de Fukushima.

Azerbaiyán se proclama ganador del Festival de Eurovisión ante varios cientos de millones de telespectadores; una minucia, en comparación con los dos mil millones que poco antes habían seguido la boda del príncipe Guillermo y Kate Middleton. Mientras tanto, Estados Unidos localiza y ejecuta a Osama bin Laden lejos de las miradas.

Durante este mismo año, el interminable conflicto fronterizo entre Tailandia y Camboya se intensifica para luego aplacarse temporalmente. En Suecia gobierna el primer ministro Reinfeldt, jefe del partido conservador, quien, tras adoptar como propias varias reivindicaciones de la izquierda, ha ganado dos elecciones consecutivas.

En ese mismo país, un joven corto de entendederas llamado Johan se queda solo en el mundo después de que su hermano mayor, Fredrik, se haya marchado para iniciar su carrera diplomática en Roma. Su madre murió hace mucho tiempo y, en cuanto a su padre, ahora mismo se pasea de la mano de su novio por las playas de Montevideo.

Comenzaremos este relato con el corto de entendederas. En cualquier caso, será cuestión de tiempo que el mundo entero acabe involucrado en la historia, incluidos Obama, Ban Ki-moon y la Rusia de Putin.

¡Buen provecho!

Jonas Jonasson

PRIMERA PARTE

Antes del fin del mundo

1

Verano de 2011

Johan era amable, servicial y... no necesariamente dotado en todos los campos.

Había muchas cosas que no comprendía; por ejemplo, que no tenía el mejor hermano mayor del mundo.

Sólo se llevaban dos años, pero él admiraba a Fredrik como un hijo admira a su padre, el padre que ellos nunca tuvieron.

O mejor dicho, que los abandonó antes de que Johan naciera y que a lo largo de todos aquellos años sólo había aparecido en contadas ocasiones; la última, en el funeral de su madre. Mientras los tres tomaban un café después del entierro, el padre les había comunicado que les donaría su vivienda de doce habitaciones más trastero en la calle más bonita de Estocolmo; después, le había dicho a Fredrik que estaba orgulloso de él y a Johan que quizá todo se arreglase algún día.

Y luego había vuelto a marcharse.

Los hermanos se parecían físicamente, pero tenían personalidades diametralmente opuestas. El mayor había decidido seguir los pasos de su padre ausente y formarse en la carrera diplomática con la vista puesta en llegar a ser embajador; el menor había intentado ser cartero... y había fracasado. Entonces, como no servía para nada más, su hermano le había encargado que mantuviera en buen estado la vivienda de doce habitaciones más trastero mientras él ascendía en el escalafón del Ministerio de Asuntos Exteriores.

Así, por las tardes, Fredrik se sentaba en el sillón de la biblioteca con unos documentos importantísimos, le pedía a Johan que le sirviera un whisky y decidía, en función de su apetito, a qué hora debía servirse la cena.

—Esta noche a las 19.15 en punto —podía ordenarle a su hermano—. Y ahora, largo de aquí.

Johan se sentía orgulloso de ser útil. En general, estaba contento y, del mismo modo que a veces le costaba razonar, también le encantaba probar sabores y aromas nuevos.

Fredrik rara vez estaba conforme con lo que él le preparaba, o más bien nunca, pero ¿por qué iba a estarlo? Su hermano era un incapaz y, además, él tenía el don de la crítica constructiva.

—¡Menos orégano en la salsa, so idiota! —le decía, por ejemplo.

También era quisquilloso con la etiqueta.

—No se sirve un pinot noir en una copa de burdeos, ¿cuántas veces tengo que repetírtelo?

Bastaba con una.

La cocina era territorio de Johan desde los doce años, época en que su madre se encontraba ya demasiado enferma para levantarse de la cama. Había fallecido seis años después de una enfermedad cuyo nombre en latín él no conseguía retener.

Al principio, servir a su hermano mayor había sido un juego de niños que se había prolongado hasta la edad adulta.

Fredrik llamaba a este juego «el amo y el criado». Uno era el amo y el otro el sirviente. Si el lacayo no cumplía una orden u olvidaba responder: «Sí, amo» o «No, amo», intercambiaban los papeles y el juego continuaba.

Fredrik era el mejor en todo, excepto en eso: se olvidaba todo el tiempo de la respuesta de rigor y, por tanto, casi nunca le tocaba servir a su hermano. Cuando le llegó la hora de marcharse del país, lo cual pondría la vida de ambos patas arriba, Johan llevaba quince años seguidos siendo el criado, con brevísimas interrupciones.

—Lo que pasa es que eres demasiado astuto para mí —le dijo a su hermano menor—. Ahora baja al sótano a buscar mis dos maletas y luego plánchame las camisas y prepárame el equipaje, pero no te olvides del solomillo que está en el horno. Habíamos dicho con gorgonzola, ¿no? Empiezo a tener hambre.

—Sí, amo... sí, amo... no, amo... sí, amo.

¿Olvidarse del solomillo? Jamás en la vida. Bastaba con ser precisos con la temperatura: asar a 110 grados, sacar la pieza cuando la temperatura interna bajara a 50 grados y luego dejarla reposar hasta los 54,5 grados. Eso le daba once minutos para acabar de poner la mesa.

La perspectiva de su primera misión como diplomático en el extranjero mantenía a Fredrik muy ocupado. Johan, por su parte, se había resignado (con un nudo en la garganta) a quedarse solo en los suntuosos aposentos de Strandvägen. Pero el mayor tenía demasiado buen corazón para permitirlo, era obvio: prefirió vender la vivienda de doce habitaciones más trastero y, con el dinero de la transacción, comprarle a su hermanito una autocaravana ¡con cocina ultraequipada! Además, le entregó una tarjeta de débito con el NIP 1-2-3-5, escogido por él mismo...

—... para que hasta tú puedas acordarte —le dijo, y luego añadió—: El banco no ha aceptado 1-2-3-4.

—1, 2, 3, 4 —repitió Johan.

—¡Nooo! 1, 2, 3, 5, ¡so tonto!

Fredrik le comunicó que le había ingresado cincuenta mil coronas y que de ahí en adelante debería arreglárselas él solo.

—Sí, amo —respondió el benjamín, nervioso ante la idea de lo desconocido, aunque agradecido por aquella ayuda económica.

Por si no fuera suficiente, Fredrik también había vendido los bienes que habían pertenecido a la familia Löwenhult desde tiempos inmemoriales: un piano de cola, ocho alfombras persas, otras tantas pinturas renacentistas, piezas de porcelana, cómodas, arañas de cristal, armarios y espejos. La casa de ventas declaró que el conjunto era «absolutamente extraordinario», pero Johan se encallaba con las palabras difíciles. Fredrik le explicó que los ingresos cubrirían el coste del billete de avión a Roma.

Por el momento, todo estaba solucionado, o casi: faltaba que Fredrik le diera instrucciones sobre cómo utilizar la autocaravana. Antes que nada, necesitaría electricidad para recargar la batería; si no, no podría utilizar la cocina. En los alrededores de Estocolmo había áreas de estacionamiento prácticamente por todas partes, pero él ya le había reservado una parcela («tela de cara») en Fisksätra. Lo menos que podía hacer como agradecimiento, le dijo, era acercarlo al aeropuerto.

Antes de ponerse en marcha, el futuro diplomático decidió que era mejor que él condujera.

A Johan, que había pasado diez minutos examinando el volante, la idea le pareció sensata: conducir era tan difícil como todo lo demás.

En cuanto llegaron a la entrada de la terminal internacional, Fredrik pronunció unas cuantas palabras incomprensibles para Johan, luego se despidió y le deseó buena suerte, antes de largarse con sus maletas.

El joven, que se sabía bueno para nada, se vio por primera vez abandonado a su propia suerte. Para empezar, decidió conducir hasta Fisksätra para aprender cómo funcionaba el vehículo. Un detalle nada desdeñable era que la autocaravana cambiaba sola de marcha, así que sólo había que manejar dos pedales, en vez de tres. Johan creía que se las podría arreglar, bastaba con no pensar en otras cosas mientras conducía.

Ésa fue precisamente la razón por la que se olvidó de cambiar de carril en la autovía, cogió la salida equivocada y acabó por error delante de un centro comercial.

—¡Ah, estupendo!

La cocinita de su vehículo estaba ya perfectamente abastecida cuando por fin logró dar con el camino hasta la parcela de camping, al sudeste de la capital.

«La tela de cara», había comentado Fredrik. Seguro que era cierto pero, aun así Johan se permitió pensar que aquel lugar parecía de gama bastante baja. Tenía más o menos la superficie de un campo de fútbol y más barro que hierba; unos cuantos postes eléctricos dispersos y un cartel donde aparecía la lista de todas las prohibiciones. A Johan no le dio tiempo a leerlas, lo importante en ese momento era concentrarse en aparcar correctamente.

El lugar estaba desierto, con la excepción de una caravana solitaria en la otra punta del terreno, al borde de una pendiente. Johan pensó para sus adentros que lo normal era que, en pleno verano, la gente estuviera más bien en la carretera.

No debería haberlo hecho: el acelerador de por sí ya requería bastante atención, y también el pedal de al lado, por no hablar del volante: debía girarlo para esquivar la caravana... y frenar.

Pero qué difícil era todo. A continuación vino precisamente el golpe de mala suerte.

El único ocupante de la parcela se encontraba justo en el lugar donde no habría debido, y se le acercaba, a pesar de que estaba totalmente quieto. Johan comprendió entonces que, en realidad, era su autocaravana la que seguía en movimiento.

Los dos pedales eran idénticos. Acelerador a la derecha, freno a la izquierda. Pero la cuestión era: ¿dónde estaba la derecha? ¿Y la izquierda?

De repente, después de haber logrado recorrer todos aquellos kilómetros desde el aeropuerto, sólo se le ocurría una palabra para describir la situación: «Emergencia.»

¡Tenía que frenar! Error.

La autocaravana salió disparada hacia delante.

Segundo intento, esta vez con éxito.

Aun así, el vehículo chocó con la parte de atrás de la única otra caravana que había en toda la parcela, aunque la colisión se limitó a un mero empujoncito: Johan había conseguido detenerse.

No obstante, la otra caravana se puso en movimiento, inició el descenso y fue ganando velocidad. Un metro, dos, cinco; tal vez diez, antes de que un árbol se interpusiera en su camino.

—Qué mala pata —soltó Johan.

Aunque podía decirse que, en realidad, no.

2

Viernes 26 de agosto de 2011

Quedan doce días

La pitonisa del apocalipsis estaba instalando un gancho en el techo de su caravana. Tenía pensamientos lúgubres y una cuerda atada al cuello.

Sólo le quedaba una última cosa por hacer: volcar el taburete de una patada; al fin y al cabo, nadie le hacía caso, y sólo faltaban doce días para el fin del mundo. Mejor ahorrárselos.

Había contado y recontado, y calculado una vez más. Era profesora de instituto, pero ese trabajo sólo le servía para ganarse el sustento y pagar el alquiler mientras se dedicaba a sus investigaciones en astrofísica. Los alumnos que su profesión llevaba aparejados eran un mal necesario. Cuando sus cálculos le habían revelado la fecha del fin del mundo, había acudido a la Real Academia de las Ciencias. Llevaba nueve años trabajando en una ecuación en sesenta y cuatro pasos y esperaba su confirmación. Tampoco es que fuera algo importante, mucho menos para la continuación de su carrera. Lo único que buscaba era el reconocimiento.

La Academia no había contestado a sus correos electrónicos ni a sus cartas. Cuando llamó por teléfono, transfirieron su llamada tantas veces que acabó volviendo de nuevo a la casilla de salida. No le quedó más remedio que hacerles una visita sin avisar y pedir hablar con el presidente, o el secretario general, o con cualquiera que no fuera el conserje. En respuesta, el personal de la Academia llamó a la policía, que, sin embargo, tenía cosas mejores que hacer. Fue el propio conserje quien tomó cartas en el asunto y la acompañó hasta la salida bajando por una larga escalera en la que se cruzaron con una veintena de estudiantes. Algunos parecieron asustarse cuando el conserje pasó por su lado agarrando a la intrusa con firmeza por el brazo. Otros pusieron cara de asombro. Pero lo que ella recordaba con más claridad eran las sonrisas un tanto condescendientes de unos estudiantes que tenían una cosa en común: pronto todos iban a morir.

¡Todo el mundo iba a morir! Y sin que nadie se enterara de lo que ella sabía.

¿Qué sentido tenía todo aquello? ¿Qué sentido tenía todo, sin más?

La pitonisa calculó el número de días que llevaba vividos: si incluía aquél, en total eran 11.052. Y todos y cada uno de esos días, hasta donde ella recordaba, los había vivido en una deprimente soledad. Nadie la había comprendido nunca, nadie la había querido. ¿Y había querido ella a alguien, aparte de a Malte Magnusson, aquel chico de sonrisa bonita y modales amables, cuando estaba en el instituto?

Una sonrisa bonita. Eso era, básicamente, todo lo que él le había dado. Eso y la sutil sensación de que quizá deseaba algo más, pero le faltaba el coraje.

Menuda historia de amor.

Habían pasado seis años y luego nueve más, dedicados a los cálculos que por fin había acabado. El resultado era irrefutable: con un margen de error de unos minutos, podía anunciar cuándo desaparecería la atmósfera. Ni siquiera se tomó la molestia de dimitir, se limitó a dejar de ir a trabajar. Estaba segura de que sus alumnos no tendrían objeción.

Dejó de pagar el alquiler. Su intención no era ahorrar dinero, ¿de qué le serviría cuando el planeta entero estuviera cubierto de hielo? No tendría ningún sentido.

Sin embargo, la habían desahuciado mucho antes de lo que esperaba, y fuera hacía frío, sobre todo de noche. Gracias a un anuncio en el periódico, había encontrado la caravana y la había comprado a plazos. Necesitaba pasar una inspección técnica para obtener el permiso de circulación.

«¿Una inspección técnica?», pensó. Sabiendo lo que ella sabía, ya nada tenía sentido.

La fecha límite iba acercándose. Veinte días más. Qué asco de día. Diecinueve días más. Qué asco de día. Dieciocho días más...

¿Para qué seguir viviendo, si hasta el último momento todo iba a ser prácticamente lo mismo? ¿Por qué no poner fin a la espera? ¿No sería eso una pequeña victoria? ¿No privaría así al universo, en cierto modo, de su último instante de mierda?

Cuando acabó de asimilar aquella idea, se sintió más tranquila. Compró un gancho, una cuerda y un taburete. Al cabo de unos segundos, alcanzaría la eternidad doce días antes que el resto del mundo.

Pero de repente, una sacudida hizo temblar su caravana.

Una idea terrible se le pasó por la cabeza: ¿se había equivocado en sus cálculos?

El gancho se soltó del techo y resbaló hasta el fregadero, la caravana se puso en movimiento.

No, aquello era otra cosa.

La pitonisa vaciló, cayó del taburete y aterrizó suavemente encima del sofá.

La caravana continuó su recorrido segundos antes de que un árbol la detuviera.

Ella se levantó y salió tambaleándose por la puerta inclinada con la cuerda alrededor del cuello.

En el lugar donde unos instantes antes se encontraba su caravana, había ahora mismo un hombre de su edad y, detrás de él, una autocaravana.

—Pero ¿esto qué es? —le espetó ella—. ¿Ya no puede una ni ahorcarse tranquilamente?

Johan le presentó sus sinceras disculpas: no había sido su intención molestarla. Era sólo que le costaba distinguir el acelerador del freno. Los pedales estaban uno al lado del otro, tenían la misma forma y el mismo color.

—¿El mismo color? —se sorprendió la mujer.

Nunca se había parado a pensar en el aspecto que podían tener los pedales de un automóvil.

—¿Ahorcarse? —dijo Johan en cuanto asimiló lo que acababa de oír.

La pitonisa le echó en cara que no sabía conducir y le replicó que lo otro no era asunto suyo.

—Ahora tendrá usted que remolcar mi caravana para que yo pueda empezar de nuevo. Nos hará falta una cuerda.

Johan señaló, indeciso, la que colgaba del cuello de su interlocutora.

—Una más larga, so idiota.

Él estaba acostumbrado a que lo trataran así: siempre había sido el Idiota, desde que tenía uso de razón. El primero en emplear aquel mote tal vez había sido su hermano mayor, o, si no, alguien en el colegio, o puede que las dos cosas. Fredrik era dos años mayor y, en cierto modo, él había preparado el terreno hablándole a todo el mundo de las lagunas de su hermano pequeño, de su incapacidad para encontrar su aula, para decir la hora...

Por si fuera poco, la situación se complicó cuando él intentó remolcar la caravana de la mujer suicida hasta una superficie plana. Habían tensado la cuerda de remolque entre los dos vehículos, pero cuando uno tiene serios problemas para distinguir el freno del acelerador, no es de extrañar que las cosas salgan como salieron.

La mujer se colocó a un lado e intentó dirigir las maniobras.

—Despacio, ahora. No, espere. Más lento. Avance poco a poco.

Eran demasiadas instrucciones a la vez. Johan pisó con fuerza un pedal cualquiera... y el otro todavía con más fuerza, para compensar.

La cuerda se desató y la caravana de la pitonisa, que había ascendido hasta la mitad de la pendiente, inició de nuevo el descenso sin que aquel pobre árbol lograra esta vez interrumpir su recorrido. No se detuvo hasta ochenta metros más abajo, contra una pared rocosa que, a diferencia de las de su entorno, se había negado a hundirse bajo una capa de hielo de varios kilómetros de grosor quince mil años antes y se había erigido allí, sin finalidad alguna, hasta aquel día en el que convirtió una caravana ya de por sí decrépita en un montón de chatarra.

—Ay —comentó Johan.

¿Qué otra cosa podía decir?

Por un instante, la pitonisa contempló su vivienda, o más bien lo que quedaba de ella, y luego se volvió hacia el culpable:

—¡Era mi casa!

Pese a todo, Johan le veía una ventaja a aquel percance:

—En la que tenía pensado ahorcarse.

—¿Y? En mi casa yo hago lo que quiero.

El incompetente miró al fondo del barranco. Lo que hasta poco antes había sido una caravana ahora recordaba a los restos de un naufragio.

—¿La limpiamos juntos?

Se consideraba al menos capaz de eso.

—Pero ¿no ha visto en qué estado ha quedado? No es un fregado lo que le hace falta, más bien un desguace, ¡o un enterrador!

Dicho lo cual, la pitonisa recordó lo que estaba a punto de hacer.

—¿Tendría por casualidad un gancho para prestarme?

Johan siempre reaccionaba con un poco de retraso.

—Es lo menos que puedo... —En ese momento, una bombillita empezó a encenderse en su cerebro—. ¿Para qué lo quiere?

—¿Y usted qué cree?

La bombilla se encendió del todo.

—Ahora que lo pienso, no me quedan ganchos. En vez de eso, ¿puedo invitarla a tomar algo?

La pitonisa se resignó.

—Que sea algo fuerte.

—¿Un chablis Tête d'Or, *domaine* Billaud-Simon de una cosecha excelente?

—He dicho fuerte.

· · ·

Por muy corto de entendederas que fuera, Johan también era rápido cuando había que actuar. Antes de que la desconocida tuviera tiempo de precipitarse de nuevo en su yo más lúgubre, ya había dispuesto dos sillas de camping, una mesa plegable con un mantel de cuadros rojos y blancos, dos vasos, una botella de Highland Park y un plato de dátiles con queso de cabra enrollados en crujiente beicon y espolvoreados con almendras tostadas con sal; un tentempié que había improvisado para el viaje de Fredrik y que éste había rechazado con un suspiro.

—El whisky tiene los mismos años que yo —especificó Johan mientras le servía un vaso a su invitada suicida.

—Pues eso me basta —replicó la mujer apurándolo de un trago.

—Guau —se asombró él.

—Veo que no le falta vocabulario.

—¿Eso cree?

La ironía se le daba igual de bien que la conducción.

La pitonisa cogió la botella y se sirvió de nuevo. Esta vez bebió de forma un poco más prudente, sin mediar palabra, antes de alargar la mano hacia los dátiles. Al cabo de un instante, pareció sentirse algo mejor, o por lo menos no sentirse tan mal. Él no entendía por qué quería matarse. Por educación, ya le había dado dos buenos sorbos al whisky, y empezaba a notar los efectos. Tal vez por aquel motivo, reunió el valor necesario para hacerle la pregunta.

La mujer le llevaba una copa de ventaja. Tal vez por aquel motivo, le respondió. O a lo mejor simplemente necesitaba explicárselo a sí misma.

Fuera lo que fuese, empezó a hablar, sentada en su silla de camping en un terreno embarrado a las afueras de Estocolmo. Al principio fueron sólo unas pocas palabras, luego unas cuantas más. Le contó que siempre se había sentido distinta.

—¿Torpe?

¿Habría encontrado a su alma gemela?

—No.

Siempre había sido buena estudiante, pero no tenía amigos: pasaba el tiempo a solas con sus propios pensamientos.

Johan se paró a pensar que él tampoco había tenido amigos, pero era la primera vez: nunca antes se le había ocurrido. Sólo se juntaba con su hermano Fredrik, que de algún modo se encargaba de pensar por los dos.

La mujer continuó.

En el instituto, el hecho de ser distinta se había vuelto todavía más evidente. Mientras que Victoria, Malin y Maria se metamorfoseaban en adolescentes que se pintaban los ojos, vestían a la moda, fumaban a escondidas y bebían vino tinto mezclado con Coca-Cola, ella se había quedado sola con su rebeca de lana. Tal vez fuera por eso, o tal vez por el hecho de que la madre naturaleza no había querido que sus pechos se desarrollaran al mismo ritmo que los de sus compañeras... o a lo mejor porque ellas hacían trampa. Aquella idea se le había pasado por la cabeza, pero la traía sin cuidado. El universo estaba expuesto a la observación humana en un diámetro de 93.000 millones de años luz, y se extendía muchísimo más allá, hasta una distancia infinita. Desde ese punto de vista, ¿por qué concederles ninguna importancia a dos bolsitas de arroz que rellenaban un sujetador inútil?

—¿De arroz? —se sorprendió Johan mientras se preguntaba de qué variedad de arroz podía tratarse.

La única compañía de la pitonisa en aquella época habían sido sus libros de texto de física y matemáticas, y sus novelas rosas, cuya trama siempre se desarrollaba en un contexto hospitalario. Habría preferido los romances de laboratorio, pero no había encontrado nada de ese género.

—Yo lo que más hacía era ver películas —comentó él.

Entre clase y clase, ataviada con su rebeca de lana, les hacía los deberes a Victoria y a Malin, y aguantaba que la insultaran a modo de agradecimiento:

—«¿Todavía no has acabado, imbécil?»

La futura pitonisa se disculpaba por la espera y por sus dudas respecto a la respuesta número doce.

—Pero las once restantes son buenas.

Victoria le arrancaba el libro de las manos.

—Fea y además lenta. De verdad, ¿para qué sirves?

Una pregunta existencial que iba mucho más allá del entendimiento de la joven Victoria, pero que a la futura pitonisa le llegaba a lo más hondo del alma. Sin atreverse a apartar la mirada de la fila de taquillas que tenía delante, se preguntaba en voz alta:

—Eso es, ¿para qué servimos? ¿Y qué somos? Nada más que ínfimas y diminutas partículas en la inmensidad del universo.

Aquello era demasiado para Victoria y Malin, y por descontado para Maria, o para cualquier otra persona.

—Venga, Vic, vamos a echar un piti antes de la clase de inglés. Esta imbécil me da yuyu.

Johan llegó a la conclusión de que, si quería escuchar toda la historia, tenía que mantener un determinado nivel de Highland Park en el vaso de la mujer. Por cierto, se preguntaba cómo se llamaría, pero ya se enteraría a su debido tiempo.

—¿Le apetece otro dátil, o quizá unos cacahuetes tostados?

La pitonisa no respondió. Dio al whisky un trago más generoso de lo previsto y continuó: realmente necesitaba sacarse todo aquello de dentro.

Todo el mundo tiene sueños, hasta una chica que rara vez viste otra cosa que no sea una rebeca, lleva ortodoncia y carece de curvas y de dotes sociales. El sueño de aquella chica se llamaba Malte. Era mono, pero sobre todo amable. En una ocasión le había recogido el libro de matemáticas y se lo había tendido diciéndole: «Toma.» Luego, le había rozado el hombro mirándola fijamente a los ojos... y esbozando aquella sonrisa.

¿Era la señal de que quería algo más? Ella había agachado la cabeza, aterrorizada, y cuando se atrevió a alzarla de nuevo, él ya había desaparecido.

Nada lo había obligado a tocarle el hombro, y sin embargo lo había hecho. ¿Era posible que él fuera tan tímido como ella? Corrían los años noventa, y en aquella época las chicas también podían invitar a los chicos a la fiesta de fin de curso. ¿Y si a él le apetecía, pero no tenía el valor de pedírselo? No era uno de los adolescentes más populares de la clase porque, como ella, hacía los deberes. Entre ellos había algo, sobre todo durante las clases: la sensación de que sólo ellos dos estaban presentes. A cuatro filas de distancia, pero qué más daba.

La futura pitonisa había experimentado una profunda conmoción. Se había desatado una lucha entre lo que ella quería ser y en lo que se había convertido. En su mundo, aquello equivalía a elegir entre flotar libremente en el espacio o dejarse aspirar irremediablemente por un agujero negro.

—El amor —soltó Johan de repente sin saber muy bien lo que quería decir.

La chica había comprado, en una pastelería, un corazón bañado en gelatina roja que le habían envuelto en una cajita transparente con un lazo. En la tarjetita, que iba unida por un cordón dorado, había escrito: «¿Quieres ir conmigo a la fiesta?»

Después, el regalo se había quedado dentro de su taquilla esperando a que su propietaria encontrara la ocasión perfecta... y el valor para dárselo.

Un día, por casualidad, se había cruzado con Malte por el pasillo. Iba con unos cuantos amigos, pero él estaba al margen del grupo, como si no acabara de sentirse a gusto entre ellos. ¿De verdad estaba lanzándole miradas fugaces cuando los demás no prestaban atención?

¿Qué sucedería si la pandilla se dispersaba y Malte se quedaba rezagado unos instantes y ella se acercaba lo bastante rápido; o él, puestos a escoger?

Absorta como estaba ante la ocasión que parecía estar presentándosele, no había reparado en Victoria, que llegaba por el otro lado.

—Conque ésas tenemos, ¿eh? ¿Ahora nos fijamos en los tíos? ¿No era que sólo te ponían los libros?

Victoria se partió de la risa hasta que se fijó en la caja que había dentro de la taquilla. Sacó el corazón y, sin más, le dio un mordisco.

Ningún crimen contra la humanidad podría haber sido más terrible.

Los chicos habían desaparecido al fondo del pasillo, Malte se había quedado atrás. ¿Estaba mirando de nuevo en dirección a ella u observaba más bien a Victoria, con la boca llena de pastel?

Él se había alejado, el corazón había desaparecido, y con él, su oportunidad.

Johan no estaba seguro de que la desconocida necesitara más combustible. Parecía tan triste. ¿Y si le pedía otra vez un gancho?

—¿Y qué pasó después? —le preguntó dubitativo.

—Ponme otro —respondió ella.

Después, se dejó aspirar por el agujero negro. Se entregó por completo a la física, y en los años siguientes tan sólo rompió con la rutina en una ocasión: se vio obligada a cambiar de rebeca cuando sus curvas por fin aparecieron.

Su objetivo era una cátedra universitaria, tal vez en la Academia de las Ciencias, pero había tenido que conformarse con una plaza de profesora de instituto. Por lo menos era de física.

El trabajo habría sido soportable si no hubiera tenido alumnos. Para ella no existía nada peor: no querían ni escuchar ni aprender.

Johan también había sido alumno y, al darse cuenta de que era incapaz de aprender, no se había tomado la molestia de escuchar. Habría sido una pérdida de tiempo. En vez de eso, se entretenía mentalmente inventándose recetas.

No obstante, no creía que molestase a sus profesores, pese a que un día su tutor le había endilgado el calificativo que todos acabarían empleando. Lo había llamado a la pizarra para que escribiera «bicicleta», pero él había optado por «e-s-c-ú-t-e-r», que le parecía más rápido que una bici, y más práctico. Era obvio que no había entendido bien el ejercicio porque el profesor, suspirando, le había dicho: «Vuelve a tu pupitre, so idiota.»

—Ahora lo recuerdo —añadió Johan—. Yo también era un caso perdido... muy a menudo.

Petra, demasiado absorta en sus propios pensamientos, prosiguió con su perorata.

Durante casi una década, había dedicado todo su tiempo libre y una parte nada desdeñable de su horario laboral a sus investigaciones personales. Todo había comenzado como una mera hipótesis que pronto había acabado demostrada.

—Utiliza usted unas palabras con las que no me siento cómodo —la interrumpió Johan.

La pitonisa afirmó entonces que, utilizara las palabras que utilizase, la atmósfera iba a desaparecer.

—¿Quién?

—La atmósfera: se disipará en el espacio y las temperaturas caerán en picado hasta los –273,15 grados en un segundo.

—¿Dónde?

—En todas partes.

—¿Tanto dentro como fuera?

—¿Cómo decía usted que lo apodaban?

Johan trató de imaginarse cuánto eran, o más bien cuánto no eran, –273,15 grados.

—¿Y eso cuándo va a pasar?

—Dentro de dos miércoles a las 21.20, minuto arriba minuto abajo. No he podido dilucidar con claridad cómo se mantendrá la proporción entre resistencia mecánica y densidad en el transcurso de esos últimos instantes. Descarté esa parte de mi investigación cuando caí en la cuenta de que no me daría tiempo a acabar esos cálculos.

—«Resistencia», «inmensidad»... —repitió él pensativo.

—No «inmensidad»: «densidad».

3

Viernes 26 de agosto de 2011

Quedan doce días

La oscuridad cayó sobre la parcela, desierta salvo por una autocaravana y las huellas de una caravana que ya no estaba allí. El whisky de treinta años casi se había acabado, los dátiles con queso de cabra y beicon habían sido devorados. Johan entró en el vehículo en busca de dos mantas, cubrió con una los hombros de su nueva amiga (así era como él quería verla) y se arrebujó en la otra.

—Entonces, sólo quedan doce días. Y pensar que estoy aquí sentado con una auténtica pitonisa del apocalipsis...

—Dentro de poco, sólo once.

Dos tercios de la botella habían ido a parar al estómago de la invitada, pero la cantidad que Johan había bebido bastaba para ponerlo filosófico.

—Once o doce días... pero ¿por qué ahorcarte por eso? ¿No deberías hacer lo contrario? —le preguntó él abriendo los brazos como un Cristo—. ¿No es justo ahora, durante los pocos instantes que te quedan, cuando hay que abrazar al mundo?

La pitonisa no compartía su entusiasmo.

—Tú puedes abrazar a quien quieras. Por lo que a mí respecta, los próximos once días serán igual de lamentables que los 11.052 precedentes. A ver, dime tú qué interés podría tener eso.

—¿Qué pasó hace 11.052 días?

30

—Que nací.

—¡Ah!

La joven prosiguió:

—No soporto la idea de que todo vaya a detenerse antes de que yo haya logrado nada.

—¿Logrado qué?

—Nada, acabo de decirlo.

—¿Por ejemplo?

—¡Soy profe de instituto! O mejor dicho lo era, antes de pasar de todo. Nadie me escucha cuando hablo, no he conseguido ninguna cátedra, mi vida amorosa es la nada más absoluta, nunca le he dicho «te quiero» a nadie... aunque tampoco es que eso hubiera cambiado mucho las cosas.

—A mí puedes decírmelo si quieres.

—Ya, muy gracioso.

Pero aquello la ablandó.

—En cualquier caso, el whisky era excelente, y el piscolabis también. ¡¿Cómo has conseguido cocinar eso en una autocaravana?!

—Me gusta cocinar, y las tareas domésticas.

¿Había esbozado ella una sonrisa al servirse las últimas gotas del líquido ámbar?

—Fantástica combinación. ¿Tienes otro nombre además de Idiota?

—¡Pues claro!

En ese momento sonrió con franqueza.

—Déjame que lo reformule: ¿cómo te llamas?

—Me llamo Johan Valdemar Löwenhult, pero prefiero Johan a secas. ¿Y tú?

—Yo me llamo Petra Rocklund. Prefiero Petra.

—Encantado de conocerte, Petra.

Alzó el vaso vacío hacia su invitada.

—Tampoco hay que pasarse —respondió ella.

Luego, embriagada y extenuada, la pitonisa se arrellanó en su silla y cerró los ojos.

¿Iba a quedarse dormida? Johan empezó a preocuparse: no podía dejarla a la intemperie. Por la noche haría demasiado frío hasta con dos mantas. Pero tampoco podía arrastrar dentro de la autocaravana a una mujer dormida y casi desconocida sin su consentimiento.

—¡Petra! ¡Eh!

Una profunda inspiración.

—No puedes... ¿Petra? ¿Quieres que te enseñe a hacer los dátiles con queso?

No funcionaba.

—¡Petra!

¿Qué hacer?

—Petra, quiero...

Ella pegó un respingo: el amor, o más bien su ausencia, parecía importarle.

—¿A quién quieres?

—A las esquinas de las calles.

Sus párpados se abrieron.

—¿Cómo puede alguien querer a las esquinas de las calles?

¡Había vuelto en sí! Ahora la cuestión era no perderla otra vez.

—«Querer» quizá sea un poco exagerado, pero las aprecio mucho. Me viene de la época en que era cartero, o a lo mejor de antes. Cuando uno está en la esquina de una calle, mira en una dirección y luego en la otra, y duda: ¿cuál elegir? Como si su vida dependiera de ello. Hay cierta belleza en eso. Es difícil de explicar.

Su invitada no parecía contentísima de que la hubieran despertado para hablar de la poesía de un cruce.

—Me refería al amor que se siente por alguien.

Johan reflexionó de nuevo.

—En ese caso, mi respuesta es: a Fredrik, mi hermano. Me ha enseñado todo lo que sé.

Ella echó un vistazo a la autocaravana.

—¿A conducir, por ejemplo?

—No, eso no: de eso se encargó el profesor de la autoescuela, y en las últimas clases se puso francamente grosero. Ahora que lo pienso, no soy sólo lamentable, sino también un negado en mecánica. ¿Y tú? ¿Quién es tu gran amor? ¿Malte?

Al recordar sus años de instituto, la invadió de nuevo el agotamiento y volvió a cerrar los ojos.

—¡No, no, Petra, por favor! Tengo una buena cama para invitados en la autocaravana. Ven, que te la presto. —Ante la falta de reacción, añadió—: A lo mejor tengo hasta un gancho de sobra por algún lado. Vamos a buscarlo juntos.

¡Ah, bueno! Petra abrió los ojos y se levantó lentamente. Permitió incluso que su nuevo conocido la sostuviera para subir los pocos escalones de la entrada a la autocaravana. Una vez dentro, sus últimas palabras, antes de volver a caer rendida con la ropa puesta, fueron:

—Ahora estoy demasiado cansada para ahorcarme. Lo dejaremos para mañana.

4

Sábado 27 de agosto de 2011

Quedan once días

El mantel de la noche anterior había dado paso a uno nuevo. En el menú del desayuno: panecillos recién hechos y queso curado; salchichas, huevos revueltos con ajo y tomates cherry asados a las finas hierbas; yogur, muesli y frambuesas.

Estaba sirviendo el zumo de naranja recién exprimido cuando Petra se asomó a la puerta de la autocaravana con el pelo alborotado y la ropa arrugada.

—¿Dónde estoy, y dónde está mi carav...?

Se interrumpió al ver a su anfitrión.

—Ah, sí, es verdad.

—¡Buenos días! Siéntate, por favor. ¿Café de filtro o capuchino?

Ella se arrastró hasta la misma silla de camping de la víspera y se sentó pesadamente. Observó la mesa del desayuno.

—Estás satisfecho con la vida. Te gustan las tareas domésticas, trabajaste de cartero, viajas en autocaravana sin saber conducir y cocinas como... en fin, no sé. ¿Es ajo eso que huelo?

—Sí: en los huevos revueltos. ¿Café de filtro o capuchino?

—Capuchino, por favor.

—También hay caviar de Kalix, pero no pegaba con lo que he preparado, así que pensaba guardarlo para más tarde.

Pero si quieres un poco... y me prometes que no te suicidarás hoy...

Petra seguía sin tener las ideas muy claras.

—¿Era eso lo que quería hacer ayer? Ah, sí, ya me acuerdo.

—Se dieron unas circunstancias felices y otras menos felices que te lo impidieron. Desayuna, yo te traigo el café. Tengo noticias para ti.

La joven estaba demasiado somnolienta y aturdida como para rebelarse; y demasiado hambrienta. Comió en silencio, salvo por un par de suspiros de satisfacción. Le hicieron falta cinco minutos más para abrir la boca por algo que no fuera comida.

—¿Noticias, has dicho? ¿Me has encontrado otra caravana, o al menos un gancho?

—¡Mejor que eso! He localizado a Malte.

Petra soltó el tenedor, que aterrizó en el barro.

—Deja —dijo él levantándose—. Te traigo uno limpio.

—¡Siéntate!

Regresó a su asiento como un perro bien amaestrado.

—¿Has localizado a Malte? ¿Cómo lo has hecho? ¿Dónde está? —preguntó ella mirando a su alrededor.

—Aquí no. Pero es que, verás, fui cartero. Ya te lo he dicho, ¿no? No duró mucho, pero antes tuve que hacer un curso. Y Malte no es nombre muy corriente... Con Magnusson de apellido, es rarísimo. En toda Suecia no hay más que un Malte Magnusson que tenga más o menos la misma edad que yo te echo. Vive a quince minutos de aquí. Si conduzco yo, puede que veinte. Treinta, si me equivoco de camino.

Petra se permitió soñar despierta durante un segundo.

—Malte...

Luego, la realidad la atrapó de nuevo.

—¿Qué podría yo ofrecerle?

Aun así, Johan no se dio por vencido.

—Dentro de once días, nada de nada. Hasta entonces, puedes declararle tu amor... o ahorcarte, pero no en mi autocaravana. Y además, tendrás que arreglártelas tú solita para encontrar un gancho.

• • •

Tal vez fuera por los huevos revueltos con ajo, tal vez por el zumo de naranja recién exprimido, o por el capuchino, o por el eterno deseo de amor de Petra, reforzado por la certeza de que era ahora o nunca. Fuera por lo que fuese, de repente iba sentada junto a Johan en su autocaravana-restaurante de lujo rumbo a la dirección donde se suponía que vivía su amor de adolescencia, Malte Magnusson.

Hizo todo lo que pudo por alisarse la ropa arrugada y desenredarse el pelo, aunque no había forma de que Johan condujera sin sobresaltos, o simplemente recto: el vehículo daba sacudidas y bandazos, y avanzaba en zigzag.

Al cabo de un instante, Johan se fijó en que Petra iba agarrada al asiento.

—¿Prefieres conducir tú?

—No tengo carnet.

—¿Tú tampoco?

—¿Perdona? ¿Me estás diciendo que ahora mismo estoy arriesgando mi vida en una autocaravana conducida a toda pastilla por un hombre que no tiene carnet?

En una curva, dos ruedas rozaron el bordillo de la acera. Después de recuperar el control del vehículo, Johan le recordó a Petra que un accidente de tráfico no sería el fin del mundo, teniendo en cuenta lo que ella había intentado hacerse la víspera.

—Además, ya llevo acumuladas doscientas horas de conducción, seguro que algo se me habrá quedado.

¿Sin carnet después de doscientas horas de clases? Su ineptitud era evidente, pero Petra decidió confiar en la suerte. Por lo menos sabía cocinar.

—No sé cocinar —la corrigió Johan—, es sólo que lo encuentro divertido.

«Divertido», pensó Petra: una palabra que jamás había formado parte de su vocabulario.

—¿Hay más cosas que te parezcan divertidas?

Tal vez tuviera algo que aprender.

—Las tareas domésticas. A ver, tampoco es para volverse locos, pero no es lo que se me da peor. De hecho, no sé si Fredrik saldría mucho mejor parado, él nunca se encargaba.

Ella sonrió de nuevo, por tercera vez desde que el gancho se había soltado del techo de su caravana.

—¿Qué es lo que se te da peor?

Era difícil decirlo: tenía opciones para dar y tomar. ¿Quizá pensar, así, en general? O encontrar cosas. Por eso su carrera como cartero no había durado más que un día. Su jefe lo había mandado de cabeza al paro técnico sin preaviso.

—¿No encontrabas los buzones?

Podría haber sido por eso, pero no. Se había equivocado de camino varias veces con la bicicleta y se había demorado un buen rato en la esquina de una calle bonita; sin embargo, las direcciones figuraban en los sobres y él llevaba un mapa encima. No, el verdadero problema había sido regresar a la oficina de correos: no tenía la dirección.

—¿No encontraste el camino de vuelta?

—Sí, de madrugada.

Tuvieron que interrumpir la conversación porque él no lograba concentrarse en la carretera si iba charlando y Petra necesitaba prepararse para lo que la esperaba. Era sábado por la mañana. Si Malte vivía donde ellos suponían, había muchas posibilidades de que estuviera en casa. No se habían vuelto a dirigir la palabra desde aquel «toma» quince años antes, cuando él le había recogido su libro de texto. Y ni siquiera estaba segura de que dicho incidente pudiera considerarse una conversación. ¿Le había respondido al menos? ¿Le había dado las gracias?

Iba pensando en silencio en distintas frases introductorias, pero ninguna le parecía apropiada. La idea de aquel reencuentro le hacía cada vez menos ilusión.

—¡Da media vuelta! —exclamó de repente—. No puedo.

—Ya hemos llegado —la informó Johan en ese mismo instante, tras detenerse pisando con suavidad el pedal correcto.

Malte vivía en un modesto chalecito en un barrio de las afueras bastante apartado, pero en cualquier caso se trataba de una casa independiente con una pequeña parcela. A la entrada estaba aparcado un Honda Civic. De nuevo, aquél tampoco era un cochazo, pero estaba nuevo.

Ya en los tiempos del instituto, el primer amor secreto de Petra tenía un look deportivo. Era tímido, inteligente y deportista. A lo mejor jugaba al golf o al béisbol: una parte del césped estaba tan bien cuidada como un *green*, y ella reparó en la presencia de varios palos, un *putter* y una bolsa de golf. Había una red colgada entre la casa y un abedul bastante crecido, supuso que para interceptar las pelotas y así evitar romper las ventanas de los vecinos. Sobre un banco pegado a la fachada se veían un bate, tres pelotas y un guante.

Johan rara vez, o más bien nunca, se mostraba tan atrevido. Mientras ella observaba el entorno, él fue a recoger flores en el arriate del vecino de enfrente, le tendió el ramo y la empujó suavemente hacia la aterradora puerta de entrada.

Ella avanzó despacio, indecisa, pero dio media vuelta en cuanto oyó un tintineo a su espalda.

—¿Qué haces?

Johan había puesto derecha la bolsa de golf y estaba recogiendo los palos.

—No puedo dejarlos desordenados: es superior a mí.

—¡Para, hombre, ya!

Johan obedeció con un palo todavía en la mano. Lo levantó hacia el cielo en un gesto que evocaba la victoria.

—¡Viva el amor! —la alentó.

Pero Petra era un manojo de nervios.

—Seguro que tiene familia.

—Bah, en Suecia una de cada dos parejas se divorcia. ¡Adelante!

—¿De verdad?

—Qué sé yo. ¡Venga! No puedes quedarte plantada en el jardín de Malte los últimos once días de tu vida.

Ella asintió nerviosa. El idiota del cocinero al que le gustaban las tareas domésticas tenía razón.

Oyó sonar el timbre en el interior, y también una voz.

—¿Vas tú? Me estoy haciendo las uñas.

¡Una voz de mujer! Pero era demasiado tarde para dar marcha atrás. La puerta se abrió. Era Malte, igual de mono que antes, con los mismos ojos azules y la misma mirada amable. Por el momento, sin sonrisa; cara de sorpresa.

—¿Sí?

—Hola, Malte. ¿Te acuerdas de mí?

Con esas seis palabras sin duda le había dicho más que durante toda su etapa escolar.

—Eh... le ruego que me disculpe, pero... no. A menos que... Espere.

Saltaba a la vista que no le había causado una gran impresión.

—Soy Petra, del instituto.

¡Esta vez se ganó una sonrisa! ¡Y Malte le puso la mano en el hombro por segunda vez en quince años!

—¡Petra! —dijo él en un arrebato de calidez—. Fuiste mi primer...

Antes de que pudiera ir más lejos, la voz de mujer lo interrumpió:

—¿Quién es, Malte? ¡Contesta!

Un instante después, la dueña de aquella voz fue a colocarse al lado de su compañero y miró a Petra, que llevaba el ramo de flores en las manos.

—¿Qué pasa aquí? ¿Te estás ligando a mi pareja?

A Petra se le cortó la respiración y se quedó muda de la sorpresa. ¡Victoria! La acosadora, la vulgar, la infame Victoria, ¡novia de Malte!

El joven, ahora con cara de preocupación, intentó distender el ambiente.

—Mira, Vicky: es Petra Backlund, del instituto.

—Rocklund —lo corrigió Petra antes de pararse a pensar que ya podría haberse acordado de su apellido si de verdad había sido su primer... ¿su primer qué, por cierto?

El rostro de Victoria se iluminó con la misma sonrisa malvada de antaño.

—¿La imbécil? Conque ésas tenemos, ¡era detrás de Malte de quien ibas! Ésa sí que es buena.

De buenas a primeras le arrancó las flores de las manos, las tiró al suelo y las pisoteó como si fueran una simple colilla.

—Bueno, Vicky... —protestó Malte incómodo.

A Petra no le dio tiempo a reaccionar: Victoria la empujó brutalmente hacia atrás y la persiguió en calcetines por el jardín. Merecía la pena: ese día por fin pondría en su sitio a la imbécil, de una vez por todas.

Malte, clavado en el umbral, sentía renacer los sentimientos del pasado a la vez que seguía intentando calmar los ánimos.

—Para, Vicky. No pasa nada: no viene con malas intenciones...

Desafortunadamente, Victoria estaba lanzada. Un empujón más, y otro. Petra acabó cayéndose de espaldas e intentó escapar a cuatro patas.

En ese momento, Victoria reparó en la presencia de Johan, que estaba medio escondido detrás de su flamante juguete, el Honda plateado.

—¿Y tú quién eres? ¿Qué leches haces al lado de mi coche? Te lo advierto, ¡no se te ocurra ni tocarlo!

Él, presa del pánico al ver en qué berenjenal había metido a Petra, logró balbucear:

—¡Tú... tú la has empujado!

Victoria estalló en una risa igual de aterradora que la anterior.

—Que sepas que puedo hacerlo todavía mejor.

Dicho lo cual, le propinó una patada a Petra, que seguía en el suelo indefensa. Primero con el pie derecho, luego con el izquierdo; tampoco muy fuerte, tan sólo para demostrar quién estaba al mando.

Johan pasó del pánico al cortocircuito. O a las dos cosas a la vez.

—¡Para! —gritó.

Y acompañando aquella palabra con el gesto, dejó caer el palo número siete de Malte sobre el capó del Honda plateado.

—¡No! —exclamó Malte sin moverse del sitio.

Petra seguía de rodillas mientras Victoria se abalanzaba sobre el desconocido. La humillación debería haber sido total para la pitonisa pero, en vez de eso, una pregunta surgió en su mente: «¿Su primer qué?»

Con un rápido juego de piernas, Johan logró mantener el Honda entre él y una enfurecida Victoria, y aunque despavorido, empezó a golpear el coche con el palo de golf una y otra vez. Golpeó el capó, después el techo, la puerta trasera derecha, la luna trasera, la puerta trasera izquierda... y después, cuando Victoria cambió de sentido, volvió a golpear la puerta trasera derecha.

—¡Te voy a machacar! —chilló ella.

Mientras tanto, Petra se puso de pie. Se sacudió la hierba y la tierra del jersey y el pantalón. Se aseguró de que Johan no estuviera en peligro (el Honda Civic cada vez más abollado seguía haciendo las veces de escudo frente a Victoria) y luego se volvió hacia Malte.

—¿Tu primer qué? —preguntó con voz firme.

—¿Eh?

Le costaba concentrarse al mismo tiempo en Petra y en su novia, que galopaba alrededor del coche.

—Has dicho que fui tu primer... algo.

—¿Eso he dicho?

Debería haber puesto fin a las hostilidades que se estaban produciendo en el camino de entrada; sin embargo, no lo hizo, y no sólo porque era imposible hablar con Vicky; quizá, más bien, por la satisfacción que sentía cada vez que el amigo de Petra golpeaba una parte todavía intacta del vehículo, que él ni siquiera tenía derecho a pedir prestado.

En medio del caos, Petra se sentía serena.

—¿Pasáis veladas agradables tú y Vicky? —prosiguió mientras Victoria, con las mejillas arreboladas, intentaba alcanzar a Johan subiéndose al capó.

—¿«Agradables»? —repitió él.

Petra pensó que, en aquellos quince años, no había espabilado mucho. Qué distinto podría haber sido todo, salvo por la cuestión del fin del mundo, si él hubiera logrado pronunciar la palabra que iba después de «mi primer...» hace tiempo, cuando todavía tenía sentido.

Su serenidad se transformó en determinación: ya iba siendo hora de interceptar a la novia de Malte antes de que cogiera a Johan. Se dirigió hacia su antigua compañera (que de compañera había tenido poco) agarrando de paso el bate de béisbol que estaba en el banco, y llamó su atención propinándole un golpecito flojo en el trasero.

—¡Ay! —exclamó Victoria más por la sorpresa que por el dolor.

Bajó deslizándose por el capó, se volvió y se encontró cara a cara con ella. ¿La imbécil estaba sosteniéndole la mirada por primera vez? ¿Qué estaba pasando?

Petra se apoyó tranquilamente el bate en el hombro y cerró las dos manos alrededor de la empuñadura.

Victoria no reparó en su serenidad. Los años de instituto desfilaron ante los ojos de ambas. Tres años, condensados en tres segundos. Era evidente que las chicas no habían sido... ¿cómo decirlo?... simpáticas con... pero ¿cómo se llamaba? Con Petra. ¿Estaba a punto de darle un poco de su propia medicina?

La antigua víctima sonrió con amabilidad a su antigua acosadora.

—¿Sabes lo que pienso, Vicky?

La astrofísica autodidacta se sentía tan bien que se preguntó cuál sería la densidad del aire en aquel preciso momento. Hasta Johan consiguió calmarse. El retrovisor derecho, todavía intacto, se encontraba al alcance de su mano, pero se contuvo, a la espera de lo que vendría.

—No —vaciló Victoria—. ¿Qué piensas? ¿Que vas a golpearme otra vez con ese bate de béisbol?

Pues no era mala idea: el primer golpe había sido sorprendentemente satisfactorio.

—No. La violencia es más bien tu estilo. Se suele recurrir a ella cuando no bastan las palabras, y a ti muchas veces te faltaban, si mal no recuerdo.

«A mí también», pensó Johan. De repente, sintió vergüenza por haberse desahogado con el coche de Victoria. Decidió dejar el retrovisor derecho tranquilo.

A Petra, la declaración inacabada de Malte le había dado energías renovadas.

—Acabo de enterarme de que en la época en que estábamos en la misma clase yo era el primer «algo» de tu novio, y se me ocurre una ideíta al respecto.

Victoria, todavía hecha un basilisco unos instantes antes, no le quitaba ojo al bate de béisbol.

—¿Y te piensas que ahora...?

—Pienso que a partir de ahora, durante los próximos once días, pensaré en ti como un segundo plato cada vez que pueda... o como un premio de consolación, todavía no lo tengo claro. ¿Tú qué opinas, Malte?

Malte, en calcetines en el umbral de la casa que compartía con Victoria, pensaba: «¿Por qué "once días"?» No obstante, había llegado el momento de pronunciar las palabras que importaban:

—Mi primer amor —aclaró—. Mi primer amor. Lo que pasó es que terminamos el instituto y nos perdimos de vista antes de que yo pudiera...

Victoria, aunque todavía nerviosa por el bate de béisbol, estaba ahora más bien atónita por lo que acababa de decir el gallina de su novio.

—Aquel verano, Vicky y yo coincidimos en el mismo centro juvenil... y no, no sería justo llamarla «segundo plato». En fin... no sé. Echábamos buenas partidas al flíper. Daba la impresión de que se interesaba por mí, ¿y quién más lo hacía? Quiero decir, de verdad.

—Yo, pedazo de idiota.

Las palabras eran duras, pero la entonación tierna. Malte la había deseado, pero no se había atrevido a dar el paso y, como consecuencia, por culpa del flíper, había acabado con

Victoria, una chica muy inferior a él, aunque él no fuera para nada consciente.

La pitonisa del apocalipsis saboreaba el momento. Era increíble lo bien que sentaba una confirmación sumada a un golpe bien merecido con un bate en el trasero. La sensación se propagó hasta Johan, que seguía detrás del coche. Asintió con la cabeza mirando a Malte como si un idiota saludara a otro.

Victoria trataba de pensar. La imbécil que tenía delante ya no parecía ninguna imbécil, sino... el primer amor de su novio. Malte, el calzonazos que siempre había obedecido a todo lo que a ella se le antojaba y que, en general, era bastante decorativo. Malte, ¡que casi acababa de reconocer que ella había sido un premio de consolación! Por no hablar del bate de béisbol; aunque Petra no tenía intención de utilizarlo, ¿o sí?

—Creo que voy dentro a seguir pintándome las uñas.

Era lo mejor que podía hacer.

—Venga —dijo Petra con el tono de una profesora que le da permiso a una alumna para ir al baño—. Pero antes, ¿tendrías el detalle de darme las gracias por haberte hecho los deberes tres años seguidos?

Hasta Petra se impresionó a sí misma. Y, al mirar de reojo a Malte, él también le pareció igual de impresionado.

—Gracias... muchas gracias —soltó Victoria.

La antigua acosadora regresó a la casa dando pasitos rápidos y con la mirada gacha. Su novio no trató de retenerla. Ahora, era Petra quien estaba al mando.

—Malte, siento mucho que hayas elegido una pareja así. Tú y yo tendremos que casarnos en una vida futura y en otro planeta. —Se volvió hacia Johan—. Creo que aquí acaba nuestra labor. Ha sido un detalle por tu parte haber dejado intacta la puerta delantera izquierda. Venga, vámonos.

—Y un retrovisor —añadió él.

Mientras regresaban a la autocaravana, Malte se decidió a dar unos pasos por el jardín.

—Me ha gustado verte después de todos estos años, Petra. Dame noticias tuyas si te apetece y cuando te apetezca, ¡cuando te apetezca!

Parecía sincero. Aun así, ¿entablar una relación necesariamente fugaz con un hombre cuya novia estaba pintándose las uñas en la casa de ambos? En once días le daría tiempo a dejar a Victoria, a llevarla a ella al cine, a cenar, a pasear cogidos de la mano por la orilla. Luego vendría un beso, seguramente torpe por ambas partes. Todo eso, y con suerte algo más, en el intervalo de una semana y media.

No, ya podía darse con un canto en los dientes porque Malte por fin supiera lo que ella sentía en aquella época y, sobre todo, por saber lo que él sentía.

—Gracias, pero jugamos con unos cuantos datos atmosféricos en nuestra contra. Me conformaré con pedirte prestado el bate de béisbol.

Aun así, estaba contenta.

Un momento, ¿contenta?

Sí.

Por primera vez en su vida.

5

Sábado 27 de agosto de 2011

Quedan once días

Johan estaba tan trastornado por lo que acababa de ocurrir que se olvidó de conducir mal. El trayecto de vuelta se desarrolló sin sobresaltos y casi respetando las normas de tráfico.

Había arrastrado a Petra hasta la casa de su gran amor en un intento estúpido de darle un sentido a su vida, pero la horrible Victoria había vuelto a clavar sus garras en ella y él no había hecho más que agravar la situación.

—Lo siento, Petra —se aventuró a decir—. No podía saber que... ¡Perdóname! Y, por favor... no te suicides, no lo hagas.

La joven, con el bate de béisbol sobre las rodillas, a punto estuvo de echarse a reír al verlo tan preocupado.

—¿Por qué iba a hacer algo así? ¡Gracias por tu ayuda, tesoro! Victoria tendrá un asunto al que darle vueltas mientras acaba de pintarse las uñas. ¿Y quién habría dicho que el golf se te daba tan bien?

Encendió la radio y fue cambiando de emisora hasta encontrar una melodía pegadiza. No se sabía la letra, pero se puso a tatarear y a seguir el ritmo de la música con la palma de la mano sobre el bate de béisbol.

—Ta-tara-tatá... ¡la viiidaaa!

Unos instantes más tarde, Johan la imitó lo mejor que pudo:

—... la viiidaaa.

Petra estaba en camino de convertirse en el punto de apoyo que él había perdido cuando su hermano se marchó. Al cesar las últimas notas, incluso tuvo el valor de decírselo.

—Es todo un halago —le agradeció ella—. ¿Cuánto tiempo llevas solo?

Johan miró la hora. Hacía ya años que sabía leer el reloj.

—Veintidós horas.

Ella habría apostado que más. Le explicó que no estaba segura de poder llenar aquel vacío, pero que, si lo lograba, los dos podrían alegrarse de haber dejado atrás la soledad. Ella quería saber más cosas sobre su chófer y salvador, pero todo a su debido tiempo. Les quedaban once días, había cancelado su suicidio y todas sus posesiones se reducían a la ropa que llevaba puesta. Antes de cualquier otra cosa, tenía que hacer algunas compras.

Johan temía decir o hacer algo que volviera a despertar los macabros deseos de su nueva amiga, pero también necesitaba comprender: ¿cuánto le duraría el buen humor?

—Hasta el fin de los tiempos, ¡prometido! —respondió ella.

Buenas noticias. ¿Tenía razones para creer que las palabras de despedida de Malte tuvieran algo que ver? Y, en ese caso, ¿podría ella contarle algo más?

La pitonisa asintió. Malte, Victoria, Galileo, el club de golf y el bate de béisbol, todo aquello junto. Ahora debería haberle tocado a ella preguntarle a él, pero qué prisa había. Al fin y al cabo, todavía les quedaban once días.

Al ver que ella se disponía a seguir hablando, él evitó preguntarle por aquella palabra, en medio de la frase, que no comprendía.

Ella le explicó que, en primer lugar, no le había dado tiempo a someter sus emociones más recientes a un análisis más científico: todo era muy nuevo para ella. Aunque, sin lugar a duda, la conversación en el jardín de Malte había reavivado los recuerdos de su adolescencia, época en la que había conocido a Galileo.

Y allí, para su disgusto, estaba de nuevo aquella palabra.

—¿En que conociste qué?

—A Galileo: el primer astrónomo de la historia, el más grande.

—¿Y lo conoces? ¡Increíble!

Petra no podía afirmar que fuera exactamente amiga de Galileo: al fin y al cabo ella no tenía amigos, y aquel hombre había muerto hacia el final de la guerra de los Treinta Años. Sin embargo, sí que había leído mucho sobre sus desgracias. Proclamaba verdades como puños que nadie quería oír, demostró que Aristóteles se equivocaba, se enemistó con condes y barones, y se vio obligado a abjurar ante el Papa por haber afirmado que la Tierra no era el centro del universo.

Johan no conocía las fechas de la guerra de los Treinta Años, pero se hacía una ligera idea de su duración. Dejó de lado esa cuestión para centrarse en la de la posición de la Tierra.

—¿Ah, sí? Entonces, ¿la Tierra no es el centro del universo?

—No.

La treintañera solitaria se solidarizaba con el gran astrónomo. Como a él, a ella tampoco la comprendía nadie. Había sido así desde sus inicios y hasta el momento en que los papas menores de la Real Academia de las Ciencias se negaron a escucharla, la pusieron de patitas en la calle y llamaron a la policía.

—El tiempo pasa, pero los papas permanecen —dijo.

Y acabó preguntándose qué sentido tenía que estuviera en este mundo si nadie se la tomaba en serio y ningún amor le estaba reservado.

De ahí el gancho en la caravana, la torpeza monumental de Johan al volante y todos los acontecimientos posteriores, hasta la visita a Malte.

Pero entonces, sentada en la hierba, asimiló esas palabras: había sido su primer... algo.

Al final, la Iglesia había acabado pidiéndole perdón a Galileo, lo que sin duda habría aliviado su sensación de soledad e incomprensión, de no ser porque llevaba trescientos cincuenta años muerto.

¡Lo cual no era para nada el caso de ella! ¡Ella había obtenido en vida la confirmación que esperaba! ¡Sólo le quedaban once días para disfrutarlo, pero eso ya era algo! No estaba tan sola como creía: ¡Malte estaba a su lado contra el mundo entero! Nadie los quería ni los comprendía, ¡salvo el uno al otro!

¡Ella era su primer amor y él el de ella! Sólo la timidez de ambos, unas circunstancias desafortunadas y una partida de flíper les habían impedido entablar un idilio durante su adolescencia. Ahora ya nada se interponía en su camino, aparte del fin de los tiempos.

—¿Y no hay forma de aplazarlo? —preguntó Johan.

Claro que no. Por una vez, sería un día completamente distinto de los demás, y después se acabarían las preocupaciones de todos.

—Naturalmente —murmuró Johan.

Si ella estaba contenta, pues él también, pero ¿qué tenía planeado para los próximos días, ahora que el gancho era cosa del pasado?

La pitonisa no estaba segura.

Su serenidad no había nacido tan sólo de la conciencia de haber sido amada, también había logrado reescribir la trágica etapa del instituto y hasta darle un golpe en el trasero a Victoria con el bate. Tenía claro que Malte sólo había uno y, en cambio, el mundo estaba lleno de chicas como Victoria.

—Tal vez debería ponerme a buscarlas y luchar contra otras injusticias —declaró.

—Buena idea —aprobó Johan—. ¿Cómo lo hacemos?

Petra reflexionó en voz alta:

—Es obvio que en la vida de todos hay episodios, encuentros y relaciones que merece la pena examinar bajo una nueva luz, ¿no crees?

—Claro —respondió Johan, y después añadió—: ¿A qué te refieres?

—A que hay cuentas que saldar, como la de hoy. Puede que haya tardado quince años, pero Victoria por fin me ha dado las gracias por ayudarla con los deberes.

A Johan le vinieron a la cabeza las doscientas horas de clases de conducir sin haber conseguido sacarse el carnet. ¿Sería justo destrozar con un palo de golf el coche de la autoescuela diez años después de aquel fiasco? ¿O calentarle el trasero al profesor con un bate de béisbol? Al fin y al cabo, el profesor no había sido quien había cogido las rotondas en sentido contrario una y otra vez.

—Cómo me gustaría revivir las emociones de hoy todas las veces posibles antes de que sea demasiado tarde —prosiguió Petra—. Volver la vista atrás y saldar las cuentas que haga falta. Luego ya podría recibir el apocalipsis con los brazos abiertos.

Le preguntó a Johan si quería acompañarla en su periplo. Claro que sí. ¿Por dónde quería empezar?

La pitonisa no había tenido tiempo de planteárselo más detenidamente hasta ese momento, pero con un poco de planificación y de eficiencia sin duda podrían llevar a cabo un encuentro al día; es decir, un total de once.

—Más el de Victoria —le recordó Johan.

—Más el de Victoria, y con eso sumarán justo una docena.

Él estaba a punto de confesar que no tenía cuentas que saldar cuando divisó una gran valla publicitaria con una flecha que apuntaba hacia la derecha: «Noventa tiendas bajo el mismo techo.»

—¿Bastará para las compras? —preguntó extendiendo el índice.

Noventa tiendas deberían bastar. Petra necesitaba ropa y un cepillo de dientes y él pensaba aprovechar la ocasión para llenar el frigorífico y la despensa de la autocaravana, dado que el número de bocas que alimentar se había duplicado en un solo día.

Petra le pidió que parara allí en medio, delante de la entrada principal: era consciente de que no sería capaz de aparcar correctamente. Al salir del centro comercial se encontraron con una multa de novecientas coronas a pagar en un plazo de catorce días.

—Que esperen sentados —soltó mientras hacía una bola con la multa.

El derecho de acceso a la naturaleza es una particularidad sueca: cualquier persona tiene derecho a instalarse donde quiera durante un periodo más o menos largo con la condición de que no se trate de un jardín privado o una zona de pastoreo. Y dado que, tanto en Estocolmo como en los alrededores, hay agua casi por todas partes, a la pitonisa y al joven que se creía inútil no les hizo falta buscar mucho para encontrar un rincón donde instalarse que fuese más agradable que el camping de Fisksätra.

Pusieron otra vez la mesa al lado de la autocaravana, desde donde pudieron disfrutar de las vistas a las oscuras aguas del lago Mälar bajo el sol de la última hora de la tarde. Después de una *tarte flambée* de salmón ahumado, unas cebollitas rojas encurtidas y una *crème fraîche* al limón, Johan sirvió dos platos de marisco. Siempre estaba atento para no caer en lo tradicional, así que había preparado unas vieiras con caviar de Kalix, tras las cuales llegó la sopa de bogavante más sabrosa que había preparado jamás. Estaba tan exquisita que incluso a Fredrik le hubiese gustado... o quizá no.

Regaron aquellos manjares con distintos vinos: para empezar, un champán, luego un riesling alemán y, por último, un borgoña blanco.

Petra estaba encantada.

—¡Eres increíble! ¡Y pensar que has preparado todo esto en una autocaravana! ¿Tienes otros talentos a los que podríamos sacar partido? ¡Y no me contestes que las tareas domésticas!

Johan volvía a tener la sensación de ser la mitad de un «nosotros», algo que no le sucedía desde que se despidió de su hermano. ¿Era incluso mejor? Qué sorpresa que Petra deseara su compañía para ir a reparar agravios, a luchar contra las injusticias...

Aun así, ¿qué podría hacer él que ella no pudiera hacer sola? Su carrera como cartero no había sido precisamente un éxito... ni tampoco lo demás que había hecho en su vida, para decirlo claro.

—Yo creo que ya lo has adivinado, pero, si no, te lo cuento: la cosa es que soy un cretino, un idiota, un caso perdido. Un poco las tres cosas —respondió, pero antes de que a Petra le diera tiempo a pronunciar alguna palabra de consuelo, tuvo una iluminación—: ¡Ya está! Me sé ochenta películas americanas de memoria.

La pitonisa no estaba segura de haber oído bien.

—¿Qué me estás contando? Eso es imposible.

El idiota autoproclamado se apresuró a demostrar lo que decía:

—*«You talking to me? Well, who the hell else are you talking to? Are you talking to me? Well, I'm the only one here.»*

Hizo una pausa para añadir dramatismo antes de decir:

—*Taxi Driver.*

Petra se echó a reír y a punto estuvo de soltar la copa. Johan señaló el vino con el dedo:

—*«That's a pretty fucking good milkshake. I don't know if it's worth five dollars, but it's pretty fucking good.»*

Esta vez, Petra se apresuró a decir el título de la película: *Pulp Fiction*, antes de admitir que empezaba a creerlo. Pero Johan aún no había terminado:

—*«Frankly, my dear»* —declamó—, *«I don't give a damn.»* Eso es de hace más tiempo, pero *Lo que el viento se llevó* sigue siendo *Lo que el viento se llevó*.

—Y además el viento acabará llevándonos a todos en unos días —comentó Petra.

Estaba claro que su nuevo amigo no era un idiota sin remedio: aunque siguiera sin saber conducir después de un número incalculable de clases e ignorara que la Tierra gira alrededor del Sol, era un cocinero sin par.

¿Cómo era posible que tuviera una inteligencia tan... desigual?

—¿Puedo preguntarte qué notas sacabas en el colegio? —dijo Petra.

—Sí, claro.

—¿Qué notas sacabas en el colegio?

—Sobresaliente en inglés y muy deficiente en todas las demás asignaturas, salvo en carpintería, porque nunca me dejaron cursarla.

Ella estuvo a punto de preguntar por qué, pero se moría de la curiosidad por la historia de las películas. Lo de que se supiera ochenta de memoria ya no le parecía tan imposible.

—No tenía mucho que hacer después del colegio.

—¿No tenías amigos?

Johan tardó un poco en responder. Tenía compañeros de clase, claro, aunque, en general, a él no le gustaba jugar a lo que jugaban ellos.

—¿Y a qué les gustaba jugar?

—A tirar huevos.

—¿Y en qué consistía el juego?

—Todo el mundo, excepto yo, llevaba huevos al colegio y me los lanzaba.

Petra le hizo notar que, más que un juego, eso parecía acoso.

—¿Tú crees? —preguntó él.

Su niñez no parecía muy distinta de la de ella. ¿Él también había vivido en un diminuto piso de dos habitaciones del extrarradio con un padre alcohólico y una madre depresiva?

No, su hermano mayor y él se habían criado en la calle Strandvägen, en pleno centro de Estocolmo.

—¿En la calle Strandvägen, la más cara de Suecia?

«¿Tienen precio las calles?», dudó Johan. No estaba seguro, pero su breve carrera como cartero le había enseñado que en la capital sólo había una calle que llevaba ese nombre, ¿o habría otras en las afueras?

—Y teníais más de dos habitaciones, ¿a que sí?

—Doce habitaciones y un trastero.

Esta vez, Petra no dio crédito a lo que oía. ¿Qué clase de personas vivían en una vivienda de doce habitaciones más trastero en la avenida Strandvägen de Estocolmo?

—Yo —respondió Johan—: yo tenía el trastero porque a Fredrik y a mamá, al menos en la época en que aún podía levantarse de la cama, les gustaba ocupar mucho espacio.

—¿Y vuestro padre?

—No venía mucho, la verdad... excepto para el entierro de mamá, y eso sólo ocurrió una vez.

Petra no sabía por dónde empezar. ¿Quién era el padre de Johan y por qué siempre estaba ausente?

Él le explicó que su padre era lo que la gente llama un «embajador», y que esas personas viajan mucho, sobre todo al extranjero. Ahora ya estaba jubilado y vivía en algún lugar de... bueno, en algún lugar. En cualquier caso, les había cedido el piso a su hermano y a él tras la muerte de su madre.

—¿Y vuestra madre os dejó muy pronto?

—No, por la tarde. Yo ya había vuelto del colegio, limpiado la casa y hecho la comida.

Cuando se hablaba con Johan había que escoger muy bien las palabras, pero en fin. Quedaba una pregunta: ¿cómo se habían convertido las doce habitaciones más trastero en una autocaravana justo el día anterior?

—Muchos lo verían como un cambio bastante a peor.

—¿Qué quieres decir? —se sorprendió Johan—. Mi hermano se ha ido a Roma, ¿qué iba a hacer yo solo con doce habitaciones y un trastero? Fredrik no iba a regresar desde España todas las noches sólo para dormir en casa.

Después de informarlo de que Roma se encontraba en Italia, Petra reconoció que de todas formas estaba bastante lejos.

Volviendo al tema del piso de doce habitaciones más trastero en la calle Strandvägen, ¿de veras Fredrik lo había vendido para comprar una autocaravana? Porque, en ese caso, tendría que haberle alcanzado para cuarenta autocaravanas, más o menos. Pero no hacía falta que ella se enterara de todo así, de buenas a primeras; al fin y al cabo, todavía tenían por delante una decena de días. De modo que no insistió cuando él cambió de tema y quiso, por fin, responder a su pregunta respecto a las posibles cuentas que ajustar. Ya había tenido tiempo de pensarlo.

A ella no le podía picar más la curiosidad, ¿tenía alguna?

—No.

En cualquier caso, podía estar tranquila porque se había tomado el asunto muy en serio: había pasado revista a toda su existencia y a las personas que había conocido por el camino. Su querido Fredrik, por supuesto; el profesor de autoescuela; el jefe de la oficina de correos que lo había puesto de patitas en la calle...

Petra pensaba que no había razón para recapitular sobre las circunstancias de su despido de correos: al fin y al cabo, el mismo Johan había reconocido que no había sido capaz de encontrar las oficinas de la empresa... En cuanto al profesor de autoescuela, era evidente que no lo había tenido nada fácil.

—¿Cuál es la mayor cualidad de Fredrik? —le preguntó con insidia.

Johan no sabía qué responder. Tal vez el hecho de que lo supiera todo y se ocupara de todo.

—Como de la venta del piso de doce habitaciones, ¿no?

—Doce habitaciones más trastero.

—¿Y cómo os repartisteis el dinero de la venta?

—¿Qué quieres decir?

Petra se percató de que no podía seguir por ese camino: estaba claro que Fredrik era como un ídolo para Johan, y ella no tenía derecho a destruir aquella imagen cuando al mundo sólo le quedaban once días. En otras circunstancias, una aclaración por parte del hermano no habría estado de más, a ser posible con ella presente y con el bate de béisbol al hombro: ese método ya había demostrado su efectividad.

Johan, por su parte, no se dio cuenta de que ella se había quedado callada, así que procedió como si nada a preguntarle quién sería el siguiente en la lista; ¿otra Victoria? ¿O aquel papa que no se había portado bien con su amigo?

Exacto, ¿de quién iba a ocuparse?, pensó ella. A los treinta, llevaba toda la vida oscilando entre menospreciarse a sí misma y ser menospreciada por los demás incluso en esas pocas ocasiones en que había intentado decir «hasta aquí». No recordaba ni un solo día que hubiera empezado o acabado mejor que el anterior, que a su vez había sido igual de deplorable que el precedente, y así hasta llegar al momento, cuando tenía seis años, en que su padre, apestando a alcohol, le anunció que había olvidado en el autobús el disfraz que ella tenía que llevar al colegio. Al día siguiente, él le había puesto una camiseta sucia que le llegaba hasta los tobillos y le había embadurnado la cara con aceite de motor para luego mandarla al colegio disfrazada de deshollinador, y no de princesa.

Le contó todo aquello a Johan.

—Entonces ¿empezamos por él?

—Por desgracia es imposible: el alcohol ya saldó cuentas con él desde hace tiempo: está igual de muerto que el papa de Galileo.

Decidió hurgar un poco más en su vida. Los años de instituto proporcionaban varias alternativas además de Victoria, pero aquélla no parecía ser la mejor forma de abordar el asunto: el peor espécimen ya había pagado por el resto.

Su candidato más serio se remontaba a la época de sus estudios de formación del profesorado. Todos esos años más tarde aún la corroía por dentro el trato que le había dispensado Carlshamre, el rector, sin que ella opusiera ninguna resistencia. Con la mejor intención, y por deferencia hacia sus compañeros, ella se había limitado a pegar unos carteles alertándolos sobre el riesgo de que el asteroide 2002 NT7 colisionara con la Tierra. Entonces, Carlshamre la había citado en su despacho para echarle un rapapolvo.

—¿Todo por pegar un papel en la pared?

—Bueno, eran ochenta pero, cuando el mensaje que se quiere transmitir es importante, no se puede escatimar.

—¡¿Un asteroide se dirige hacia la Tierra?! —preguntó Johan preocupado.

Petra aclaró que el suceso no tendría lugar hasta ocho años después, en 2019.

—Y la Tierra no puede destruirse más de una vez durante la misma década —añadió.

Johan pensó que, de todas formas, era imposible que la Tierra se destruyera más de una vez, en la década que fuera, pero tenía una duda:

—¿Qué te dijo el director?

—Que el riesgo era insignificante.

—¿Y es verdad?

—La posibilidad de la colisión es de uno entre cinco millones, ¡pero lo que me ofendió fue la forma en que lo dijo, y que me obligara a quitar todos mis carteles!

Además, poco después del incidente, Carlshamre había estado a punto de expulsarla porque había utilizado su papel timbrado para invitar a Neil Armstrong a la fiesta de Navidad del centro.

—¿A Neil qué?

—Armstrong: el astronauta más famoso del mundo.

—¿Como Galileo?

—No, ¡Galileo era astrónomo!

Petra empleaba muchas palabras difíciles, igual que Fredrik. Sin ir más lejos, su hermano mayor había utilizado una dificilísima cuando habían llegado al aeropuerto y él había sido incapaz de abrir la puerta de la autocaravana.

—¿Qué quiere decir «descerebrado»? —preguntó él.

—Idiota —repuso Petra—. ¿Por?

—Por nada. Volvamos a Carlshamre, por favor. ¿Al final te echó del curso?

No: se había librado de la expulsión porque, por aquella época, el rector había dejado el puesto.

Era un esnob y, como tal, había aceptado el cargo de mariscal de la corte.

«Astronauta», «astrónomo», «mariscal de la corte»... Las palabras y frases difíciles eran infinitas.

Petra aún tenía muchas cosas que contarle sobre Carlshamre, pero él se disculpó: ya debían de haber digerido la comida, así que tenía que volver a los fogones. La cocina lo llamaba.

—Serviré la cena dentro de dos horas. Nos vemos dentro de una hora y cuarenta para el aperitivo —anunció antes de desaparecer en el interior de la autocaravana.

La pitonisa se quedó a solas con sus pensamientos. El mayor delito del director había sido chillarle mientras ella soportaba sus reprimendas en silencio. ¿Bastaría con que ella fuera quien hablara durante su próximo encuentro? Podría decirle: «Buenos días, Carlshamre. Veo que no has perdido mucho peso desde la última vez, ni ganado estatura. Después de todos estos años, he venido para confesarte que sólo quité setenta y nueve de mis carteles: el número ochenta sigue pegado en el servicio de señoras.»

Era posible que él farfullara que no ubicaba ni el incidente ni a ella, pero estaría muy atenta para interrumpirlo antes de que tomara las riendas de la conversación: «Por cierto, tenías razón en que el riesgo de que el asteroide chocara contra la Tierra era insignificante: dentro de una semana estaremos todos congelados, incluido tú. Ponte una chaqueta si crees que puede servir de algo. En fin, que tengo que irme: queda poco tiempo. Dale saludos al rey.»

¿Demasiado burlón o en el punto justo entre desagradable y condescendiente? Se lo pensaría. También podía recurrir al bate de béisbol... aunque lo cierto era que la atraía mucho más la idea de un monólogo como el que le había soltado el director aquella vez, sólo que invirtiendo los papeles.

La pitonisa estaba contentísima con los últimos acontecimientos: la herida del instituto había cicatrizado, como lo harían los arañazos que le habían dejado los cuatro dolorosos años de formación como docente. Además, Johan llegaba con el aperitivo.

—Whisky sour. Si me lo preguntas, yo diría que los sabores están bien equilibrados. Aunque es probable que no me lo preguntes.

Le tendió un vaso y, tras probar la bebida, ella comentó que aquel cóctel tenía más de obra de arte que de simple cóctel.

—Gracias. He separado las capas, aunque en realidad no sé por qué. A veces, cuando estoy en la cocina me pongo en manos del destino. ¿Por qué brindamos?

—A la salud de Carlshamre, mariscal de la corte —dijo Petra levantando su vaso.

A Johan no le cabía duda: Petra tenía un claro candidato. Bueno, antes que nada había que encontrarlo, pero según ella aquello sería coser y cantar: es evidente que un mariscal de la corte reside en el mismo lugar que el rey.

—¿Y dónde reside el rey? —preguntó él.

—En su castillo, si me permites lanzar una hipótesis.

Tras aquellas palabras, Petra recordó la profunda humillación sufrida recientemente en la Real Academia de las Ciencias. Después de Carlshamre, quizá podrían ahondar en esa dirección: qué gustazo sería soltarles un discurso convincente a un puñado de viejos seniles y mostrarles sus cálculos exactos con la fecha y la hora del fin del mundo acompañados de un «¡leed y cerrad el pico!».

—Por desgracia, seguro que el conserje nos impide entrar en la Academia. Es como un gorila de grande, y no entiende de razones. Me pregunto si sería capaz de deletrear «apocalipsis»...

—¿Con hache o sin hache? —preguntó Johan.

—¿Qué más da? Estoy pensando que se llama Real... Academia de las Ciencias, y nosotros estamos de camino al castillo del rey, ¿no? Quizá nos encontremos con él.

Desde luego, su majestad no había sido quien había ignorado sus correos electrónicos, había llamado a la policía y la había expulsado de la Academia cuando había ido para intentar explicarse.

—Pero, al prestar su nombre a la institución —continuó reflexionando en voz alta—, está protegiendo a esa pandilla de retrógrados que son más o menos como la nobleza pontificia de la época de Galileo.

Se preguntó si el presidente de la Academia no se merecería también un par de frases convincentes, si por casualidad se encontraba en el castillo cuando fueran en busca de Carlshamre. Lo que no se sostenía era el asunto del rey porque, en realidad, ella no tenía cuentas que saldar con su majestad.

—Siempre podrías darle una bofetada para que aprenda —sugirió él.

Ella le lanzó una mirada de sorpresa.

—¿Una bofetada? ¿Y qué iba a aprender con eso?

Johan vaciló. Era lo que Fredrik hacía a veces. No demasiado fuerte, por fortuna. Él nunca había entendido la finalidad, pero no había que olvidar que era tonto. Sin duda, el rey era más inteligente, ¿o no opinaba ella lo mismo?

¿El mejor hermano mayor del mundo había abofeteado a Johan a menudo cuando eran niños? A su debido tiempo tendrían que ahondar en el tema, pero por el momento ella se conformó con decir que, tras una seria reflexión, había llegado a la conclusión de que le bastaría con el mariscal de la corte: no buscaba bronca con el soberano, que sin duda era un hombre de bien. Además, el reino de su majestad pronto desaparecería bajo el hielo, y eso ya era de por sí bastante triste.

—Ya se sabe que quien mucho abarca poco aprieta —concluyó—. Pongámonos en marcha.

Johan dijo que de eso nada: había cocinado un lenguado a la Walewska con patatas torneadas, salsa ligera al champán y champiñones laminados.

A Petra se le hizo la boca agua.

—En ese caso, saldremos mañana por la mañana a primera hora. A menos que... ¿Qué tienes pensado para el desayuno?

60

6

Domingo 28 de agosto de 2011

Quedan diez días

Según el código penal de 1864, toda violencia contra la familia real constituía un crimen de lesa majestad cuyo castigo era la muerte o la cadena perpetua, decisión que correspondía al monarca en persona.

La ley se había modificado en 1948 y el término «de lesa majestad» había desaparecido, pero no por ello el acto había pasado a ser legal. Por tanto, abstenerse de ponerle la mano encima a Carlos XVI Gustavo de Suecia era una sabia decisión. Fuera como fuese, aquello no era óbice para que Johan y Petra pusieran rumbo al palacio de Drottningholm, en los alrededores de la capital, donde, según creían, residía el corpulento ex rector Carlshamre.

Las obras en la red de carreteras y los atascos que ocasionan presentan una ventaja, pese a todo: hasta los conductores más entusiastas deben hacer un alto y, en el mejor de los casos, pensar. Aquello era lo que había sucedido de camino al palacio real, justo antes de la plaza Brommaplan.

Cuando la circulación se detuvo, los mecanismos dentro del cráneo de Johan se pusieron en marcha.

—He estado pensando en una cosa —anunció tras un instante de silencio.

—Increíble.

—Si la *armósfera* se dispersa dentro de diez días, el frío se volverá tan gélido que te morirás.

—Y tú también.

—Entonces ¿todo el mundo va a morir?

—¿Acabas de entenderlo ahora mismo?

—A lo mejor.

Johan se quedó callado unos segundos y ella esperó a que continuara.

—¿Qué crees que pasaría si vuelves a hacer tus cálculos?

Aquellas palabras le llegaron al alma a Petra. Había una parte extremadamente amable en aquel hombre al que habían tomado por idiota durante toda su niñez y que, por ello, no comprendía que una persona que le tirara huevos no tenía buenas intenciones.

—Me alegro mucho de haberte conocido, Johan. Por primera vez en mi vida me alegro de estar alegre, y es gracias a ti. Me da pena que todo tenga que acabarse en poco más de una semana y que no haya nada que tú, yo, el rey o su maldita Academia de las Ciencias podamos hacer. Sólo me consuela la idea de que, por primera vez, todos los habitantes de este planeta correrán la misma suerte, y exactamente en el mismo instante. ¿Tú qué piensas?

El razonamiento era demasiado complejo para él y, además, la circulación estaba reanudándose.

—Pienso en mi hermano —dijo.

—¿Ajá?

—Lleva mucho tiempo partiéndose el lomo en esa cosa llamada «carrera diplomática», en ese lugar que se llama «Ministerio de Asuntos Exteriores», para un día llegar a ser embajador, o algo así, como papá, sin saber que todo eso no le servirá de nada.

—¿Por eso está en Roma? ¿Trabaja en la embajada?

Johan asintió. «Embajada» era justo la palabra que Fredrik había pronunciado.

• • •

El rey y la reina de Suecia se habían hartado de vivir en el centro de la capital. Y no porque su palacio de la ciudad fuera diminuto: seiscientas habitaciones son más que suficientes incluso para una pareja con dos hijos y un tercero en camino. Pero sentían la llamada de la naturaleza: igual que los niños, los adultos también necesitan espacios verdes, y en el palacio de Drottningholm había muchos, además de proximidad con el agua, y todo a una distancia muy razonable del centro de la ciudad, por si en un momento dado había que volver a causa de la visita de un jefe de Estado extranjero o de la entrega de los premios Nobel.

La construcción del palacio de Drottningholm se había iniciado en el siglo XVI y había concluido varios siglos más tarde, y después de eso, los sucesivos regentes del país habían ido modificando a su gusto la residencia, los edificios anexos, el jardín barroco y el parque a la inglesa. En 1991 el palacio y sus dependencias habían sido nombrados patrimonio de la humanidad por la UNESCO; no era de extrañar que cada año atrajeran a setecientos mil visitantes.

No obstante, el rey y la reina no estaban obligados a invitar a tomar café a toda aquella buena gente, así que se habían habilitado una humilde vivienda de varios miles de metros cuadrados en el ala sur del edificio principal, con un jardín y un pontón privados.

La seguridad de la propiedad era tan estricta como discreta. Había cámaras de vigilancia visibles e invisibles, guardias visibles y agentes de seguridad invisibles, más la guardia real, extremadamente visible con sus uniformes y sus boinas azules, la espalda recta y el fusil al hombro. La policía tradicional, por su parte, nunca estaba a más de unos minutos de allí.

Era domingo, una resplandeciente mañana de finales de verano. Por suerte, los setecientos mil visitantes anuales no habían acudido todos a la vez, aunque había gente suficiente como para que Johan y Petra se vieran obligados a aparcar a una buena distancia del palacio.

—Gira aquí —le indicó Petra—. Ya puedes parar... ¡he dicho que pares!

Recordemos que los pedales del freno y el acelerador eran idénticos.

La parada con sobresaltos llamó la atención de los turistas alrededor. Hasta el joven guardia real apostado a varios metros, delante de una garita, volvió la cabeza, olvidando por un instante su deber, que consistía en mirar hacia delante con gesto solemne.

Johan preguntó si debían llevarse el bate de béisbol, pero se oyó a sí mismo responder que no podía ser menos apropiado: la violencia era lo último de lo que podían valerse en los dominios del rey.

Cómo iba Petra a sospechar que apenas tres minutos los separaban de la susodicha violencia.

Se apearon de la autocaravana y, al reparar en el guardia, decidieron empezar por allí.

—Buenos días, joven —lo saludó Petra.

Johan quiso participar.

—Qué bonito día, ¿verdad?

El guardia real era un joven recluta de Sollefteå que respondía al nombre de Jesper. Había recibido claras instrucciones de no contestar nunca más que con un «sí» o un «no» a las preguntas de los turistas. Preferiblemente «sí», si se trataba de hacer fotos.

—Sí —repuso Jesper.

—¿Tendría usted idea de dónde podemos encontrar a Carlshamre, el primer mariscal de la corte? —preguntó Petra.

—Y el último, si no me equivoco —añadió Johan suponiendo que no cambiarían de mariscal en el transcurso de los próximos diez días—. No tenemos absolutamente ninguna intención de ponerle la mano encima ni nada por el estilo, sólo queremos hablar con él. El bate de béisbol se ha quedado en la autocaravana.

Jesper sintió de repente una honda nostalgia de Sollefteå.

—No —respondió.

A Petra, aquel guardia real le pareció de lo más taciturno.

—En ese caso, ¿sabe usted quién podría informarnos?

Sí lo sabía: su jefe de unidad, por ejemplo. Cometió el error de responder con sinceridad:

—Sí.

—¿Quién?

¡Mierda! ¿Qué iba a decir ahora? Un «sí» sería sin duda la más estúpida de las opciones.

—No.

Johan se volvió hacia Petra.

—¿Crees que le falta un tornillo?

—Es evidente. A menos que haya recibido órdenes. Parece muy nervioso, ¿no crees?

—Sí —confirmó Johan.

—Sí —confirmó Jesper.

Aquel domingo, que se presentaba anodino, acababa de adquirir un cariz mucho más interesante para el agente de seguridad A, vestido de turista y con una cámara fotográfica réflex balanceándose sobre su barriga. Se había fijado en una autocaravana mal aparcada y en una pareja que en ese mismo instante molestaba a un guardia real. Informó por radio a sus compañeros B, C y D de que iba a acercarse, dado que la situación amenazaba con transformarse en incidente. De acuerdo con el protocolo, el canal de radio debía permanecer abierto hasta que el problema se solucionara.

El agente A se dirigió con toda la naturalidad del mundo al guardia real para preguntarle si estaba permitido hacer fotos y Jesper, que lo había reconocido, respondió:

—Sí, claro.

Sollefteå se encontraba a quinientos kilómetros de allí, pero en ese instante a él le parecían más bien cinco mil.

—¿Podrían apartarse un poco, por favor? —les preguntó el agente a Johan y a Petra—. Me gustaría sacar una foto.

—Claro —respondió Johan.

—Pero es que todavía no hemos acabado de conversar con el guardia —intervino Petra.

—«Claro que no» quería decir yo —rectificó Johan—. Buscamos a Carlshamre, primer mariscal de la corte… y último. Es urgente.

El agente A comprendió que algo raro pasaba. Para empezar, el mariscal de la corte residía en el palacio real del centro de Estocolmo; para acabar, era domingo. Si quería entender un poco más lo que pasaba, debía alargar la conversación.

—Ah, disculpen. En ese caso, después de ustedes. ¿Tienen cita con el mariscal? Qué emocionante. Por cierto, ¿es suya la autocaravana? Bonito modelo.

—¡Gracias! —exclamó Johan.

Petra, por el contrario, se mostró desconfiada: aquel turista hacía demasiadas preguntas y se mostraba demasiado adulador.

—¿Quién es usted y qué quiere? —le preguntó.

El agente de seguridad A memorizó todos los detalles: mujer, 1,70 m, unos treinta años, sueca, pelo rubio ceniza, ojos azules; hombre, 1,75 m, unos treinta años, sueco, pelo rubio ceniza, ojos grises azulados. Ninguno parecía ir armado.

Petra reparó en que los observaba con insistencia. Algo no estaba bien. Era imperioso que localizaran a Carlshamre para soltarle el anhelado monólogo, no podían perder ni un segundo más en un interrogatorio que casi parecía policial.

Johan, por su parte, había procedido a llevar a cabo su propio análisis de la situación. Se daba cuenta de que el turista parecía preocupado. Tal vez fuera buena idea tranquilizarlo.

—Como ya le hemos dicho al joven guardia aquí presente, ni se le pase por la cabeza que queramos hacerle nada malo al primer y último mariscal de la corte. Tampoco tenemos ninguna intención de abofetear al rey: no creemos que con ello pudiera aprender nada.

«Interrogatorio policial», pensó Petra, y puede que incluso prisión, si Johan seguía por ese camino.

El agente de seguridad A decidió que había llegado el momento de presentarse. Sacó su carnet de policía del bolsillo interno, se lo puso delante de la cara y les anunció que debía hacerles unas cuantas preguntas a título informativo.

Petra se negaba a malgastar los últimos penosos días de su existencia en una comisaría de policía. Si los vigilantes hacían bien su trabajo, ni siquiera podría ahorcarse en su celda. Rápida como el rayo, pasó a la acción, aderezada con una pizca de pánico.

El agente de seguridad A contaba con numerosos años de servicio en su expediente y ya había neutralizado otras amenazas en el pasado. Sin embargo, no se esperaba que una mujer lo atacara con un violento cabezazo en todo el pecho. Para gran vergüenza suya, se tambaleó y aterrizó de nalgas.

—¡No! —gritó Jesper totalmente desprevenido.

—¡Vamos! —le ordenó Petra a Johan.

El agente A se levantó a toda prisa, pero Petra fue más rápida. Salió corriendo hacia la autocaravana con Johan pisándole los talones. El vehículo ya estaba alejándose cuando los policías B, C y D llegaron como refuerzos.

—¿Qué ha pasado? —preguntó B.

A no respondió. Siguió la autocaravana con la mirada y la vio girar a la izquierda por Ekerövägen.

—MLB490 —recitó—. Pareja sueca de unos treinta años, los dos con el pelo rubio ceniza; 1,70 de estatura ella, 1,75 él.

—Yo me ocupo de la matrícula —anunció B.

—Yo llamo a un coche patrulla —subió la apuesta C.

—Menuda suerte que estos idiotas hayan doblado a la izquierda —observó D.

—¿Por qué has girado a la izquierda? —protestó Petra.

—¿Qué? —se sorprendió Johan—. ¿Otra vez he hecho una tontería?

7

Domingo 28 de agosto de 2011

Quedan diez días

Si un buen día, de paso por Estocolmo, les apetece visitar el magnífico palacio de Drottningholm y sus alrededores, antes que nada tendrán que recorrer una decena de kilómetros en dirección al noroeste, hasta Bromma; es decir, unos veinte minutos si no hay demasiado tráfico.

Una vez allí, giren a la izquierda en la rotonda y continúen por Drottningholmsvägen durante cuatro kilómetros. Cuando superen el puente, se encontrarán en Kärsön y, después del segundo puente, en Lovön. En ese punto, es imposible que pasen por alto el palacio, a su izquierda.

Supongamos que, pese a todo, se lo saltan y siguen recto. Entonces, al cabo de un momento la carretera se bifurca en dirección a las islas Färingsö y Ekerö.

El lago Mälar alberga unas islas realmente grandes. Si se despistan un segundo es fácil perderse. La única posibilidad para salir de ese laberinto es coger el ferry y regresar a tierra firme al sur de la capital.

O dar media vuelta.

Hacia Drottningholm.

Los agentes A, B, C y D comprendieron enseguida que la pareja sospechosa estaba atrapada en una de las islas del lago Mälar: les bastaría con vigilar el ferry que parte de Ekerö y aguardar en Drottningholm hasta ver pasar una autocaravana blanca con matrícula MLB490, a ser posible conducida por un hombre de unos treinta años acompañado de una mujer de la misma edad en el asiento del copiloto. Pero no querían esperar más de lo necesario, de modo que enviaron un coche de la policía hacia Ekerö y otro hacia Färingsö. Cualquiera de los dos que localizara a los fugitivos no tendría más que pedir refuerzos si era necesario.

Hasta ese momento, se podía responsabilizar a aquellos dos de estacionamiento irregular, de violencia contra un agente de la autoridad (violencia leve, pero aun así) y de fuga, a lo que acababa de añadirse robo de vehículo, puesto que aquella autocaravana pertenecía a un diplomático sueco destinado en Roma y no parecía posible que se hallara en Suecia y en Italia al mismo tiempo. Por último, quedaba por comprobar si habían amenazado con abofetear a su majestad el rey.

Petra comprendió la difícil situación en que se hallaban casi al mismo tiempo que los agentes A, B, C y D. Tras explicárselo a Johan, añadió que el ferry era su única vía de escape, y que los policías ya debían de saberlo. Bastaría una llamada telefónica para que el ferry permaneciera atracado en el muelle hasta que llegaran a detenerlos.

Johan propuso que secuestraran el ferry, pero ella le respondió que no le parecía que ésa fuera una de sus mejores ideas. Eso lo hizo sentirse decepcionado consigo mismo. Estaba harto de que todo lo que hacía acabara metiéndolos en problemas. Ella se disponía a consolarlo cuando observó, por el retrovisor, un faro giratorio azul: la situación, ya de por sí catastrófica, acababa de empeorar aún más.

—¡Gira a la izquierda! —le dijo señalando con el dedo para más seguridad.

Gracias a esa maniobra abandonaron la carretera principal antes de que la policía los detectara. A saber adónde se dirigían, pero por el momento lo más importante era protegerse de la amenaza más inmediata.

—Ahora a la derecha… a la izquierda… todo recto.

Johan tan pronto miraba hacia delante como echaba ojeadas hacia atrás. Se sentía cada vez más estresado porque distinguía igual de mal la derecha de la izquierda que el freno del acelerador.

Y lo que tenía que pasar pasó.

—¡He dicho a la izquierda! —chilló Petra cuando, tras un giro a la derecha, se adentraron dando saltos por un camino de tierra en dirección a un terreno aislado a orillas del agua.

Se dirigían hacia un almacén de embarcaciones cuando Johan, presa del pánico, pisó a fondo lo que creía que era el acelerador y la autocaravana se detuvo a medio metro de la pared.

—Buena frenada —lo felicitó Petra.

A veces las cosas salen tan mal que salen bien.

8

La anciana de pelo violeta

Agnes estaba sentada delante de su ordenador portátil en su casa de madera. Sus dedos corrían con agilidad por el teclado y navegaba cómodamente por internet. Llevaba sus setenta y cinco años con dignidad: su talle era tan fino como en otros tiempos; su pelo, antes rubio, estaba ahora teñido en una tonalidad violeta, un color que ella realzaba elegantemente con sus vestidos, eligiera el que eligiese.

Estaba subiendo su publicación diaria a esa invención reciente llamada Instagram cuando oyó ruidos en el jardín. ¿Quién podría ser? Era extraño porque ella nunca recibía visitas.

Asomándose por encima de la mesa de la cocina y apartando los geranios del alféizar de la ventana, la vista abarcaba el jardín hasta el embarcadero.

¿Una autocaravana?

Cincuenta y seis años antes, Agnes era bella y radiante como ninguna. En otra época y en otras circunstancias, habría sido modelo de pasarela en París, como mínimo.

Por desgracia, corría el año 1954 y vivía en una parroquia tan pequeña de la Småland meridional que Dios probablemente la habría olvidado de no ser por sus dos iglesias: la nueva iglesia de Dödersjö, construida en 1790, y la antigua iglesia de Dödersjö, que databa del siglo XIII.

La población ascendía a unos cientos de habitantes que vivían en cuarenta y tres hectáreas. Las casas estaban diseminadas aquí y allá, a excepción de las que se habían construido en el pueblo como tal. Allí, puerta con puerta, se encontraba la tienda de comestibles Konsum (que por entonces todavía no había cerrado) y la tienda de ultramarinos del señor Grankvist, donde se podía comprar un bidón de gasolina si aún había.

Agnes vivía con sus padres en una casa de uralita no muy lejos del cementerio. Estaba en edad casadera y, en aquella época, los padres todavía tenían cierta influencia en sus hijos, o al menos en sus hijas.

El pretendiente de Agnes era un hombre de apellido Eklund, dueño de una fábrica de zuecos, que la cortejaba con flores y zuecos nuevos. Sus padres estaban locos de contentos: ¡era el patrón de una fábrica, lo que convertiría a Agnes en la patrona de una fábrica! Eklund tenía cuatro empleados y un Saab 92 casi nuevo de color rojo ladrillo. La pareja viviría un poco apretujada en el piso que había encima de la fábrica, pero la austeridad de Eklund era indudablemente una virtud: Agnes no podía esperar un mejor partido.

«¡Jamás!», había declarado ella, más radiante que nunca.

Un año más tarde se casaban. El almadreñero había optado por la iglesia nueva, la de 1790. Sería una bonita ceremonia.

Ningún niño llegó para bendecir aquella unión. Al principio, porque ni el patrón ni la patrona sabían cómo se hacían; luego, cuando descubrieron cómo había que proceder, porque la patrona decidió que no quería volver a intentarlo nunca más, mucho menos con el patrón. Y no había nadie más disponible.

Eklund era, en efecto, igual de pesado que sus zuecos, y tan rácano como indicaba su reputación: no compró su primer televisor hasta bien entrados los años sesenta, y no cambió de coche hasta 1975 (se compró otro Saab, aunque no tan usado). Cuando los tiempos se pusieron difíciles, se deshizo de dos de sus empleados y los sustituyó por su mujer. Ella, que durante veinticinco años de matrimonio no había sabido qué hacer con sus diez dedos, se puso a trabajar doce horas al día seis días a la semana, y así fue hasta mediados de los años ochenta, cuando Eklund pisó un clavo, contrajo una septicemia y esperó demasiado tiempo para acudir al hospital de Växjö: para el trayecto de ida y vuelta se necesitaban al menos siete litros de gasolina, y no la regalaban.

A petición de la viuda, el funeral tuvo lugar en la antigua iglesia.

A partir de ese momento, Agnes pasó a ser patrona y patrón al mismo tiempo. Reorganizó la producción, dedicando un esfuerzo mínimo a los zuecos y lanzándose a la construcción de botes de madera. Tenía olfato para los negocios. Al cabo de poco contaba con más de veinte empleados a su cargo y no pisaba el taller de la fábrica.

Por aquel entonces tenía sesenta y tantos años, y había pasado la vida entera en Dödersjö, salvo por algunas excursiones a la lechería de Lenhovda y un par de viajes a Växjö antes de casarse. Tras el matrimonio, se habían acabado esas aventuras: no había suficiente dinero para derrocharlo en un trayecto de treinta y cinco kilómetros y, a fin de cuentas, ¿qué había en Växjö que no pudiera encontrar en Dödersjö? «La vida», pensaba ella, pero jamás se rebeló.

En cuanto enviudó, se dio cuenta de que aún le quedaba algo de juventud, de la época en que era radiante. Quería ver mundo.

Entonces descubrió un nuevo fenómeno que permitía viajar por todas partes sin moverse del sofá: internet.

En los albores del nuevo milenio, decidió expandir su empresa. La fabricación de botes funcionaba casi sola. Así, a cambio de tres pares de zuecos y una barca, compró la única confitería de Dödersjö; se deshizo de los pasteles, que nadie compraba, y transformó el establecimiento en un cibercafé. Y un bonito domingo de mayo, se plantó en la escalinata de la iglesia y les explicó a los fieles lo que allí podían hacer.

—Queridos vecinos, ¡descubran el mundo sin salir de Dödersjö! Una hora de conexión, una taza de café y un cruasán, ¡una experiencia inolvidable por un precio de lanzamiento de diez coronas!

Los diecisiete fieles la escucharon con educación, pero ninguno se presentó en el café al día siguiente... ni los días sucesivos.

Agnes, a solas con sus tres ordenadores y su módem a 56 kilobits por segundo, se consoló con los cruasanes que, de otro modo, se habrían puesto duros. Estaba casi tan harta de sus botes de madera como de sus vecinos.

Aquello se llamaba «navegar». Sólo había que abrir Altavista, un motor de búsqueda, y desde ahí viajar a donde uno quisiera.

Ella siempre había querido visitar París, Londres, Milán... Nueva York la atraía menos; no es que fuera miedosa, pero ¿cruzar todo el Atlántico en avión?

Pero internet era distinto desde todos los puntos de vista: el miedo a volar no tenía razón de ser en el mundo virtual. Además, un viaje virtual a América, a Japón o a Australia era menos caro que uno de ida y vuelta a Växjö en el apestoso Saab de su difunto esposo.

Estaba harta de reliquias. Se despidió de su antigua vida: dijo adiós a los zuecos, a los botes, a Dödersjö y a sus moribundos habitantes. Vendió la fábrica junto con el piso de encima, los muebles y todo lo que iba ligado a ellos. Llevó el Saab al desguace. Solamente conservó el camión: lo necesitaba para largarse de allí.

Con el dinero, se compró una casita de madera roja a orillas del agua a las afueras de la capital. Se hizo con una cama, una silla, un escritorio, un ordenador y geranios para la ventana. Ella, que prácticamente no había salido nunca de su parroquia, iba y venía en autobús y metro a Estocolmo. El camión quedó relegado al almacén de barcos, que convirtió en garaje. De todas formas, no quería volver a oír hablar de botes.

Tenía entonces sesenta y cinco años, y había desperdiciado casi toda su vida. Pero solamente casi. En Estocolmo iba al cine, a mirar escaparates y a por fruta y verdura al mercado Hötorget. Se había comprado un par de gafas de sol de marca y a menudo disfrutaba del final de la jornada en una terraza de la plaza Stureplan, tomando una copa de vino y hojeando el periódico. Observaba a los adolescentes con la nariz pegada a su Nokia. ¡Ellos también navegaban! ¡Con el teléfono!

Aquello la hacía sonreír.

Volvía a estar radiante.

—¡Y ahora, brindemos por nosotros, internet!

9

Domingo 28 de agosto de 2011

Quedan diez días

Agnes todavía estaba ágil para su edad. Con paso ligero, bajó diligentemente la escalera del jardín y recorrió el camino de grava que conducía hasta el almacén de barcos y la autocaravana blanca, donde descubrió a un hombre y una mujer.

Llevaba más de diez años viviendo allí y seguía efectuando con regularidad el trayecto de ida y vuelta a Estocolmo. Al principio lo hacía para distraerse y asistir a su curso de informática para mayores; con el tiempo, sobre todo por el placer cada vez mayor de hacer cursos más y más avanzados en programación, diseño web, marketing y posicionamiento.

No obstante, los que han venido al mundo en Dödersjö y han vivido allí mucho tiempo suelen ser poco proclives a abrirse a los demás o a entablar nuevas relaciones. La única persona de la parroquia con la que Agnes intercambiaba algo más que monosílabos era el viejo Björklund el enterrador, cuyo mayor mérito consistía en haber sepultado al patrón de la fábrica de zuecos. Los habitantes de Dödersjö no osaban llamarlo por lo que era por miedo a que eso los acercara a la tumba, de modo que se referían a él como Björklund el florista porque también tenía buena mano con las plantas. De su costumbre de hablar con ellas, pensaba Agnes, le venía su habilidad para conversar. Al fin y al cabo, la práctica hace al maestro.

Desgraciadamente, hacía tiempo que a Björklund le había llegado el momento en que, de haber sido posible, habría tenido que enterrarse a sí mismo. Desde entonces ella no había practicado la conversación, al margen de las que podía mantener en los cursos de informática, y mira por dónde ahora se enfrentaba a dos visitantes inesperados en una autocaravana.

—Bienvenidos a La Felicidad del Lago —los saludó.

A Johan le pareció que la anciana tenía cara de buena persona. En cuanto a La Felicidad del Lago, era obvio que se trataba del nombre de la casa.

—Dejamos el bate en la autocaravana, ¿verdad? —le preguntó a Petra.

—Muchas gracias —respondió Petra sin hacerle caso a Johan.

—¿Puedo preguntarles qué los trae por aquí? Aunque en realidad... qué más da. ¿Les apetece una taza de café?

Petra la observó un instante: era elegantísima y tenía una sonrisa cálida, ¡definitivamente no era un blanco para el bate de béisbol! Lo que ella necesitaba en realidad era un capuchino de Johan, pero tampoco iba a hacerle ascos a una taza de café de filtro pese a la amenaza que se cernía sobre ellos.

—Con mucho gusto —respondió—. Disculpe. ¿Este garaje es suyo? ¿Cree que nuestra autocaravana cabría dentro?

Agnes respondió que aquella construcción era un almacén de barcos reconvertido en garaje porque no quería volver a oír hablar de botes, y que sin duda era lo bastante grande para la autocaravana, siempre y cuando movieran antes el camión.

—Yo misma lo haré con gusto —concluyó.

Cinco minutos más tarde, el camión y la autocaravana habían intercambiado su lugar sin que Agnes les hubiera pedido la menor explicación. No obstante, un coche de la policía patrullaba más arriba, por el barrio de los chalés, con el faro giratorio encendido, y ella reparó en las miradas de preocupación de sus invitados.

—Deberíamos cerrar la puerta del embarcadero, ¿verdad?

—Buena idea —aprobó Petra—, así evitaremos que dé portazos con el viento.

El café no alcanzaba las altas cotas de calidad del capuchino de Johan, pero cumplía con su cometido e iba acompañado de un bollito de canela. Bebieron una segunda taza y se comieron otro bollito.

Tras hora y media de conversación digna de Björklund el enterrador, Agnes, Johan y Petra habían intercambiado no sólo sus nombres, sino también sus historias a grandes rasgos.

—Entonces ¿el mundo llegará a su fin dentro de diez días? —preguntó Agnes.

Su incredulidad era casi tangible.

—Y todos acabaremos congelados —confirmó Johan—, no sólo las personas que no vayan bastante abrigadas o las que se encuentren en el exterior.

—Johan tiene razón —sancionó Petra—: mis cálculos son exactos e incontestables.

—Pero supongo que puedo permitirme tener mis dudas, ¿no? —insistió la señora de pelo violeta.

Petra respondió que sí, pero que no serviría de mucho: el suceso que estaba a punto de ocurrir no se dejaba amedrentar por las dudas.

—¿No ha habido ya, a lo largo de los siglos, toda una serie de profetas del apocalipsis? —objetó Agnes.

—No me compare con todos esos aficionados, por favor.

—Pero entonces, ¿qué pintaba esa visita al mariscal de la corte?

Petra respondió que no tenían otra intención que conversar cordialmente, pero admitió que se habían tomado demasiado a la ligera la posible presencia en el palacio de su majestad el rey y las implicaciones de ésta en materia de seguridad.

—Y ahora estáis aquí, atrapados sin salida —concluyó Agnes.

—¿Sin salida? —se sorprendió Johan.

—Se refiere a que estamos acorralados en una isla de la que sólo podremos salir esposados por la policía.

Durante la hora que llevaban juntos, Agnes, de algún modo, se había dado cuenta de lo sola que se había sentido todos aquellos años. No estaba conforme con tener que despedirse de aquellos nuevos amigos, por muy raros, confusos y criminales que pudieran parecer... o tal vez precisamente por eso. Johan y Petra habían vivido más aventuras en un solo día que toda la población de Dödersjö en quinientos años. Por otro lado, el verbo «pintar» le había dado una idea.

—Yo me dedicaba a construir botes —soltó.

—¿Tendría usted uno en el que pudiéramos huir? —se adelantó Petra.

—No voy por ahí, pero en el fondo del almacén hay un montón de antiguallas que llevan diez años arrumbadas allí...

—¿Y?

Agnes quería alargar todo lo posible aquel momento: era agradable tener compañía.

—Incluida una escalera, si no recuerdo mal.

—¿Y?

—Y una guadaña oxidada. A mi marido le parecía útil guardarla porque la había comprado a buen precio, pero luego fue precisamente la de la guadaña quien se lo llevó.

—¿Y? —insistió Petra.

Tenía la sensación de que Agnes no hablaba por hablar.

—Y un montón de cosas para pintar: rodillos y otras herramientas de ese tipo, y a lo mejor veinticinco litros de pintura azul celeste. ¡De hace diez años, avisados estáis! Aunque yo nunca he escatimado en calidad.

—Quiere decir que...

Sí, eso era lo que Agnes quería decir.

—¿Qué quiere decir? —preguntó Johan.

Conforme avanzaba aquella tarde de finales de verano, la autocaravana se volvía cada vez más azul. Agnes sugirió sustituir las placas de matrícula por las del camión. La pintura se secaría durante la noche. Mientras tanto, invitó a sus dos huéspedes a compartir con ella un guiso de pollo y una garrafa de vino, y a echar una cabezadita en el sofá o en el sillón. No podía ofrecerles nada mejor.

Johan dijo que un guiso de pollo sería perfecto, a ser posible con un toque de tomillo limón, unas manzanas salteadas y un chorrito de calvados. Sin embargo, propuso ir a la autocaravana a buscar una alternativa a la garrafa de vino: un La Mateo 2006, por ejemplo.

—¿Y ése quién es? —preguntó Agnes.

Durante la cena, de repente se oyó una melodía que provenía del bolsillo interior de Johan.

—¡Fredrik! —exclamó con alegría antes incluso de sacar el teléfono.

—¿Cómo sabes que es él? —preguntó Petra asombrada.

—No conozco a nadie más; salvo a ti, claro, pero ¿por qué ibas tú a llamarme si estás a mi lado? Y, además, tú no tienes mi número, ¿no? ¡Hola, hermano querido!

Pero era obvio que el diplomático no estaba de humor para palabras cariñosas. Hablaba en voz tan alta que todos lo oían. Sin dilación, le preguntó a Johan si la autocaravana se encontraba en la parcela que le había reservado.

—No, he...

—¡Perfecto! Menuda mierda y menudo lío, pero aparte de eso, perfecto.

Johan trató de preguntarle a su querido Fredrik cómo iba todo, pero este último no llamaba precisamente para escucharlo. Estaba más furioso que nunca con el descerebrado de su hermano.

—«Descerebrado» significa «idiota», ¿verdad? —preguntó Johan.

—¡Exacto!

Montar un escándalo delante de la residencia real, ¿cómo se podía ser así de tonto?

—¿Y cómo te has enterado?

—La policía me ha llamado cuando estaba en medio de una reunión con el embajador y diecisiete personas más, y no he tardado en entender que habías vuelto a hacer una burrada de las tuyas. ¡He tenido que mentir! ¿Lo oyes? ¡Mentir! «¿Mi autocaravana delante del palacio de Drottningholm? ¿Cómo es posible? Debería estar en una parcela de camping en Fisksätra. Eso significa que alguien la ha robado.»

Después de dicha conversación, había tenido que pasar cuatro penosas horas más allí, reunido y encerrado, y después asistir a un banquete. No había tenido oportunidad de llamarlo antes.

—Lo más importante es que no vuelvas al camping, o te pillarán.

—No hay ningún riesgo: estamos empantanados en una isla. Vamos a...

Fredrik lo interrumpió:

—Escúchame bien porque sólo tengo una cosa que decirte: ¡No-quiero-saber-nada!

—Pero es que me he echado una amiga y...

—¿No acabo de decirte que no quiero saber nada?

—Sí, ¿ya te has olvidado?

Fredrik recordó demasiado tarde con quién hablaba.

—Otra cosa...

—Pues con ésa serán ya dos cosas.

—Cierra el pico y escucha. Si la policía te echa el guante, debes decir que me has robado la autocaravana y que yo no estaba al tanto de nada.

—Pero si tú me la diste, ¿cómo iba a robarte algo que me pertenece?

—La autocaravana está registrada a mi nombre. Tú no tienes que entender nada, limítate a hacer lo que yo te diga.

—¿Quieres que juguemos otra vez al amo y el criado?

—¡No!

—Vale, entendido. ¿Todo bien por España?

—Y esta conversación nunca ha tenido lugar. ¿Estamos de acuerdo en eso también?

Johan se concentró tanto pensando que casi le entró migraña.

—¿Quieres decir que si alguien me lo pregunta tengo que fingir que no hemos hablado?

—Exacto.

—¿Sólo esta vez o nunca en la vida?

—Sólo esta vez, esta conversación de ahora. Puedes decir nos hemos criado juntos y que estás orgulloso de que yo haya llegado a diplomático. ¡Y estoy en Italia, joder!

«Italia», pensó Johan. El país se llamaba Italia; la ciudad, Roma. España no pintaba nada en todo aquello.

—Oye, Fredrik, tienes que contarme cómo te...

El otro colgó sin despedirse.

—Parece un tipo encantador —observó Agnes—. ¿Siempre es así?

Sí, a Johan le parecía que aquél era el estado normal de su hermano.

—¿Qué es eso de «el amo y el criado»? —le preguntó Petra.

Johan se echó a reír. ¡Era su juego favorito! Fredrik y él llevaban jugando desde que eran niños hasta literalmente dos días atrás, cuando su hermano mayor se había mudado a... Italia. El juego consistía en repartirse los papeles; el amo ordenaba y el otro debía obedecerlo en todo y decir: «Sí, amo.» Si se olvidaba de decirlo, perdía.

—¿Y los papeles se deciden al azar?

Johan no se acordaba de cómo se empezaba a jugar, pero en el transcurso del juego Fredrik siempre perdía y acababa teniendo todo el rato el papel de amo. No ponía mala cara cuando Johan ganaba, pero aun así debía de resultarle un poco molesto no conseguir que mordiera el anzuelo nunca.

—A veces a mí también se me olvidaba decir: «Sí, amo», pero él nunca se daba cuenta.

Agnes y Petra intercambiaron miradas y la pitonisa preguntó qué tipo de órdenes podía darle el amo a su criado.

—¡Ah, más o menos cualquier cosa que uno pueda imaginarse! —respondió Johan.

Por ejemplo, pasar la aspiradora, cocinar, llevarle al amo una manta si le entraba frío en los pies mientras descansaba en su sillón, o un whisky y un puro... siempre había algo que hacer.

—Pero ¿Fredrik no cocinaba?

Johan se echó a reír.

—¿Cocinar él? ¿Estás loca?

—Entonces ¿quién te ha enseñado a cocinar? Me dijiste que Fredrik te había enseñado todo lo que sabes.

—¡Y así es! El caso es que, cuando mamá enfermó, decidimos que la cocina sería parte del juego.

—De común acuerdo —dijo Agnes.

—En realidad, él lo decidió. Yo cocinaba, él criticaba, yo cocinaba otra cosa, él criticaba otra vez. Pero criticaba tan bien que acabé aprendiendo; al menos un poco. Creo. O a lo mejor no, pero bueno...

—¿Y te hablaba con el mismo tono que en la conversación de hace un momento?

—¿Qué quieres decir?

Agnes y Petra entendieron a la vez dos cosas. La primera, que Fredrik había explotado a su hermano menor durante todos aquellos años; la segunda, Johan nunca se había dado cuenta. Entonces, Petra se acordó de otro detalle.

—Cuando vendisteis el piso de doce habitaciones más trastero en Strandvägen, ¿cuánto sacasteis?

—¡Cómo voy a saberlo! De eso se ocupó Fredrik. El pobre lo pasó fatal con la venta porque estaban los gastos de la agencia, el coste de la mudanza y unos extraños impuestos; por suerte quedó dinero para la autocaravana.

—Y a lo mejor algo más, ¿no?

—Tendrás que preguntárselo a Fredrik. Yo lo único que sé es que todo es carísimo en España... en Italia, digo, y que gana un sueldo mísero.

—¿Eso es lo que te ha contado?

—Sí.

Cuando Johan fue al baño, Agnes y Petra se quedaron unos minutos a solas. La anciana de pelo violeta ya se había dado cuenta de que Johan tenía muchas virtudes y, a esas alturas, a ambas les parecía que Fredrik no sólo había estado aprovechándose de su hermano durante toda su vida, sino que, para colmo, lo había engañado.

Pero Petra complicó las cosas al mencionar el apocalipsis: Johan llevaba más de treinta años idolatrando a su hermano, ¿tenían ellas derecho a destruir la imagen que se había formado de él a tan sólo diez días del fin del mundo?

—Si tus cálculos son correctos —objetó Agnes.

—No empieces otra vez.

Durante unos segundos, las dos siguieron erre que erre, cada una atrincherada en su convicción, hasta que Agnes le recordó a Petra que ella había descubierto una relación con la existencia totalmente nueva cuando, según sus propios cálculos, no le quedaban más que once días. ¿Por qué Johan no se merecía lo mismo? A menos que considerara que debía acabar congelado sin dejar de creer jamás en la mentira que había sido su vida.

Ese argumento fue decisivo. La pitonisa y la señora de pelo violeta acordaron con un apretón de manos que lo mejor era quitar la venda de un tirón.

Así que se propusieron sembrar dudas en la mente del muchacho. ¿Cómo funcionaba exactamente aquel juego del amo y el criado? ¿Y el tema del reparto de habitaciones? ¿Era normal el tono con que le hablaba su hermano mayor? ¿Y que le diera bofetadas?

Pero él no fue del todo consciente de la manipulación a la que su hermano mayor lo había sometido durante todos aquellos años hasta que descubrieron el anuncio del piso. La autocaravana podría haber costado unas setecientas mil coronas (según la información que Agnes encontró en internet), mientras que la venta de la vivienda de doce habitaciones más trastero le había deparado al hermano unos cincuenta o sesenta millones, si no más; así que él tendría que haber recibido alrededor de treinta millones, y no sólo una autocaravana equipada con una cocina último modelo.

Se echó a llorar avergonzado y dejó que las lágrimas le cayeran sin hacer el menor ruido.

—Está claro que soy un idiota —declaró gimoteando.

—No digas eso —protestó Petra—. No hay ni un solo idiota en todo el mundo que cocine como tú. ¡Eres un masterchef, un genio!

Sí, un genio que no sabía distinguir España de Italia, la derecha de la izquierda ni el freno del acelerador, se abstuvo de añadir.

Agnes fue en busca de una botella de aguardiente. Dadas las circunstancias, parecía lo más indicado. Pese a todo, el autoproclamado imbécil parecía estar bastante mejor de lo que Petra y ella se habían temido.

—Nada de aguardiente —dijo sorbiéndose los mocos—, vuelvo ahora mismo.

Con la ayuda de dos botellas de *grappa invecchiata* Paolo Berta 1996, Agnes y Petra se esforzaron por consolar al inconsolable. Insistieron en su talento como cocinero y en su perfecto inglés de cine, aunque sin éxito. Era evidente que Fredrik había machacado demasiado a su hermano, y durante demasiado tiempo. Johan empezó a recordar distintas escenas de su pasado bajo una nueva luz. Como el motivo por el que siempre había tenido que ocuparse de tirar la basura.

—¿Existe la alergia al cubo de la basura? —preguntó mirando por la ventana, como si Fredrik estuviera allí en alguna parte.

Agnes intentó hacerlo reaccionar.

—¿No crees que deberíais ir a hacerle una visita a Fredrik, igual que hicisteis con la tal Victoria, y soltarle un par de frases bien dichas o incluso soltarle un buen sermón?

Johan, que no escuchaba, se dirigió de nuevo a la oscuridad:

—No te comías todas nuestras chucherías de los sábados porque te preocuparan mis muelas, ¿verdad?

Petra también lo intentó:

—¿Qué opinas de la idea de Agnes, Johan? Incluso podríamos sacar a relucir el bate de béisbol.

Pero nada funcionaba.

—Yo sólo tenía el trastero, las otras doce habitaciones eran para ti, aunque era yo quien las limpiaba. Pero ¿me diste las gracias ni siquiera una sola vez?

El corazón de Petra estaba henchido de compasión por el bueno de Johan. ¡Agnes tenía razón! Ya era hora de que Fredrik oyera una versión distinta, además de cuatro verdades. Mientras Johan seguía mirando al vacío con obstinación, la pitonisa se encendió: le harían una visita al hermano mayor igual que se la habían hecho a Malte y, de propina, a Victoria.

—¡Venga, nos largamos, joder! —dijo casi gritando.

¡Era increíble lo bien que podía sentar una *grappa* de quince años caída del cielo!

10

Lunes 29 de agosto de 2011

Quedan nueve días

Aquella noche fue Johan el que mejor durmió en su sillón, gracias a la considerable cantidad de *grappa* de alta gama que lo había ayudado a pasar el trago amargo. Petra también dormía a pierna suelta en el sofá, puesto que la jornada de la víspera había sido larga y llena de acontecimientos.

Agnes, en cambio, no lograba conciliar el sueño en su cama, en la planta de arriba.

La primera vez que, desde su juventud, había sentido que renacía fue cuando su esposo pisó el clavo letal. La segunda, cuando se marchó de Dödersjö para no volver jamás. Lo que había venido después de eso, es decir, Estocolmo, los cursos de informática e internet, tampoco eran nada del otro mundo, pero al menos la hacían creer que la vida, de alguna forma, tenía sentido, que había que seguir adelante.

Hasta el día en que Johan, Petra y la autocaravana le habían hecho una visita sorpresa. Una pitonisa del apocalipsis y un hermano menor engañado, perseguidos por la policía. A sus setenta y cinco años, Agnes acababa de vivir su tercera y puede que última resurrección, y dentro de poco ellos estarían diciéndole adiós. Se sentía... ¿cómo decirlo? Sí: vacía.

• • •

Para desayunar, la anciana de pelo violeta les propuso unos huevos fritos y pan tostado. Aquello distaba mucho del talento de Johan, pero para Petra era la menor de sus preocupaciones.

¿De verdad había decidido la noche antes que su siguiente etapa sería Roma? ¿Sin consultarlo con Johan, que se había pasado la noche con la mirada perdida en la nada?

¿Con cuántos obstáculos se toparían por el camino? El primero, en todo caso, sólo estaba a pocos kilómetros de allí.

Claro que ahora la autocaravana era azul, y habían cambiado las placas de la matrícula, que las cámaras de vigilancia de los alrededores del palacio seguro que habían grabado. Pero Johan seguía siendo Johan y ella, ella: necesitaban otro conductor para cruzar los probables controles policiales mientras ellos iban escondidos en la parte trasera.

El segundo obstáculo incumbía de forma más específica a Johan. Ya había conseguido comerse el bordillo de una acera, girar a la izquierda cuando quería hacerlo a la derecha, acelerar cuando había que frenar, y frenar en vez de acelerar. Y aún más: había dejado ir una caravana por una pendiente hacia una destrucción segura. Y todo eso estando sobrio, que era justo lo contrario de cómo estaba ahora. Aunque consiguieran engañar a la policía de Drottningholm, ¿hasta dónde llegarían con un Johan sin carnet al volante?

¡Maldita *grappa*! ¡Era tan buena que debería estar prohibida! Le había puesto el cerebro del revés.

Aunque puede que aquello fuera la solución al problema. Al fin y al cabo, Johan había ingerido al menos el doble que ella. Con un poco de suerte, no se acordaría de las solemnes declaraciones que ella había hecho la víspera.

—¿Quieres té o café, Johan? —preguntó Agnes.

—¿Queda lejos Roma? —respondió él—. ¿Cuándo nos vamos?

Imposible dar marcha atrás. Petra decidió concentrarse en los problemas uno a uno. ¿Podía Agnes ayudarlos con lo más urgente? ¿Sabía conducir una autocaravana?

—Pues nunca lo he intentado —respondió la anciana—, pero he conducido camiones toda mi vida. Supongo que no hará falta ser ningún genio.

Pregunta número dos: ¿veía factible ponerse al volante hasta que hubieran superado los probables controles policiales en Drottningholm? Por una parte, para permitirles a ella y a Johan seguir a cubierto, y, por otra, porque nadie podía prever cuándo Johan volvería a confundir los pedales. Si ocurría en el peor momento, todos sus esfuerzos se irían al garete y el hermano de Johan se libraría del sermón que se merecía. Petra añadió que, tomara la decisión que tomase, comprendía que Agnes no quisiera involucrarse en aquella historia.

¿Era posible que aquel momento llegara a ser el más feliz de toda la vida de Agnes? Bueno, a ver, todavía no había llegado al final.

—Puedo ayudaros a pasar el cordón policial en Drottningholm... con una condición.

¿Iba a exigirles dinero?

—Quiero seguir conduciendo yo.

—¿Cómo? ¿Hasta Italia?

—Nunca he salido al extranjero. Me renuevo el pasaporte cada cinco años, pero de ahí no paso.

Petra no daba crédito a lo que oía. De repente, volvió a ver posibilidades, no sólo dificultades. Si había que cruzar Europa, cualquiera que supiera conducir un camión se las arreglaría infinitamente mejor al volante de una autocaravana que alguien que ni siquiera sabía conducir un coche.

Johan, que ya iba por su cuarto vaso de zumo de naranja, empezaba a recuperar el ánimo.

—Pues yo he ido hasta Sundsvall —soltó.

Agnes y Petra se quedaron calladas, silencio que Johan interpretó correctamente.

—Está en Suecia, ¿no?

• • •

La autocaravana no era del color que buscaban y el número de la matrícula no se correspondía. La persona al volante no tenía la edad ni el sexo ni el color de pelo indicados; además, iba sola en el habitáculo.

Resumiendo, la policía no tenía ningún motivo para invitar a la anciana de pelo violeta a detenerse en el arcén para llevar a cabo un control más exhaustivo. Así que el trío pasó entre las mallas de las redes. Ya sólo tenían por delante dos mil quinientos kilómetros hasta la embajada de Suecia en Roma y su objetivo de restaurar el honor de Johan. O, mejor dicho, de dotarlo de un honor que en realidad no había tenido jamás.

Petra estaba encantada de llevar a una verdadera conductora al volante: ya no tendría que preguntarse a cada instante si, antes de que llegara el momento de su inevitable muerte, prevista para poco más de una semana más tarde, corría el riesgo de morir de forma prematura en un accidente de tráfico.

Una vez sobrio, Johan también encontró un motivo para apreciar aquel acuerdo. Mientras que Agnes y Petra iban sentadas delante, él se ocupaba de la cocina en la parte de atrás. Ignoraba que la ley estipulaba que él también debía ir sentado y con el cinturón de seguridad abrochado durante el trayecto. Petra no veía razón alguna para informarlo al respecto, sobre todo si los aromas que flotaban en el habitáculo eran un anticipo de lo que estaba preparándoles. Agnes, por su parte, no tenía nada que objetar: se había criado mucho antes de la época de los cinturones de seguridad.

La distancia entre el trío y la capital sueca fue haciéndose cada vez mayor y, al cabo de varias horas, Petra consideró que el brazo de la policía de Estocolmo no era lo bastante largo para alcanzarlos. Aprovechó la tregua para hacer balance.

Tres días antes había intentado ahorcarse, dos días antes le había encontrado a la vida un sentido del que hasta entonces carecía, y el día anterior dicho sentido había quedado redefinido bajo los efectos del alcohol. Resultado: se dirigían a un país extranjero en el que ella no tenía ninguna cuenta que ajustar.

Dicho de otro modo: Carlshamre y los pequeños papas de la Academia de las Ciencias se habían librado de una buena; y también su antiguo vecino y su chucho, con cuyo dueño tenía pendiente una discusión... aunque más bien tendría que haber discutido con aquel teckel bipolar, pero ¿cómo se habla con un perro?

Agnes se dio cuenta de que la pitonisa iba en su mundo, rumiando sobre algo.

—¿Qué te preocupa? —le preguntó.

Nada importante, era sólo que todo había ido muy rápido. En ese momento estaban dejando atrás a todas las personas a las que ella tenía pensado leerles la cartilla.

—¿Te apetece leerme a mí la cartilla? —propuso la conductora—. A falta de otro interlocutor, quiero decir.

La pitonisa negó con la cabeza: los posibles reproches que podía hacerle a Agnes estaban relacionados con su escasa convicción respecto a sus cálculos, pero no merecía la pena escandalizarse por la ignorancia generalizada de los legos en astronomía porque, si uno empezaba a ofenderse por eso, no acabaría nunca.

Mejor olvidarse. En realidad, las cosas eran bastante simples: Johan la había ayudado a localizar a Malte y el reencuentro había puesto su vida patas arriba. Ahora le tocaba a ella ayudar a Johan a enfrentarse a Fredrik. La *grappa* de la noche anterior había sido buena consejera.

Se trataba sencillamente de pillar a tiempo al hermano mayor. El viaje era largo y los días que quedaban cada vez eran menos. No podían permitirse demoras por el camino.

Johan no podía echarle la culpa a nadie más que a sí mismo. Después de aquel desayuno normal y corriente en casa de Agnes (¡del que él no tenía ninguna culpa!), improvisó una merienda que sirvió a la conductora y a la pitonisa mientras iban en marcha. Al hacerlo, había infringido una de sus reglas más sagradas: la comida había que tratarla con amor y respeto, hasta el plato más humilde exigía mantel y cubiertos.

Con toda su sencillez, el tentempié consistía en panecillos de espelta con pipas de girasol, feta y tomates secos servidos en su molde. Petra le iba dando de comer a Agnes a trocitos y, entre bocado y bocado, saboreaba su parte, y de paso el tiempo que ganaban por hacer así las cosas.

Cuando llegó la hora del almuerzo, en plena E4, a la altura de Ödeshög, Petra sugirió una nueva operación panecillos. Johan replicó que debería haber sospechado que, si le daba un dedito, ella exigiría el brazo entero. El argumento de la pitonisa, según el cual el fin del mundo se acercaba a pasos tan grandes que cada minuto era vital, condujo a un término medio: los raviolis con ricota cremosa, espinacas y avellanas tostadas serían servidos en una fiambrera con un simple tenedor, pero con dos condiciones. La primera, que la conductora y la pasajera acompañaran el plato con un vino italiano vendimiado a mano y con aromas de cereza negra, ciruela, vainilla y café torrefacto. Y la segunda, que la cena, y en eso no pensaba ceder, se degustara de manera tradicional, con el vehículo parado y la mesa desplegada, y constara de cinco platos que él ya había empezado a elaborar. A continuación disfrutarían de una noche entera de sueño para todo el equipo. Él estaba seguro de que llegarían a tiempo, daba igual que Roma estuviera en Italia o en España.

Petra aceptó las condiciones, pero puso una objeción: Agnes quizá debería evitar beber vino mientras conducía.

La anciana de pelo violeta salió a toda prisa al rescate de Johan. La cuestión no era si empinar el codo o no: unos traguitos de alcohol nunca habían matado a nadie. Tenía setenta y cinco años y ni un segundo que perder por culpa de las quisquillosas normas de tráfico suecas. De todos modos, si los paraban en un control, estaban vendidos, ya que las placas de matrícula pertenecían a otro vehículo y ella, por muy buena conductora que fuera, nunca había sentido la necesidad de sacarse el carnet de conducir.

Eran tres personas sin carnet cruzando Europa en un vehículo, así que Petra tuvo que reconocer que una copa de vino al volante tampoco agravaría demasiado la situación. Aunque cabía recordar que en ocasiones el alcohol podía resultar mortal... si bien eso, en ciertos casos, tampoco estaba tan mal.

El grupo se detuvo brevemente al norte de Jönköping para llenar el depósito.

—¿Nos da tiempo a estirar las piernas? —preguntó Johan.

—No: sólo nos quedan nueve días —respondió Petra.

—O más —replicó Agnes—. Voy a pagar.

De nuevo en la carretera rumbo al sur, Petra se puso a hablar de los fondos con los que contaban. ¿Cómo pensaban pagar el diésel, la comida, la bebida y todo lo que necesitaran durante el viaje? A ella no es que le sobraran los billetes de mil coronas, y si llevaba encima la tarjeta de crédito y el pasaporte era de pura chiripa, porque estaban en el bolsillo trasero de sus vaqueros en el momento en que no había logrado ahorcarse.

Los fondos de Johan eran correctos, pero tampoco para tirar cohetes.

—Mi antiguo hermano adorado me dio cincuenta mil coronas para sobrevivir, además de la autocaravana, ¿eh? Ahora mismo debe de quedarme la mitad, con una bodega de vino bien surtida y una selección de licores que está más que a la altura. De todas formas, empezaré a pensar en menús más económicos.

—¡No! —exclamó Petra.

La idea misma le resultaba insoportable.

—Yo tengo suficiente para ir tirando —comentó Agnes.

Con las dos manos en el volante y la mirada al frente, la septuagenaria procedió a explicarles su situación económica. Había ganado bastante dinero con la fábrica de botes, mucho menos con los zuecos y casi nada con el piso de Dödersjö. La suma total le había bastado, con algo de margen, para comprar la casa y el embarcadero en Ekerö. Después de dedicarse durante un tiempo a su nuevo hobby, internet, había descubierto el reciente fenómeno de Instagram. Para pasar el rato, había creado la cuenta Travelling Eklund y escaneado una fotografía de su decimonoveno cumpleaños, que después había retocado mediante un programa birlando partes del cuerpo de aquí y de allá para componerse una figura juvenil.

—No estoy seguro de entenderlo —murmuró Johan.

—No le hagas caso, Agnes, ¡sigue contando! —lo interrumpió Petra con impaciencia.

Había sido a través de Travelling Eklund que Agnes había hecho su primer viaje sin salir de su casa roja de Ekerö. Y el destino no podría haber sido otro: la torre Eiffel.

—Londres, claro —dijo Johan.

Después de París, la Agnes de diecinueve años había continuado sus escapadas a Berlín, Moscú, Milán, Budapest... y, ya puestos, se había lanzado a la conquista del resto del mundo: Hollywood, Hawái, Hong Kong, Seúl, Tokio; después había seguido hasta Australia y Nueva Zelanda para luego subir nuevamente a China, antes de bajar hasta Indonesia. En África se había limitado a las ciudades: los animales salvajes parecían bastante peligrosos incluso en foto. Había hecho el trayecto Nairobi-Johannesburgo y desde allí había llegado al Cairo; al menos una publicación a la semana, a veces varias en un solo día. Eso sí, con una regla: el viaje imaginario nunca debía perder el contacto con la realidad. No había manera de estar en Sudáfrica por la mañana y luego posar delante de las pirámides de Egipto por la tarde.

Agnes se sentía realizada con su nueva vida de trotamundos. Volaba en clase *business*, vestía a la última moda (a veces con prendas la mar de provocadoras). Cuando en una foto añadía un reloj a su muñeca izquierda, no veía por qué elegir uno barato.

En general, se sentía satisfecha, halagada por tener miles de seguidores en todo el mundo. Redactaba sus breves comentarios en inglés. Bueno, si aquello podía llamarse inglés. En todo caso, los textos eran tan pobres en el plano lingüístico como cabía esperar de una anciana fabricante de zuecos de la parroquia de Dödersjö, en Suecia.

—*I can help you* —propuso Johan en la lengua de Shakespeare—. Por lo que decís, no se me dan demasiado mal la cocina ni las tareas domésticas. Aparte de eso, no se me da bien casi nada, pero he visto tantas películas que casi conozco más palabras en inglés que en sueco.

Petra percibió que en Johan iba creciendo cierto sentimiento de amor propio, no muy distinto del que hacía poco ella había experimentado gracias a Malte y un bate de béisbol.

—Gracias, es todo un detalle por tu parte —dijo Agnes—, pero todo ha acabado solucionándose.

Entre sus seguidores había un estadounidense, cuyo nombre no recordaba en ese momento, que había escrito comentarios elogiosos sobre Travelling Eklund en lo que la gente llamaba un «blog». Al parecer, el suyo era el más leído del mundo, aunque no era famoso precisamente por hablar bien de los demás. Los cumplidos y (sobre todo) las maldades que escribía atraían a millones de visitantes... diarios. Aquello le había dado que pensar a Agnes, así que, además del perfil de Instagram, también le había abierto a Travelling Eklund otros en Twitter y en Facebook, y había dirigido esos vínculos a su propio blog. Si el estadounidense podía hacerlo, ¿por qué no iba a poder ella?

«Instagram», «Twitter», «Facebook», «blog»; aquéllas no eran palabras que se oyeran en *Lo que el viento se llevó*, pensaba Johan. A lo mejor no dominaba el inglés tanto como creía. Le quedaban las tareas domésticas y los amables cumplidos de la pitonisa sobre sus dotes culinarias. Aunque los comentarios de Fredrik eran exactamente lo contrario a un cumplido, ¿a cuál de los dos debía creer?

Se decantó por Petra.

Con su blog, Agnes se lo había pasado bomba, y los comentarios de Travelling Eklund que acompañaban cada foto habían ido ganando espacio.

Contaba dónde se había comprado tal o cual vestido o la angustia que había experimentado cuando había tenido que elegir entre un reloj de alta gama azul oscuro o rosa; daba consejos sobre pendientes, bolsos, restaurantes, destinos vacacionales... sobre cualquier cosa, y siempre en un inglés adorablemente torpe.

—¿«Instagram» has dicho? —repitió Petra. Le sonaba aquel nombre.

—Allí empezó todo, pero con el blog las cosas se pusieron serias.

—¿Tienes muchas visitas?

—No tantas como el estadounidense cuyo nombre no recuerdo ahora mismo, pero sin duda he tenido más éxito que cuando intenté congregar a mis vecinos en la escalinata de la iglesia de Dödersjö.

—¿Cuántos?

—¿Delante de la iglesia? Diecisiete, creo.

—No, no, en todo el mundo.

—Cuatro millones de visitas diarias.

—¡Guau! ¿Y te pagan? —preguntó Johan.

—No hace falta —explicó Agnes.

Un buen día, las marcas habían empezado a ponerse en contacto con ella; no necesariamente las más grandes, pero sí las que buscaban hacerse un hueco en el sector. En particular, un competidor de Gucci.

—Me propusieron regalarme un reloj si prometía ponérmelo.

—¿Te enviaron un reloj? ¿Caro?

—¿Para qué iba a querer un reloj? No, les pedí que me transfirieran cincuenta mil coronas: los relojes ya podía recortarlos gratis en internet.

—¿Y cuánto has ganado hasta ahora? —preguntó Petra.

Agnes sonrió.

—Johan, tienes un presupuesto ilimitado para comida y bebida durante los próximos nueve días —dijo—. Ya hablaremos de nuevo después del fin del mundo.

—Lo veo difícil —refunfuñó Petra.

—¡Genial! —exclamó Johan—. En ese caso, ¿podríamos parar en una tienda de *delicatessen* y en otra de licores? Siento que me está viniendo la inspiración.

La cena de cinco platos merecía un maridaje de categoría.

Pasó la tarde y cayó la noche. La autocaravana se aproximaba a Öresund y al puente de quince kilómetros que, desde principios de siglo, une Suecia con Dinamarca.

Por primera vez en su vida, la anciana de setenta y cinco años estaba a punto de abandonar su país natal, lo que habría arrancado una carcajada a su *alter ego* virtual, Travelling Eklund.

Durante los últimos kilómetros en suelo sueco, Johan contó anécdotas de su niñez con su hermano mayor Fredrik y su madre Kerstin, antes de que ésta enfermara y poco a poco fuera apagándose. Empezaba a verlos con otros ojos. En el cien por cien de los casos, e hiciera el tiempo que hiciese, era él quien iba a buscar las medicinas de su madre a la farmacia, con la excusa de que Fredrik sufría ataques de pánico sólo con ver a alguien en bata blanca.

Al menos eso decía.

Lo que ni Johan ni Fredrik eran capaces de contar era cómo se habían conocido su padre y su madre, por qué papá nunca estaba en casa y, sobre todo, ¡el secreto de mamá!

11

Los secretos de
la familia Löwenhult

El matrimonio entre Bengt y Kerstin Löwenhult nunca fue feliz, cosa que al menos uno de los dos habría podido anticipar. En su descargo hay que decir que la búsqueda de la felicidad no había sido un criterio primordial para el acuerdo. Ella era joven y de buena familia, mientras que él, gracias a su padre, tenía una cuenta bancaria bien abultada y estaba predestinado a una brillante carrera diplomática. Resumiendo, Bengt y Kerstin resultaban útiles el uno para el otro.

Aunque él en la cama no tanto. Lograron consumar el matrimonio, pero la situación en la alcoba no era para tirar cohetes ni mucho menos. Cuando Kerstin se quedó embarazada, ya albergaba dudas.

Hasta una tarde en la que, al volver a casa después de ir de compras con unas amigas, vio confirmadas sus sospechas. Sus amigas habían cogido el metro antes de lo previsto y, como consecuencia, descubrió a su esposo en el lecho conyugal en compañía de su secretario.

—No es lo que tú te piensas, cariño —argumentó Bengt alarmado.

—Encantado, señora Löwenhult —la saludó Gunnar.

Tanto Bengt como Gunnar estaban desnudos y con el pene erecto. Era justo lo que Kerstin se imaginaba, y desde hacía mucho.

—Os ruego que os vistáis ahora mismo... a ser posible antes de que vomite.

Después de hablarlo, llegaron a la conclusión de que un divorcio sería contraproducente para ambos: él tenía el dinero y la carrera; ella, su sangre aristocrática y una reputación que preservar.

A Bengt todavía le quedaba mantener una difícil conversación con su jefe en el ministerio. Más valía llamar a las cosas por su nombre: jamás se acostumbraría a compartir su vida con una mujer; ni siquiera con un hombre que no fuera Gunnar: ¡su amor por su secretario sería eterno!

—Así que eres homosexual. Ya llevaba tiempo sospechándolo —convino el ministro de Asuntos Exteriores—. Has hecho bien en decírmelo.

Para el ministro, un hombre pragmático, la situación era bien sencilla. Lo último que quería era perder a uno de sus diplomáticos más talentosos, pero eso no sucedería justo porque Bengt había sido honesto. Ahora, solamente había que hacer correr la noticia de su sinceramiento por los pasillos diplomáticos en los que él se movía para que las potencias extranjeras comprendieran que era inútil intentar reclutarlo: el chantaje sólo funciona si hay un secreto que se quiere ocultar.

Dicho en pocas palabras, Bengt era brillante. No había otro como él a la hora de establecer lazos. Antes incluso de ascender a embajador había conseguido pasar una tarde entera recitando versos de Shakespeare con Richard Nixon y beber vodka de un zapato de tacón con Leonid Brézhnev, y más tarde, cuando le contó al siempre alegre Boris Yeltsin el episodio con Brézhnev y el zapato de tacón, éste le compró el zapato a su ayudante por cien rublos y le rogó a Bengt que reprodujera la escena ante él, lo que propició un acuerdo bilateral entre Suecia y Rusia por valor de cuatrocientos millones de dólares, aunque la ayudante tuvo que volver a la pata coja a su casa en la periferia.

El caso es que, a partir de su salida del armario ante su jefe, su carrera despegó. Una tras otra, empezaron a encargarle nuevas misiones por todo el mundo... siempre en compañía de su secretario, nunca de su esposa.

Pese a todo, la situación era embarazosa para el ministerio y, como no era plato de gusto para el gobierno alentar las separaciones conyugales, la solución consistió en invitar regularmente a la señora Löwenhult a algún que otro banquete en Estocolmo mientras su esposo y su secretario ejercían sus funciones en la otra punta del mundo: un acuerdo diplomático donde los haya. Le ofrecían un cubierto en mesas no demasiado elegantes donde se servían buenos platos internacionales adaptados al gusto local. A cambio, nunca exigía seguir a su marido, ni siquiera cuando lo destinaron a París.

Durante sus años al servicio del reino de Suecia, Bengt Löwenhult trabajó en al menos dieciocho países y fungió como embajador en cuatro. No había misión demasiado difícil ni demasiado modesta: Bengt las llevaba todas a cabo con el mismo entusiasmo, y siempre con su cariñoso secretario a su lado.

Pero aquel genio de la diplomacia rara vez, o más bien nunca, estaba en casa. Cuando Fredrik vino al mundo se encontraba en Egipto asistiendo a la reapertura del canal de Suez ocho años después de la guerra de los Seis Días. Era evidente que el canal se habría reabierto también sin él, pero la diplomacia consiste, entre otras cosas, en estar presente en los grandes acontecimientos; es decir, en los acontecimientos políticos, comparados con los cuales el nacimiento de un hijo no tiene mayor importancia.

Cuando, dos años más tarde, Kerstin se quedó embarazada de Johan, el futuro papá Bengt y su secretario llevaban ya una buena temporada en Buenos Aires al frente de una misión desesperada: encontrar a alguien, daba igual quién fuera, que pusiera orden en la junta militar. Once meses más tarde, en una de las raras ocasiones en las que había regresado a Suecia, en este caso para una conferencia, su segundo hijo ya había nacido. Él y su esposa se abstuvieron de discutir cómo era posible que hubieran concebido un hijo cuando ella estaba en Suecia y él en Argentina. Digamos que Bengt se limitó a reconocer oficialmente su paternidad y volvió a irse.

Si las cosas habían tomado esos derroteros era porque Kerstin era humana. Tras casi dos años sin saciar su deseo de relaciones íntimas, había conocido, durante un banquete del ministerio, a un joven diplomático venido de un lejano país. Tenía la piel clara, los ojos negros y los dientes blancos. No es que fuera especialmente atractivo, pero hablaba inglés con acento francés y, dadas las circunstancias, ella se había conformado con él. Después de tres horas de palique, habían pasado al bar del hotel para tomar la penúltima y luego al ascensor para subir a contemplar las vistas desde la habitación del diplomático. A ninguno de los dos le importó que la ventana diera al patio trasero del hotel.

Bengt nunca preguntó quién era el padre de Johan; además, el chico se parecía a su hermanastro, con lo que la aventura posbanquete no dejó ningún rastro evidente. Ni siquiera cuando sus hijos se hicieron mayores, Kerstin pensó en contárselo.

Después de una carrera ejemplar, Bengt se acogió a la jubilación anticipada y se mudó a Uruguay por el clima, el tango y el amor: dos hombres podían pasear de la mano por la orilla de Playa Carrasco, en Montevideo, sin temor a que les lanzaran piedras o pullas.

El único que supo la verdad fue el joven diplomático extranjero. Kerstin, que había guardado su tarjeta de visita, le escribió para informarlo de que, como consecuencia del rato que habían pasado juntos en la habitación del hotel, había nacido un niño de nombre Johan que no se parecía en nada a su padre, quien en lo sucesivo no debía implicarse más en el asunto.

Le vino de perlas porque tenía cosas más importantes que hacer. No obstante, al leer aquel mensaje irguió la cabeza con la satisfacción de saber que su maquinaria funcionaba, y luego quemó todas las pruebas.

. . .

Así crecieron los dos niños, sin padre ni padres, respectivamente. Mamá Kerstin los crió lo mejor que pudo, aunque no tardó en descubrir que el mayor poseía claramente más luces que el que había nacido de su encuentro con el joven diplomático de ojos negros, dientes blancos e inglés con acento francés. A los doce años, mientras el mayor memorizaba la mayor cantidad posible de decimales del número pi, al menor, de diez años, le costaba comprender el funcionamiento de la tapa del váter. Sólo cuando el récord del mayor ascendió a ochenta y cinco decimales, el menor acabó resolviendo el enigma de la tapa.

No obstante, a ojos de su madre Johan era especial. La enternecía su torpe amabilidad. ¿Cómo era posible ser tan amable y tan ignorante a la vez? Fredrik no la necesitaba de la misma forma: era autónomo y estaba centrado en su futuro, como buen hijo de su padre. Por eso, a ella le dolía, más bien, que Bengt nunca estuviera allí cuando su hijo lo necesitaba.

Luego, ella enfermó, y después fue empeorando cada vez más. Johan pasaba todo el tiempo que tenía libre (cuando no estaba en la escuela o en la cocina) a su lado, pero nunca llegó a comprender por qué su madre estaba condenada a morir. Fredrik lo informó de que había contraído un adenocarcinoma pancreático, pero él siguió sin entender nada.

Papá Bengt volvió para el entierro y le alborotó el pelo a Fredrik mientras declaraba que la vida a veces era injusta y que no debía dudar en recurrir a él si necesitaba su ayuda, el ministerio sabría dónde localizarlo.

—Cuídate, hijo mío —se despidió.

Johan le preguntó si él también debía cuidarse.

—Supongo que sí —repuso.

Bengt Löwenhult era a todas luces un padre incompetente. No había podido prescindir nunca de la seguridad que le confería su genialidad como diplomático... ni de su Gunnar.

En realidad, también necesitaba a su hijo Fredrik, pero su relación había empezado con muy mal pie y se había deteriorado todavía más con la llegada del benjamín Johan, con quien no encontraba motivo alguno para implicarse.

De todas formas, se sentía compelido a hacer algo por su hijo, aunque fuera a distancia, así que movió los hilos necesarios para que lo admitieran en un instituto de relaciones internacionales. ¡Y qué contento y orgulloso se puso al enterarse de que, pese a haber entrado por la puerta de atrás con la ayuda de papá, el chico tenía tanto o más talento que sus compañeros que se habían ganado la plaza por méritos propios!

Pese a todo, después de aquello sintió ciertos remordimientos. Estaba seguro de que, por aquel entonces, los rumores sobre su orientación sexual ya habrían llegado a oídos de su hijo, cosa que no le habría importado de no ser por la misma existencia de Johan, que intelectualmente era un cruce entre su esposa y Dios sabe quién. ¿Y si Fredrik tenía sospechas?

Decidió que lo mejor era no sembrar la discordia entre los dos hermanos... y abandonó a su hijo a su suerte. La alternativa habría estado por encima de sus posibilidades: apoyar por igual a Fredrik, el futuro diplomático, y a Johan, el incapaz.

Fredrik había crecido deseoso de demostrar su valía, primero ante su madre y luego ante su padre, pero ni la muerte de la madre bastó para que el padre se acercara a él. Se quedó solo con el zopenco de su hermano menor, suponiendo que de verdad fuera hijo de Bengt Löwenhult. Daba igual. Él tenía una cosa clara: Johan no podía interponerse en su camino bajo ningún concepto, ni él ni nadie más.

¿Pasar por encima del prójimo? Si era necesario, desde luego. ¿Pisotear a Johan? Sí, ¡con gusto!

12

Lunes 29 de agosto de 2011

Quedan nueve días

Aquella área de descanso en la autopista E47 en dirección a Rødby no podía ser más deprimente, y nada indicaba que los urbanistas daneses tuvieran ninguna intención de ponerle remedio.

Aquella tarde, seis semirremolques y un camión de estiércol habían hecho un alto en el camino allí. El último había dejado su motor diésel al ralentí, lo que tenía la ventaja de enmascarar en gran parte los efluvios nauseabundos de dos baños abandonados hasta tal punto que los viajeros preferían hacer sus necesidades sobre la hierba seca y amarillenta que había al lado.

En determinadas zonas, el asfalto gris era más bien de un negro aceitoso, había colillas de cigarrillo por todas partes y la basura tirada en el suelo formaba pequeños montoncitos a ambos lados de la calzada.

Petra había propuesto buscar un lugar más agradable para pasar la noche, pero Johan las avisó desde la cocina de que la cena estaba casi lista, de modo que terminaron allí. Él se excusó, pero la regla de «cenar al aire libre» era de obligado cumplimiento lloviera o tronara, puesto que la zona comedor de la autocaravana estaba ocupada por la vinoteca, la freidora, el segundo hornillo y el calientaplatos.

—Fredrik me dijo que la reforma de esta cocina había costado cincuenta mil coronas y que me tocaba a mí pagarlas.

—Ya podrías haberlas sacado de los treinta millones que nunca te dio —comentó Petra.

Tras aquella larga jornada al volante, Agnes se acomodó en una silla de camping al lado de su vehículo con su tableta en el regazo.

Seguía dándole vueltas a su próxima publicación. La muy mema de Travelling Eklund había ido a parar al archipiélago de Svalbard, ¿qué entretenimientos podría buscarle en medio del Ártico?

—¿No te sientes responsable de los destinos que elige? —preguntó Petra.

—No lo entiendes —replicó Agnes.

—¿No puedes hacer que salga a bailar a una discoteca o a divertirse un poco?

—Está en un lugar con dos mil habitantes, mil osos polares y cero discotecas.

Petra se preguntó si los osos polares sobrevivirían una décima de segundo más que los isleños cuando las temperaturas cayeran hasta los 273,15 grados bajo cero, pero decidió que aquello no tenía importancia. Siguiendo las instrucciones de Johan, se dispuso a colocar en la mesa los platos de porcelana y las copas, y justo acababa de terminar cuando el cocinero salió de la autocaravana con las manos llenas y las invitó a tomar asiento.

—Empezaremos por un crujiente de gambas con huevo duro y huevas de lumpo regado con un riesling reserva Gustave Lorentz.

El vino era exactamente del mismo color que el líquido que el chófer danés de un camión de estiércol estaba desalojando de su cuerpo a diez metros de distancia.

—*Velbekomme* —les dijo en su lengua mientras se guardaba el miembro en la bragueta un instante antes de acabar del todo.

Agnes hizo un mohín y Petra se planteó ir en busca de su bate de béisbol sin saber muy bien qué haría con él.

—¿Le apetece acompañarnos? —propuso Johan—. Donde comen tres comen cuatro.

El camionero se llamaba Preben, y no se lavó las manos antes de coger su crujiente de gambas.

—En la vida he comido nada así de bueno, ¡palabrita! —exclamó en danés.

—¿Qué ha dicho? —preguntó Johan.

—Pregunta si no tendrías algo para que se lave las manos —respondió Agnes.

Johan se levantó de un salto y volvió con una toalla mojada y un jabón líquido.

—También tengo toallitas húmedas, si lo prefieres.

Para evitar los malentendidos, Preben pasó del danés al sueco. Contó que había vivido casi toda su vida adulta en Landskrona, en el sur de Suecia, con su pareja sueca, Kajsa, y una hija que tal vez fuera suya. La niña había nacido poco después de que se conocieran, ¡qué más daba quién fuera el padre! Kajsa pensaba que el padre era otro, pero él encontraba cierto parecido entre él y la chica, que hacía poco se había ido de casa: ambos eran igual de feos.

A los suecos, aquel danés les pareció de una franqueza apabullante, y después de que se lavara las manos todos degustaron el entrante y el plato principal sin contratiempos. De hecho, compartieron sus respectivas historias antes del postre. Preben fue haciendo comentarios sin interrumpir. Tras el relato de Johan, dijo que no tenía mucho que añadir sobre el amor cojo entre hermanos, sólo que él llevaba lustros sin ver al suyo y tampoco le importaba mucho. Los viajes de Travelling Eklund alrededor del globo no le interesaron. En cuanto a internet, tenía su gracia para ver alguna peli porno de vez en cuando, y el correo electrónico era práctico para confirmar las entregas y otras cosas por el estilo, además de que ahora había que guardar muchos menos papeles que hacía diez años.

La historia del apocalipsis inminente, en cambio, le resultó fascinante.

106

—¿Sólo nueve días? ¿Y qué pasará después?

—¿Después de que la atmósfera desaparezca? Absolutamente nada.

Preben Lykkegaard era ante todo danés, pero también un poco sueco. Nacido y criado en Helsingør, se había mudado al otro lado del puente de Öresund por amor y había pasado veinte años cogiendo a diario la lanzadera que lo llevaba a su tierra natal hasta el día en que, de la noche a la mañana, Kajsa lo había puesto de patitas en la calle: ya no aguantaba que oliera tan mal.

Él era consciente de que, como empresario del sector del estiércol de vaca, era inevitable llegar con cierto tufo a la casa, pero aun así se olía que había algo más. Regresó a Helsingør, donde ya no se duchaba tan a menudo (¿de qué le serviría ahora?), pero de vez en cuando cruzaba el estrecho para contemplar su antigua casa. Necesitaba saber.

Su tercera misión de vigilancia confirmó sus sospechas: lo habían reemplazado y, a juzgar por la matrícula, su sustituto era alemán.

Aparcar discretamente un camión de estiércol en un barrio residencial no es tarea fácil, así que Kajsa lo descubrió fotografiando el Audi negro del alemán y montó en colera. Lo acusó de espiarla y le ordenó que se largara o de lo contrario, cuando su Dietmar volviera de correr, la cosa acabaría muy mal. A grito limpio, le aseguró que el destino los había unido: ella era el invierno y él el verano, y se habían encontrado en primavera, cuando florecen los lirios. Se casarían en otoño.

—No lo acabo de entender —admitió Johan suspirando—, pero estoy acostumbrado.

—Yo al principio tampoco lo entendía —reconoció Preben—, aunque me he dado cuenta de que, en lo que a olores se refiere, los lirios son justo lo contrario de mí.

—¿Crees que hueles mal? —preguntó Petra educadamente.

—Venga ya —intervino Agnes.

Preben no había esperado al corredor. Se había montado de nuevo en su camión de estiércol y había regresado a Dinamarca con el corazón roto y la acuciante necesidad de saber más. Podían decirse muchas cosas de él, pero tonto no era. Gracias al número de la matrícula del Audi y a las alusiones de Kajsa, no tardó en saber todo lo que había que saber de su sustituto. El apellido de Kajsa era Vinter, «invierno» en sueco. Por lo que Dietmar debía de apellidarse Sommar, «verano», un apellido que, con un mínimo ajuste ortográfico, era de lo más corriente en Alemania. El coche estaba a nombre de una empresa de empaquetado industrial de Bielefeld y daba la casualidad de que la sociedad tenía en nómina a un director de ventas que respondía al nombre de Dietmar Sommer. Al indagar un poco más, descubrió que el tal Sommer estaba casado y era padre de dos hijos, por lo tanto, su adorada Kajsa no era más que una distracción para un ejecutivo alemán con malas intenciones.

—¡Qué lirios ni qué leches! —exclamó Preben.

Como consecuencia, iba de camino a Bielefeld, donde había planeado hacerle una visita al alemán y endiñarle una galleta o dos.

Ya había concretado su *modus operandi*: empezaría por un derechazo directo seguido de un gancho de izquierda, salvo que el otro ya estuviera en el suelo, claro.

—¿Y qué lección aprenderá el alemán de todo eso, aparte de que los puñetazos duelen? —preguntó Petra.

Johan respondió por el danés: había perdido la cuenta de las bofetadas que Fredrik le había propinado en todos aquellos años sin por ello haber aprendido nada de nada, excepto de cocina, pero dudaba que eso estuviera relacionado con los golpes. Por otro lado, era increíble la cantidad de cumplidos que había recibido por sus platos en aquellos últimos días. ¡«Masterchef»!, ¡«genio»!, y las amables palabras de Preben en danés, de las que no había entendido ni jota.

—Acabaré por creeros —añadió.

—Y no te faltará razón —respondió Petra.

· · ·

Volviendo a su tema, Petra reconoció que no le había resultado del todo desagradable calentarle el trasero a Victoria con un bate de béisbol, pero eran sobre todo las palabras que vinieron después las que lo habían cambiado todo. Su antigua acosadora seguramente estaría todavía pintándose las uñas de puro terror.

Preben se tronchó de risa al escucharla. ¡Típico de sus vecinos del otro lado del estrecho! Si se hubiera podido acabar con alguien a golpe de argumentos, no quedaría ni un solo sueco sobe la faz de la Tierra. Él apodaba a sus puños «la dinamita danesa». Mientras los frotaba uno contra otro, dijo que con mucho gusto le arrearía un correctivo al alemán.

Johan le preguntó si no tenía miedo de que Dietmar contraatacara.

—¿Miedo?

Podían decirse muchas cosas de él, declaró, pero tonto no era y miedo no tenía. En sus años mozos, los sábados por la noche se había dedicado a repartir y a recibir correctivos; sobre todo a repartirlos, y todo aquello sin perder demasiado tiempo en chácharas previas.

Agnes escuchaba y disfrutaba de lo lindo. Quién iba a pensar que un encuentro fortuito en un área de servicio danesa podía revelarse más interesante que todas las conversaciones entre los habitantes de Dödersjö en los últimos cinco siglos. Para avivar el debate, puso su granito de arena:

—Me pregunto a qué penas se arriesga uno en Alemania por un delito de violencia y lesiones.

—¿Qué quieres decir? —preguntó Preben.

Simplemente que los alemanes tenían fama de ser bastante severos a la hora de enchironar a los alborotadores, ¿no? Era evidente que el camión de estiércol de Preben estaba bien para muchas cosas, pero no parecía ser la mejor opción para darse a la fuga.

El danés no había pensado en eso. Esa semana tenía previstas cuatro entregas de abono en Jutlandia y las siguientes, bastantes más en el resto de Dinamarca. No sería muy sensato que la policía alemana lo detuviera. ¿Corría el riesgo de llevarse más que una multa?

Agnes encontró la respuesta en un pispás en su tableta gracias al buscador, que la redireccionó a un sitio web donde aparecía la escala de sanciones por violencia y lesiones en la República Federal.

—En el mejor de los casos un multón, aunque depende de la violencia de los golpes. Seis meses entre rejas si te pasas un poco de la raya y hasta diez años si hay de por medio tanta dinamita como tú dices tener en los puños. Tal vez deberías conformarte con una galleta, o como mucho con dos.

¡Madre mía, de verdad que los suecos tenían el don de complicar las cosas! ¿No podían acompañarlo a Bielefeld para ayudarlo? Tenían que hacerlo, por humanidad.

—¿Ayudarte cómo? —objetó Petra—. ¿Inmovilizando a Dietmar mientras le pegas?

No, el danés no esperaba tanto. Había entendido que necesitaría un plan para darse a la fuga en cuanto hubiera asestado sus golpes. Podían decirse muchas cosas de él, explicó el camionero, pero tonto no era, ni tenía miedo, ni tampoco era el rey de los planes. Por el momento, sólo había previsto hacerle una visita a Dietmar Sommer en su lugar de trabajo, pedir hablar con él y, en el instante en que apareciera, ¡*pam*!

Delante de una multitud de testigos, claro, y con el camión de estiércol aparcado en la puerta. Sólo ahora caía en la cuenta.

Petra repuso que dejara de soñar: sus amigos y ella iban camino de Roma para un asunto de suma importancia y tenían el tiempo contado, como Preben ya debería haber entendido a esas alturas. Precisamente por esa razón, tampoco sería tan grave que acabara en la cárcel. Por otra parte, sería difícil que le diera tiempo a comparecer ante un juez antes de que todo el mundo estuviera ante el juez supremo en el Juicio

Final y acabara sentenciado a la misma pena sin importar si había dado o no un montón de puñetazos.

Sin embargo, Agnes seguía sin estar convencida de los cálculos apocalípticos de Petra y quería divertirse al máximo por el camino.

—Pasar por Bielefeld no supone un gran desvío —señaló, y entonces tuvo una idea diabólica. Se volvió hacia Petra y le dijo—: Quizá podrías leerle la cartilla a Dietmar sobre su inmoral modo de vida antes de que Preben se le eche encima con su dinamita danesa, así tú tendrás lo que buscas, Preben tendrá lo que busca y Dietmar tendrá lo que se ha buscado.

—Y luego yo os invito a cenar a todos —añadió Johan.

—A Dietmar mejor que no —objetó Agnes.

De repente, Petra vio la posibilidad de dar un poco más de sentido a sus vidas durante el escaso y penoso tiempo que les quedaba. Ahora que había aclarado las cosas con Malte y ajustado cuentas con Victoria, era el turno de Fredrik. Pero el viaje hasta Roma era largo y, si lograban reparar otras injusticias, eso sería un plus. De todas formas, tenían que pasar la noche allí, puesto que Johan se negaba a dejarlas cenar mientras circulaban. Salir de la autopista, hacerle una visita al director de ventas y soltarle cuatro verdades sobre valores éticos no les llevaría mucho más de una hora, y si de paso podían evitar que un danés repartidor de estiércol se encontrara con el creador en una celda alemana, era evidente que aquello sería inequívocamente una buena acción.

—¡Hora del postre! —anunció Johan mientras desaparecía dentro de la autocaravana

«Perfecto», pensó Petra: así tendría tiempo para reflexionar.

El postre, presentado con todo el mimo en copas de cristal, combinaba bastante mal con las descripciones de Preben sobre las características del estiércol orgánico danés de calidad superior, pero él incluso se dio el lujo de señalar, mientras extraía una generosa cucharada de crema de chocolate decorada con mermelada de espino amarillo y moras, una cierta similitud visual. Eso sí: cuando propuso ir a buscar una muestra de estiércol para que se hicieran una idea mejor, los demás declinaron cortésmente su ofrecimiento.

Llegado el momento del café con coñac, el danés levantó su vaso y estudió el líquido desde todos los ángulos, pero Agnes se anticipó:

—Querido Preben, ¿puedo pedirte que no hagas más comparaciones?

El repartidor respondió con una mirada de resentimiento: la gente no tenía ni idea de la importancia de los excrementos de las vacas en el ciclo ecológico. Pero vale, le parecía bien si en vez de eso hablaban del fin del mundo. ¿Estaba Petra completamente segura de que el apocalipsis también afectaría a Bielefeld? Aquello sería al menos un consuelo.

Petra estaba harta de que la gente no entendiera que la atmósfera no podía desaparecer sólo un poquito, o únicamente por aquí o por allá. Sólo había que ver la reacción de Preben, quien, al oír que las temperaturas se desplomarían hasta los 273,15 grados bajo cero en una décima de segundo, se preocupó porque el estiércol que llevaba se congelaría, igual que las zapatas de los frenos de su camión.

—A ver Preben, si das un traguito de tu coñac y te quedas callado durante cinco minutos mientras te explico lo que conlleva la desaparición de la atmósfera, te prometo que mañana te ayudaremos en Bielefeld. Creo que ya tengo un plan.

13

Martes 30 de agosto de 2011

Quedan ocho días

El danés hizo lo que solía hacer todas las mañanas en unos matorrales en la otra punta del área de descanso, a bastante distancia de la mesa del desayuno, pensando en que los suecos le agradecerían el detalle. Con tal de quedar bien, hasta le pidió a Johan una toallita húmeda asegurándose de que todos lo oían.

Después de dar buena cuenta de los huevos Benedict y el salmón marinado con salsa de eneldo y mostaza, se pusieron de acuerdo para salir en convoy rumbo al sur. Ralentizados por el vehículo pesado de Preben y el ferry entre Rødby y Puttgarden, no llegaron a Bielefeld hasta bien entrada la tarde: la visita a Dietmar tendría que esperar al día siguiente.

—Primero la cena, luego el correctivo, con o sin sermón entre medias. No hay que pelearse en ayunas —propuso Johan—. Yo incluso diría que no hay que hacer nada con el estómago vacío. ¿Alguna preferencia con respecto al menú?

—¿Hamburguesas? —sugirió Preben.

—Mejor no aceptar sugerencias —zanjó Johan—, ya pensaré en algo.

Incluso al volante, Agnes seguía preocupada por su *alter ego* virtual. Sin duda, Svalbard podía ser una experiencia única, pero mientras sus compañeros se relajaban, ella había intentado retocar unas cuantas fotos para elaborar una historia que tuviera alguna posibilidad de resultar creíble. Con una media de tres grados en agosto, ¿habría nieve? ¿Cuánta? Los osos polares debían de merodear por la zona; sin duda habría peligro de muerte, pero así no había forma de colocar ningún producto para ganar algo con la publicidad.

Hizo partícipe de sus inquietudes a la pitonisa.

Petra no quería buscarle las cosquillas, pero ¿de verdad acababa de describir Svalbard como una experiencia única sin haber puesto jamás un pie en el archipiélago? ¿Estaba segura de que distinguía la ficción de la realidad?

Agnes replicó que una pitonisa del apocalipsis era la persona menos indicada para hacer ese tipo de comentarios.

Por unos instantes, la tensión podía cortarse con un cuchillo dentro de la autocaravana, pero en ese momento los efluvios procedentes de la cocina se propagaron hacia la parte delantera. Petra no pudo evitar preguntar qué era lo que se cocía y Johan respondió que estaba preparando tortitas de patata como entrante. El plato principal iría en la misma línea. Al proponer las hamburguesas, Preben le había hecho comprender que debía apostar por la sencillez.

—¿Y qué es un plato sencillo para una mente extraordinaria como la tuya? —quiso saber Petra.

—La pizza.

—¡Quién lo habría pensado!

—Pero con caviar ruso.

Aparcar una autocaravana para pasar la noche fuera de Suecia (donde uno puede estacionar donde se le antoje) ya de por sí resultaba complicado, pero si a eso se le añadía la presencia de un camión de estiércol tamaño XXL, era necesario organizarse todavía más.

Petra se puso manos a la obra para solucionarlo. Les pidió a Preben y a Agnes que dirigieran el convoy hacia Kipa

Industrie-Verpackung GmbH, en el número 7 de la Friedrich-Hagemann-Strasse, donde se encontraba precisamente lo que ella buscaba: una fábrica cerrada toda la noche que les proporcionara el espacio suficiente para los dos vehículos y la mesa de la cena.

Luego, entre el entrante y el plato principal, se llevó al danés aparte para explicarle su plan. La tarea era más fácil tras inspeccionar los alrededores.

—Dejamos la autocaravana y el camión de estiércol aquí, mirando hacia la carretera. Yo me acerco a la recepción y pregunto por Dietmar Sommer. Cuando aparezca, le pido que me acompañe hasta el aparcamiento para encontrarse con alguien que quiere hablar con él.

—¡Pero si a mí no me apetece hablar con él!

—Pues a mí tampoco me hables, por favor. Por el momento, confórmate con escuchar.

Tenía la intención de involucrar en el drama a la ex novia de Preben: si usaba como pretexto un mensaje de parte de Kajsa desde Suecia, aquel padre de familia adúltero debería, lógicamente, sentirse a la vez nervioso e intrigado. Entonces, ella se lo llevaría detrás de la fábrica, a unos sesenta o setenta metros.

Si caminaban despacio, tendría unos minutos para sermonearlo sobre el valor de preservar unidas las familias, la importancia de respetar lo que se había jurado y el mal ejemplo que les estaba dando a sus hijos. Si sus palabras surtían efecto, Dietmar sería una mejor persona cuando, una semana más tarde, se convirtiera en cubito de hielo. Puede que incluso le diera tiempo a expresarle su gratitud antes de llegar a la esquina del edificio.

—Tú nos esperas allí, a solas y sin testigos —le explicó a Preben—. Si lo he entendido bien, será un ¡*pam*! directo, sin preámbulos. Luego, en quince segundos volvemos a toda prisa a nuestros vehículos.

Preben sonrió: ¡lo pillaba! Al final, había decidido intercambiar unas cuantas palabras con Dietmar mientras lo vapuleaba, así que, mientras le lanzaba el derechazo directo, le diría: «Esto es de parte de Kajsa», y con el gancho de izquierda: «Y esto de mi parte.»

Johan los llamó a la mesa: la pizza estaba lista.

—Puede que os parezca un poco exagerado tomar champán un martes por la noche, pero prefiero regar el caviar como se merece, con un Dom Pérignon Oenothèque 1996, una añada con una estupenda acidez y permanencia en boca.

—¡Pizza! —celebró Preben entre risitas—. ¡Superguay!

Los últimos detalles del plan de Petra podían esperar al día siguiente.

—¿Te molesta si paso de esta porquería negra? ¿Y no tendrías una cerveza?

La noche cayó sobre el polígono industrial. Con el café y los digestivos saboreados y el plan para el día siguiente ultimado, llegó la hora de dar las buenas noches. Todo iba bien.

Después de eso, nada sucedió según lo previsto: rara vez ocurre.

14

El hijo del remolachero

Parte 1 de 5

Mientras tres suecos y un danés compartían una pizza con caviar ruso en el aparcamiento de un polígono industrial alemán, en la otra punta del mundo, el ruso Alexander Kovalchuk alzaba su vaso de vodka y brindaba por sí mismo, lo que hacía de vez en cuando después de una larga jornada.

El destino había determinado que su camino se cruzaría muy pronto con el de Agnes, Johan y Petra, pero no le habría servido de nada saberlo de antemano (ni a él ni a nadie) mientras se relajaba en la amplia terraza del palacio bajo el cielo estrellado y la brisa marina le acariciaba la piel. Le ordenó al servicio que se retirara: prefería disfrutar esos momentos a solas.

Alexander había nacido cincuenta años antes en un entorno completamente distinto. Su padre y su madre se deslomaban cultivando la remolacha azucarera en unas tierras pobres y remotas del campo soviético. Los años posteriores a la Gran Guerra Patriótica no habían sido fáciles para nadie: cuando no llovía demasiado, no llovía lo suficiente. La tierra se agrietaba, las fuentes se secaban. Era imposible alcanzar los niveles de producción fijados por el Consejo del Soviet Supremo de Economía Nacional, cuya sede se hallaba a mil doscientos kilómetros de allí. Incluso a Stalin le preocupaba la situación, por eso ordenó ejecutar a dos de los siete miembros del Consejo con el fin de estimular a los supervivientes a que, por puro terror, registraran en el próximo plan quinquenal que el clima se volvería un sesenta por ciento más favorable.

Alexander aún no había nacido cuando sus padres abandonaron Privólnoye para mudarse a la ciudad de Stávropol, donde las condiciones meteorológicas no suponían una cuestión de vida o muerte.

Después del traslado, la suerte empezó a sonreírles. El padre frecuentaba a un grupo de jóvenes lo bastante valientes para criticar a Stalin a puerta cerrada, entre los cuales había un amigo suyo de la infancia. Se llamaba Mijaíl Serguéyevich, pero todo el mundo lo llamaba Micha. Cuando vivían en Privólnoye, era muy popular porque poseía un viejo neumático con el que todos los niños querían jugar.

Al contrario que los demás, Mijaíl Serguéyevich era bastante avispado. Se incorporó al Partido Comunista, ascendió en el seno de su organización juvenil y se hizo un hueco en la esfera política razonablemente corrupta de Sebastopol. Al mismo tiempo, organizaba grupos de discusión secretos en distintos sótanos sin más testigos que las ratas, que hasta entonces se habían movido a sus anchas y sin intrusos por el subsuelo.

Antes de marcharse a Moscú, se las arregló para nombrar al padre de Alexander responsable del mantenimiento de la ciudad de Sebastopol: entre amigos de la infancia había que echarse una mano. Para expresarle su gratitud, el padre de Alexander le regaló un flamante neumático de automóvil adornado con un lazo rojo: así tendría un juguete nuevo con el que distraerse durante las solitarias tardes que lo esperaban en la capital.

El futuro presidente Alexander Kovalchuk dio sus primeros pasos, creció, entró en la adolescencia y luego en la edad adulta mientras su padre se encargaba de mantener limpios los barrios de Sebastopol donde vivían quienes podían serle útiles. El campesino que doblaba el espinazo en los desoladores campos de remolachas fue convirtiéndose en un hombre cada vez más poderoso, y su mayor deseo era ver a su primogénito continuar por la misma senda, por eso lo obligaba a leer obras filosóficas y panfletos políticos en francés. En los círculos de reflexión de los sótanos existía la convicción de que sólo era cuestión de tiempo que los comunistas franceses dominasen Europa central, y llegado ese momento harían falta mediadores entre Stalin y los nuevos dirigentes. La esperanza del padre de Alexander era que su hijo pudiera ocupar ese lugar.

Así que Alexander leía consultando un diccionario de principios de siglo, comprendía como mucho la mitad, leía de nuevo, comprendía un poco más y llegaba a la conclusión de que los estalinistas franceses estaban igual de chiflados que el propio Stalin. Al mismo tiempo, el francés era un idioma bonito, nada que ver con el inglés balbuceante que también aprendía: ¿cómo podía respetarse una lengua cuyo principio fundamental era que jamás se pronunciara debidamente la erre?

Mientras tanto, el amigo de su padre se incorporaba a la corriente antiestalinista a la luz del día y sin la compañía de las ratas, lo cual fue posible porque Stalin había tenido el buen gusto de morirse.

Mijaíl Serguéyevich, más conocido como Gorbachov, causó tan buena impresión tras las bambalinas del poder que el presidente del Consejo de Ministros, Nikita Jruschov, lo nombró ministro de Agricultura al tiempo que lo introducía en el Politburó, donde se convertiría en el miembro más joven desde su creación.

El futuro presidente Kovalchuk no era más que un veinteañero por entonces, pero su padre le regaló por su cumpleaños un título universitario de economía perfectamente genuino (que no le salió precisamente barato, puesto que el director de la facultad era un rapaz). Gracias a esa educación caída del cielo y a los contactos de su padre, Alexander cogió el autobús hacia Moscú y se incorporó al equipo de Mijaíl Serguéyevich como consejero encargado de la importación y la exportación, puesto que era el único que hablaba otras lenguas que no fueran el ruso.

Pero, aparte de saber lenguas, la idea del mundo de Alexander estaba conformada, en primer lugar, por los relatos de su padre sobre el cultivo de la remolacha en Privólnoye, un pueblo cuyos recursos se limitaban, tras la marcha de su familia, a ocho cosechadoras de remolacha, doce pollos, tres carretas sin caballos que tiraran de ellas y un viejo neumático. Y, en segundo, por el acendrado comunismo de su progenitor, que estaba convencido de que esa ideología sería eterna y, en consecuencia, hacía gala de músculo para mantener bajo control a las mal organizadas bandas de delincuentes locales cuya prosperidad dependía de que en la ejemplar sociedad soviética faltara de todo.

El caso es que el padre aconsejó al hijo que guardara las distancias con los *vory*, es decir, con la mafia, y el hijo, por desgracia, le hizo caso. Sin duda, le habría ido mejor de no haberlo hecho.

Porque los *vory* habían pasado a la ofensiva.

15

Miércoles 31 de agosto de 2011

Quedan siete días

Todo había empezado muy bien: Preben había reconocido el Audi de Dietmar en el aparcamiento de los empleados. Todo encajaba: el modelo, el color y la matrícula; por lo tanto, aquel adúltero se encontraba en las instalaciones.

La autocaravana y el camión estaban en posición. Preben se apostó en la esquina del edificio, Petra cruzó la puerta de la planta de embalaje y le dijo a la recepcionista que tenía un mensaje importante para el señor Sommer. ¿Estaba en su despacho?

Así era, pero ¿a quién debía anunciar?

Petra no había pensado en aquel detalle.

—Dígale que lo busca alguien muy importante en Suecia. No puedo decírselo porque es secreto profesional. Necesito discreción, ¿me entiende?

La recepcionista aceptó de mala gana y volvió casi enseguida para anunciarle que el señor Sommer la vería en un momento: sin duda, le había picado la curiosidad.

Pero la fiesta se acabó antes de comenzar, cuando se abrieron las puertas del ascensor y apareció Dietmar Sommer. Medía más de dos metros y se asemejaba más a un lanzador de peso que a un director de ventas. Debía de pesar ciento treinta kilos como mínimo, calculó Petra: parecía estar hecho únicamente de músculos.

—¿Quién es usted y para qué me busca? —le preguntó. Para colmo, tenía una voz cavernosa.

Primero, ella le leería la cartilla; después, Preben le daría una paliza... si seguían adelante con el plan. Lo único es que aquel gigante apenas notaría en el cráneo el bate de béisbol de Malte, y Preben ni siquiera lo tendría a mano.

Por supuesto, podía ceñirse al plan y llevarse al lanzador de peso hasta la esquina del edificio, pero ¿adónde la conduciría aquello, más que a ser cómplice de asesinato de un ciudadano danés... y posiblemente de ella misma?

—¿Que quién soy y para qué lo busco? —repitió devanándose los sesos.

—Exacto —insistió Dietmar con su voz cavernosa.

—Dice que viene de Suecia... —intervino la recepcionista avergonzada por haber dejado entrar a aquella mujer tan rara.

Es posible que Sommer temiera de pronto que aquella extraña visita pudiera estar relacionada con su aventura extramatrimonial, porque de repente pareció incómodo.

—De Suecia... —improvisó Petra rezando porque aquel gigante no coligiera de pronto la verdad—, de Dinamarca, de Alemania, de Australia, de Vietnam... ¡qué más da! Todos somos, ante todo, habitantes de la Tierra, ¿no cree?

No sonó demasiado convincente.

—¿Se ha equivocado? —se aventuró a preguntar Sommer. ¡Eso, eso!

—¡Exacto! Me he equivocado como nunca antes en mi vida: puede que haya confundido Bielefeld con Białystok.

Mientras aquel coloso se preguntaba cómo podía confundirse una ciudad del oeste de Alemania con otra del este de Polonia, Petra aprovechó para excusarse:

—No lo molesto más, señor Sommer. Con permiso, y ¡aleluya!

¿De dónde había salido eso?

Cruzó la puerta de espaldas y fue corriendo en busca de Preben aprovechando que el lanzador de peso continuaba demasiado atónito para seguirla.

En la esquina, giró a la derecha, y luego otra vez a la derecha sesenta metros más adelante. Preben estaba detrás del edificio, listo para actuar.

—¿Has venido sola?

Petra respondió con otra pregunta:

—¿Quieres morir, Preben?

La verdad era que no. O, en todo caso, no por el momento.

—¿Qué quieres decir?

—Ya te lo explicaré más tarde. Venga, nos largamos.

Después de escuchar de boca de Petra la descripción de Dietmar Sommer, Preben declaró que podían decirse muchas cosas de él, pero no que fuera tonto (¿lo había dicho antes?). ¿Golpear a alguien que ni siquiera notaría el golpe antes de devolverlos? No, él era bien consciente de sus limitaciones. Le agradeció a la pitonisa su buen juicio: ¡era probable que le hubiera salvado la vida!

—De nada —respondió Petra creyendo que había llegado el momento de que ella y sus amigos se despidieran del danés.

Sin embargo, Agnes no opinaba lo mismo. Había encontrado la dirección de Dietmar Sommer. Si las cosas no habían salido bien mientras se hallaba en el trabajo, ¿por qué no prepararle alguna jugarreta que estuviera esperándolo cuando volviera a casa?

Pero a esas alturas Petra había vuelto a ser la de siempre, de modo que insistió: ellos tres tenían una misión en Roma, y era urgente. Le deseaba a Preben buena suerte en el amor, pero ya era hora de que sus caminos se separaran.

Preben puso cara de decepción y Agnes trató de consolarlo entregándole un mensaje supuestamente de parte de Kajsa que podría introducir en el buzón del lanzador de peso para causar al menos algunas molestias.

• • •

El caso es que Dietmar Sommer regresó a casa del trabajo prácticamente en el mismo momento en que la autocaravana salía de Alemania rumbo al sur y el camión de estiércol cruzaba de nuevo la frontera danesa. Preben se había encargado de meter el supuesto mensaje de Kajsa en el buzón, pero la cosa no había quedado ahí. En aquel precioso chalet parecía no haber nadie, y los Sommer se estaban construyendo una nueva piscina en el jardín; ¿por qué no ayudarlos a llenarla...

... de estiércol?

Al llegar, Dietmar se encontró con que su esposa Christiane estaba esperándolo en la entrada.

—Mira lo que me he encontrado en el buzón —fueron las palabras con las que lo recibió, mientras agitaba un papel—: una tal Kajsa te manda todo su cariño desde Suecia.

El otro sintió un escalofrío en la espalda, y aquel olor insoportable que no lo ayudaba a ver las cosas claras.

—¿Qué ha escrito? —preguntó temiéndose lo peor.

—Que echa de menos a su «osito».

Mierda...

—¿A su «osito»? —repitió él.

Pero Christiane no era idiota.

—¡A ti!

A Dietmar no se le ocurrió qué responder, simplemente preguntó:

—¿Qué es eso que huele tan mal?

Y ella le replicó:

—Eres tú, Dietmar; eres tú.

16

Miércoles 31 de agosto de 2011

Quedan siete días

Los ocupantes de la autocaravana jamás se enteraron de que Preben había atacado con estiércol al lanzador de peso, pero Agnes les reveló a sus dos amigos el contenido de la carta que ella misma había redactado para el danés. Johan tardó varios minutos en entender cómo había podido Kajsa enviar un mensaje que en realidad había escrito Agnes; Petra, por su parte, lo pilló un poco más rápido, pero se sintió un tanto avergonzada de la alegría malsana que le inspiraba la probable suerte de Dietmar Sommer: el sentido de lo que le quedaba de vida era reparar, no romper.

Tras estudiar el mapa de carreteras, Agnes constató que les quedaba al menos una etapa más hasta Roma, o, siendo realistas, incluso dos. Por suerte, a esas alturas todavía les quedarían cuatro o cinco días antes de que el cielo cayera... o más probablemente no cayera... sobre sus cabezas. Petra no estaba del todo en su sano juicio, pero aparte de ese detalle, ella no tenía mucho que objetar. La aventura con el danés había sido fantástica y, además, Travelling Eklund por fin había encontrado un vuelo que partiera de Svalbard y estaba dándose un caprichito en un Tiffany's de Oslo, aunque treinta mil coronas tampoco eran demasiado para una gran fan de Tiffany's.

Hablando de dinero, las sumas que recibía empezaban a ser considerables, y para colmo iban a parar a su cuenta sueca. Pronto habría que buscar otra solución.

—Se me acaba de ocurrir una cosa —les anunció de pronto.

—¿Puede saberse qué? —preguntó Petra.

—No nos queda ajo, ¿podríamos parar en algún sitio o tengo que modificar el menú? —dijo Johan desde la parte trasera.

Agnes continuó:

—¿No os apetece que aprovechemos la ocasión para visitar algún otro país?

—Depende del país.

—Suiza está prácticamente a la vuelta de la esquina.

—¿Me habéis oído ahí delante? ¡Hace falta ajo!

—Te lo conseguiremos, Johan —lo tranquilizó Agnes.

—¿Y por qué Suiza? —preguntó Petra.

—Más precisamente Zúrich. A ver, tengo unos cuantos millones en mi cuenta bancaria en Suecia y creo que me convendría que se volatilizasen antes de que el fisco se fije en ellos... por decirlo de algún modo.

—¿Y crees que eso podría ocurrir de aquí a dentro de siete días?

Agnes no quería enredarse en una nueva discusión. Más le valía decir la verdad, aunque fuera a medias.

—Con la suerte en contra, es algo que podría ocurrir mañana por la mañana, y en ese caso nos encontraríamos aquí sentados con una cabeza de ajo y poco más...

—¿Habláis del ajo? —preguntó Johan.

Petra aprobó la propuesta de Agnes: ir a Zúrich no suponía un gran rodeo; además, todavía tenían bastante camino por delante, así que sería un buen lugar donde pasar la noche. Y por último, aunque no por ello menos importante, no le hacía gracia la idea de pasar la última semana de su existencia sin un presupuesto ilimitado para comida y bebida.

No había riesgo alguno de que el fisco apareciera al día siguiente y confiscara los activos de Agnes en el Handelsbanken de Bromma: las cosas no funcionaban así, pero Petra no tenía por qué saberlo, y aquella mentira era preferible a ponerse a discutir de nuevo sobre los cálculos apocalípticos de la pitonisa. Se conformaba con hacerlo en silencio; si estaba en lo cierto, tendría todo el tiempo del mundo para echárselo en cara a Petra; si se equivocaba, ninguna de las dos tendría tiempo ni siquiera para darse cuenta.

Travelling Eklund no había declarado ni una sola corona recibida ni pagado ni un solo *öre* de impuestos. Aquello no podía seguir así: era muy arriesgado dejar todo aquel dinero en una cuenta sometida a la normativa bancaria sueca.

Así que, rumbo a Suiza.

Johan obtuvo su ajo y pudo completar su menú en tres tiempos para la cena: sashimi de salmón ahumado con cebollas blancas encurtidas y huevas de trucha, filete de ternera a la provenzal y crema de limón *à la parisienne* (este último plato era un invento suyo, y el nombre una cuestión de mera sonoridad: «*à la parisienne*» sonaba tan bien como sabía su crema de limón).

Degustaron aquellas delicias en torno a la mesa de camping instalada en el aparcamiento del IKEA de Dietlikon, a tiro de piedra de Zúrich.

—Si por casualidad te hiciera falta algo, ahí dentro tienen muchos utensilios de cocina, y no cierran hasta dentro de un buen rato —lo informó Petra.

—Gracias, pero me las apañaré con lo que tengo —respondió él.

Las espátulas tiradas de precio no le inspiraban confianza.

17

Jueves 1 de septiembre de 2011

Quedan seis días

Herbert von Toll llevaba cuarenta años esperando a suceder a su padre al frente del banco, pero el viejo Konrad se aferraba al sillón de su despacho.

No había estadística que explicara por qué no llevaba ya lustros criando malvas: tenía noventa y seis años, fumaba puros y se tomaba su primer whisky a las nueve de la mañana y el segundo a las nueve y media (aseguraba que el whisky calentaba la sangre y el cerebro y, para disgusto de su hijo, de setenta y seis, puede que tuviera razón, lo que demostraba que ni siquiera estaba senil). En cuanto vio entrar en su banco a una elegante señora de pelo violeta, se apresuró a echarle el guante... hasta que comprendió que no representaba más de cinco millones de coronas suecas. Entonces llamó a su hijo:

—¡Herbert! Deja esa papelera que estás vaciando y ven ahora mismo. Tengo una clienta para ti.

¡Iba a atender una clienta! Eso era algo que ocurría más bien poco.

La señora de pelo violeta se presentó como Agnes Eklund, de nacionalidad sueca. Poseía una pequeña fortuna en el Svenska Handelsbanken de Bromma, cerca de Estocolmo, y deseaba transferir su dinero a algún lugar donde las autoridades suecas no pudieran encontrarlo.

La cifra que la señora Eklund mencionó no consiguió impresionar a Herbert más que a su padre, pero aun así cayó presa del hechizo: era rarísimo que una mujer apareciera por aquella sucursal. La banca y las finanzas seguían siendo patrimonio casi exclusivo de los hombres... y de los viejos de noventa y seis años.

Además, a la señora Eklund la envolvía un aura casi irresistible de la cual sin duda era consciente.

—Aquel hombre de la cara arrugada como una pasa, ¿es su padre?

—Pues sí. ¿Cómo lo ha adivinado, señora Eklund?

—Viuda de Eklund —aclaró Agnes—: mi marido tuvo la buena idea de abandonar este mundo hace ya un porrón de años.

—La felicito, señora viuda de Eklund. Yo, en cambio, sospecho desde hace tiempo de la inmortalidad de mi padre.

—Esperemos que se equivoque —respondió Agnes, que a punto estuvo de consolar al simpático Herbert von Toll confesándole que sabía de buena tinta que el anciano fallecería dentro de seis días—. Por cierto, llámeme Agnes: en Suecia somos mucho menos formales.

Vaya, ¿estaba proponiéndole que se tutearan al cabo de apenas unos minutos?

—Yo soy Herbert —se presentó él—. Encantado, encantadísimo, señora viuda Agnes.

—Agnes a secas, por favor.

El banquero y la anciana se pusieron de acuerdo rápidamente. Que ella fuera clienta del Handelsbanken facilitaba mucho las cosas. Antes que nada, tenía que transferir la totalidad de su cuenta bancaria desde su modesta sucursal hasta la filial que el mismo grupo tenía en Zúrich. Luego, él contactaría con su homólogo en Suecia para informarlo de las deudas que Agnes tenía en Suiza confiando en que el otro no le pusiera trabas.

—Pero, que yo sepa, no tengo ninguna deuda... —comentó Agnes.

Herbert le lanzó una mirada de confusión y después le recordó que la verdad era algo relativo y el fin justificaba los medios. Para transferir el dinero a Zúrich, se personarían juntos en la sucursal del Svenska Handelsbanken ubicada en la Löwenstrasse. No quedaba lejos, sólo había que tener cuidado con los tranvías, que podían resultar traicioneros.

—Prometo protegerte.

Poco después de mediodía, todas las piezas del puzle estaban en su sitio: número de cuenta suiza, sociedad pantalla en las Cóndores y promesa mutua de Herbert y Agnes de que volverían a verse.

—¿Me invitarás al entierro de tu padre?

—Espero que no tengamos que esperar tanto tiempo —respondió Herbert mientras besaba la mano de la anciana.

—¿Ha ido todo bien? —se interesó Petra.

—Muy bien. El dinero ha salido de Suecia y ahora incluso tengo una empresa en un país que no recuerdo cómo se llama.

—¿Una empresa? ¿Y para qué?

—Ni idea.

Johan se quedó la mar de satisfecho al saber que su financiación estaba asegurada: planeaba un banquete sensacional al llegar a Roma y, con ese fin, se había provisto en Zúrich de los ingredientes necesarios.

—Qué raro hablan en este país, y la bandera me recuerda a un hospital. Aun así, no tengo la menor queja en cuanto a los productos básicos.

18

El hijo del remolachero

Parte 2 de 5

Después de que Mijaíl Gorbachov fracasara durante bastante tiempo en la recuperación de la política agrícola, el Politburó consideró que ya iba siendo hora de que hiciera lo mismo con el país entero. De hecho, nadie había fracasado menos que él y, además, había tenido unos cuantos golpes de suerte: Jruschov había muerto dando paso a Brézhnev, Brézhnev había dejado su lugar a Andrópov y éste a Chernenko.

Estaba claro que la Unión Soviética no podía seguir cambiando de líder como quien cambia de calzoncillos. Gorbachov era joven, apuesto y prudente con el alcohol; fue elegido secretario general por unanimidad mientras el cadáver de Chernenko todavía estaba caliente.

Y el futuro presidente Alexander Kovalchuk, siempre al lado de Gorbachov, fue ascendido a primer consejero.

Mandó imprimir copias de dieciocho tarjetas de visita distintas; siempre con su nombre real, pero con diferentes especialidades. Era de todo, desde experto en oxigenación de mares interiores hasta doctor en metalurgia. Así, consiguió que lo invitaran a una serie de seminarios, banquetes y recepciones diplomáticas por toda Europa Occidental sin tener que desembolsar ni un rublo: ahora que estaba emplazado a levantar con sus propias manos la nueva Unión Soviética (con cierta ayuda del amigo de la infancia de su padre), tenía hambre y sed de conocimientos.

Con todo respeto para Helsinki, Estocolmo, Berlín, Bruselas y Dublín, fue en París donde lo aprendió casi todo, y la ciudad que más lo impresionó. Desde que bajó del avión, constató que a los franceses las cosas les iban bastante bien pese a que el comunismo no había prosperado realmente en su territorio y los bienes de consumo de toda clase y género seguían acumulándose. Ése había sido precisamente el punto débil de Stalin, opinaba él, si se obviaban los cinco millones de víctimas de su régimen (¿o habían sido diez?).

Durante su estancia de varios días en la capital francesa, se quedó embelesado delante de tostadoras, calculadoras, panificadoras, cigarrillos que no olían a matarratas, vino que no recordaba a meados de gato, automóviles que, si bien estaban un poco abollados en algunas zonas (los franceses eran propensos a la fogosidad también al volante), arrancaban cuando tenían que hacerlo y se paraban cuando se les ordenaba. Había alimentos en los supermercados y carne en la sección de carnicería. Y, para colmo, brillaba el sol.

En cualquier caso, lo que más lo marcó fue la visita a un restaurante de los Campos Elíseos. Allí, se sorprendió de que le asignaran una mesa con vistas sin tener que deslizar unos billetes en el bolsillo de la pechera del *maître*.

Resumiendo: de no haber sido por el omnipresente olor a ajo, habría declarado que París era el sueño comunista. En cuanto regresó a Moscú, hizo partícipe de su experiencia al secretario general.

Gorbachov asintió con la cabeza pensativo: él también había visto mundo y tenido la ocasión de reflexionar respecto a un par de asuntillos, pero ¿hablaba en serio el joven Kovalchuk? ¿De verdad lo habían sentado a una mesa al lado de la ventana sin que nadie intentara sacarle una monedita a cambio?

Sí, era verdad verdadera.

—Aunque, por otra parte, me sirvieron caracoles al ajo. ¿Cree usted, señor secretario general, que se trataba de una venganza por la falta de soborno?

Gorbachov creía que era bien posible; sin embargo, veía cada vez con más claridad que Stalin se había equivocado de pe a pa al apostarlo todo a la industria pesada. Como resultado, cualquier ciudadano que quisiera adquirir un simple bollo de pan, y ya no digamos una tostadora, tenía que hacer cola durante horas y horas en una fila kilométrica u optar por el mercado negro... que florecía.

Alexander se apresuró a proponer que la Unión Soviética copiara sin más la Constitución francesa, salvo en lo relativo a las carrocerías abolladas, el ajo y los caracoles.

Gorbachov tenía una confianza ciega en su primer consejero, cuyas recomendaciones en el ámbito agrícola habían permitido que la nación alcanzara el treinta y ocho por ciento de los objetivos de producción, frente al diecinueve por ciento de su predecesor, pero ¿no era un poco atrevido querer convertir la Unión Soviética en la República francesa de la noche a la mañana? ¿A cuántos miembros del Politburó no les daría un ataque de nervios después de semejante metamorfosis?

Tenía dudas. ¿No podían plantearse una transición más discreta, con la dosis justa de socialismo mezclada con otros ingredientes?

Alexander temía que su jefe pudiera echarse atrás antes incluso de ponerse en marcha. Saltaba a la vista que necesitaba un empujoncito en la buena dirección. Entonces, le contó que había presenciado algo muy interesante en sus viajes, sobre todo en Francia: los ciudadanos tenían derecho a decir lo que quisieran, incluso en grupo, mientras agitaban pancartas en las que insultaban a personas o denostaban ideas que no les gustaban. Aquello se llamaba «manifestarse».

Gorbachov asintió de nuevo. Al contrario que su joven primer consejero, él estaba familiarizado con esa tradición. Pero ¿adónde quería ir a parar?

Pues, ¿por qué no poner en práctica una nueva política de apertura en la sociedad soviética? ¿No animaría eso a la gente a hacer lo mismo que los franceses: echarse a las calles en masa con o sin pancartas?

Gorbachov preguntó qué interés podía tener que la gente saliera a la calle.

El primer consejero sonrió: el señor secretario general subestimaba el amor de su pueblo. Las manifestaciones serían, por supuesto, a su favor. Ya se imaginaba las marchas interminables que entonarían «Gor-ba-chov, Gor-ba-chov» en honor a las valientes reformas propuestas por su dirigente.

—A falta de otra cosa, eso debería apaciguar a los cabezotas del Politburó.

Por muy arriesgado que fuera llamar «cabezotas» a los máximos dirigentes de la URSS, el argumento surtió efecto.

El secretario general se dejó seducir por la imagen que le había pintado el joven Kovalchuk y le enseñó a todo el mundo la palabra *glasnost*, que en ese contexto particular significaba que, a partir de ese momento, uno tenía derecho a decir lo que quisiera sin arriesgarse a ir a la cárcel o a morir.

Y el pueblo le tomó la palabra, lo que supuso el penúltimo clavo del ataúd de la Unión Soviética.

En cuanto al pobre de Gorbachov, lo atacaron por los dos flancos: tanto quienes pensaban que había ido demasiado lejos como quienes lo consideraban timorato o lento en la aplicación de las reformas. Los partidarios de la moderación brillaron por su ausencia.

Entretanto, los *vory* estudiaban atentamente la situación y movían sus fichas.

El último clavo se llamó *perestroika*, que quiere decir «restructuración» o «innovación» (y no «privatización», sin duda la palabra más sucia de toda la lengua rusa). Dicha restructuración suponía, entre otras cosas, que los funcionarios del Estado gozaran de un mayor margen de maniobra a la hora de tomar decisiones.

«¡Ah, pues muchas gracias!», exclamaron los *vory*.

Los resultados de las políticas que Alexander Kovalchuk implementó en nombre de Gorbachov tuvieron como consecuencia el desmoronamiento de la Unión Soviética, y la mafia, hasta entonces un fenómeno francamente provinciano, empezó a prosperar y evolucionar hasta imbricarse en actividades comerciales de alcance internacional. Lo único que permaneció igual fue su absoluto desprecio de la ley.

19

Jueves 1 de septiembre de 2011

Quedan seis días

Tras una jornada dedicada casi por completo a las finanzas, era imposible que los tripulantes de la autocaravana se plantaran en Roma antes de que cayera la noche.

Atravesaron varios túneles cortos y luego uno largo hasta que, por fin, desembocaron al otro lado de los Alpes.

Pero Agnes empezó a dar cabezadas en la región de Bellinzona, al norte de Lugano, más de una hora antes de la parada prevista, y Johan se ofreció a sustituirla para que pudiera descansar. La autovía era amplia, y descendía casi hasta la frontera italiana, así que...

Más tarde, Agnes se arrepentiría profundamente de aquella decisión, y Petra no comprendería cómo había podido aceptar semejante cosa.

El caso es que era Johan quien conducía cuando hubo que empezar a buscar un emplazamiento apropiado para pasar la noche en las inmediaciones de Como. Ni que decir tiene que se confundió con los pedales; al principio un poco; luego, cada vez más. Petra trató de ayudarlo con sus «ahora a la izquierda; a ver, por ahí» y sus «esta vez a la derecha; no, he dicho a la derecha», pero la aventura llegó a su fin cuando chocaron con un ciclista. No le dieron muy fuerte, pero fue como si Johan hubiera empujado otra vez una autocaravana desde lo alto de una pendiente.

Por suerte, el ciclista se detuvo de un modo o de otro, y Petra salió disparada del vehículo, temerosa de haberse convertido en una homicida. Agnes y Johan fueron tras ella.

Cuando llegaron a donde estaba el ciclista, lo encontró bastante desorientado: se había golpeado en la cabeza.

—*What happened?* —les preguntó en un inglés impecable.

—Si no estoy mezclando películas, cosa que a veces me ocurre, esa frase aparece en *La caza del Octubre rojo* —comentó Johan.

—¡Qué suerte que hable una lengua que tú dominas, así podrás explicarle cómo has estado a punto de matarlo! —exclamó Petra enfurecida.

Johan respondió que no le había dado por nada parecido, que las cosas habían sucedido sin más.

El presunto inglés, que seguía tendido en la acera, repitió la pregunta.

—Te acaban de atropellar.

—¿Qué? ¡¿Quién?!

Era obvio que no se acordaba de nada. Petra reaccionó al instante:

—Un Audi negro con matrícula de Alemania. —Luego, volviéndose hacia un Johan estupefacto, añadió en sueco—: Y tú, muérdete la lengua a partir de ahora.

El inglés logró sentarse poco a poco y luego intentó ponerse de pie con prudencia. Se tambaleaba, pero lo consiguió. Entonces se fijó en su bicicleta, que tenía una rueda totalmente deformada.

—Mi *Bianchi* —se lamentó como si un ser querido yaciera a sus pies.

—Es terrible —dijo Petra yendo más allá—. ¡Esos alemanes son un verdadero peligro público! ¿Necesitas ir al hospital? ¿Podemos acercarte?

—Yo conduzco —intervino Agnes.

No, no haría falta ir al hospital. En cambio, sí que les agradecería hacer un trocito del camino con ellos. Vivía a tan sólo unos kilómetros de allí y no se sentía muy bien: no estaba en condiciones de hacer el camino a pie con la bicicleta rota y tal.

—¿Por casualidad han anotado la matrícula del coche? —preguntó el accidentado.

—No, lo siento.

—Creo que ya sé por dónde vas —le susurró Johan a Petra en sueco—. ¿Llamamos a Preben? Tal vez él se acuerde del número.

Si Petra no hubiera conocido a Johan, no habría dado crédito a lo que oía.

—Eres consciente de que has sido tú quien ha atropellado al ciclista, ¿verdad? No Dietmar con su Audi, que no ha salido de Bielefeld.

—Eeeh, sí, lo sé, pero pensaba que... —No acabó la frase—. O a lo mejor no... Creo que voy a seguir calladito.

El inglés resultó ser en realidad galés, aunque es casi lo mismo. Se llamaba Gordon, era abogado de profesión y contaba en su cartera con un montón de clientes anglófonos adinerados, entre ellos George y Amal Clooney, que eran estupendos y...

En ese momento se dio cuenta de que no debería haber dicho eso último: en su profesión, la discreción se daba por descontada.

—Me pregunto si no tendré una conmoción cerebral.

—Es posible —confirmó Agnes—. Esas cosas sueltan la lengua. Pero cuéntenos más.

Se moría de ganas de saberlo todo sobre la acomodada vida de los habitantes que residían a orillas del lago Como. Travelling Eklund ya había viajado por allí unas cuantas veces, pero para ella era la primera.

—¿Se refiere a George Clooney, el actor? —preguntó Petra abriendo mucho los ojos.

—«*Congratulations, you're a dead man*» —recitó Johan.

—¿Qué? —preguntó el galés.

—Es de *La gran estafa*. Conozco un montón de pelis de memoria, y sé cocinar... y dar problemas.

Los tres suecos ayudaron al galés a entrar por la puerta de su casa de cinco habitaciones con terraza y vistas al lago. Mientras los demás se acomodaban en la terraza, Johan se adueñó de la cocina.

—Son ustedes muy atentos —les agradeció Gordon mientras les servía un whisky como aperitivo—. Incluso diría que amables, no como ese alemán que me ha atropellado. Espero que pase mala noche.

Ninguno de ellos podía saberlo pero, en efecto, Dietmar Sommer estaba pasando una mala noche en el hotel donde lo había exiliado su mujer, que, además, había llamado por teléfono a Kajsa.

La lamentable despensa de Gordon obligó a Johan a ir varias veces a la autocaravana, pero al final consiguió reunir todos los ingredientes. Aquella cena en tres tiempos estaba llamada a ser un recuerdo inolvidable para el anfitrión, de no ser porque a la mañana siguiente no se acordaba de casi nada.

Pero ¿qué había pasado? ¿Lo había atropellado una autocaravana o había sido un Audi, como le dijeron los tres suecos que luego lo habían acercado a su casa en el Audi? ¿O había sido en la autocaravana? Recordaba que uno de los tres les había dado de cenar estupendamente, pero eso era imposible porque él no tenía más que botes de conservas en la despensa.

¿Había sucedido al menos la mitad de todo aquello?

Llegó a la conclusión de que todo había sido un sueño, salió a la terraza a fumar un cigarrillo para intentar recuperar la calma...

Y descubrió su adorada *Bianchi* con la rueda delantera torcida.

20

Viernes 2 de septiembre de 2011

Quedan cinco días

Mientras el abogado galés aplastaba la colilla del cigarrillo, anulaba su cita matutina con George Clooney y volvía a meterse en la cama, Agnes, Petra y Johan se encontraban ya a kilómetros de allí, en dirección a Roma.

—Vaya tipo simpático —recordó Petra—. Tenía un montón de historias fascinantes que contar. Y fijaos, ¿eh? El matrimonio Clooney colabora de forma altruista en la lucha contra la corrupción en el mundo entero. Es algo realmente loable. Dudo que les dé tiempo a conseguir mucho en cinco días, pero aun así.

Agnes celebró que la futura fundación Clooney tuviera previsto concentrarse en países como Sudán del Sur, el Congo, la República Centroafricana... y las Cóndores.

—Me pregunto si no es allí donde está mi dinero.

—Mientras que tu tarjeta de crédito funcione, qué más da dónde esté —respondió Petra en tono despreocupado.

—Gordon también habló de Europa del Este —recordó Johan—, ¿eso dónde queda?

—Justo al este de Europa del Oeste —le respondió Petra.

Y él se abstuvo de hacer otra pregunta que se moría de ganas de hacer.

• • •

El aparente buen rollo de aquella conversación escondía un cierto resentimiento por parte de Agnes. La noche anterior, había decidido terminar de disfrutar la jornada buscando en Google Maps un buen estacionamiento para autocaravanas en Roma, pero Petra se había apresurado a recordarle que aún les quedaban más de seiscientos kilómetros por delante y, por enésima vez, que convendría que al día siguiente se pusieran en marcha muy temprano porque no les quedaba mucho tiempo. Aquello fue la gota que colmó el vaso: ¿no tenía ella derecho a saborear la vida con calma ahora que, después de todos aquellos años, por fin le sonreía? ¿Y sobre todo teniendo en cuenta que, desde la noche de los tiempos, el punto en común de todos y cada uno de los profetas del apocalipsis era haberse equivocado?

Había vivido lo bastante como para no tener que comulgar más con ruedas de molino. No tenía ni treinta años cuando su marido se había quejado de que en Suecia se empezara a conducir por la derecha: «¡Dödersjö tendría que ser la excepción!», le había insistido. «¿Quién me dice a mí que Fagerlund no acabará pasándome encima con su tractor por equivocarse y hacerse hacia el otro lado, si lo más seguro es que ni siquiera se entere de las nuevas reglas porque no tiene radio?» Pero eso no había sido lo que había pasado: su difunto marido había decidido dejar de conducir porque se había creído los rumores de que el estrés provocaba cáncer y la nueva manera de conducir le producía mucho estrés. Poco después, en una de sus caminatas, había pisado el clavo que lo mató.

Antes que irse a dormir, como sugería Petra, decidió documentarse en el tema favorito de la pitonisa. Memorizó lo esencial, el resto lo apuntó en un post-it.

Aquello seguía rondándole la cabeza en la autocaravana y, cuando un largo silencio se apoderó de los tres, se decidió a hablar.

—¿Sabes, Petra? —soltó de buenas a primeras—. No he encontrado ni a una sola persona en la red que sostenga la teoría de que el apocalipsis tendrá lugar el 7 de septiembre de 2011 a las 21.20 h.

La pitonisa se puso recta en su asiento, como si ya se hubiera esperado aquella conversación.

—21.20 h, minuto arriba minuto abajo. ¿Y por qué tendría que haberla? Yo no he hecho públicos mis cálculos.

—No, no; me refiero a que hay otras muchas personas que han hecho sus propios cálculos y llegado a resultados distintos.

Petra notó un regustillo a Real Academia de las Ciencias, ¡qué estúpida era la gente! Bueno, por lo menos Agnes se mostraba dispuesta a conversar, eso había que reconocérselo.

—Agnes querida —le dijo—, la atmósfera no es un concepto fácil de comprender. Cerca del suelo se halla la troposfera, luego viene la estratosfera, después la mesosfera y todavía más arriba está la termosfera…

—¿Y?

—Estas esferas se encuentran a distintas altitudes en parte determinadas por la relación entre ellas y, en parte, por el lugar del mundo en que te encuentres.

—Pues yo me encuentro cerca de Bolonia, igual que tú. ¿Aquí cómo es?

—No he llevado a cabo investigaciones sobre Bolonia en concreto, pero *grosso modo* la troposfera se eleva hasta unos doce kilómetros por encima de nuestras cabezas, cosa que es un poco diferente en los polos. Cuando dije que el mundo se destruiría en el mismo instante, no era del todo cierto; no obstante, no debería haber más de una décima de segundo de diferencia entre un lugar y otro, probablemente unas centésimas.

—¿No podríamos irnos a uno de los sitios donde la Tierra sobrevivirá más tiempo? —preguntó Johan, que seguía la conversación desde la cocina.

—¿Me estás diciendo que te gustaría vivir una centésima de segundo más?

—O varias, a poder ser.

—¿Sabes cuánto supone una centésima de segundo?

Johan pensó que una centésima de segundo parecía mucho, pero por la voz de Petra dedujo que iba por mal camino. Se limitó a responder que tenía que seguir doblando servilletas.

—Sea como sea —continuó Petra—, la troposfera no es el problema.

—Me alegra saberlo —replicó Agnes.

—El problema es la termosfera. En ella, los rayos ultravioletas del sol provocan la ionización de los átomos. El nombre «termosfera» proviene del griego *thermos*, que significa «calor».

—¿No habías hablado de frío? —intervino Johan—. Lo del calor suena mucho mejor.

—¿Dos mil grados?

Petra suspiró. Conversar con Agnes y Johan era igual de agotador que hablar con un vaso de leche y un plato de cartón.

—Mejor dejemos de lado los detalles técnicos —propuso Agnes—. En cualquier caso, tú no eres la primera que descubre que el universo se apagará algún día: la humanidad ya ha pasado por mogollón de supuestos apocalipsis, y sin embargo aquí estamos, sentados en una autocaravana, charlando.

—Yo estoy de pie —puntualizó Johan.

—Puedes sentarte, si quieres.

Petra preguntó a qué se refería Agnes exactamente.

—Podría darte mil y un ejemplos.

—Pues dame al menos uno.

Agnes sostenía su post-it discretamente entre el pulgar y el índice de la mano izquierda, que descansaba sobre el volante.

—Pues bueno, según un monje español, todo debía haberse acabado el 6 de abril del 793, y por lo visto no fue así.

—¿Estás comparando mi ciencia con las elucubraciones de un monje español del siglo VIII? Te apuesto lo que quieras a que también metió a Jesucristo en la ecuación.

Agnes tuvo que reconocer que sí: se suponía que el Mesías volvería aquel día para llevarse consigo al mundo entero.

Pero ¿y Cristóbal Colón? Él afirmaba que el Juicio Final tendría lugar a lo largo del año 1656.

—¿El tío que confundió América con la India?

Agnes no se dio por vencida: tenía buena memoria... y una chuleta.

—¡Jakob Bernoulli!

—¿Quién?

—¡Un eminente científico! En su predicción no había nada de religioso, ningún «lo presiento», ¡puro análisis!

—¿Y qué decía?

—Que en abril de 1719 un cometa chocaría contra la Tierra y, ¡*pum*!, el mundo bajaría el telón.

—Tratándose de cometas es difícil hacer predicciones de ese tipo: es como vender la piel del oso antes de cazarlo, como suele decirse. La gravedad de la Tierra desvía la trayectoria de los cuerpos que se dirigen hacia nosotros, lo que obliga a rehacer los cálculos una y otra vez y, al final, el cometa pasa de largo antes de que dé tiempo a acabarlos. No es mala idea advertir a la gente sobre los cometas, pero sólo un idiota daría por seguras sus conclusiones.

—¿Me llamabais? —preguntó Johan.

—No, pero ¿qué hay para cenar?

—Es sorpresa.

A Agnes todavía le quedaban unos cuantos recursos en su post-it:

—Jeane Dixon, 1962. Famosa astrónoma, si no me equivoco.

—No, famosa astróloga notablemente chiflada. ¿Algo más? Tira a la basura todo eso que tienes.

Agnes pensó en los pobres testigos de Jehová que, en apenas ciento cincuenta años, habían tenido que prepararse para veinte fines del mundo por lo menos. A saber si era el propio Jehová quien les susurraba la fecha al oído, pero ¡errar veinte veces!

Sabía que Petra los descartaría por motivos religiosos, así que no se molestó en mencionarlos. Pero tal vez sí podía citar a Harold Camping, el célebre numerólogo.

—Hasta el momento se ha equivocado tres de cuatro veces, pero según su última predicción, el apocalipsis tendrá lugar en octubre de este año.

—En ese caso, se llevará una gran sorpresa el 7 de septiembre... si le da tiempo a sorprenderse —repuso Petra—. Y no me vengas ahora con los mayas y 2012, ¿eh?

Lo había pensado, claro, pero en su lugar mencionó al ruso Kuznetsov, que había convencido a una treintena de desgraciados para que se encerraran en una cueva con tal de sobrevivir al fin del mundo, que advendría en mayo de 2008. Los pobres se habían provisto de víveres para seis meses; a saber lo que pensaban hacer después.

—¿Qué clase de víveres? —quiso saber Johan.

Ni idea.

—¿Quieres que te explique lo que sucederá con la carga eléctrica de las moléculas de aire situadas en la termosfera cuando, en un momento determinado, se produzcan ciertas condiciones, ambas cosas previstas científicamente por mí, y que te diga lo que eso desencadenará? —propuso retóricamente Petra.

—No, gracias —respondió Agnes—: estoy segura de que todo saldrá bien.

21

Viernes 2 de septiembre de 2011
Quedan cinco días

Agnes decidió resignarse y aceptar tanto lo bueno como lo malo de aquel asunto. Según Petra, el futuro de la humanidad dependía de una ecuación en sesenta y cuatro pasos que ninguna persona dotada de sentido común podía comprender; en cuanto a Johan... costaba creer que pudiera ser tan incapaz y tan talentoso a la vez.

Fuera como fuese, aquellos dos compinches le habían regalado una nueva vida llena de emociones. Como decía alguien de cuyo nombre no se acordaba: *carpe diem!*

Cuando apenas faltaba una hora y media para llegar a la capital italiana, sintió la necesidad de estirar las piernas; y además había que llenar el depósito.

Así que tomó la salida de una gasolinera a la altura de Orvieto, repostó y aparcó. Le había entrado un poco de hambre.

—Johan, ¿podrías prepararme un bocadillo o cualquier otra cosa a la que pueda hincarle el diente?

—¿Te apetecería un asado de apio ahumado a las agujas de pino servido con manzana y foie gras? Es una especialidad värmlandesa. Por cierto, ¿dónde queda Värmland?

«Justo lo que yo decía: necio y talentoso a la vez», pensó Agnes.

—Värmland no está muy lejos de Dalsland, que a su vez no está muy lejos de Bohuslän, que está relativamente cerca de Gotemburgo. Un simple bocadillo me habría valido.

Mientras tanto, Petra se había puesto a hacer estiramientos con la ayuda del bate de béisbol cerca de la autocaravana. Se sentía agarrotada después de pasar tanto tiempo sentada. Pero un automovilista italiano que pasaba por ahí a bordo de su Porsche sintió que de algún modo le obstruía el paso. Le tocó el claxon y luego cometió el error de bajar la ventanilla y pasar a los insultos. No es que la pitonisa entendiera los insultos en italiano, pero el tono no dejaba lugar a dudas. De nuevo, sintió la necesidad urgente (y a esas alturas ya bastante familiar) de reparar un agravio. Se acercó al del Porsche, se disculpó por haberle cortado el paso sin querer y le preguntó si necesitaba desahogarse por algo más. Por cierto, ¿hablaba inglés? De lo contrario, sería mejor que ignorara aquella conversación.

Los conocimientos de lenguas extranjeras del conductor del Porsche eran limitados, pero no inexistentes: era vendedor de prótesis dentales y tenía clientes en Gran Bretaña, donde había aprendido términos como *complete dentures* («prótesis completa»), *fixed bridge* («prótesis parcial») e *implant consultation* («estudio implantológico»), aunque no muchos más, la verdad, y para colmo acababa de pelearse con su mujer, lo que no podía considerarse un estímulo para la memoria. Aunque más bien había sido ella quien se había peleado con él por enésima vez. Le habría gustado romperle los dientes, pero no se había atrevido; además, sabía lo que podía costar.

—¿No puede irse a hacer su gimnasia a otra parte? —le espetó él—. Tengo prisa.

Petra se apoyó el bate de béisbol en el hombro y sonrió.

—Le ruego que me disculpe por mi descuido: debería haberme puesto al otro lado de la autocaravana. En cualquier caso, tengo curiosidad por saber qué opina usted de su propia agresividad y cómo afrontaría la situación si supiera que sólo le quedan unos cuantos días de vida.

La pitonisa seguía de pie junto a la puerta del coche, mientras que el conductor encolerizado seguía sentado ante el volante, en una posición de inferioridad que lo incomodaba... por no hablar de que tenía la impresión de que aquella mujer con el bate de béisbol acababa de amenazarlo de muerte. ¿Había dicho «unos cuantos días de vida»?

Salvo cuando se trataba de su mujer, el vendedor de prótesis dentales solía aplicar el precepto: «la mejor defensa es un buen ataque» en toda circunstancia, así que, fiel a su divisa, eructó un *"cazzo!"* y abrió la puerta con tal fuerza que tiró al suelo a Petra y su bate de béisbol. Un instante después, se lanzó sobre ella y, por seguridad, le confiscó el arma.

Pero, mientras buscaba las palabras en inglés, recibió un sartenazo en la cabeza: Johan lo había visto, por la ventana de la autocaravana, saltar sobre su amiga y protectora y se había apresurado a abandonar el apio ahumado a las agujas de pino para ir a socorrerla. Segundos más tarde, era el italiano quien estaba en el suelo mientras Petra se reincorporaba.

—Gracias —dijo ella—. ¡Le has dado con una sartén!

—Y es una Ronneby Bruk, de puro hierro fundido —aclaró Johan—. Eso sí: la calidad tiene un precio.

Agnes oyó el golpe y bajó de la autocaravana. Le bastó contemplar la escena para pensar que a lo mejor a su vida empezaba a sobrarle un poco de chispa. Al fin y al cabo, viajaban sin carnets de conducir en un vehículo con matrícula falsa. No quería averiguar detalles, sino simplemente largarse de allí.

—¡Embarque inmediato! —gritó—. Salimos dentro de diez segundos.

Para su alivio, Petra alcanzó a ver como el italiano se levantaba del suelo: como todo el mundo, aquel tío estaba destinado a morir dentro de pocos días, pero ni Johan ni ella tenían autorización para adelantar vísperas.

Travelling Eklund ya había visitado Roma tres veces, pero Agnes no. Sentada al volante, lanzaba inquietas ojeadas por el retrovisor esperando alguna señal de la policía italiana. Sólo escuchó a medias las explicaciones de Petra: algo sobre una discusión cordial con un hombre que la había interrumpido durante sus estiramientos y luego la había atacado inexplicablemente.

Agnes resumió en voz alta la semana que acababa de pasar tal como ella la veía: por el momento, la misión de paz de Petra y Johan a través de Europa se había saldado con un coche abollado, un cabezazo a un agente de seguridad, una colisión con un abogado británico y un italiano KO en un aparcamiento, y todo eso sin ni siquiera haber localizado aún a su verdadero objetivo. Terminó diciendo que, si era necesario, podía admitir que el fin del mundo estaba cerca y que bien merecido lo tenían, pero que eso no era razón para acabar con él antes de tiempo, ¿no?

Petra la hizo notar que se había olvidado de mencionar a Dietmar. ¿No habían resuelto aquel problema de la forma más pacífica posible? Johan no dijo nada: estaba demasiado ocupado en engrasar su sartén de hierro fundido marca Ronneby Bruk mientras se disculpaba en silencio con el cacharro.

Al cabo de un buen rato sin que la policía italiana se manifestara, Agnes por fin logró calmarse. Les dijo que de verdad apreciaba que ningún día se pareciera al anterior desde que los había conocido, pero que esperaba que una mujer tan inteligente como para resolver una ecuación en sesenta y cuatro pasos procurara encontrar las palabras justas en su próximo encuentro con un representante aleatorio del género humano para evitar que los detuvieran antes de haber llegado a su destino.

Petra se consideraba inocente de lo que acababa de pasar en la estación de servicio, pero las observaciones de Agnes la hicieron pensar en la posibilidad de una ecuación compuesta de palabras en lugar de cifras.

—Creo que voy a elaborar una especie de *checklist* para asegurarme de que todas las palabras que empleo son correctas —declaró—. Y quizá Johan pueda usarla también cuando vea a su hermano; al fin y al cabo, ninguno de nosotros tres tiene pensado plantarse delante de la embajada sueca sartén en mano, ¿verdad?

Por un segundo, Agnes se preguntó si acababa de mejorar o de empeorar las cosas pero, en todo caso, decidió seguir aplicando el *carpe diem*: era evidente que Johan había olvidado ya el incidente y estaba totalmente enfrascado en la preparación de la cena.

Antes de entrar en Roma, buscó en su tableta un lugar donde aparcar y encontró un camping bastante céntrico.

Era pequeño y estaba abarrotado, pero por suerte quedaba una parcela libre para su vehículo. Petra le prometió no discutir con sus vecinos al menos hasta que hubiera acabado su famosa *checklist*.

—¿Qué opinas de que empiece todos mis intercambios con un «Estimado señor» o «Estimada señora»? —le preguntó a Agnes—. Aunque quizá sonaría impostado, ¿no? Creo que tengo que seguir pensándolo.

Johan seguía ocupadísimo en la cocina: el día siguiente era el Gran Día y la ocasión merecía unos platos de calidad superior.

A Petra le parecía que todo lo que había probado desde que había conocido a Johan ya era «de calidad superior», pero comprendió que estaban a punto de entrar en una nueva dimensión. Tenía la impresión de que nunca antes había visto tantos cubiertos sobre un mismo mantel.

—Las cosas se hacen bien o no se hacen —declaró Johan mientras les tendía a sus dos amigas un menú manuscrito—. Tendréis que compartir, porque he tardado un cuarto de hora en escribirlo.

LA AUTOCARAVANA

Menú de esta noche

Helado de aceite de colza prensado
en frío con caviar ruso y nueces frescas
Tirabuzones crujientes de pera, colinabo curtido y rábano
Cucuruchos crujientes de patata rellenos
de fletán ahumado y huevas de lumpo

Champán Charles Heidsieck Blanc des Millénaires 1995

*

Confit de conejo con foie gras salteado,
tomillo limón y semillas de hinojo tostadas
Consomé de tomate fermentado, ají amarillo
y aceite de colza prensado en frío
Estofado vegetal de tomates asados, cebollas encurtidas,
guisantes y almendras decorado con hierbas
y *tuiles* de tomate

Juliusspital Würzburger Stein Silvaner Erste Lage 2008

*

Colas de langosta fritas con salsa *beurre blanc*
de zanahorias y *crudités* de hinojo adornadas con
eneldo fresco

Domaine Langlois-Château Saumur Blanc Vieilles Vignes 2001

*

Filete de lucioperca ahumada con nabo blanco pochado,
sabayón de berro y coronado con caviar

Chassagne-Montrachet Joseph Drouhin 2004

*

Pichón de sangre con glaseado de naranja sanguina sazonado
con semillas de hinojo y semillas de cilantro tostadas

Ensalada de endivias horneadas en jugo de manzana,
miel y limón y rellenas de ajo de oso
Compota de manzana roja ligeramente caramelizada
Salsa de ajo asado con naranja sanguina,
hojas de laurel y pollo asado
Ensalada de endivia roja y ajo de oso

*Ciacci Piccolomini d'Aragona Brunello
di Montalcino Pianrosso 1998*

*

Sorbete de hierbas con merengue de limón y melocotón
en almíbar aromatizado con champán y hierbaluisa

Sauternes Château Suduiraut Blanc 2002

Johan volvió a disculparse por no poder ofrecerles más que un menú manuscrito para ambas, pero todavía le quedaba alguna cosita por hacer.

—¿Alguna cosita? —se sorprendió Petra—. Pero ¿cuándo has empezado a preparar todo eso, hace una semana?

Johan confesó que, si examinaban atentamente los platos, se darían cuenta de que había un par de apaños; de trucos, vaya. Entre otros, uno que estaba dispuesto a admitir sin más rodeos:

—El eneldo a lo mejor no es tan fresco: lo compré hace ya dos días.

No obstante, en términos generales consideraba que no tenía demasiados motivos para sonrojarse. Si se daba la ocasión, más tarde les explicaría sus teorías sobre la planificación a largo plazo en la cocina, pero por el momento tenía que retirarse.

—Vuelvo dentro de un cuarto de hora, no bebáis demasiado vino sin mí.

El trío acababa de pasar al confit de conejo cuando Petra se sintió obligada a manifestar su asombro:

152

—No entiendo cómo lo haces, cómo eres capaz de inventar semejantes sabores, cómo consigues combinar tan bien todos los ingredientes.

Agnes asintió con la cabeza en señal de que estaba de acuerdo.

—Siempre he estado orgullosa de mi guiso de pollo, pero esto... esto está a años luz.

—¿Ah, sí? —preguntó Johan antes de comprender que se trataba de un cumplido.

En ese momento veía con claridad que sus compañeras de viaje no lo felicitaban simplemente por cortesía, ¡lo pensaban de verdad!

—Masterchef y genio: ése soy yo —declaró con orgullo alzando su copa.

—¡Guau! —comentó Agnes en cuanto probó el Würzburger.

—Es un vino afrutado y con un toque floral —explicó Johan—. Si os fijáis bien, notaréis la pera amarilla, el melón de invierno y varios sabores más. El conejo se habría sentido orgulloso de estar en tan buena compañía si no estuviera... si no estuviera... muerto.

Avasallado por su hermano desde el momento en que había empezado a andar, convencido de que era incapaz de aprender nada, Johan ni siquiera lo había intentado. En vez de eso, se había dedicado en cuerpo y alma a los sabores y los aromas por separado o asociados unos con otros.

Pero, desde que había conocido a Petra, nadie lo había llamado «tonto», «idiota» ni «descerebrado», a excepción de Fredrik durante aquella llamada telefónica. Su amor propio crecía cada día un poco más.

Aunque las lagunas en sus conocimientos no disminuían.

Cuando Johan llevó a la mesa el sorbete de hierbas con merengue de limón, los tres amigos hablaron por fin de la estrategia que adoptarían al día siguiente durante el reencuentro con Fredrik, que era la razón de ser de todo cuanto había sucedido la semana anterior. Dicho reencuentro tendría lugar en la embajada de Suecia, puesto que ninguno sabía dónde vivía Fredrik, y el benjamín le echaría una tremenda bronca al primogénito. Pero ¿en qué términos?

—Ahora que por fin he abierto los ojos, tengo tantas cosas que reprocharle... Creo que empezaré por las chucherías de los sábados: los ratones de gominola y las nubes de azúcar que nos llevaba mamá cuando estaba viva y que Fredrik birlaba sin más. Sigo sin tener ni idea de a qué saben los ratones de gominola, pero una vez, mientras pasaba la aspiradora, me encontré con una nube en el suelo.

—¿Y te la comiste? —preguntó Agnes.

Johan asintió.

—Me pareció que tenía demasiado jarabe de glucosa.

Pero el caso era que ahora sabía que era normal que los niños comieran golosinas, y que Fredrik se había burlado de él convenciéndolo de que le estaba haciendo un favor al comerse todas las golosinas, y no sólo las que le correspondían.

No obstante, también era consciente de que jamás conseguiría ganarle a su hermano en un debate sobre ese asunto: Fredrik era demasiado astuto y se le daban de maravilla las palabras.

Mientras Johan hablaba de las chucherías de los sábados, Agnes y Petra saboreaban el postre.

—¡Jesús, María y José! —exclamó la pitonisa.

—Yo no lo habría dicho mejor —añadió Agnes.

—Notaréis unas notas finales de champán y hierbaluisa —las informó Johan.

—¡Lo tuyo es de locos! —dijo la anciana.

Ante aquellas palabras, Johan le dedicó una mirada triste, pero Petra se apresuró a explicarle lo que Agnes quería decir: los manjares que había cocinado estaban tan buenos que casi volvían loco a quien los probaba. Sí: masterchef y genio.

El chef sonrió de una forma que nunca antes habían visto: con una sonrisa llena de confianza en sí mismo.

· · ·

Volviendo al problema al que se enfrentaban, Petra reflexionó en voz alta sobre la posibilidad de pasar por alto la historia antigua y apostarlo todo a la genialidad de Johan. Dado que para Fredrik siempre había sido un idiota, ¿no podía simplemente dejar KO a su hermano mayor con una deslumbrante receta de su cosecha?

Agnes dijo que veía adónde quería ir a parar Petra.

—Pues yo no —declaró Johan.

Petra insistió un poco más en esa dirección, pero pronto se dio cuenta de que ponerle a Fredrik un menú delante de las narices no causaría un gran efecto. Sin contar con que necesitarían llevar la mesa de camping y un montón de platos. ¿Y quién les garantizaba que Fredrik se doblegaría, por muy divinos que fueran los aromas y los perfumes? Después de todo, había degustado durante años aquellos manjares de lujo y siempre había respondido con críticas y bofetadas.

Estaban en un callejón sin salida.

Petra se sentía responsable del éxito del encuentro entre los hermanos, cuyo objetivo no era sólo que Johan se sintiese reivindicado, sino que Fredrik reflexionara sobre sus propios actos y aprendiera un par de cosas. Sin embargo, después de oír como trataba de «idiota» a su hermano menor por teléfono, ¿qué la hacía pensar que su futura conversación iría mejor? Para colmo, Johan insistía en que él y nadie más que él debía encargarse de hacer limpieza en su pasado, lo que cancelaba cualquier posibilidad de que ella lo acompañara con una sonrisa maliciosa en los labios y el bate de béisbol al hombro.

La verdad es que empezaba a arrepentirse de su actitud altanera con Preben, el empresario del estiércol: quizá era mejor romperle la cara a un abusador que echarle un sermón confiando en que reflexionara. En todo caso, Fredrik no tenía el físico de un lanzador de peso... y al mismo tiempo quizá no fuera imposible que atendiera a razones.

Agnes, por su parte, opinaba que, si durante todos aquellos años Johan no había aprendido absolutamente nada de los bofetones de su hermano mayor, eso reforzaba la teoría de que las personas debían hablar en vez de pelear.

Ahora bien, hablar no conducía necesariamente a cambiar, y el mejor ejemplo de esto último era el de su difunto esposo. Tacaño hasta decir basta, el fabricante de zuecos había hecho desgraciada a Agnes durante todo su matrimonio. Ella había tratado de convencerlo para que viviera, y no sólo sobreviviera, pero había sido en vano.

—De verdad que lo intenté con todas mis fuerzas, pero aquello no nos llevó a ninguna parte.

—¿Y ahora te arrepientes de no haberle dado un tortazo o intentas decirnos otra cosa?

Petra se sorprendió hasta a sí misma por haberse atrevido a preguntar una cosa así, pero Agnes se limitó a esbozar una leve sonrisa.

—De todas formas, digamos que se dio la torta él solito cuando pisó el clavo —respondió—. La lección no fue inmediata, pero recuerdo como si fuera ayer que, trastornado por la fiebre, se arrepintió de haber querido ahorrarse los tres litros de gasolina del trayecto hasta el hospital de Växjö.

En realidad, aquello distaba mucho de la verdad: el fabricante de zuecos había seguido siendo avaro hasta su lecho de muerte, pero en el amor como en la guerra todo vale. Agnes quería llevar la conversación en una dirección concreta y, para ese fin, podía permitirse deformar un poquito la verdad, e incluso fingir que creía en la profecía de su amiga.

—Gracias a tus cálculos respecto al apocalipsis, tenemos la certeza de que Fredrik se irá de rositas y se librará de los años de cárcel que merecería por el robo con agravantes de los millones que le correspondían a Johan por la venta del piso. ¿No nos da eso cierto margen de maniobra?

Petra le agradeció a la anciana de pelo violeta su contribución al debate, y muy especialmente el reconocimiento indirecto de la verdad irrefutable sobre el inminente fin del mundo. Dadas las circunstancias, estaba bastante de acuerdo.

156

No obstante, quería conocer la opinión del principal interesado.

Johan, que había guardado silencio durante la conversación, durante la cual se había dedicado a rememorar las bofetadas de Fredrik, se volvió hacia la pitonisa y le preguntó:

—¿Cuánto suman dos o tres bofetadas por semana durante quince años?

Petra respondió que no podía dar una respuesta precisa con esos datos, pero, *grosso modo*, era posible que Fredrik lo hubiera golpeado bastante más de dos mil veces.

Y era unos diez centímetros más alto que él, así que los golpes le llegaban, por decirlo de algún modo, desde lo alto, lo que lo imposibilitaba en principio a «pagarle con la misma moneda».

—Desde luego, tu hermano es un abusador, pero ¿qué has pensado que podríamos hacer, Johan querido? —preguntó Petra.

Ambas mujeres esperaron ansiosamente la respuesta.

—He oído lo que decíais sobre el clavo en el pie, pero ¿dónde voy a encontrar uno, y cómo podría convencer a Fredrik de que lo pisara? ¿Y si en vez de eso aprieto el puño con fuerza y se lo estampo en la nariz?

22

El hijo del remolachero

Parte 3 de 5

Alexander Kovalchuk dejó plantado a Gorbachov a tiempo, se acostumbró rápidamente a ingerir grandes cantidades de vodka y, armado con su encanto, se abrió paso hasta el entorno de Boris Yeltsin, primer presidente de la nueva Rusia.

Yeltsin quedó tan impresionado por la increíble deriva del joven Kovalchuk que le confió todavía más responsabilidades que Gorbachov. Así fue como una mañana, después del primer vodka, se puso a la tarea de tapar todas las grietas posibles de la frágil Constitución rusa, que había sido redactada deprisa y corriendo. La combinación de la economía de mercado con unas leyes y normas de otra época propiciaba que cualquier abogado con las mínimas habilidades pudiera hacer que incluso los defraudadores y los ladrones más obvios se fueran de rositas. Y cuando no lo conseguía, siempre quedaban los sobornos. Cada vez se veían más automóviles de lujo occidentales por las calles de Rusia, y un buen número de ellos pertenecían a altos dignatarios del sistema judicial cuyo salario a duras penas les habría permitido llenar el depósito de gasolina, y no muy a menudo.

En comparación, el Viejo Oeste americano parecía un bastión de la ley y el orden.

Luego, mientras el Estado, sumido en una fiebre de privatizaciones, liquidaba a precio de saldo sus instituciones seculares en una compleja operación de bonos de compra que sólo los más dotados y taimados sabían descifrar, Alexander asumía la misión de reformar el sistema tributario. Pero había demasiadas cifras implicadas en aquel asunto. Por primera vez, tenía un buen motivo para lamentarse de que su título de economía no fuera más que un pedazo de papel mojado.

Las reformas que propuso dieron como resultado que quienes las siguieran a rajatabla se verían obligados a desembolsar un 118 por ciento de impuestos sobre sus ganancias. Estaba claro que nadie era así de estúpido, de modo que los más ricos ni siquiera intentaron pagar: preferían emplear su dinero en más abogados al tiempo que procuraban no contrariar a los *vory*, si es que ellos mismos no pertenecían a la mafia.

La madre Rusia iba de mal en peor. A esas alturas, teóricamente se podían conseguir las mismas cosas que en París, pero la realidad era bien distinta: durante el año 1992, el precio de los bienes y servicios se multiplicó por veinticinco. Eso quería decir que, en menos de doce meses, quienes ya tenían serias dificultades para llegar a fin de mes se encontraron con unas dificultades veinticinco veces mayores.

La flor y nata de los *vory* comprendió que estaba en condiciones de apropiarse de una gran parte del país, pero para ello necesitaba el apoyo de los jefes mafiosos locales, y éstos se quejaban alto y claro: ¿cuánto podían exigir por la protección de un triste salón de peluquería si el precio de un corte de pelo se duplicaba cada dos semanas? Y, por otra parte, ¿podía exigirse una maravilla cuando la gente no podía permitirse ni ir a la peluquería?

Así, los jefes de jefes mantuvieron una reunión estratégica: las cosas no podían continuar así.

Tras una profunda reflexión, decidieron que no podían enfrentarse al Estado. Estaba claro que éste se abocaba al desmoronamiento, pero ellos sabían que los viejos comunistas tenían una dilatada experiencia a la hora de controlarlos.

No podían subestimarlos: incluso viejo y herido, un lobo es un lobo, y puede devorar a su adversario. No eran tan tontos.

Pero ¿qué ocurría con ese maldito consejero de Yeltsin que había subido los impuestos hasta el 118 por ciento? El caos que había causado era tal que dentro de poco la corrupción dejaría de ser rentable. ¡Y para colmo se negaba a recibirlos incluso si no se presentaban como *vory*! No eran tontos, pero tampoco podían tragarse esa humillación así como así.

Aquel perfecto imbécil no sabía con quién estaba tratando.

La decisión fue unánime: tenía que morir.

Podría pensarse que la aversión de los *vory* por Alexander no era del todo justa; al fin y al cabo, habían sido sus consejos entusiastas los que habían puesto el ochenta por ciento de la nueva Rusia capitalista en manos de la mafia y sus colaboradores. Digamos que no sólo había introducido las palabras «perestroika» y «glasnost» en el lenguaje cotidiano, sino también la palabra «oligarquía».

Aun así, se dictó la condena a muerte: cuando las cosas llegaban a ese punto ya no había solución en novecientos noventa y nueve casos de cada mil.

Pero quiso el azar que el de Alexander Kovalchuk fuera ese caso solitario: el número mil.

Y he aquí por qué, mucho más tarde, las cosas acabaron como acabaron para Agnes, Johan y Petra.

23

Sábado 3 de septiembre de 2011

Quedan cuatro días

Después de llegar a la feliz conclusión de que quería darle un puñetazo en la nariz a su hermano mayor, Johan había empezado a dudar. Puede que no fuera muy listo, pero no tenía tan mala memoria, y se había acordado de lo que Agnes les había dicho en Bielefeld sobre las consecuencias penales de la violencia.

Pero la anciana de pelo violeta ya se había tomado ciertas libertades con la verdad al describir los remordimientos de su marido en su lecho de muerte, y decidió que, por el bien de los tres, sería mejor continuar en esa misma línea.

—Bueno, según la ley, un puñetazo en la nariz, si no hay más daños que un poco de sangre y una ínfima fractura, debe ser considerado legítima defensa. Está en el párrafo primero del artículo veinticuatro —mintió.

—¿Legítima defensa? —repitió Johan.

«O legítima mentira», pensó Petra, pero asintió con aprobación.

—Lo que significa que, si uno se encuentra acorralado y sólo puede liberarse mediante la fuerza, entonces no es ilegal, ni siquiera si, de paso, provoca un sangrado de la nariz.

Los ojos de Johan brillaron.

—Legítima defensa. ¡Una buena legítima defensa en toda la nariz, hasta que sangre! ¡Eso es todo!

...

La embajada de Suecia estaba en la zona este del centro de Roma, en un barrio tranquilo con bonitos edificios. Fue fácil encontrar un sitio con vistas a la entrada para aparcar la autocaravana.

La embajada ocupaba un edificio de cuatro plantas de fachada anaranjada. Desafortunadamente, estaba protegida por una valla metálica alta y puntiaguda. No tenía sentido plantearse escalarla.

En mitad de la valla había un portón de hierro forjado igual de infranqueable. Imposible saber con certeza si estaba echado con llave, pero era más que probable que así fuera. Petra descubrió un interfono en un lateral.

Johan quizá podría engatusar al guardia para entrar, pero echaría a perder el efecto sorpresa, y después del ineludible puñetazo decidido por unanimidad, le resultaría complicado volver a salir. En definitiva, tenían el mismo problema logístico que con Dietmar Sommer antes incluso de descubrir su físico de lanzador de peso.

—¿No podría simplemente alegar el párrafo veinticuatro del código de legítima defensa? —sugirió Johan.

—El párrafo primero del artículo veinticuatro del código penal —lo corrigió Agnes—. Te convendría aprendértelo de memoria. Y no creo que sea buena idea explicar el motivo de nuestra visita: lo ideal sería toparnos con tu hermano en la calle, no muy lejos del vehículo que nos permitirá huir.

—Me pregunto dónde vivirá —soltó Johan.

—Seguro que no en una autocaravana —respondió Petra—. Con sesenta millones de coronas, uno puede permitirse bastante más, incluso en Roma.

Eran las once de la mañana y en la embajada no se veía movimiento de vehículos ni de personas. En ese instante, Petra cayó en la cuenta de un terrible detalle seguido por un segundo detalle todavía más terrible.

—¡Mierda! ¡Es sábado!

—¿Y? —se sorprendió Johan.

No estaba acostumbrado a oír a Petra decir palabrotas.

—¡Y mañana es domingo!

Agnes lo aclaró:

—Quiere decir que la embajada probablemente esté cerrada... dos días seguidos.

No lograrían echarle el guante a Fredrik hasta el lunes, como muy pronto: a dos días de la nada más absoluta. Para el gusto de Petra, el margen de maniobra se volvía demasiado estrecho. Se planteó la posibilidad de recorrer las calles en busca de su objetivo, pero la desechó: en Roma había dos millones y medio de habitantes, y sólo Dios y el Papa sabían cuántos turistas.

Su única opción, y era una opción francamente triste, era permanecer en las proximidades de la embajada todo el fin de semana si hacía falta: alguien acabaría entrando o saliendo, y posiblemente sabría cómo dar con Fredrik Löwenhult.

Cuando casi eran ya las siete de la tarde, Johan replanteó el orden de prioridades. ¿La búsqueda de la nariz de Fredrik era más importante que el extraordinario banquete que tenía planeado? Agnes prefirió no inmiscuirse; Petra, por su parte, habría seguido allí un rato más, pero al fin y al cabo se trataba del puño de Johan y de la nariz de su hermano.

—Vale, lo dejamos por hoy. Volveremos mañana antes de que amanezca, ¿de acuerdo?

Johan se metió en la cocina en la parte de atrás de la autocaravana y Agnes arrancó y se puso en camino hacia el camping. La decepción de Petra era palpable.

Sábado por la tarde, final de las vacaciones de verano. Sus vecinos de la parcela de al lado preparaban una fiesta. Petra farfulló que les haría buena falta una conversación cara a cara. Su mal humor no contribuía a mejorar la situación. Agnes temía un nuevo incidente, similar al del tipo del Porsche, y eso era más de lo que ella se sentía capaz de soportar.

—Aun así, no tendrás pensado buscar bronca, ¿no? —le dijo a Petra.

—Yo nunca busco bronca. Además, ya he acabado mi *checklist*. ¿Quieres que te la lea?

—Ni se te ocurra.

Al marcharse de la embajada, habían hecho una parada para abastecerse. Echaron mano de un buen mordisco de los ahorros de Agnes para comprar prendas de ropa más apropiadas para el calor, víveres y bebidas, todavía más víveres y bebidas, y una barbacoa de viaje de las buenas: siempre podrían abandonarla una vez que hubieran cumplido con su misión o regalársela a un vecino fiestero.

Su anteantepenúltimo día en la Tierra se prolongó hasta bien entrada la noche y terminó con una barbacoa y una buena cantidad de anestésico contra la frustración de Petra, o, en palabras de Johan:

—La Rioja Alta Gran Reserva 904.

24

Domingo 4 de septiembre de 2011

Quedan tres días

El italiano medio tiene costumbres más nocturnas que el sueco y además era domingo, eso explicaba por qué, a las 5.55 h, la autocaravana fuera casi el único vehículo que transitaba la circunvalación de Roma. Aparcaron cerca de la embajada a las 6.15 h. Era difícil pensar que Fredrik o quien fuera hubiera podido llegar antes que ellos.

Las 6.15 h se convirtieron en las 7.15 h y luego en las 8.15 h sin que nadie de la embajada diera señales de vida, y el mal humor de Petra resultaba cada vez más exasperante hasta que, ¡oh, sorpresa!, en torno a las 8.30 h apareció un empleado. Al cabo de poco se le unió otro, y luego dos más.

—Y eso que es domingo —comentó Petra, tan extrañada como llena de esperanzas.

Agnes propuso acercarse y pedirle información a alguno de ellos, pero la pitonisa objetó que, si ya habían llegado cuatro personas, era de esperar que llegaran más, incluido, quizá, el propio Fredrik. Lo lógico era esperar un poco más. De todas formas, siempre estarían a tiempo de llamar al timbre.

Desde el vehículo tenían una vista magnífica del portón de hierro, al otro lado de la calle, pero sólo Johan reconoció a la persona que buscaban.

—¡Ahí está! —exclamó de repente, a las 8.56 h.

—¿Dónde?

—En la acera, al lado del coche rojo. —Fredrik estaba a sólo un centenar de metros... noventa... ochenta—. ¿Qué hacemos? —preguntó.

Petra cayó en la cuenta de que la noche anterior no habían definido los pasos a seguir por estar demasiado ocupados apostando a quién bebía más vino. Modestia aparte, ella estaba segura de haber ganado.

Cincuenta metros... Dentro de poco, el susodicho Fredrik cruzaría el portón de la embajada, lo cual les traería nuevos problemas. Petra tomó la iniciativa y una decisión inmediata:

—¡Acércate ahora mismo! Baja de la autocaravana y pégale un cate en toda la nariz. ¡Date prisa y vuelve corriendo!

Johan salió del vehículo trompicándose y llegó delante del portón al mismo tiempo que su hermano.

—Hola, Fredrik —saludó.

El hermano mayor no creía lo que veía.

—¿Qué pintas tú aquí, idiota?

Johan sintió que su reciente determinación flaqueaba: oír la acostumbrada descalificación de Fredrik lo hizo dar un salto hacia atrás en el tiempo, a una época pretérita.

—¿Vienes a que te preste dinero o qué? ¡Cómo has llegado hasta aquí, si no sabrías ni situar Roma en un mapa de Italia!

—Sé dónde está Bielefeld —replicó Johan—, y también que Europa del Oeste está al oeste de Europa del Este.

Apretó los puños. ¿Tenía que golpear primero y luego explicar? ¿Explicar y después golpear? ¿O golpear dos veces sin dar explicaciones? ¿Qué haría Petra en su lugar?

No pudo hacer ni una cosa ni la otra porque una tercera persona se interpuso.

—Buenos días, Fredrik. ¿Puedo preguntarte con quién hablas?

Fredrik había perdido la voz...

—¿No piensas presentarnos?

... pero no le quedó más remedio que esforzarse por volver a encontrarla.

—Por supuesto... éste es mi hermano... Johan, recién llegado de Suecia. Johan, éste es el embajador Ronny Guldén, mi jefe.

—Encantado, Johan —lo saludó el alegre y popular embajador mientras le estrechaba la mano—. ¿A qué se debe su visita a Roma, es por mero amor fraternal o tiene previsto hacer un poco de turismo?

Johan respondió con franqueza: mentir estaba mal.

—He venido para aplastarle la nariz a mi hermano con uno o tal vez dos puñetazos. Justo estaba pensándomelo cuando ha llegado usted, señor embajador.

—¡¿Qué?! —chilló Fredrik.

El embajador Guldén parecía exultante.

—¡Así que es el amor fraternal lo que lo trae por aquí! ¡Fantástico! Yo también tengo un hermano menor, y lo adoro, aunque siempre lo he llamado «montón de mierda».

Se tronchó de risa al recordarlo. Luego tuvo una idea:

—Hoy es un día especial: Fredrik y yo tenemos una reunión de planificación a las nueve con unos cuantos colegas todavía medio dormidos, pero ¿por qué no regresa esta tarde a las cuatro? Al final de la jornada celebramos nuestra fiesta anual. Es domingo, lo sé, pero es la tradición. Habrá un piscolabis, champán y conversaciones insípidas durante la mitad de la velada o, en el peor de los casos, durante la velada entera. ¿Le apetece? Basta con que tenga ganas de aburrirse un rato —propuso, y se echó a reír de nuevo por su ocurrencia.

—No, no tiene ganas —intervino Fredrik, que empezaba a notar el pánico.

¿Permitir a uno de los imbéciles más imbéciles de Suecia asistir a una fiesta con su jefe y el cuerpo diplomático de Roma al completo? Aquello podría dar al traste con su carrera.

—Sí, con mucho gusto —respondió Johan añadiendo, muy serio, algo que hizo que pareciera una broma—: Siempre podría romperle la nariz durante los aperitivos. Por cierto, ¿sabe exactamente qué se servirá?

—¡Es usted absolutamente tronchante! —aseguró el embajador Guldén—. He tenido mucho gusto en conocerlo, quizá podamos charlar un poco más esta tarde. Vuelva a las cuatro, lo incluiré en la lista de invitados. Supongo que se apellida como su hermano, ¿verdad? Ja, ja, ja. *Dress Code Jacket.* Y ahora venga conmigo, mi querido tercer secretario, tengo una reunión de planificación que dirigir y usted, fotocopias que hacer.

—¿Qué ha pasado? —preguntó Petra—. ¿Quién es ese que ha llegado para estropearlo todo?

—¿Qué es un «tercer secretario»?

—Eeeh, pues será algún cargo del mundillo diplomático.

—¿Y *Dress Code Jacket*?

—Que hay que ir de traje, o al menos llevar chaqueta, ¿por qué?

25

Domingo 4 de septiembre de 2011

Quedan tres días

Petra decidió que Agnes decidiría el atuendo.

Escogió un traje gris oscuro Canali, una corbata estampada en tonos plateados y unos zapatos Branchini de piel de vacuno de diseño atrevido: pátina oscura en la punta y el tacón y, en el resto del zapato, un amarillo canario con matices azul claro, gris, violeta, rojo y negro.

—¿Tengo que calzarme eso? —se sorprendió Johan.

—No lo entiendes —respondió Agnes.

Acababa de vestirlo con un atuendo que, si Travelling Eklund hubiera sido un hombre, podría haberle reportado pingües beneficios. Se planteó por un instante darle un hermano a su *alter ego*, pero desechó la idea: ya estaba bastante ocupada con lo que tenía.

Petra se sentía incómoda: los últimos días iban pasando. Pero por otra parte ya tenían acceso a la embajada. Esa tarde, la principal misión de Johan sería obtener la dirección de su hermano. Sería mucho más sensato destrozarle la nariz en la puerta de su piso. Al fin y al cabo, a ninguno de los tres le apetecía esperar la visita del Creador en un calabozo.

—¿Estás seguro de que has entendido lo que te he explicado? —le preguntó a Johan.

—¿El qué?

—Que no puedes alegar legítima defensa dentro de la embajada.

Johan asintió.

Esta vez aparcaron un poco más lejos. Los invitados, vestidos de punta en blanco, estaban llegando ya desde todas partes. No hubo que pelearse con el interfono porque el portón estaba abierto de par en par y un empleado de la embajada recibía a los recién llegados. Petra observaba la escena con la ayuda de unos prismáticos comprados para la ocasión.

—¿Tercer secretario, dices? Más bien tiene pinta de conserje.

Johan quería arreglar él solo aquel asunto, sin la proximidad física de Agnes, de Petra o del bate de béisbol. Estaba nervioso.

—Simplemente sé tú mismo —lo animó Agnes.

—No exageremos —intervino Petra—. Mejor, trata de pasar desapercibido, eso sí es un buen consejo.

—¿Me esperáis aquí?

—Toda la noche si hace falta.

Puede que nadie hubiera visto jamás a un diplomático sueco con una cara más desdichada que la de Fredrik al ver que se acercaba.

—Hola, hermanito —lo saludó.

«Pinta de conserje», pensó sintiéndose cada vez más seguro de sí mismo.

—Más te vale no pasarte de la raya —le espetó Fredrik—. Ni una palabra, ni un paso en falso. Y dentro de diez minutos te largas, ¿entendido?

No tuvo tiempo de darle más instrucciones porque el embajador de Nueva Zelanda acababa de llegar con su esposa del brazo. No habían tenido que ir en limusina porque la embajada neozelandesa estaba a la vuelta de la esquina, como las de Lesoto y Estonia.

Fredrik se tomaba muy en serio sus funciones de conserje: había memorizado las fotografías de los embajadores invitados y sus nombres.

—Bienvenido, embajador Matheson; por aquí, distinguida señora Matheson.

Cuando la pareja asintió solemnemente y cruzó el portón, Fredrik descubrió que Johan ya había hecho lo propio.

—Que Dios me ampare —murmuró mientras la primera secretaria de Lesoto se acercaba.

—Bienvenida a Suecia, señora Mable Malimabe.

26

Obama, Ban Ki-moon y una porción de la miseria del mundo

Ban Ki-moon se preguntaba a veces en qué berenjenal se había metido.

Había nacido cuando la península coreana todavía estaba ocupada por los japoneses. Su familia, pobre de solemnidad, se había refugiado en las montañas, donde había permanecido oculta hasta el final de la guerra de Corea; es decir, a lo largo de toda su infancia.

Sólo cuando cada una de las dos Coreas se había atrincherado por su cuenta a ambos lados del paralelo 38, su madre y su padre habían tenido el valor de regresar a Chungju; de esa manera, su hijo de nueve años por fin podría recibir una verdadera educación.

Él le dio buen uso a aquella oportunidad. Tras licenciarse en la Universidad de Seúl, obtuvo una beca para proseguir sus estudios en Harvard, donde continuó sus estudios e inició su carrera política. Más tarde accedió al cargo de ministro de Asuntos Exteriores y finalmente se convirtió, sin que nadie lo esperara, en secretario general de las Naciones Unidas.

Aquella tarde se encontraba en la embajada estadounidense en Roma en compañía del embajador Thorne y del presidente Obama en persona. Era domingo, es cierto, pero los presidentes y los secretarios generales no tienen tiempo para ese tipo de consideraciones.

Cuando todavía era un joven estudiante en Estados Unidos, había tenido la oportunidad de estrechar la mano de John F. Kennedy, y en ese momento conversaba de igual a igual con uno de los sucesores de Kennedy en octavo o noveno grado mientras el embajador estadounidense les servía café, o mejor dicho, té.

Como venía siendo frecuente cuando se encontraba con Obama, la conversación giraba en torno a la corrupción, fenómeno mundial y amenaza cada vez mayor para el orden público, el desarrollo económico, la democracia y el medio ambiente. En ese tema, el presidente de Estados Unidos y él estaban totalmente de acuerdo.

El presidente Obama llegaba directamente de una reunión en Berlín con Angela Merkel, y al día siguiente debía acudir a Varsovia para reunirse con el primer ministro Donald Tusk. Ese otoño, Polonia era el país que ostentaba la presidencia de la Unión Europea y, según Obama, tanto Merkel como Tusk pertenecían al grupo cada vez más reducido de políticos que deseaban lograr algo positivo, lo que, no obstante, no significaba que siempre estuvieran de acuerdo.

Ban Ki-moon, por su parte, debía hacer frente a la crisis en Siria, un caos que se había desencadenado a principios de año... o en el siglo VII, si queremos ponernos filosóficos. A no ser que la semilla de la discordia la hubiera sembrado el despiadado gobierno colonial francés a partir de la década de 1920, o el apoyo soviético a Hafez al-Asad, que le había permitido a este último extender su poder sobre el país hasta su muerte para después dejárselo como legado a su hijo.

Para Bashar al-Ásad, los derechos humanos eran una fruslería a la que los humanos no tenían derecho. Escupía a Estados Unidos y vomitaba sobre Israel. Les hacía la peineta a los islamistas y, lo peor de todo, en opinión de muchos, era que afirmaba que las mujeres también debían considerarse personas. En cualquier caso, había quedado claro que su versión casera improvisada del socialismo soviético no funcionaba, al contrario que la corrupción.

A esas alturas lo atacaban por todos los flancos, lo cual era de justicia, se permitía pensar el secretario general. Aunque aquello no impedía que la ONU debiera intervenir. Detrás de toda lucha política, religiosa y geográfica, siempre había miles, centenares de miles o incluso millones de personas normales y corrientes cuya única ideología consistía en poder comer, además de trabajar, y en que no estallaran granadas a mediodía.

Simplificando, podía decirse que el conflicto de Siria enfrentaba a un dirigente laico que consideraba que nadie tenía derecho a nada, con una banda de islamistas para quienes los hombres tenían derechos (y las mujeres no). Ninguno de los dos tenía en cuenta los deseos de los ciudadanos a título individual.

Obama y Ban Ki-moon ambicionaban cambiar de verdad las cosas durante la cumbre del G20 que se celebraría en Cannes, Francia, a finales de octubre y principios de noviembre. ¡Aquélla debía ser la cumbre más importante de la historia! La guerra civil siria pronto se apaciguaría, no cabía la menor duda; sin embargo, los dos tenían otra razón para arremangarse: sabían que no se convence a nadie de la necesidad de reformar el sistema monetario mundial, ni se establecen normas más estrictas para las transacciones financieras ni se abren nuevas vías para luchar contra la corrupción dejándose caer un cuarto de hora antes de la reunión. De ahí la serie de encuentros preparatorios que tenían previstos.

Entre aquel domingo y la próxima cumbre del G20 estaba planeada, además, una sesión extraordinaria de la Asamblea de la Unión Africana, y tanto Obama como Ban Ki-moon asistirían en calidad de observadores e invitados de honor.

La corrupción africana estaba tan extendida que no tardaría en pisarle los talones a la rusa. No obstante, ése no era el tema principal de la reunión. De hecho, no lo era en absoluto. En el orden del día aparecían la crisis económica mundial (que golpeaba con más dureza al continente menos culpable), los disturbios en Libia (cuyo dirigente había llevado la avaricia y el egoísmo un pelín demasiado lejos) y el medio ambiente (dado que los miembros de la conferencia eran conscientes de que el estadounidense y el coreano estaban muy interesados en ese tema).

Aquella tarde, Barack Obama y Ban Ki-moon mantuvieron una de sus discusiones más francas respecto a los jefes de Estado capaces de asumir mayores responsabilidades y aquellos a los que les habrían deseado siete años de desgracias si no hubiera estado fuera de lugar.

—Necesitamos sumar a nuestra causa al mayor número posible de dirigentes para intensificar la lucha contra los paraísos fiscales —concluyó Ban Ki-moon.

Obama asintió.

Era a los paraísos fiscales adonde iba a parar la mayor parte del dinero proveniente de la corrupción mundial, y una vez allí, en el mejor de los casos, servía para que el estafador corrupto pudiera comprarse una fruslería, como por ejemplo un equipo de fútbol, y, en el peor, para financiar organizaciones terroristas. Mientras tanto, la nación que había generado el dinero se empobrecía, con lo que, poco después, el único modo de supervivencia para cualquier ciudadano era hacer igual que todo el mundo y rapiñar lo máximo posible.

Obama y Ban Ki-moon no pudieron evitar hacer referencia al ruin de Aleko, presidente de las liliputienses islas Cóndores, en el océano Índico. Existía en efecto el riesgo de que tuvieran que tirarle los tejos a aquel malnacido durante la sesión extraordinaria de la Asamblea de la Unión Africana.

Mientras la ocde, la omc, la ue y demás luchaban por limitar los recursos de los paraísos fiscales, Aleko aprovechaba para encumbrar las Cóndores al primer puesto de la categoría. La única regla sobre las transacciones financieras internacionales que el país parecía dispuesto a respetar era que las reglas no tenían razón de ser.

· · ·

Aleko ya era odiado por todo el continente antes incluso de que las Cóndores se convirtieran en paraíso fiscal. Cabe decir que, durante siete años seguidos, se había esforzado al máximo por sabotear todas las cumbres de la Unión Africana. Para disgusto de los demás miembros, era imposible excluirlo de las sesiones, puesto que su archipiélago pertenecía oficialmente a África y, según los estatutos de la Unión, todos los jefes de Estado o de Gobierno del continente tenían voz y voto.

La cumbre de la Unión Africana establecía una política para el conjunto de sus países miembros y definía las medidas que debían adoptar en ámbitos como el mantenimiento de la paz, la seguridad, la economía o el medio ambiente. Cada decisión debía validarse por unanimidad.

Lo cual llevaba sin ocurrir desde 2004, fecha en la que, de un día para otro, las Cóndores habían cambiado de presidente.

Al principio, los miembros más antiguos de la Unión habían tratado de engatusar al nuevo.

—A ver, querido Aleko, ¿qué es lo que le molesta de la formulación «No escatimaremos esfuerzos para erradicar el vih y el sida»?

—No se lo voy a decir —respondía él, como si fuera un crío de nueve años con malas pulgas.

Después de varias sesiones, habían cambiado de estrategia.

—Lo único que nos falta es ultimar nuestra declaración. Presidente Aleko, ¿cómo propone usted formularla?

—«La industria de la pesca no está lo bastante valorada.»

—¡Pero si ahora estamos hablando de un pacto de no agresión continental!

—Si todo el mundo comiera pescado, reñiríamos menos.

—Pero, querido Aleko...

—Presidente Aleko, por favor.

La Unión, que durante el decenio anterior se había acostumbrado a alcanzar formulaciones consensuadas, no tardó en ponerse de acuerdo en cuanto al apodo con el que se referirían al nuevo dirigente de las Cóndores: lo llamarían «presidente», por supuesto, pero sólo en contextos oficiales, en privado los líderes políticos de los cincuenta y cuatro países miembros emplearían un término más visual y menos educado: «ese comemierda».

Ban Ki-moon y Obama se habían preparado, cada uno por su cuenta, durante el largo vuelo hasta la capital italiana (donde el segundo se reuniría a tomar el té a la mañana siguiente, como se había agendado desde un año atrás, con el papa Benedicto XVI). Eso explicaba por qué su reunión de aquel domingo no duró mucho tiempo: los dos sabían lo que querían, y querían lo mismo.

Trato hecho, apretón de manos, y no eran todavía ni las cuatro de la tarde.

—¿Cenamos juntos? —propuso Ban Ki-moon.

—Con gusto —respondió Barack Obama.

—Otra opción es colarnos en la embajada sueca —sugirió Thorne—. Justo hoy celebran su fiesta anual, y suele empezar temprano. Yo estoy invitado e imagino que no me costará que los inviten a ustedes también.

El presidente y el secretario general de la ONU sonrieron. Una fiesta con embajadores sonaba prometedora.

—Siete minutos en coche —dijo el embajador Thorne.

El Secret Service, encargado de la protección de Obama, no puso ninguna objeción.

27

Domingo 4 de septiembre de 2011

Quedan tres días

Cuando Johan llegó, el embajador Guldén se mostró igual de jovial que durante su encuentro aquella misma mañana.

—¡Ah, aquí está usted! Me alegro. Ahora, cuéntemelo todo sobre su amor fraternal. Imagino que tendrán ustedes una relación muy especial.

La conversación entre Guldén y Johan no fue mucho más allá porque, en ese mismo instante, un empleado le susurró unas palabras al oído al embajador.

—¿Ban Ki-moon y Obama? ¡Joder!

Johan no tenía la menor idea de qué podía estar pasando, pero tenía cosas mejores que hacer: acababa de fijarse en un camarero con una bandeja repleta de tentempiés.

—Disculpe, ¿qué es lo que lleva?

—Canapés de salmón.

—Ya lo he visto, pero ¿y eso? —insistió señalando algo medio oculto debajo de un trozo de salmón—. Me pregunto si no le habrán puesto wasabi a ese queso fresco...

El camarero puso cara de contrariado.

—No lo sé, no los preparo yo. Lo único que hago es servir a los invitados. No obstante, puedo preguntarle a nuestro chef.

—No es mala idea. Pero si le digo mostaza de Dijon, manzana, nueces, rábano... ¿qué contestaría?

—Que voy a llamar al chef.

. . .

Dave Fox, el embajador de Canadá, acababa de reparar en su homólogo y vecino estadounidense Thorne cuando éste lo cogió por banda.

—¡Dave! Ven aquí. ¡Fíjate en esto!

Ban Ki-moon, por su parte, se encontró de pronto cogido del brazo con la embajadora bielorrusa, que también era la antigua amante del presidente de ese país.

—Señora embajadora, qué alegría verla por aquí —mintió.

Mientras tanto, Barack Obama se fue derecho a la bandeja de canapés más cercana. Nadie osaba acercársele porque no sabían con certeza si iba acompañado o no de alguien, así que el embajador sueco se paró a pensar un momento. Thorne había desaparecido por un lado, Ban Ki-moon por el otro, ¿qué debía hacer él?

Esperar, decidió. No precipitarse.

—Aquí tiene, señor presidente —dijo el jefe de cocina de la embajada, que se había incorporado a la fiesta para hablar de tostaditas de salmón con un invitado.

—Wasabi —le informó Johan al presidente Obama.

—Obama —dijo el presidente Obama.

—No, le decía que los canapés llevan wasabi. Y a lo mejor yo también, porque ya me he comido cuatro. Me llamo Johan.

Barack Obama estaba disfrutando de aquel encuentro. El chef se escaqueó: no estaba allí para mezclarse con los invitados más de lo necesario, sobre todo cuando uno de ellos era el presidente de Estados Unidos.

—Wasabi. Pues no es mala idea, aunque yo soy más de mostaza.

—¿También usted? Mucho ojo con la mostaza: basta poner un pelín más de la cuenta para que todo se eche a perder.

—Mostaza de Dijon y manzanas confitadas —sentenció Obama.

—Y berro —añadió Johan (y hasta él se sorprendió de conocer tantas palabras extrañas en inglés).

• • •

A veinte metros de allí, en un rincón, el tercer secretario de la embajada estaba a punto de desmayarse. El cretino redomado de su hermano estaba manteniendo una animada conversación con el presidente de Estados Unidos... ¡Lo que le faltaba!

Se había escondido en aquel rincón precisamente para no tener que conversar con nadie y así poder vigilar atentamente las acciones y los gestos del idiota de su hermano.

Por desgracia... el segundo secretario de Finlandia reparó en su colega sueco aparentemente abandonado y decidió proceder a una operación de rescate. Teniendo en cuenta sus nacionalidades, a falta de otro tema siempre podrían hablar de hockey.

Johan guió la conversación hacia una de sus recetas favoritas de *carpaccio* de buey y se quedó boquiabierto al enterarse de que su interlocutor jamás había oído hablar del Västerbotten, el rey de los quesos suecos. Pero ¿quién era? Habría sido maleducado no preguntarle. Aunque tal vez fuera él quien debía presentarse primero.

—Me llamo Johan, como ya le he dicho. Johan Löwenhult, masterchef y genio, por lo que tengo entendido. Soy hermano de un empleado de esta embajada. Había venido a partirle la cara, pero me he visto rodeado de tentempiés, y ahora el Västerbotten...

Obama tenía la misma risa que el embajador sueco.

—¿Y usted, a qué se dedica? —continuó Johan.

El presidente estadounidense se puso serio de inmediato y respondió filosofando.

—Ay, Johan. Me lo pregunto todos los días.

—¿No lo sabe?

—Antes todo era mucho más sencillo: «*Yes, we can*», etcétera. Todavía mantengo viva la llama, ése no es el problema. Pero no puedo evitar preguntarme a qué me dedico en realidad.

Aquel tipo parecía simpático. ¿Había dicho que se llamaba «Obama»? Entendía bastante de cocina, pero ¿de veras no sabía a qué se dedicaba? Era un poco extraño.

Obama bajó un poco la voz, aunque no era necesario porque, como hemos dicho, nadie se atrevía a acercarse a él y las conversaciones alrededor eran animadas y ruidosas.

—Piense por ejemplo en esta historia de la UA.

Johan se había enterado hacía poco de lo que era la UE: Petra le había soltado una clase magistral mientras se acercaban a Suiza, aunque no le había quedado claro si ese país era parte de la UE, mientras que sus vecinos no lo eran, o si era al revés. Pero había que aprovechar las contadas ocasiones que tenía de parecer culto.

—Se refiere a la Unión Europea —dijo.

—No, a la Unión Africana. Ese continente se enfrenta a enormes desafíos. El secretario general y yo hemos pasado la mitad de la jornada tirándonos de los pelos por culpa de un enano que sabotea todo lo que puede y más. ¡Mire que tener que tratar a un presidente como si fuera un niño! Ya se lo he dicho: no sé a qué me dedico.

—¿Y quién es ese niño?

—Aleko.

Johan se preguntó si debía conocer al tal Aleko, y ya puestos al secretario general, pero cuando uno no sabía, no sabía y punto. Más le valía empezar por uno de los dos.

—Y ese Aleko, ¿quién es?

—¡Eso es!, ¿lo ve? Ni siquiera sabe usted quién es. Casi nadie sabe de dónde ha salido y aun así tiene secuestrada África entera y a medio mundo más. Es el presidente de las Cóndores, que tienen unos 260.000 habitantes, frente a los mil millones de africanos que hay en el continente. Lo llaman «el comemierda», y se lo ha ganado a pulso, si quiere usted saber lo que opino.

El presidente Obama pensó que quizá estaba hablando de más, aunque estaba fuera de su horario laboral, por así decirlo: al fin y al cabo era domingo. Además, tenía la impresión de que aquel hombre al que acababa de conocer, el masterchef y genio, iba de buen rollo. Parecía lógico pagarle con la misma moneda.

El tercer secretario intentó echar un vistazo por encima del hombro del segundo secretario, que se empeñaba en hablarle de hockey sobre hielo. Al parecer, los finlandeses eran los campeones del mundo, pero a él le importaba un bledo. ¿Qué estaba ocurriendo un poco más allá?

La situación, que él creía que no podía ir a peor, acababa de empeorar.

El secretario general de la ONU, Ban Ki-moon, se había unido a la conversación entre el presidente de Estados Unidos y el cretino de su hermano. Adiós a la carrera diplomática. Más le valía resignarse a hablar de hockey.

—Sí, el mundial de este año ha sido increíble, sobre todo vuestro primer partido. Me tuvisteis en vilo.

—¿Contra Dinamarca? Pero si ganamos de calle, cinco a uno.

—¿He dicho el primero? Me refería al último.

—Ah, ése seis a uno. Contra vosotros.

—¡Mi querido secretario general! Permítame que le presente a mi nuevo amigo, Johan. Masterchef, genio y, en mi opinión, también filósofo.

—Encantado de conocerlo, Johan. Ban Ki-moon —dijo Ban Ki-moon extendiéndole la mano.

¿Era ése el hombre al que Obama acababa de referirse, el secretario general? ¿Conocería a Fredrik? Puede que los secretarios hicieran piña.

Mientras Johan se preguntaba aquello, Ban Ki-moon le contó a Obama su conversación con la embajadora bielorrusa.

—Caramba, lo siento —dijo—. ¿Qué pretendía?

—No está muy claro, pero creo que se trataba de regalarme una *dacha* a orillas del Dniéper si a su país, y en particular a su antiguo amante, se les asignaba un puesto en el Consejo de Seguridad de la ONU. De lo contrario, me deseaba siete años de desgracias.

Barack Obama suspiró.

—¿Cuántos Alekos hay a nuestro alrededor?

Por fin un nombre que Johan reconocía.

—¡El comemierda! —exclamó.

Ban Ki-moon sonrió. Era un término que él mismo no empleaba, pero que no era inapropiado del todo. En los últimos años, al presidente Aleko se le había metido entre ceja y ceja el objetivo inalcanzable de obtener importantes cargos en el seno de la Unión Africana sembrando la discordia, una ambición tan lamentable como quimérica.

—No soy yo el primero que ha utilizado la palabra —se excusó Johan—. Ha sido este señor que no sabe a qué se dedica.

Ban Ki-moon se quedó esperando una explicación con cara de curiosidad, Barack Obama salió al paso:

—Mi amigo Johan es un hombre sencillo y franco. Lleva razón en lo que dice. No siempre tengo claro a qué me dedico, pero sí tengo clara una cosa: el mundo no necesita provocadores como Aleko.

Aquel hombre tenía algo que a Obama le hacía simpatizar con él, además de esa frescura tan sueca. Asistir a aquella fiesta había sido muy buena idea.

Pasó un camarero con una bandeja de plata y le ofreció al trío una copa de champán. Johan advirtió con el rabillo del ojo que, en la otra punta de la sala, Fredrik lo observaba con muy mala cara.

Era evidente que no apreciaba que su hermano menor hiciera nuevos amigos. A Johan le habría encantado aplastarle la nariz delante de todo el mundo, pero Petra se lo había prohibido. De todas formas, siempre tenía la posibilidad de hacerlo enfadar.

Levantó ostentosamente su copa hacia Obama y... el otro tipo.

—Bueno, brindemos, queridos amigos. Por Aleko... o, mejor dicho, contra él, ¿no?

Barack Obama y Ban Ki-moon sonrieron enseñando los dientes y alzaron la copa.

Pero enseguida Obama sintió que el deber lo llamaba.

—Me habría gustado seguir conversando largo y tendido con usted, Johan, pero debería dar una vuelta por la sala y representar un rato a mi país.

«Me pregunto de qué país hablará», pensó Johan.

—Una última cosa —añadió Obama—. Y tal vez me esté excediendo con esta petición; al fin y al cabo, apenas nos conocemos.

—Dígame.

¿Estaba a punto de hacer otro amigo más? Sería el tercero en una semana. El cuarto, si contaba a Preben.

—Este Västerbotten.

—Sí, ¿ajá?

—¿Cree que podría enviarme un trocito?

Fredrik logró finalmente zafarse del finlandés y salió corriendo hacia Johan en el preciso instante en que Barack Obama y Ban Ki-moon se alejaban.

—¡Se suponía que no podías hablar con nadie y que tenías que irte a los diez minutos! ¡Qué ha pasado! ¿De qué habéis hablado?

Por un breve instante, Johan estuvo a punto de retomar sus viejas costumbres, responder «sí, amo; perdón, amo» y obedecer las órdenes de Fredrik, pero recordó quién era y quién había sido siempre su hermano y, sobre todo, vio el miedo en sus ojos. ¡El miedo! ¡De él, su hermano menor! Lo inundó una sensación de confianza en sí mismo que nunca antes había experimentado.

—Hemos hablado de este lugar de mala muerte, de los vulgares canapés y del champán de tres al cuarto.

—¡Me cago en la puta! —comentó Fredrik.

¡Otra vez el miedo!

—Luego hemos hablado de África y de los problemas de la... Unión Americana, que amenazan con convertirse en un asunto de incontinencia.

—¡Por Dios santo!

Las palabras que se le ocurrían tal vez no fueran las adecuadas, pero aquello no hacía más que intensificar el placer. Fredrik estaba atormentado.

En ese momento se les acercó el embajador Guldén.

—Me alegro de ver que sabe usted tomar la iniciativa, Johan. Es absolutamente maravilloso ver al presidente estadounidense divertirse tanto en compañía de un ciudadano sueco.

—¿A quién? —preguntó Johan.

Se le había escapado, aunque era evidente que el embajador se refería a Obrama.

—¿Y a ti, Fredrik, qué se te ha pasado por la cabeza? ¡Esconderte en un rincón y hablar de hockey sobre hielo con un secretario finlandés casi tan insignificante como tú! Sí, os he oído. Además, fueron ellos quienes nos eliminaron en la final del mundial. ¿Por qué has hecho eso, maldita sea?

Fredrik estaba desesperado, pero no era capaz de articular palabra. Si el embajador hubiera llegado un segundo antes, habría oído a Johan confundir África con América y continente con incontinencia. En cualquier caso, debía de haberse dado cuenta *ipso facto* que aquel cabeza de chorlito ni siquiera sabía con quién había estado charlando. ¿Es que no tenía ojos para ver ni oídos para oír?

—Recuerdo muy bien a su padre. Tuve la suerte de trabajar a sus órdenes en Estambul. ¡Qué hombre tan maravilloso! ¡Cuánta iniciativa! Todavía hoy todo el mundo sigue hablando de cómo se pasó una noche entera declamando versos de Shakespeare con Nixon, algo de un valor absolutamente incalculable en una época en que el mundo estaba sometido a sangre y fuego. ¿De qué han conversado Obama y usted, Johan? ¿También usted conoce a Shakespeare en su lengua original?

Johan jamás había oído hablar de aquel Shakespeare.

—Hemos hablado, sobre todo, de los canapés de salmón con y sin wasabi. Antes de pasar a ese comemierda de Aleko.

—¡Fantástico! Cultura gastronómica, franqueza y responsabilidad internacional. No como hablar de hockey con un don nadie. Tienes mucho que aprender de tu hermano mayor, Fredrik.

La situación era cada vez más surrealista.

—Es mi hermano menor —lo corrigió Fredrik destrozado.

—No me digas —repuso el embajador antes de darle una palmada en el hombro a Johan y tenderle a Fredrik su copa vacía—. Bastará con que ayudes a recoger cuando esto acabe; así, hoy todos habremos hecho algo bueno por nuestra nación.

Dicho lo cual, se esfumó.

—Obrama es el presidente del país de América, ¿a que sí? —dijo el hermano menor.

28

El hijo del remolachero
Parte 4 de 5

En la época en que Gorbachov todavía era ministro de Agricultura, su consejero tenía buenos motivos para visitar Berlín, así que hizo varios viajes a la capital de la República Democrática Alemana y, en el transcurso de uno de ellos, conoció al dinámico Günther, un hombre de su misma edad, ambicioso, y que hablaba el ruso lo bastante bien como para que se entendieran sin dificultad. Tras varias alegres veladas juntos, empezaron a verbalizar sus ideales. Günther, en concreto, sentía una profunda necesidad de ser sincero, lo cual con los alemanes del Este por desgracia parecía imposible: además de los noventa mil empleados del Ministerio para la Seguridad del Estado, el país contaba con varios cientos de miles de informadores registrados a quienes se alentaba a espiar a sus amigos, colegas y vecinos.

Pero con él era distinto porque era ruso.

Günter le contó que trabajaba para una empresa pública de logística, lo que le permitía traficar con distintos registros de la Stasi y ganarse un sobresueldo denunciando a compatriotas que no sólo eran inocentes, sino que además estaban muertos. Por suerte, los certificados de defunción se encontraban en otro registro que, de hecho, también estaba bajo su control.

Ésa era la razón por la cual la Stasi tenía al menos a treinta presuntos enemigos del Estado en búsqueda y captura, pero no encontraba a ninguno: todos estaban ya enterrados.

—Lo bueno para mí y lo malo para nadie —concluyó Günther—. ¡Salud, amigo!

La trama funcionó durante años: Günther se dedicaba a señalar a sospechosos que no tuvieran familia para que la Stasi no pudiera interrogarla. Hasta que un día, por las prisas de encontrarse en el bar con su amigo Alexander (Sasha) para tomar una cerveza, confundió unos documentos y terminó denunciando a una mujer de Dresde, un pez gordo de los buenos según su informe. Era posible que se hubiera mudado a Leipzig para ganarse la vida como encargada de un burdel, aunque no estaba del todo seguro.

A diferencia de cierto coronel, alto dirigente de la Stasi, que acababa de enterrar a su esposa con gran dolor de su corazón y que leyó el informe donde Günther afirmaba que su bienamada, la pura e inocente Heidrunn, había resucitado al tercer día de entre los muertos y se había marchado a Leipzig para abrir un prostíbulo.

La búsqueda de las treinta personas en paradero desconocido se interrumpió de inmediato. En vez de eso, todos los agentes se pusieron a dar caza a Günther, que sobrevivió haciendo todo el trayecto hasta Moscú dentro del maletero del coche de Sasha.

Una vez sano y salvo, puso en marcha su negocio, que consistía en vender cartillas de racionamiento falsas en el asiento de atrás de un taxi, o más bien de setenta taxis, cuando el chanchullo alcanzó su apogeo, justo antes del derrumbe de la Unión Soviética. Günther era un superviviente y se convirtió en un nombre respetado por los *vory*, puesto que era lo bastante sensato para compartir y para no soltar ni media palabra respecto a la identidad de su mejor amigo en los círculos más exclusivos del Kremlin.

• • •

Por esa misma razón, tras la condena a muerte del consejero de Yeltsin por parte de la mafia, Günther no tardó más de veinte minutos en enterarse. Por supuesto, un minuto más tarde la noticia también llegó a oídos de Alexander. A toda prisa, llenó hasta los topes las dos maletas más grandes que tenía, metió tres calzoncillos, unas cuantas cartas que quería conservar, un cepillo de dientes sin pasta y fajos y más fajos de billetes de cien dólares bien apretados, evidentemente sin declarar y libres de impuestos (¿por qué iba a ser él el único en hacer las cosas según las normas?), y después, por seguridad, al huir se llevó también a su mejor amigo.

Hasta ese día, el hijo del ex remolachero siempre se había llamado Alexander Kovalchuk, pero su primera medida después de aterrizar en el país donde estaba seguro de que la mafia rusa nunca lo encontraría fue cambiar de nombre. Le costó cien dólares. Por otros cien, Aleko a secas se convirtió además en ciudadano condoreño: Ale por Alexander, Ko por Kovalchuk.

Nuevo nombre, nueva nacionalidad, nuevo país; dos maletas llenas de dinero y un vastísimo conocimiento sobre cómo abrirse paso en la vida allá adonde fuera: así inició Aleko un nuevo ascenso hacia la cumbre; esta vez, con la firme intención de llegar hasta el final.

29

Domingo 4 de septiembre de 2011

Quedan tres días

Johan volvió con Agnes y Petra. La velada en la embajada había ido bien, pero donde mejor se sentía era en la autocaravana.

Como es lógico, sus amigas querían enterarse de todo, pero antes que nada de si debían salir corriendo de allí.

—No, no hay prisa.

—No has dado ningún puñetazo, ¿verdad?

—No. O, bueno, sí, en cierto modo. Necesito un momento para asimilar con calma todo lo que ha pasado.

Los tres amigos acabaron la velada en el camping. Johan todavía llevaba puesto su traje Canali y sus extravagantes zapatos de piel de vacuno cosidos a mano, que eran tan chillones que los niños de las tiendas de campaña vecinas se acercaban para pedirle un autógrafo.

Pero, al cabo de un rato, la paciencia de Petra llegó a su límite. Interrumpió la sesión de dedicatorias, dispersó a los críos y los amenazó con someterlos a su *checklist*. Luego, le preguntó a Johan qué había pasado en la embajada.

Johan les contó que había mucha gente, pero que no había hablado casi con nadie. Sólo con un tal Obrama y su secretario, Ban Ki-no sé qué.

—¿Obama y Ban Ki-moon? —preguntó Petra.

—Ésos.

—¿Te estás quedando con nosotras?

Johan sacó una tarjeta de visita del bolsillo de la pechera.

—¿Qué pone ahí? —inquirió Agnes.

—No estoy segura —dudó Petra—, pero creo que tengo ante mis ojos el número de móvil privado del presidente de Estados Unidos.

Johan lo confirmó por fin: Obrama probablemente era el presidente norteamericano.

Las dos amigas tuvieron que escuchar durante media hora los recuerdos deshilvanados de Johan antes de hacerse una idea relativamente clara de la situación. El joven, al parecer, había logrado entablar cierta amistad con Barack Obama hablando de canapés de salmón y conocer al secretario general de las Naciones Unidas, Ban Ki-moon sin tener la menor idea de quiénes eran.

—¿Podéis explicarme una vez más ese asunto de la ONU? —pidió Johan, quien también había torturado a su hermano sin tocarle un solo pelo—. No me ha hecho falta ningún puñetazo en la nariz, ni ningún bate de béisbol, ni ninguna sartén Ronneby Bruk. Me ha bastado con Obrama.

—Obama —lo corrigió Petra sin pensarlo.

—Sí, pero con una erre.

—No, sin erre.

—Que sí —insistió Johan sacando de nuevo la tarjeta de visita del presidente—. Ah, no, leñe, ¡tienes razón! Obrama sin erre. ¡Mira por dónde!

Agnes prefirió cambiar de tema.

—¿Y ahora, qué hacemos?

—No lo sé —repuso Petra.

—Pues yo sí —declaró el masterchef.

• • •

Johan había decidido que a la mañana siguiente se subirían de nuevo en su autocaravana y se presentarían en un país que se llamaba las Cóndores. Una vez allí, se verían en la obligación de echarle un sermón a un tal Aleko. Fredrik podía pasar a la historia: ya había recibido su merecido, aunque no hubiera sido de la forma que ellos habían imaginado. La ventaja era que ahora todavía tenían en la manga un puñetazo en la nariz para un posible uso futuro.

—Yo, igual que Obrama sin erre, opino que Aleko es un comemierda.

Aquella afirmación lo obligó a dar unas cuantas explicaciones más. Les contó que el presidente de las Cóndores se entretenía bloqueando importantes decisiones en el seno de la Unión Americana.

—¿No será la Unión Africana? —intervino Petra.

—¿En ésa también?

—Sólo en ésa.

Daba igual. En todo caso, el secretario de la onu parecía compartir esa opinión, igual que Obama y él.

—El secretario general —corrigió Petra.

Agnes cayó en la cuenta de que era precisamente en las Cóndores donde el encantador Herbert von Toll le había abierto una empresa pantalla y donde George Clooney quería poner orden. Les resultaría difícil llegar hasta allí en autocaravana.

—Las Cóndores son un archipiélago en el océano Índico.

Daba la impresión de que Johan quería hacer una pregunta.

—No, no hay ningún puente —se le adelantó Agnes—, y está lejos. Pero, aun así, seguro que sería divertido. ¿A que sí, Petra?

A la pitonisa su vida le gustaba más que nunca, ¡qué pena que pronto fuera a acabarse!

—¿Cuándo salimos?

30

Lunes 5 de septiembre de 2011

Quedan dos días

Agnes buscó los billetes de avión mientras Petra y Johan dormían en la parte de atrás de la autocaravana. Les dio las malas noticias a la hora del desayuno.

El vuelo a las Cóndores salía ese mismo día, pero poco antes de la medianoche, y había que hacer dos escalas, primero en Adís Abeba y luego en Dar es-Salam, con llegada a primera hora de la tarde del día siguiente.

—Sólo nos quedará un día —hizo notar Petra.

¿Apuntaban demasiado alto? ¿Les daría tiempo a abordar al presidente de las Cóndores antes de que el mundo entero se transformara en hielo?

—En ese caso, a lo mejor hay otros comemierdas un poco más cerca, ¿no? —reflexionó Agnes—. Los billetes de avión ya están pagados, pero tampoco sería una gran pérdida.

Petra se paró a pensar y llegó a la conclusión de que no. Se lo debía a Johan.

—Es cierto que tenemos las horas contadas, pero hemos dicho las Cóndores y las Cóndores será.

—De acuerdo —aprobó Agnes—. Al fin y al cabo, quién sabe, tal vez la atmósfera cambie de opinión.

—La atmósfera no tiene voluntad propia.

Con tal de evitar la discusión, Agnes se escudó en otro problema que había que solucionar.

A Johan, que hasta el momento se había conformado con escuchar, aquello le parecía un poco extraño.

—¿Un problema peor que el fin del mundo?

—No tanto.

Agnes se había metido en un buen lío con su *alter ego*, cincuenta y siete años más joven que ella. Después de Svalbard, donde reinaba la edad de hielo del comercio, y de Oslo, Travelling Eklund había proseguido el viaje hacia su ciudad favorita, París, pero, tal vez por el estrés generado por el camión de estiércol, el lanzador de peso, la visita al banco u otros problemas en el mundo real, la anciana de pelo violeta había cometido un error de cálculo: ella, que siempre había estado tan atenta a la logística, había permitido que Travelling Eklund aterrizara en Seúl tras despegar de París y, para colmo, ¡muy poco tiempo después!

Debería haber sido al contrario y, además del día entero que duraba el viaje, habría que haber añadido otro medio día, dado que la Tierra era redonda.

—Todo el mundo puede equivocarse —dijo Johan, que sabía muy bien de qué hablaba.

Desde luego, pero internet era un hervidero de aprendices de detective. En un lapso de veinte minutos, se había desatado una auténtica tormenta en el blog y la cuenta de Instagram de Travelling Eklund. De inmediato, varios usuarios se habían puesto a examinar de cerca sus fotografías, remontándose incluso a las del principio, hacía ya más de un año. Por aquel entonces, Agnes aún no era tan habilidosa con el programa de retoque de imágenes y había actuado con negligencia; sólo un poco, pero lo suficiente para quien sabía qué buscar.

El caso era que los internautas habían convertido la búsqueda de errores en una competencia y habían descubierto, por ejemplo, que al ampliar al ochocientos por ciento cierta imagen se veía que el primer reloj de lujo de Travelling Eklund (en realidad, el brazo entero) era fruto de un montaje. ¿Cómo podían las sombras de una foto tomada en Londres orientarse hacia el sudoeste en un extremo y hacia el sudeste en el otro? ¿Por qué faltaba un enebro detrás de la torre de Pisa? ¿Cómo era posible, en aquella fantástica imagen de Tokio con el monte Fuji en segundo plano, que la cima más alta de Japón estuviera tan nevada en el mes de julio? Habría resultado más creíble en marzo, a lo sumo en abril...

Las pruebas habían ido acumulándose a lo largo de la noche para confirmar que Travelling Eklund era un fraude como la copa de un pino y que jamás había viajado a ningún lugar si no era a través de internet. No tardó en salir a la luz una hipótesis: detrás de aquel chanchullo se escondían sin duda una serie de marcas de lujo internacionales. En concreto, una.

Las dos primeras letras de lvmh son las iniciales de Louis Vuitton, las dos últimas, las de Moët Hennessy. Meses antes del escándalo de Travelling Eklund, lvmh se había convertido en accionista mayoritario de Bulgari y, de ese modo, había afianzado su puesto como líder del sector del lujo a nivel global.

Patrocinar un fenómeno virtual con la intención velada de aumentar sus ventas habría sido una estrategia grotesca por parte de un grupo que se lo tenía demasiado creído, por eso no había sido lvmh quien había engordado la cuenta bancaria de Agnes Eklund, sino una larga lista de pequeñas marcas ambiciosas, de burdas imitaciones deseosas de acercarse al original.

Con el tiempo, Agnes se había convertido en una experta en mensajes que podrían proporcionarle dinero. Uno de sus trucos más frecuentes consistía en enganchar a sus seguidores con un «¡mira lo que he encontrado!» seguido de la presentación de un objeto de buen gusto, pero no muy conocido. Las pequeñas empresas con sueños de grandeza no veían nada malo en entregar a aquel fenómeno anónimo de internet treinta, cincuenta o cien mil coronas en agradecimiento al empujoncito, mientras que lvmh destinaba treinta, cincuenta o cien millones de euros a la construcción de su propia imagen de marca.

No obstante, Agnes no podía permitir que Travelling Eklund hiciera alarde de un estilo que diera demasiado el cante, así que la mayoría de sus mensajes eran homenajes indirectos a las marcas más elegantes del mundo, como Versace, Gucci, Rolex y su preferida con diferencia, Bulgari.

Bulgari era lisa y llanamente irresistible. Daba igual si se trataba de relojes, de joyas, de gafas o de bolsos, todos sus productos eran tan estilosos que Agnes sentía por ellos un absoluto fervor, hasta tal punto que casi podía oler los efluvios divinos mediante la mera contemplación de un frasco de perfume que llevaba escrito el nombre BVLGARI.

Dado que Travelling Eklund compartía sus obsesiones con el mundo entero, había bastado una sola noche, mientras el tribunal popular inspeccionaba foto tras foto y texto tras texto, para que una sospecha mutara en verdad suprema: Travelling Eklund era un personaje ficticio inventado y alimentado por Bulgari.

El *hashtag* boycottbulgari empezó a difundirse antes de que Agnes se despertara y, mientras se tomaba el primer café del día, ya se había multiplicado por cien mil.

Sentada frente a uno de los incomparables desayunos de Johan, consultó su tableta.

La inocente Bulgari se hundía y ella tenía decenas de mensajes de los encargados de publicidad de las pequeñas marcas:

«¿Es verdad que Travelling Eklund es una invención?»

«¡Le rogamos que nos devuelva todo el dinero ahora mismo!»

«¡Elimine las fotografías donde aparecen nuestros productos!»

«¡No queremos tener que ver nada más con usted!»

Cientos de miles de chicas jóvenes y no tan jóvenes, y también muchos hombres, seguían los despreocupados y costosos viajes de Eklund por el mundo. La joven *alter ego* de la anciana de pelo violeta era un modelo a seguir para todos ellos, un sueño.

Y, ahora, una impostora.

· · ·

Viendo lo preocupada que estaba Agnes, Petra hizo todo lo que pudo por consolarla. Era una pena que Travelling Eklund tuviera que poner fin a sus viajes y, por lo tanto, a sus ingresos, pero no había que perder de vista que no les quedaban más que dos días de vida allí abajo. ¡Tenía casi cinco millones de coronas en la cuenta; es decir, un presupuesto de dos millones y medio al día!

Agnes le dio las gracias por sus amables palabras. Sí, su doble ficticia se retiraría en Seúl, una ciudad bastante agradable (por suerte se había marchado de Svalbard antes de que estallara el escándalo), y dos millones y medio al día era fantástico, suponiendo que el apocalipsis no se revelara igual de ficticio que su *alter ego*.

—Ay, querida Agnes, no hace falta que te preocupes por eso.

—¿Qué opináis de mi pan de mango? —las interrumpió Johan—. Es una receta propia con nueces, jengibre y algunos ingredientes que os sorprenderán.

Para su gusto, sus dos amigas hablaban demasiado: el desayuno también merecía un respeto.

31

Martes 6 de septiembre de 2011

Queda un día

La espera en el aeropuerto Leonardo da Vinci fue larga. El vuelo 703 de Ethiopian Airlines no despegó rumbo a Adís Abeba hasta las 0.05 h, con veinticinco minutos de retraso. Agnes estaba agotada después de las horas interminables en la terminal de salidas internacionales. No paraban de llegarle nuevas revelaciones y acusaciones, y las presiones se intensificaban sobre todo en torno a Bulgari, a la que apremiaban a admitir lo que, por otra parte, no tenía ningún motivo para admitir.

Además, había tenido que estar pendiente de Petra, que deambulaba por el aeropuerto al acecho de la menor oportunidad de poner a prueba su *checklist* con el primero que pasara. La pitonisa afirmaba no necesitar más que una breve conversación que, con un poco de suerte, escalaría hasta el conflicto, como con el italiano enfurecido del Porsche tres días antes. Aunque por supuesto con un resultado más pacífico; al fin y al cabo, ése era el objetivo de la *checklist*.

Agnes le llamó la atención sobre el hecho de que hay pocos lugares menos aptos que un aeropuerto para iniciar una trifulca: bastaba una mera conversación animada para que pudieran prohibirles el embarque.

Ya en la cola para el control de pasaportes, tuvo que ir en su auxilio.

—Me importa un comino que el empleado parezca triste. Enséñale tus papeles y circula cuando te lo diga, ni se te ocurra mencionarle que debe hacer balance de su vida.

Petra comprendió y obedeció con la vaga sensación de que Agnes no se equivocaba del todo.

Ella también tenía sus preocupaciones. Al acercarse la hora del embarque, tuvo que pasar un buen rato buscando a Johan hasta dar con él en la cocina de la sala de espera de Star Alliance, donde, en calidad de masterchef y genio, daba lecciones sobre el arte de enrollar los canelones. Y lo más sorprendente es que estaban dispuestos a contratarlo.

—Gracias, me encantaría —aceptó Johan.

Petra le explicó que era físicamente imposible subirse en el avión y quedarse en tierra a la vez: debía elegir. De preferencia, lo que Agnes, ella y él habían acordado.

—Por supuesto —accedió Johan después de reflexionar un poco.

Petra agotaba a Agnes, Johan agotaba a Petra e internet los agotaba a los tres. Lo único bueno era que estaban a punto de cambiar de continente. Dadas las circunstancias, prolongar su estancia en la ciudad natal de Bulgari sólo podía acabar mal.

Por fin embarcaron. La anciana de setenta y cinco años se quedó dormida en su asiento antes de que le sirvieran su bandeja de comida y no despertó hasta el desayuno, mientras sobrevolaban Sudán, una hora larga antes del aterrizaje.

A las 9.45 h, su segundo vuelo despegó rumbo a Dar es-Salam. Desde ahí, sólo les quedarían cincuenta minutos para llegar a las Cóndores.

Su último vuelto estaba previsto para las 13.25 h.

Es decir, las 11.25 h hora italiana.

32

Martes 6 de septiembre de 2011

Queda un día

La International Criminal Police Organization, más conocida como la Interpol, tiene su sede en la ciudad francesa de Lion. En septiembre de 2011 contaba con el impresionante número de ciento ochenta y siete Estados miembros y tres más estaban a punto de incorporarse: Curazao, San Martín y Sudán del Sur.

La Interpol se especializa en la criminalidad que desafía las fronteras, aunque cada nación conserva su soberanía dentro de la organización: no existen superpolicías a los que pueda enviarse desde Lion para cortar la mala hierba que pueda crecer en cualquier otro lugar del mundo.

Imaginemos por un instante que en Roma se identifica a una oveja negra. Entonces, Lion debe alertar a la unidad especial de la policía italiana que constituye la prolongación de la Interpol; es decir, a la OCN u Oficina Central Nacional. «Alerta roja» significa «detención del interesado en la medida de lo posible»; «alerta amarilla», «localización de la persona citada»; «alerta azul», «intenten enterarse de lo que ocurre; «alerta verde», «este canalla podría estar a punto de dar problemas»; «alerta naranja», «peligro de bomba, granada u otro dispositivo destinado a destruir y causar heridos» y, por último, «alerta negra», «este criminal ya está muerto, pero queremos saber más, ¿qué información tienen?».

Dado que, sorprendentemente, el mundo es a veces un pañuelo, el vicepresidente de Moët Hennessy – Louis Vuitton se (lvmh) en París no sólo era oriundo de Lion, sino también miembro del mismo club de tenis que el brazo derecho del secretario general de la Interpol, que le sugirió que, si quería limitar los daños causados a Bulgari, había que encontrar a la persona que estaba detrás de la broma de Travelling Eklund y perseguirla judicialmente. El tenista uno presionó entonces al tenista dos, quien ostentaba un cargo lo bastante alto como para lanzar una alerta tricolor (azul, amarilla y naranja) que significaba «descubran qué ha pasado, encuentren a esa gilipollas y deténganla».

Pero a veces el mundo es todavía más pequeño de lo que uno piensa: el director financiero de Bulgari en Roma era también el presidente del mejor club de pesca con mosca de la zona sur de la capital y, en la larga lista de espera para hacerse miembro de exclusivo club, figuraba el nombre del agente especial Sergio Conte, que trabajaba para la ocn de Roma.

Casualidad de casualidades, Conte se encontró con una historia tricolor de mierda (eso opinaba él, en todo caso) que no podía pasar por alto debido a la presión de un tenista en Lion y un pescador con mosca que tenía el poder de abrir o cerrar para siempre con llave la puerta del club en el que se desvivía por entrar.

En torno a las once de la mañana, inició una presentación ante su exasperante jefe y un reducido grupo de colegas de la ocn. Una rápida investigación en Instagram había arrojado el nombre de Agnes Eklund, nacida en 1936 y de nacionalidad sueca, y las conexiones con el perfil de Travelling Eklund ubicaban a aquella señora en Roma veintisiete horas atrás (la Interpol y su ocn compartían información, y sabían quién estaba dónde prácticamente en cuanto su objetivo cometía la imprudencia de encender su ordenador o su tableta).

El agente especial Conte apenas mencionó de pasada la presión que recibía de Lion (y por supuesto no reveló su propio interés en lo relativo al club de pesca con mosca) a la hora de justificar que la Interpol se involucrase en un asunto aparentemente tan nimio; más bien se centró en una cuestión sobre la que argumentó largo y tendido. Si internet en sí misma era un fenómeno reciente, Instagram era un recién nacido, pero la OCN podía anticipar sin duda que en el futuro habría otras historias como aquélla, totalmente transfronterizas, dado que ése era el principio mismo de la red y, en particular, de las redes sociales.

—A la luz de este informe, recomiendo dar respuesta a la petición de Lion y dedicar recursos a este asunto. Niveles: azul, amarillo y rojo.

El jefe de Sergio Conte se bajó las gafas hasta la punta de la nariz y lo miró por encima de la montura.

—Me sorprende usted, agente especial Conte, pero de acuerdo: si esta historia de la estafadora sueca lo apasiona, lo invito a que inicie su investigación. En todo caso, le dedicaremos un único recurso: usted. Los demás seguiremos ocupándonos de otras nimiedades, como la trata de seres humanos, el terrorismo planetario, las amenazas a la democracia y los fraudes fiscales que ascienden a varios miles de millones.

Conte se sintió estúpido.

—Gracias. Con su venia, ahora mismo me pondré manos a la obra, señor. Creo que estoy en condiciones de asegurarle que antes de que acabe el día habré detenido a la sospechosa.

La presentación no había durado más de veinte minutos y, una vez tomada la decisión, el grupo se dispersó al instante. Cuatro minutos más tarde, a las 11.25 h, Conte abrió sus buscadores de última tecnología.

A las 11.26 h descubrió que la sospechosa se había marchado de Roma rumbo a Adís Abeba, donde cogería otro vuelo a Dar es-Salam y después a su destino final, Monrovi.

La pseudodemocracia de las Cóndores, en el océano Índico, era uno de los ciento ochenta y siete Estados miembros de la Interpol, pero sólo sobre el papel. Había que capturar a Agnes Eklund en Dar es-Salam como muy tarde.

Por desgracia, llegó a esa conclusión dos minutos después del despegue del vuelo 865, que unía el aeropuerto Julius Nyerere de Tanzania con el archipiélago de las Cóndores.

—Maldito seas, Julius Nyerere.

Las cosas se complicaban.

33

Martes 6 de septiembre de 2011

Queda un día

El aeropuerto internacional Aleko (rebautizado recientemente en honor al presidente por el susodicho presidente)
consistía en una única pista de aterrizaje de tierra dura, roja
y ferrosa, no de asfalto.

El vuelo 865 despegó en horario desde Dar es-Salam y
aterrizó puntual y en horario; sin embargo, el buen funcionamiento de las cosas no era precisamente lo que caracterizaba
a su destino.

El avión estacionó en el exterior de la terminal denomi-
nada «A», pese a que no existían las terminales B, C o D.
Después de bajar los peldaños de la pasarela, los pasajeros
fueron conducidos hasta el edificio.

En esa corta distancia los abordaron vendedores de ba-
ratijas de todo tipo; no eran muy numerosos, dado que sólo
quienes contaban con los suficientes francos condoreños tenían el privilegio de cruzar el control de seguridad que no
hacía honor a su nombre.

Delante del deteriorado aeropuerto, Johan miró a su alrededor en busca de la autocaravana antes de caer en la cuenta de que ese vehículo pertenecía ya al pasado. El exiguo
equipaje del trío los esperaba en un carrito vigilado por un
guardia que conocía personalmente a todos los potenciales
ladrones de maletas.

—¿Y ahora qué hacemos? —preguntó Petra—. Nos quedan más o menos treinta y una horas antes del apocalipsis.

—Echo de menos mi cocina —gimoteó Johan.

—¿No querías machacarle la nariz al presidente Aleko? —le recordó Agnes.

—No con el estómago vacío. ¿Dónde podemos encontrarlo?

—Los reyes normalmente viven en castillos y los presidentes en palacios presidenciales —lo informó Petra—. ¿Qué os parece empezar por buscar un hotel?

—¿Qué pinta tiene la cocina del hotel? —quiso saber Johan.

—Te lo diré en cuanto sepa en cuál nos quedaremos —respondió Agnes mientras encendía su tableta.

En ese mismo instante, los motores de búsqueda del agente especial Conte lo informaban de que la anciana había llegado a su destino.

El Hôtel du Palais no era tan majestuoso como su nombre daba a entender.

Las vistas desde las tres habitaciones individuales no habrían inspirado ninguna publicación de Travelling Eklund, aunque no se hubiera jubilado en Seúl.

La de Agnes daba a un patio trasero, tal vez el de una empresa de neumáticos, puesto que en él había apilados cientos de neumáticos usados precariamente protegidos por una chapa ondulada.

Petra, alojada en una planta más alta, podía ver más allá de la empresa de neumáticos que tenía más de neumáticos que de empresa: al otro lado de la estrecha calle se alzaba una casa de dos plantas cuyo tejado parecía haber volado con el viento sin que nadie hubiera hecho nada para arreglarlo. Pese a todo, el caserón parecía seguir siendo habitable.

Johan, indiferente a su entorno, iba y venía por los pasillos del hotel buscando la cocina. Trató de informarse en la recepción, pero el anciano que había detrás del mostrador sólo hablaba un francés chapurreado y otro idioma que Johan ni siquiera sabía que existía.

—*Excuse me* —dijo entonces una voz a su espalda.

¡Inglés! Un montón de películas de las que Johan se sabía de memoria contenían esa expresión.

Dio media vuelta y recitó sin pensárselo:

—«*"Excuse me, excuse me." Excuse you for what?...*» *Qué bello es vivir*, Frank Capra, 1946. —Se encontraba cara a cara con un hombre de mediana edad uniformado que se quedó sin voz por un instante después de aquella respuesta rápida como el rayo, lo que le dio pie a Johan para continuar—: ¿Habla usted inglés? ¡Estupendo! ¿Podría decirme dónde se encuentra la cocina del hotel? Había pensado en pasarme y ofrecerles mi ayuda.

El hombre uniformado se recompuso con rapidez.

—Lo desconozco, pero ¿tendría usted alguna idea de dónde puedo encontrar a Agnes Eklund?

El rostro de Johan se iluminó.

—¡Por supuesto! ¿La conoce?

—Para nada. Simplemente pretendo detenerla.

El jefe de la policía condoreña era el mejor y único amigo del presidente Aleko.

Cuando un italiano que se autoproclamaba agente especial en Roma lo telefoneó a voz en grito con relación a una mujer a la que había que localizar y devolver a Dar es-Salam, llamó al presidente para informarlo.

—¿ocn? —preguntó Aleko.

—Rollo Interpol —explicó Günther.

—Ah, bueno, si es sólo eso... que les den. Eso sí: busca a la vieja y procura enterarte de qué ha venido a hacer aquí.

El agente Conte se esperaba esa reacción por parte de las Cóndores. Oficialmente, Lion ahora debía delegar la búsqueda de la sospechosa en el país miembro situado en el océano

Índico; ya no le incumbía a Italia, pero en ese caso por descontado no sucedería nada, ni desde el punto de vista de la detención ni desde el punto de vista de la lista de espera del club de pesca con mosca.

Las Cóndores tenían una superficie apenas comparable a la de una región italiana pequeña, por lo que tenía motivos para pensar que Agnes Eklund no pasaría allí el resto de sus días. Era cierto que tenía setenta y cinco años, pero, si estaba en forma, tarde o temprano acabaría regresando a la civilización. Organizó una operación de vigilancia en los aeropuertos de Maputo, Dar es-Salam y Nairobi: no había otras rutas posibles hacia el continente, a menos que se llegara navegando, aunque tampoco sistemas fiables en el aeropuerto internacional de Aleko que lo avisaran con antelación de adónde se desplazaría y cuándo.

Gracias a la ayuda de Johan, el jefe de la policía detuvo no sólo a Agnes, sino también a Petra y al propio informante. Hasta nueva orden, serían tratados como invitados de honor, y como tales los alojaron en el centro de detención preventiva. La celda disponía de tres catres, por lo que no se verían obligados a sentarse o tumbarse en el suelo. El orinal estaba al abrigo de las miradas, detrás de una cortina. Había un lavabo en un rincón; oxidadísimo, pero bueno...

—No bebáis agua del grifo —los advirtió el jefe de la policía—, no quiero que os contagiéis de gastroenteritis. Le diré a mi ayudante que os traiga una jarra.

—Por cuarta vez —estalló Petra, ya de los nervios—. ¿Qué... hemos... hecho?

—Eso está por ver, pero no hoy: es el cumpleaños de mi hija.

—¿Cómo que «no hoy»? No podemos perder el tiempo aquí. Tenemos cosas importantes que hacer, ¡y tenemos prisa! ¡Suéltenos, por el amor de Dios!

Estaba claramente más disgustada por Johan que el propio Johan.

—Vayamos por partes —respondió el jefe de la policía—. Volveré mañana en cuanto me despierte. Probablemente no será muy tarde... a menos que Ibrahim se apunte a la fiesta. Es peligroso, nunca sabe cuándo parar.

Mientras Petra se esforzaba por reprimir su frustración, Agnes intentaba comprender cómo Bulgari y los patrocinadores estafados de Travelling Eklund habían conseguido que los detuvieran.

Johan reaccionó a lo Johan:

—¿Cómo se llama su hija? ¿Qué edad tiene?

El jefe de la policía sonrió.

—Es la niña de mis ojos. Se llama Angelika y hoy cumple seis años, ¡figúrese!

—Angelika: bonito nombre. ¿Y cómo se llama usted, señor jefe de la policía?

—Eso nos importa un pito, Johan —soltó Petra.

—Nos importa un pito —insistió Agnes.

¿Fraternizar con un hombre que les ponía palos en las ruedas?

—Me llamo Günther —respondió Günther.

Eran las 23.20 h en el archipiélago de las Cóndores y los tres amigos estaban sentados en sus respectivos catres de la celda más bonita del centro de detención. Ahora había empezado de verdad la cuenta atrás. Petra tardó un minuto entero en hacerse una composición de lugar antes de anunciar:

—Quedan sólo veintitrés horas y cincuenta y nueve minutos. Jamás veremos al presidente. ¿No deberíamos conformarnos con romperle la nariz a su jefe de la policía?

Johan no estaba de acuerdo con aquella idea.

—¿Al papá de Angelika?

Petra se enfadó. ¿De verdad era ella la única que comprendía la situación?

—No le dará tiempo a darse cuenta de que su padre tiene la nariz rota antes de que se reúnan en el más allá, ¿tan difícil de entender es?

—Si tus cálculos son correctos —le recordó Agnes.

—Imbécil —soltó Petra.

—¿Ella o yo? —preguntó Johan.

Vaya. Debería haber evitado esa palabra.

La atmósfera dentro de la celda era tensa, pero la tristeza y la resignación prevalecían sobre la cólera.

La fiesta por el sexto cumpleaños de Angelika superó en esplendor cualquier cosa con la que ella hubiera podido soñar. Se celebró en el jardín de tito Aleko, sobre un promontorio rodeado en tres de sus lados por las aguas turquesas del océano.

El palacio era digno de un presidente: ocho edificios, un teatro al aire libre, una hípica de salto de obstáculos, una piscina y un césped tan grande como cuatro campos de fútbol, todo adornado con cómodos muebles y lleno de palmeras y *Brachystegia*.

Hubo ciento veinte invitados y un gorrón, el impetuoso Ibrahim, que se las arregló para organizar, en el escenario del teatro, un concurso de karaoke que duró hasta las dos de la mañana. El ganador fue, cómo no, el presidente Aleko, por su interpretación de *The Winner Takes It All* de ABBA. La pequeña Angelika ya llevaba un buen rato acostada, soñando con el poni que acababan de regalarle y al que llamaría *Pocahontas*.

Aleko celebró su victoria musical compartiendo un vodka ruso con su amigo Günther.

—¿De qué iba esa historia de la vieja que la Interpol quería detener?

—Todavía no lo sé. La he metido a ella y a sus acompañantes entre rejas antes de ir a buscar el caballo. Según el tipo que ha llamado desde Roma, se trata de un caso de estafa cibernética.

Aleko sonrió.

—Interesante. Tráela aquí mañana para que la interroguemos juntos.

—Como quieras. ¿Y los demás?

—También podrían resultar útiles. Pero no vengas muy temprano: mañana seguro que se me pegan las sábanas. ¿Quién ha invitado al chiflado de Ibrahim?

—Él mismo.

El presidente Aleko suspiró: los primos de su difunta esposa no podían tener la cara más dura.

34

El hijo del remolachero

Parte 5 de 5

Más vale tener amigos que enemigos y, puestos a pelearnos con alguien, la mafia rusa es la peor elección posible: jamás olvida, jamás perdona, jamás abandona.

La decisión de liquidar al hombre del 118 no pudo llevarse a la práctica: ese mismo día, el maldito consejero principal del presidente Yeltsin abandonó su despacho en el Kremlin y, al día siguiente, el presidente planteó la sospecha de que el crimen organizado estaba detrás de su desaparición. Sólo los *vory* sabían que Yeltsin tenía razón en teoría, pero erraba en la práctica. Una vez más fue él quien marcó el principio del fin. Muy temprano por la mañana, antes de estar demasiado ebrio, ordenó una serie de sanciones contra las actividades esenciales de la mafia, y cuando estuvo borracho como una cuba, por la tarde, se mostró todavía más osado. Según él, quienes más tenían que perder por una tasa impositiva del 118 por ciento sobre las ganancias eran aquellos cuyos activos superaban los de todos los demás; por ejemplo, aquel oligarca que había comprado al Estado gaseoductos y oleoductos por un valor de 180 millones de dólares y que, tres semanas después, dormía a pierna suelta sobre alrededor de 6.500 millones.

El poderoso oligarca fue detenido por exceso de velocidad, acusado de resistencia violenta a la autoridad seguida de desacato al tribunal y, sorpresa, sorpresa, de posesión de estupefacientes. Nadie lograba entender, mucho menos él mismo, cómo quinientos gramos de heroína podían haberse colado en su almohada del centro de detención. En lugar de sus tradicionales vacaciones estivales en Saint-Tropez, disfrutaría de seis años de cárcel.

Yeltsin quedó satisfecho; la mafia estaba furiosa. Con él, desde luego, pero sobre todo con Alexander Kovalchuk, que había desaparecido sin dejar rastro.

La palabra rusa «*vor*» significa «ladrón», pero el uso ha determinado que un *vor* sea, por antonomasia, un miembro del crimen organizado ruso. En plural sería *vory* o, si se prefiere, Vory: la mafia rusa.

Pero meter al conjunto del crimen organizado ruso en el mismo saco que a los *vory* supondría simplificar enormemente la historia: durante el siglo XX, las distintas redes criminales habían evolucionado en distintas direcciones, muy a menudo bajo la forma de una libre asociación, sin una organización ni una jerarquía tan estrictas como las que caracterizan a sus homólogas italianas. Algo que llamaba la atención respecto a los *vory* era la altísima opinión que sus miembros tenían de sí mismos, y que les impedía mezclarse con los políticos y funcionarios comunistas. Pero eso había cambiado: Stalin había enviado a criminales y a opositores políticos a los mismos campos de trabajos forzados, y cuando uno pasa siete años seguidos partiendo piedras codo con codo acaba tejiendo vínculos. Resumiendo, los ladrones y los comunistas habían aprendido a conocerse y a entenderse.

Tras la muerte de Stalin, a principios de 1953, la vida se le hizo demasiado solitaria a su temible jefe de seguridad, Lavrenti Beria, de modo que buscó hacer nuevos amigos concediéndoles la amnistía a un millón de ladrones de los campos del Gulag, aunque eso no impidió que Jruschov ejecutara a Beria acusándolo de cometer trescientas violaciones y numerosos crímenes más. Una parte de las acusaciones eran inventadas, la mayoría eran ciertas.

No obstante, fue imposible devolver a los ladrones liberados a los campos. Todos se dieron a la fuga y forjaron nuevos vínculos, sólidos y eternos, con dirigentes comunistas y funcionarios soviéticos de todos los niveles.

Así, bajo el gobierno de Jruschov emergió un nuevo tipo de corrupción: el poder y el crimen avanzaban de la mano. Luego, con Brézhnev, alcanzó su madurez, y cuando Andrópov llegó al poder, apenas tuvo tiempo de lanzar un vano intento de contraataque antes de sucumbir a una insuficiencia renal. El soviet supremo decidió entonces darle una oportunidad a Chernenko, un hombre de setenta y tres años que padecía todas las enfermedades imaginables, incluida una cirrosis avanzada. Cuando poco más de un año después estiró la pata, llegó el turno de Gorbachov y, junto a él, el de Alexander Kovalchuk, su consejero, que no podía estar peor informado sobre la naturaleza ni sobre el futuro de los *vory*.

Pero, para disgusto de la mafia, el execrable Kovalchuk no se hundió junto a Gorbachov.

Durante sus años como consejero principal de Boris Yeltsin, estableció unas tasas impositivas surrealistas y provocó a la mafia sin ni siquiera darse cuenta. Cuando ya era demasiado tarde, lo avisaron de la cólera de los *vory*, y abandonó el país antes de verse obligado a abandonar la Tierra. Aterrizó, por así decirlo, en un lugar secreto bajo una identidad secreta. Allí inició una nueva carrera, sobre todo gracias a la ayuda de dos maletas llenas de billetes verdes. Al cabo de pocos años, el antiguo Alexander accedió al cargo de primer consejero de otro presidente, aunque esta vez en un país en el que era más fácil apartar al presidente y ponerte en su sitio.

Todo podría haber acabado bien.

De no ser porque los *vory* jamás olvidan, jamás perdonan, jamás abandonan.

35

Miércoles 7 de septiembre de 2011
Queda menos de un día

El jefe de la policía, cuyo nombre no podía sonar menos condoreño, penetró al volante de su Jeep en el recinto del palacio presidencial, bien protegido en lo alto de su promontorio.

Detrás iban sentados la mujer en búsqueda y captura por la Interpol y sus camaradas. Los tres esposados, dado que el jefe de la policía, antiguo informante de la Stasi y un mafioso de poca monta, no tenía ojos en la espalda.

Los condujo hasta la biblioteca y le indicó a cada uno su asiento. La sala era enorme y de techos altísimos; sin embargo, las estanterías estaban vacías, puesto que el predecesor de Aleko había mandado quemar todos los libros del país, en parte porque no sabía leer, en parte porque, recién llegado a su cargo, había querido parecer emprendedor. Había empezado por la biblioteca nacional, para dar ejemplo. Duró quince días en el cargo.

En aquel momento, Aleko llevaba ya varios años en las inmediaciones del poder supremo, pero cuando el pirómano de libros lo llamó a su lado estaba ya demasiado cerca del poder como para no salir escaldado: además de vicepresidente y ministro de Asuntos Exteriores, también ostentaba el cargo de jefe de la guardia presidencial, lo que implicaba que, si no tomaba precauciones, su carrera terminaría a la vez que la del presidente.

Así que, ni corto ni perezoso, y precisamente en su calidad de jefe de la guardia presidencial, redactó una orden con base en la cual se sustituía a los antiguos efectivos por gente de su total confianza y, como el presidente no sabía leer, la firmó creyendo que se trataba del encargo del piano que pensaba regalarle a su mujer por su quincuagésimo cumpleaños.

De ese modo, Aleko pudo llevar a cabo su golpe de Estado sin despeinarse. Nadie salió herido y al pirómano de libros se lo obligó a embarcar en un pesquero que atracaría en una isla a cuarenta kilómetros de allí; indemne, pero con la prohibición de volver. No ardió ni un libro más y la mujer del ex mandatario recibió su piano.

El presidente Aleko entró en la biblioteca sin libros flanqueado por dos primos políticos armados, saludó a Günther con la cabeza y luego se volvió hacia los tres amigos, a quienes el jefe de la policía había obligado a ponerse de pie.

—¿Los has esposado? Quítales eso enseguida. ¡Ni que fueran animales!

El otro obedeció y, enseguida, les pidió que sacaran sus pasaportes y se pusieran en fila.

Aleko se acercó en primer lugar a Agnes. Abrió su documento.

—Agnes Eklund.

Ella no abrió la boca, pero Petra respondió furiosa:

—¿Por qué nos han detenido? ¡No hemos hecho nada!

—Al menos por ahora —concedió Johan.

El presidente Aleko rogó al número dos y el número tres de la fila que cerraran el pico, ya que estaba ocupado con la número uno.

Johan comprendió que Petra sería la siguiente, después de Agnes, y que luego le tocaría a él. En ese momento, se resolvería el asunto del puñetazo en la nariz. Era imposible saber qué ocurriría enseguida, pero si lograba que le prestaran un teléfono llamaría a Obrama para contárselo todo.

—Agnes Eklund —repitió Aleko—. Buscada por la Interpol, sospechosa de estafa cibernética. Disculpe mi curiosidad, pero ¿en qué consistía esa estafa?

Agnes respondió que ella se preguntaba lo mismo. Se había limitado a publicar contenido personal en una página llamada Instagram y en su blog, y varias marcas de lujo habían empezado a enviarle dinero.

—Dinero que usted aceptó con gratitud, supongo.

—No sólo eso, señor presidente: lo he transferido aquí, a las Cóndores. De cómo sucedió esto último no sé nada, si le soy sincera: es mi banquero de Zúrich quien se encarga de esas cosas.

Aleko enseguida cayó víctima del encanto de la anciana.

—Igualmente fue una decisión sensata —repuso—. Pronto estudiaremos con más detenimiento su situación, pero primero me gustaría conocer a sus amigos.

Abrió el siguiente pasaporte.

—Petra Rocklund.

Mientras el presidente charlaba con Agnes, la pitonisa intentaba encontrar una estrategia que los sacara de allí. Había deducido, por el comentario de Johan, que éste tenía la intención de llevar a cabo su plan pese a las posibilidades casi inexistentes de irse de rositas. Sospechaba que estaría esperando pacientemente mientras se repetía como un mantra aquello de la «legítima defensa».

Al final, llegó a la conclusión de que, dado que aquél sería de todas formas su último día, la mejor opción era sacrificarse por el equipo, por más que ella fuera a parar a la cárcel, seguramente con Agnes, buscada por la Interpol, durante unas horas. Johan al menos podría conservar su inocencia.

—Petra Rocklund —repitió Aleko—, responda cuando le hablo.

La pitonisa respondió amplia y sobradamente. Adelantándose, le asestó un gancho de derecha al presidente seguido de un gancho de izquierda. El otro aterrizó en el suelo de la biblioteca y ella se le echó encima.

—¡En la nariz, Petra! —gritó Johan—. ¡Dale en la nariz!

No le dio tiempo: Günther le inmovilizó los brazos por la espalda mientras un primo político del presidente le apuntaba a la cabeza con una pistola.

Faltaban algo más de ocho horas, pero enseguida dejó de forcejear: la idea de recibir un balazo en la sien le resultaba extremadamente desagradable. Prefería el congelamiento de la Tierra. Además, había logrado propinarle dos buenos golpes, aunque no hubiera acertado a darle en la nariz. Sólo por aquello, podía darse con un canto en los dientes.

Para sorpresa de todos, el presidente mantuvo la calma. Se levantó del suelo masajeándose las mejillas.

—Acaba usted de infringir la ley condoreña, Petra Rocklund, aunque tal vez ya lo intuía, ¿verdad?

—No conozco las leyes de este país, pero sí, he debido de infringir al menos un par. ¿Le duele?

El presidente reconoció que todavía le dolía. No obstante, se jactaba de ser civilizado y no tenía previsto hacérselo pagar con la misma moneda: sería procesada por la justicia y condenada con arreglo a los principios del Estado de derecho. Por otra parte, el encargado de juzgar esa clase de asuntos era él mismo y solía hacerlo en el acto. ¿Tenía algo que alegar en su defensa?

La pitonisa volvió a reflexionar en cuál era el mejor modo de proteger a Johan.

—En mi defensa, me gustaría alegar que su corbata no puede ser más fea, señor presidente, aunque ciertamente pega con su cara.

—Tomo nota —respondió Aleko—. Siete años.

—¿Siete años?

—Siete años de cárcel.

Petra se tronchó de risa: siete minutos ya eran un fastidio, pero siete años le daban francamente igual.

36

Miércoles 7 de septiembre de 2011

Queda menos de un día

Tras el anuncio de su sentencia, Petra no tuvo la reacción que el presidente habría esperado. No obstante, él hizo caso omiso y pasó al último de la fila.

Johan estaba muy conmovido por el gesto de Petra: había sido una verdadera muestra de afecto. No le había dado en la nariz, pero no era el fin del mundo. Lo que no le gustaba nada era que la hubieran encañonado en la sien con una pistola. Había que informar a Obrama a toda costa.

Aleko abrió su pasaporte.

—Johan Valdemar Löwenhult.

—Ése soy yo, pero prefiero Johan a secas o Johan, masterchef y genio. ¿Podría prestarme un teléfono?

El presidente pensó que este individuo era todavía más raro que la número dos del trío. Respondió con otra pregunta:

—¿Es Löwenhult un apellido corriente en su país?

Johan se quedó pensando. Ninguna de las personas a las que les había llevado el correo se apellidaba así; de lo contrario, se acordaría. Por otra parte, tampoco le había dado tiempo a repartir muchas cartas antes de que lo despidieran.

—No lo sé. Es corriente en nuestra familia, pero supongo que eso no cuenta.

—Nacido en Estocolmo —siguió leyendo Aleko.

—Sí —confirmó Johan.

—Hace treinta años.

El presidente adquirió de pronto un aire pensativo.

—¿Su madre no se llama Kerstin Löwenhult?

—Se llamaba —lo corrigió Johan—. Murió: una menos en la lista de los Löwenhult que yo conozco.

—Lo siento —repuso el presidente Aleko—, lo siento de verdad.

Petra se zafó de las garras del jefe de la policía y se acercó al presidente con las manos en alto.

—¡Oye, tú! —lo llamó.

—No es exactamente así como uno se dirige a un presidente, pero adelante, ¿qué quiere usted decirme? ¿Alguna cosa más sobre mi corbata o sobre mi cara?

—¿Cómo es que sabe el nombre de pila de su madre? En el pasaporte no lo pone.

Aleko ya preveía que alguno de esos tres lo habría notado; no necesariamente esa mujer, pero daba igual.

Respiró hondo.

—Acabo de darme cuenta de que... su masterchef y genio aquí presente... Johan Valdemar... es mi hijo.

37

Miércoles 7 de septiembre de 2011
Queda menos de un día

Después de su aventura de una noche con un joven diplomático de una tierra lejana y de su embarazo no deseado, Kerstin Löwenhult le escribió varias cartas al padre de Johan a lo largo de los años. Alexander quemó la primera, pero conservó las siguientes, sin saber bien por qué. Mucho tiempo después, ya con su nuevo nombre y en las Cóndores, se preguntó si, de forma inconsciente, no lo habría hecho por la necesidad de recordar la calidad de su esperma: su esposa condoreña y él nunca habían tenido hijos y ella lo creía responsable.

Su esposa había fallecido a consecuencia de una larga enfermedad, igual que Kerstin. Las Cóndores contaban tan sólo con cuatro médicos: un otorrinolaringólogo, dos médicos generalistas y un reparador de fotocopiadoras tanzano que un día había tenido la idea de progresar en la vida enviándose por fax un título falsificado de médico.

Por desgracia, fue este último quien examinó a su esposa. Después confesó el fraude, pero ya era un pelín tarde y Aleko lo condenó a pasar doce años como médico de la única cárcel de las Cóndores. No había duda de que seguía siendo un estafador, pero a lo mejor a esas alturas ya habría aprendido los rudimentos de la medicina.

· · ·

Fue a buscar las cartas de Kerstin e inició su lectura en voz alta, así que Johan terminó entendiendo más o menos bien la situación. En su condición de consejero de cierto presidente, papá Aleko había recorrido Europa, lo que le permitió participar en un congreso y un banquete diplomático en Estocolmo, donde había conocido a su madre... bueno, más que solamente conocido.

Por las cartas, también se enteró de que Bengt Löwenhult, el hombre al que siempre había considerado su padre, era homosexual y había repartido su tiempo entre la diplomacia y su novio y secretario hasta que se había jubilado al sol.

Experimentó una inmensa satisfacción: Bengt había abandonado a su suerte a su hijo Fredrik, pero no a él... puesto que él no era su hijo.

A quien más le costó asimilar aquella historia fue al camarada alemán del Este del presidente. Aleko, desde luego, nunca le había hablado de sus deslices de juventud, pero ni siquiera la Stasi se había enterado de aquella historia, ni nadie que él supiera, ¡en treinta años!

El presidente Aleko creyó necesario disculparse:

—Perdóname por no haberte contado nada, Günther, pero dado que acabo de tener un hijo... ¿no querrías convertirte en mi hermano? Me refiero a mi hermano de verdad. Puedo arreglarlo.

Günther sonrió y estrechó a su nuevo hermano entre los brazos mientras le decía que no había necesidad de molestarse con el papeleo: llevaban muchísimos años siendo hermanos, desde sus noches locas en Berlín.

Luego Günther se volvió hacia Johan.

—Bienvenido a nuestra familia.

—Gracias.

—No es algo que tenga demasiada importancia —los interrumpió Petra—, pero, por pura curiosidad, ¿sigo estando condenada a siete años de cárcel?

—Lo juzgado, juzgado está —respondió Aleko—. Es imposible anular la sentencia. Sin embargo, como presidente, tengo derecho a trasladar el tema del indulto al Tribunal Supremo, que sesionará dentro de un instante. Acaba de emitir su dictamen: queda usted indultada.

Petra suspiró de alivio. Ahora podría abrazar la eternidad con la conciencia tranquila. Había cumplido con su misión: el comemierda de Aleko había recibido su merecido. No le había dado en la nariz, pero en vista de las revelaciones que había desencadenado, era casi mejor. De haber podido, incluso habría retirado el golpe.

Agnes se había quedado clavada a la silla, totalmente estupefacta.

—No querría hacerme la interesante —le dijo al presidente—, pero ¿tengo motivos para suponer que la Interpol todavía no me ha encontrado?

—La Interpol no encuentra a nadie en este país sin antes preguntarme a mí.

—O a mí —añadió Günther, el jefe de la policía—. Por otro lado, es evidente que sería mejor fingir que sigo buscándola. Ese agente especial de Roma no para de llamarme para preguntarme si hay avances.

Así las cosas, lo más gordo había quedado aclarado... para todos salvo para una persona.

—¿Papá? —dijo Johan.

—¿Sí, pequeñín?

—¿Dónde está la cocina?

38

Miércoles 7 de septiembre de 2011

Quedan cinco horas

A Agnes, Johan y Petra les dieron una elegante minisuite para cada uno en la primera planta del ala este del palacio presidencial. A la pitonisa del apocalipsis la espantó el papel pintado de su habitación: era una explosión de flores y de hojas. Tenía pajaritos, bayas rojas, frutos amarillos, un mono y una cabeza de jirafa. El motivo se repetía en las cuatro paredes. Hasta la puerta estaba empapelada. Jamás lograría pegar ojo allí.

Bueno, tampoco era indispensable. A las 23.20 h, hora local (21.20 h en Suecia), minuto arriba minuto abajo, todo iba a detenerse. Quedaban menos de cinco horas.

Petra notó como le rugía el estómago. Cuando el grupo se reunió en la terraza para compartir un cóctel de papaya, le preguntó al presidente por el horario de las comidas y Aleko la informó de que la cena se servía cada noche a las 20.00 h, y más tarde, alrededor de la medianoche, podían disfrutar de un piscolabis nocturno más elaborado.

—Nos saltaremos el piscolabis —dijo Petra—, pero espero la cena con impaciencia. ¿Puede saberse en qué consiste el menú?

El presidente no tenía ni idea, pero Johan justo llegaba en ese momento de la cocina, donde había mantenido una ardua conversación con el chef.

—Pescado.

—¿De qué tipo? —preguntó Aleko.

—No lo sé. El cocinero no habla más que algo que se llama «francés», una lengua que se habla en Francia. Pero lo que me ha enseñado se parecía bastante a mis zapatos.

El presidente echó una ojeada a los Branchini de piel de vacuno del hijo con el que se acababa de encontrar. Pátina oscura en la punta y el tacón y, en el resto del zapato, un amarillo canario con matices azul claro, gris, violeta, rojo y negro.

—*Triggerfish* —lo informó—. *Baliste*, en francés, que también se habla en las Cóndores y en alguna que otra parte del mundo.

Johan asintió. Era posible que «*baliste*» hubiera sido la palabra que el cocinero había repetido cada vez que él le había exigido salmón. Lo único que le quedaba era enterarse de cómo se decía en francés «Västerbotten».

—¿*Fromage* de Västerbotten? —se aventuró a decir Agnes.

Johan le dio las gracias y preguntó dónde estaba la bodega. Por otra parte, bien pensado, él también hablaba un poco de francés.

—Bordeaux —dijo—, Bourgogne, Champagne, Loire, Gérard Depardieu. «*You don't like me, do you? We don't have to like each other; we just have to be married.*»

El presidente Aleko ya no entendía nada.

—Tu hijo se sabe de memoria todas las películas de Hollywood —explicó Petra, y el nombre de Gérard Depardieu acaba de provocar una asociación de ideas. Seguro que la frase en inglés aparece en *Matrimonio de conveniencia*.

—Mil novecientos noventa —confirmó Johan—, tal vez noventa y uno. En fin, ¿y esa bodega?

No había, pero el palacio contaba con amplias reservas de vodka.

—¿De qué sirve ser presidente si no tienes una bodega?

Aleko respondió que no podía sospechar que de repente heredaría un hijo que además era masterchef, que de lo contrario se habría preparado. Chasqueó los dedos, hizo aparecer a una ayudante por lo general invisible y le ordenó ir a buscar el mejor vino del mejor hotel.

—¿Blanco o tinto? —preguntó la ayudante.

—De todos los colores que puedas conseguir. Cuantos más, mejor. Diles que ya iré a pagar si se tercia... y si me acuerdo.

39

Miércoles 7 de septiembre de 2011

Quedan cuatro horas

Mientras esperaban la hora de la cena, el presidente consideró que el estado de ánimo general exigía una pizca de alcohol en el zumo de papaya, incluso una dosis generosa. Aleko acababa de ser padre a la edad de cincuenta y cinco años: había que celebrar.

—Papaya Vodka Sour para todos —ordenó a la camarera más cercana—. Sin pasarse con la papaya y el *sour*.

Petra echó una ojeada a su reloj y decidió que no había motivos para recibir la eternidad con el morro torcido. Cuando la camarera regresó con una bandeja llena de copas, le faltó tiempo para hacerse con una.

—¡Brindemos! —declaró—. ¡Brindemos por todo lo vivido!

—¡Y por lo que viviremos! —completó Aleko.

Durante un breve instante, Petra pareció estar a punto de explicarle un par de cositas, pero Agnes le susurró:

—Deja que el presidente disfrute de la felicidad de su nueva paternidad hasta el final.

Lo que no añadió, pero sí pensó, fue que al día siguiente le explicarían a Aleko los delirios de Petra. En cualquier caso, se prohibió a sí misma pensar en la posibilidad de que la pitonisa del apocalipsis tuviera razón. ¡Sería una lástima, ahora que estaban allí!

Tras varias rondas de cócteles que sólo Aleko encontró demasiado ligeros, su ayudante regresó con doscientas ochenta botellas de vino y champán. El director del hotel había solicitado humildemente una compensación de 750.000 francos condoreños o incluso un poco más, dado que ahora no podría ofrecer a sus clientes nada más que agua y Coca-Cola.

—Claro, claro —dijo Aleko.

Johan hurgaba ya entre las cajas, donde encontró varias joyas.

—Éste lo beberemos con el entrante, y ése con el pescado cuyo nombre ya no recuerdo, y este de aquí lo abriremos ahora mismo —anunció señalando una caja que contenía doce botellas de Chablis Grand Cru Les Clos 2002, afrutado y ligero, con matices de manzana amarilla.

—¿Manzana? —se asombró su padre, que se había criado a base de té negro y vodka.

40

Miércoles 7 de septiembre de 2011

Quedan tres horas

El pescado recibió la moderada aprobación del masterchef pese a la ausencia de Västerbotten en el pesto, pero ¿un simple helado con salsa de chocolate de postre? Aquello era intolerable.

—¿Cómo se llama el cocinero, papá?

—Creo que Malik, ¿por qué?

—Tengo que hablar con él.

—¿Debo echarlo? No tienes más que decirlo.

—Eso ya lo veremos mañana. Primero tengo que entenderlo y que él me entienda. Aparte de todo lo relacionado con el vino, sólo conozco dos palabras en francés: Gérard y Depardieu. ¿Cómo vamos a solucionar eso?

—Llamando a un intérprete —dijo Aleko.

Después del zumo de papaya con alcohol, el chablis, el pescado, el chardonnay de maridaje y el postre de una grotesca simplicidad, los invitados se dispersaron sin orden ni concierto por la enorme terraza. Agnes con su tableta; Johan, un poco más alejado, para analizar las diferencias de sabor de distintos pralinés; Petra en una cómoda *chaise longue* con las manos bajo la nuca y una sonrisa en los labios.

Suponía que una fracción de segundo sería lo bastante larga para darle tiempo a saborear la confirmación de su compleja ecuación en sesenta y cuatro pasos. En ese instante, sólo ella y nadie más en todo el mundo comprendería lo que estaba ocurriendo. Aparte quizá de Agnes, seguramente no de Johan.

El presidente Aleko se preguntaba, ante la copa de Tokaji Eszencia dulce que su hijo le había servido, cómo una bebida que no era vodka podía serenarlo tanto. El vino y la jornada que acababa de vivir lo colmaban de una sensación de dulzor.

Decidió pasearse entre sus invitados, empezando por Petra en su *chaise longue*.

—Pareces satisfecha —observó tratando de sonreírle a la mujer que un rato antes le había propinado dos puñetazos.

—Lo estoy —respondió ella—. Por primera vez todos vamos a ser tratados en pie de igualdad, y con «todos» me refiero a todo el mundo.

¿De qué le estaba hablando?

—¿Eres comunista? —preguntó el antiguo primer consejero del último dirigente de la Unión Soviética.

La pitonisa sonrió mostrando todos los dientes.

—Qué va, soy la última realista. Agnes me ha pedido que no agüe la fiesta, así que no diré nada más. Si las cosas hubieran sido distintas, habríamos podido continuar esta conversación hasta la hora del desayuno.

Aleko no comprendió nada, salvo que a Petra claramente le faltaba un tornillo. Y pensar que, después de pegarle en la cara, lo único que se llevaba como castigo era saborear una copa de un prestigioso vino en la terraza...

El presidente se dirigió hacia su siguiente invitada. Con la copa de vino dulce húngaro en la mano, se sentó cerca de Agnes para interesarse por su estado de ánimo.

Igual que Petra, la anciana de pelo violeta estaba totalmente satisfecha, pero por razones bien distintas. Era feliz porque su vida, estancada durante tanto tiempo, ahora daba cada día un giro de ciento ochenta grados. Y, en ese instante, disfrutaba de una pausa que le permitía relajarse. Ya no era tan joven.

Momentos antes le había pedido a Günther que le prestara un momento su tableta, pero éste había aprendido unas cuantas cosas desde su nombramiento, y suponía que aquel agente especial de Roma sabía lo que hacía, de modo que le había aconsejado que no la encendiera para que no pudieran localizarla. A cambio, le había dejado su propio iPad.

Luego, mientras Günther se esfumaba para vigilar a Angelika y *Pocahontas*, había encendido el dispositivo para buscar información sobre el país donde se encontraban sus millones. La lectura no había sido como para alegrarse, y hete aquí que el responsable de dicha situación venía a preguntarle cómo estaba.

—Bien, gracias, señor presidente. El vino es excelente, la brisa templada y estoy aprendiendo cosas sobre su país. Da la impresión de que usted lo dirige absolutamente todo, señor presidente. Tengo la sensación de haber depositado toda mi fortuna a sus pies.

—Para ahora mismo de llamarme «señor presidente», por favor. Me llamo Aleko desde hace años.

—¿Cambiaste de nombre? ¿Cómo te llamabas antes?

—Es una larga historia, ya te la contaré en otra ocasión.

—En ese caso, hablemos de mi dinero. ¿Por qué quería mi asesor de Zúrich, un hombre encantador, por lo demás, que lo transfiriera aquí?

Aleko dio un trago más a su tokaji, luego se relamió los labios y felicitó a Agnes porque sus ahorros no podían estar depositados ante unos pies más seguros. Los condoreños no eran curiosos, así que nadie le preguntaría de dónde venía ese dinero, ni adónde podría ir a parar, y si otro país, organización u autoridad hacía preguntas, no obtendría respuesta: la República Popular de las Cóndores no cooperaba con nadie ni se inclinaba ante nadie, y todo a cambio de un porcentaje irrisorio como comisión. Ésa debía de haber sido la razón por la que el asesor suizo le había recomendado el Banco de las Cóndores, cuyo presidente, por otra parte, resultaba ser él mismo. ¿O era más bien director general? Bueno, algo por el estilo. Resumiendo: él era quien mandaba.

A través de su *alter ego* injustamente jubilada, la anciana de pelo violeta había viajado bastante más que la mayoría de la gente, y era capaz de reconocer un país chungo cuando lo veía. Si bien su dinero estaba a buen recaudo, las Cóndores no tenían muchos más motivos por los que presumir.

—He leído que uno de cada dos adultos condoreños no sabe leer ni escribir.

Era posible que hubiera hablado con un tono un poco más acusador de lo que pretendía, porque el presidente cambió el suyo.

—¿Y eso no es algo bueno? Con todas las tonterías que se escriben... ¿de qué le serviría a la gente leerlas?

Agnes prosiguió:

—Y la mortalidad infantil es simple y llanamente espeluznante.

Esta vez, el presidente se mostró de verdad molesto.

—Debería ser un alivio, ¿no crees? Así hay menos analfabetos.

Era sin lugar a duda el comentario más estúpido que ella había oído en toda su vida, y eso que se había criado en Dödersjö. Pero ese día un padre y un hijo se habían reencontrado, ¿quién era ella para provocar al padre de Johan?

Una vez tomada esa decisión, ya no era necesaria ninguna disputa. Sin embargo, Johan, que no andaba muy lejos con sus pralinés, notó cierta frialdad entre Agnes y Aleko.

—¿De qué habláis?

—De nada en concreto —respondió el presidente—. Sólo del hecho de que tu amiga Agnes no es capaz de comprender hasta qué punto es difícil dirigir un país que durante siglos ha sufrido la tiranía del imperialismo.

«¿De qué gilipollez está hablando?», pensó Agnes. De acuerdo, si él quería seguir lloriqueando, tendría lo que buscaba.

—Pero ¿no son Etiopía, Liberia y las Cóndores los únicos países de África que nunca han sido colonizados? —repuso ella dándole las gracias en silencio a Günther por haberle prestado su tableta.

Aleko lo sabía muy bien, aunque él básicamente se había resbalado al pisar la piel de una banana y había ido a parar a aquella república bananera que ahora controlaba, cosa de la que aquella vieja arpía no tenía forma de enterarse.

—¡Exacto! —repuso con convicción—. Es justo ahí adonde quería llegar: sólo tres naciones se resistieron cuando el brutal imperialismo se adueñó de África. Dejad tranquilas a las Cóndores, eso es lo que yo digo; y mi pueblo también, por cierto.

—O a lo mejor fue porque Etiopía y Liberia mostraban una gran estabilidad y viabilidad económica, mientras que a nadie le importaban tus pequeñas islas perdidas en mitad del océano.

Aleko se dio cuenta de que la señora de pelo violeta era una temible contrincante. Más le valía cortar el debate de raíz.

—¿Por qué haces preguntas si ya lo sabes todo?

Johan no comprendía nada, pero ahora tenía la certeza de que papá y Agnes no se llevaban bien.

—¿Estáis discutiendo? ¿Sobre qué?

—La señora Agnes parecer ser experta en cómo dirigir un país y ha decidido enseñarme a hacerlo.

Digámoslo de una vez por todas: Johan era totalmente insensible a la ironía.

—¿Es verdad, Agnes? —se maravilló—. Yo creía que tu especialidad era la fabricación de botes de madera, ¿o eran zuecos de madera?

La interesada se armó de valor dando un trago a la enésima copa de aquel chardonnay californiano que había subido de categoría el pescado.

—No, da la casualidad de que simplemente he leído un poco. Tu padre dirige uno de los países más pobres del mundo. La media de edad es de dieciocho años, la mortalidad infantil se dispara y el índice de analfabetismo es del cincuenta por ciento. La principal actividad económica del archipiélago era la explotación forestal, hasta que acabaron talando todos los bosques sin que a nadie se le ocurriera replantar árboles nuevos. Desde entonces, la población sobrevive gracias a la pesca y la agricultura, pero, sin los bosques que la refuerzan, la tierra se erosiona, los ríos se estancan y los arrecifes de coral se deterioran. Cualquier fabricante de botes o de zuecos lo habría hecho mejor... quizá con la excepción de mi marido, que por suerte pisó un clavo oxidado y, por avaricia, se negó a ir al médico.

Agnes no tenía pelos en la lengua. Aleko no sabía por dónde empezar.

—¿Qué significa «erosionar»? —se le adelantó Johan.

Después de acostar a Angelika y llevar a *Pocahontas* a las caballerizas, Günther se unió al pequeño grupo. Enseguida notó la tensión en el ambiente.

—¿Qué ocurre? —preguntó—. Creía que estábamos de fiesta.

—Nada —respondió Aleko enfurruñado—. Aparte de que esta buena mujer que es un hacha fabricando zuecos de madera quiere destituirme y gobernar el país.

Günther conocía muy bien a su amigo y hermano.

—Estupendo. Hace tiempo que me pregunto cuándo nos caería un intento de golpe de Estado. El último se remonta a hace siete años y, si no recuerdo mal, fuimos nosotros mismos quienes lo organizamos. Si dejas de hacer experimentos con el vino y vuelves al vodka, querido hermano, verás que enseguida recuperas el buen humor.

Milagro: la sugerencia le arrancó una sonrisa al presidente. El vodka estaba en la mesa, delante de él, así que ¿por qué no?

—Tienes razón como siempre, Günther.

Se sirvió y alzó el vaso hacia Agnes.

—Es una noche de celebración. Brindemos por ello, mi querida fabricante de zuecos.

Si había algo que no podía decirse de Agnes es que fuera rencorosa.

—Y por ti, mi querido dictador.

Petra no tardó en abandonar la compañía para ir al jardín que había debajo de la terraza y tumbarse en otra *chaise longue* todavía más cómoda con otra copa de tinto en la mano (para probar un poco de todo) y una sonrisa en los labios. Se puso a contar las estrellas y las tres horas que quedaban se convirtieron en dos horas cuarenta y cinco, y luego en sólo dos horas y media. Una camarera que pasaba por allí le preguntó si la señorita quería que le llenara de nuevo la copa. Ella aceptó de buen grado y añadió que deseaba que siguiera haciéndolo cada vez que el nivel del líquido bajara...

—...hasta el fin de los tiempos.

La camarera asintió con gesto prudente.

41

Miércoles 7 de septiembre de 2011
Quedan dos horas

Malik, que había cometido la osadía de servir helado de postre, se aventuró a salir a la terraza para llevarles el café y grandes cantidades de digestivos. Al verlos, Johan recordó que también conocía la palabra francesa «*cognac*».

Los jaraneros en torno a la mesa se habían reconciliado, mientras que algo más lejos, en su *chaise longue*, Petra tarareaba *What a Wonderful World* bajo la mirada atenta de una camarera con una botella de vino en la mano.

El presidente no quería más discusiones, pero sentía la necesidad de justificarse frente a las críticas apenas disimuladas de Agnes. Si procedía con cautela, la cosa podría funcionar.

—¿Quieres que te cuente cómo me mantengo en el poder desde hace siete años? No es un relato violento.

—¿Procurando rodearte de amigos? —adivinó Agnes apuntando con la barbilla hacia Günther.

—En parte sí.

Los hermanos y hermanas, primos hermanos y primos lejanos de su difunta esposa condoreña ocupaban todos los puestos clave del país (salvo el de jefe de la policía, que le había ofrecido a Günther porque éste siempre había deseado llevar uniforme). También había modificado la Constitución, que actualmente estipulaba que un presidente que se mantuviera en el poder durante cinco años era renovado en el cargo de forma automática a menos que el Tribunal Supremo decidiera lo contrario.

—¿Y el Tribunal Supremo lo componen...? —se interesó Agnes.

—Sólo yo, ¿por qué?

—Suena práctico. Un fabricante de zuecos mantiene el puesto hasta que ya no consigue vender más zuecos, o pisa un clavo, o las dos cosas a la vez.

En aras de la paz, Aleko se abstuvo de comentar aquella historia de los zuecos. Dijo que la principal razón por la que seguía ocupando su puesto después de siete años era su popularidad.

—¿Crees que a la gente le gusta la alta mortalidad infantil, el analfabetismo y la ausencia de un sistema sanitario?

Aleko no acusó el golpe: estaba claro que ya no estaba de morros.

—Mi pueblo me ama porque me rebelo contra el resto del mundo, en particular contra los cerdos de la Unión Africana.

—¿Los cerdos? —preguntó Johan.

—Es una forma de hablar, querido —explicó Agnes.

—Simplemente pon la tele y podrás ver todos los intentos de la Unión por oprimir a la nación más pequeña del continente, y cómo el presidente de ese país le planta cara en nombre del orgulloso pueblo condoreño.

—¡Fantástico! —exclamó Johan—. ¿Por eso te llaman Comemierda?

—¿Cuántos canales de televisión hay en las Cóndores? —preguntó Agnes.

—Uno —la informó Aleko—, y ya sé lo que estás pensando.

La hija de su madre no tenía un pelo de tonta. La directora del canal de televisión era Fariba, la hermana gemela de su difunta esposa, y su autoridad era indiscutible. Durante su primer día en el cargo había despedido a las tres primeras personas con las que se había cruzado. A continuación los restantes empleados se habían vuelto inquebrantablemente fieles.

—También dicen que soy moderno —añadió Aleko.

Su medida más reciente había sido la transformación de su nación en paraíso fiscal internacional para todos aquellos que no le veían la gracia a pagar impuestos, como Agnes, o quienes no podían pagar el impuesto sobre la riqueza, ni aunque quisieran: ése era el inconveniente del dinero sucio. Sin duda, todo era más sencillo en el pasado, cuando una bolsa de plástico llena de billetes representaba una ventaja y no un problema.

Por primera vez, Agnes no tenía ningún comentario cruel en la manga.

—Resumiendo, a la gente le va mejor con mi gobierno —afirmó Aleko—. No mucho, pero sí un poco. ¡Y estamos muy orgullosos! Hemos presentado nuestra candidatura para organizar el Mundial de Fútbol dentro de tres años.

—¿Y habéis ganado?

—No, lo hará Brasil: no hay institución más corrupta que la FIFA.

—¿Al menos tenéis un estadio? —preguntó Agnes.

—¿No os apetece un karaoke? —propuso Günther.

42

Miércoles 7 de septiembre de 2011
La última hora de absolutamente todo

A pesar de los dos cócteles de papaya, las dos copas de chablis, las diversas copas de chardonnay y los tres balones de coñac, Agnes no había pasado por alto la cercanía de las 23.20 h y de su posible impacto en el final de la velada. Johan, sin embargo, estaba tan fascinado por aquel extraño concurso musical que quiso invitar a su amiga Petra, quien ya llevaba un par de horas contemplando el cielo.

—Ven a moverte un poco, ¿no? —le dijo con cariño mientras tiraba de su brazo.

Petra se dejó llevar hasta el escenario al aire libre del palacio presidencial. Con una mano sujetaba su inagotable copa de vino y con la otra un micrófono. El suelo se tambaleaba. ¿Estaban en alta mar? A lo mejor un sorbito más estabilizaba todo aquello.

Descartó *Hotel California*, el tema que le proponía Günther, y se negó a hojear los cientos de páginas del repertorio: su ratito bajo el cielo había sido demasiado solemne.

—Permitidme que os recite un poema de Emily Dickinson —declaró.

Quedaban unos quince minutos antes del apocalipsis y no se le ocurría nada mejor que declamar su poema favorito, pero es que todo se tambaleaba muchísimo. Bueno, ¿cómo empezaba? A ver...

Se le había borrado.

Dio un traguito más, que no le sirvió de nada, y otro. Se había quedado en blanco y el silencio reinaba en el escenario.

Pero el público, que esperaba a Dickinson, no podía resignarse a *Hotel California*, así que se lanzó:

> *Estrellita, ¿dónde estás?*
> *Me pregunto quién serás*
> *en el cielo y en el mar.*
> *Un diamante de verdad.*

Saltaba a la vista que ella era la única que sabía que Emily Dickinson no tenía ninguna responsabilidad en los versos que acababa de declamar. Johan aplaudió con entusiasmo: sentía un profundo cariño por ella y deseaba que tuviera razón en el tema del fin del mundo, fuera cual fuese la fecha prevista. Lo primero que haría en ese momento sería estrecharla muy fuerte entre los brazos.

Günther se dio cuenta de que Petra tenía serias dificultades para mantenerse en pie. Aquel magnífico poema de Emily Dickinson parecía haberle robado sus últimas fuerzas.

La silla de ruedas de la esposa de Aleko llevaba cuatro años ocupando el lugar de honor en un rincón del escenario, como símbolo de la presencia espiritual de la difunta. Günther le lanzó una mirada inquisitiva a su casi hermano, que asintió. Su esposa la había utilizado durante las tres últimas semanas de su vida, después de que el técnico de fotocopiadoras le diagnosticara una falta de vitaminas en lugar de un cáncer. Era el momento de que la silla ejerciera de nuevo su función.

A las 23.15 h trasladaron a Petra a su habitación. Todavía llevaba la copa en una mano y el micro en la otra. Este último se había desconectado varios metros atrás, pero a ella no le importó. Se lo acercó a la boca y entonó:

> *Welcome to the Hotel California,*
> *such a lovely place, such a lovely place...*

A las 23.17 h, Agnes había logrado más o menos quitar-le la ropa y meterla en la cama, a las 23.17 h y treinta segundos ya dormía profundamente. Agnes volvió con el resto a las 23.19 h sin haber dejado de controlar la hora. Se llevó a Johan aparte y le dijo en voz muy baja:

—Son las 23.20, minuto arriba minuto abajo.

—¿Ya? —se sorprendió él—. Cruzo los dedos porque Petra tenga razón.

—De verdad que a veces no entiendo qué es lo que pasa dentro de tu cabeza.

—Yo tampoco.

SEGUNDA PARTE

Después del fin del mundo

43

Jueves 8 de septiembre de 2011

Petra se despertó con un zumbido dentro del cráneo. ¿Sería por culpa del empapelado de la pared? Todas aquellas hojas, los pajaritos, las bayas rojas, los frutos amarillos, el mono y la cabeza de jirafa...

Tal vez el estampado no tuviera nada que ver. Esa sensación podía perfectamente ser consecuencia del alcohol. ¡Cuántas cosas habían pasado en tan poco tiempo! Los habían detenido, habían dormido en la cárcel, los habían llevado al palacio y habían comparecido ante el presidente.

A quien ella había logrado propinar dos tremendos golpes.

—Bien hecho, Petra —se felicitó a sí misma en voz alta.

Y luego... ¡habían resultado ser padre e hijo! ¡Había noqueado al padre de Johan! Aquello ya no estaba tan bien hecho.

Fiesta y reconciliación; copa de vino permanentemente llena. ¿Hubo karaoke después o no había pasado de ser una mera propuesta?

Imposible acordarse.

Hubiera sido la que hubiera sido, era una conclusión digna del nanosegundo de eternidad que denominábamos la «especie humana».

Pronto todo acabaría.

—Hasta siempre, universo —soltó mientras volvía a cerrar los ojos para no cargar con aquel estampado psicodélico toda la eternidad.

Pero, un momento.

¿Qué hora era?

Abrió los ojos de nuevo.

Fuera había luz.

La verdad se le apareció bruscamente. Cerró los ojos. Y si... no, no, era imposible...

Mantuvo los párpados cerrados: no quería abrirlos otra vez, nunca más.

Se arriesgó a echar un vistazo.

El estampado, la luz. El canto de pájaros que no venía del papel pintado, sino del jardín.

La Tierra seguía girando.

Se había equivocado.

Cuando Johan entró en el salón a la hora de desayunar, papá Aleko y Agnes ya estaban allí.

—Buenos días, pequeñín —le dio la bienvenida el presidente—. Agnes y yo estamos hablando de política. Me decía que cree que las Cóndores deberían tener un programa para los ciudadanos de más edad. Es increíble lo poco que conoce nuestro país: aquí nadie llega a viejo. Por lo general, la gente estira la pata más o menos a los cincuenta.

—Pues entonces ¿un sistema sanitario adecuado? —negoció Agnes—. Así la gente vivirá más tiempo y podrá utilizar las residencias para personas mayores de las que hablo.

—Tiene pinta de ser caro —rebatió Aleko.

Johan no prestaba atención: la noche anterior habían sido al mismo tiempo las 21.20 h y las 23.20 h, minuto arriba minuto abajo, y hacia el final había habido mucho karaoke y silla de ruedas.

Luego Agnes había dicho que ése era el momento, aunque el momento no había llegado. Finalmente, se había quedado dormido en la cama que le habían asignado con los zapatos puestos y, llegado ese punto, había dejado de pensar por completo.

Pero ahora...

... necesitaba saber.

—¿Dónde estamos?

—En el mismo sitio que ayer: el palacio presidencial. ¿Por?

—¿El mundo no se ha congelado?

—¿De qué estás hablando? —se asombró Aleko.

—Yo te lo explico —intervino Agnes—. No, Johan: el mundo está igual de bien y de mal que ayer, y seguramente que mañana. Petra es una persona fantástica, pero se ha equivocado. Y, si te soy sincera, yo ya lo sabía.

—Pobre Petra —suspiró Johan—, debe de estar destrozada.

En ese mismo instante apareció la pitonisa.

De un humor exultante.

—Buenos días, amigos míos.

—Qué buen tiempo hace hoy, ¿verdad? —soltó Agnes—. Haga el tiempo que haga es una buena noticia, dado lo que alguno de nosotros preveía.

—Me he equivocado —reconoció Petra.

—¿En serio?

—Bromas aparte, he pasado unos minutos penosos al despertarme, pero ya he entendido en qué parte de mis cálculos me despisté... más o menos.

—Entonces ¿cuándo será la próxima vez que la Tierra se destruya? Me encantaría saberlo para poder hacer planes.

—Te ruego que me concedas un poco de tiempo antes de que te dé una respuesta. Cuando se modifica un parámetro, los demás pueden cambiar en una compleja reacción en cadena. Creo que son demasiadas cosas como para que las puedas asimilar.

—¿Alguien podría explicarme qué pasa? —preguntó Aleko enojado—. ¡Soy el presidente, maldita sea!

La pitonisa del apocalipsis obedeció. Cuando hubo acabado, Aleko le preguntó si por aquel motivo se había reído en su cara cuando la condenó a siete años de cárcel.

Petra asintió con una sonrisa.

A Aleko le dio la sensación de que lo habían engañado. Le preguntó si sería capaz de mantener la sonrisa cuando anulara su indulto, pero ella no cayó en la trampa: el propio presidente había dicho expresamente que «lo juzgado, juzgado está».

44

Jueves 8 de septiembre de 2011

Se hizo la calma en el palacio presidencial. Petra y Agnes estaban sentadas en una hamaca, cada una bajo una sombrilla, en un extremo de la piscina. La pitonisa había encontrado papel y bolígrafo. Calculaba, tachaba, subrayaba y recalculaba.

—Es fascinante en toda su complejidad —explicaba a la escéptica que tenía a su lado—. Todo está relacionado con todo.

—¿En serio?

—Mira esto: si a este parámetro le atribuyo el valor siete... entonces la Tierra se destruirá dentro de... veamos... doscientos doce años.

—Bien. En ese caso todavía tenemos margen para escaparnos.

—Sin embargo, si en vez de eso le doy el valor seis... la Tierra se destruirá en primavera.

—Quedémonos con el seis y así podremos ahorrarnos esta conversación.

—En cualquier caso, no puedo escoger los parámetros y valores como se me antoje, ¿cómo se puede ser así de estúpida?

Aleko estaba sentado en la otra punta de la piscina con los pies en el agua. Junto a él, su hijo reencontrado hacía lo propio. El padre sentía que tenía a su lado un sucesor en potencia para las lejanas elecciones semidemocráticas. Más le valía empezar a enseñarle al chaval los entresijos del oficio.

Comenzó a explicarle que los asuntos exteriores y la política interior de las Cóndores iban de la mano. La mejor forma de permanecer el mayor tiempo posible en el cargo era gozar del apoyo popular.

—¿Quieres decir que los condoreños deben tener comida sobre la mesa?

—No, joder. Tampoco hay que malacostumbrarlos: si les das un dedo, te exigirán el brazo. Lo que las personas necesitan más que nada es su orgullo y su dignidad.

Ninguna de esas palabras definía a Johan, por mucho que hubiera madurado la semana anterior. Pero quería saber más.

Las Cóndores, el país más pequeño de África, contaba con alrededor de doscientos cincuenta mil habitantes que podían variar en función del número de fallecimientos y nacimientos después del último censo.

—Compara eso con los ciento ochenta millones de Nigeria, con los cien millones de Etiopía, Egipto o el Congo, o con todos los demás: Tanzania, Sudáfrica y Kenia cuentan con una población de cincuenta millones de habitantes cada uno, y en ese país de mierda que es Sudán, donde no hay más que arena, aun así viven cuarenta millones de personas.

Johan comprendía sin comprender. Sobre todo sin comprender. ¿Qué tenían que ver las cifras de población con el gobierno y demás?

Aleko le explicó que así se calculaba el peso de los países en relación con los otros, lo que significaba que las Cóndores nunca salían a colación cuando la Unión Africana debía repartir los cargos importantes dentro de la organización.

—¿Por ejemplo?

—Comisarios, jefes de investigación, enviados especiales...

—¿Qué hace un comisionero? —trastabilló Johan.

—Depende. Puede encargarse de la paz y la seguridad, o de los asuntos económicos, o de la infraestructura y la energía...

Eran demasiadas palabras difíciles a la vez. Sin embargo, Johan se envalentonó:

—¿Cuál es el cargo que se te da mejor?

El presidente nunca se lo había planteado. La paz y la seguridad podían implicar tener que visitar zonas de guerra, lo que no parecía ni pacífico ni seguro. Su experiencia en economía, pese a ser considerable, no estaba muy adaptada a la realidad actual. Recordaba que, bajo las órdenes de Gorbachov, había tratado de establecer relaciones comerciales bilaterales con Corea del Norte enviando cincuenta mil *ushankas* soviéticas a Pyongyang, pero lo único que había recibido a cambio había sido la exigencia de ocho kilos de uranio enriquecido para recuperar la mitad de las *ushankas*.

Infraestructura y energía... puede que ésa fuera la solución. Hacía sólo unos días había debatido con el primo de su difunta esposa responsable del aeropuerto la posibilidad de asfaltar la carretera que comunicaba esa instalación con el centro de la ciudad, y puede que incluso la pista, ya que estaban.

—No sé —repuso al fin.

Pero ésa no era la cuestión. ¡El quid del asunto era que las Cóndores merecían el respeto de los demás países africanos! Un cargo importante reforzaría el valor del país a la vez que despertaría todavía más el orgullo de la población y, entre una cosa y otra, lo mantendría a él a salvo en su palacio: todo iba de la mano.

Pero sus homólogos lo habían mandado a paseo cuando los había abordado con sus demandas. Ésa era la razón por la que había cambiado de táctica y se había lanzado a una guerra de desgaste: a partir de entonces se había opuesto a todo y a todos, y tenía la intención de seguir así hasta que dieran su brazo a torcer.

La asamblea extraordinaria de la Unión se celebraría dentro de pocas semanas. Günther era su jefe de estrategia cuando se trataba de poner de mal humor al resto de África y, de hecho, pronto iba a presentar sus líneas principales para la futura reunión en Adís Abeba.

Johan quiso comprobar que había entendido bien lo que su padre acababa de decir.

—¿Quieres decir que te comportas de la peor forma posible con la Unión para que así empiecen a apreciarte?

La pregunta sonaba casi como una trampa. El pequeñín había simplificado burdamente el conflicto, pero ¿acaso se equivocaba?

—Es más o menos así —admitió con prudencia Aleko.

—¿Y ha funcionado hasta ahora?

¡Sería mocoso! No había funcionado en absoluto.

Se vio en la necesidad de justificarse: la negativa de la Unión a acceder a sus peticiones generaba un curioso efecto secundario.

—Lo cierto es que, cuanto más se enfada conmigo la Unión Africana, más sube mi popularidad aquí. A eso se lo llama «polarización». Cuanto más numerosos son los enemigos externos, más aumenta la solidaridad dentro del grupo. Hasta Idi Amin lo entendió en su momento.

—¿Quién?

Explicarle a su hijo quién era Idi Amin le llevaría demasiado tiempo. Johan era un cielo, pero tenía más de masterchef que de genio. Prefirió ir directo al grano:

—Acusaba a los indios de Uganda de todos los males y, al final, les dio apenas unos días para hacer las maletas y quitarse de en medio.

—Y luego, ¿todo se arregló?

La pregunta de Johan era totalmente sincera.

—Al contrario: eran los indios quienes llevaban todos los negocios. Cuando se marcharon, todo dejó de funcionar. Pero Idi Amin se había vuelto muy popular hasta que la gente se dio cuenta. Y tardaron un buen rato.

Johan asintió, aunque aquello no significaba que supiera de qué país se trataba; al fin y al cabo, en el mundo había muchísimos. Aun así, sí que se había dado cuenta él solito de cuánto los había unido a él y a Petra luchar juntos contra enemigos externos.

Pese a todo, no le hacía ninguna gracia que aquel simpático de Obrama fuera contándole a todo el que quisiera escucharlo que su padre era un comemierda.

—¿No se podría llegar a una solución intermedia?

—¿Cómo?

—A ver, bastaría con que fueras un poco menos come-mierda con Obrama, Idomin y los demás.

—¿Y qué ganaría yo con eso? E Idi Amin murió hace diez años.

Aleko dijo que, con muy pocas salvedades, su hijo razo-naba igual que Gorbachov, que había intentado tener conten-to a su pueblo y lo único que había logrado era hacerse ene-migos. Omitió mencionar su propio papel de consejero en el desarrollo de aquellos acontecimientos.

Fue en ese momento cuando Agnes se acercó a ellos y les preguntó si podía hacerles compañía. Necesitaba descansar un rato de Petra.

—La aprecio una barbaridad y le estoy agradecida por un montón de cosas, pero si me quedo allí voy a tener que escu-char sus elucubraciones sobre la próxima fecha para la des-trucción de la Tierra y ahora mismo no me veo con fuerzas.

—¿Ha llegado a alguna conclusión, aunque sea prelimi-nar? —preguntó Aleko.

—Sigue trabajando en ello. La última fecha que ha men-cionado estaba entre la primavera del año que viene y dentro de doscientos años. ¿Vosotros de qué hablabais?

—Papá acaba de explicarme cómo funciona la política. El rol del presidente es el de velar por que el pueblo no tenga nada que comer en la mesa y el de andar a la greña con el máximo número de países. Ésa es la forma de que todo vaya bien.

Agnes se acordó de su reciente conversación con Aleko. Al no existir ningún sistema sanitario, las personas morían jóvenes, lo que le ahorraba al presidente el coste del cuidado de las personas mayores.

—Tu padre es muy inteligente, Johan —afirmó en tono cortante—, pero dudo que lo dejen entrar en el reino de los cielos el día del Juicio Final.

He ahí un concepto que Johan había aprendido hacía poco.

—Pero ¿no fue ayer?

45

Jueves 8 de septiembre de 2011

Aleko se sentía atacado por todos los flancos: por la vieja Agnes, por su hijo Johan y cada vez más por sí mismo. Hasta el momento, todo había sido muy sencillo: llenarse los bolsillos todo lo posible y luego reubicarse para seguir forrándose todavía más, igual que había hecho con Gorbachov. Cuando el buque soviético había naufragado, no se había hundido con él, sino que se había salvado con Yeltsin. Aquella paz había durado hasta el día en que la mafia había dicho basta, entonces se había visto obligado a huir de cualquier manera a un país cuya existencia casi nadie conocía, con la excepción de Jruschov, por entonces igual de muerto que Idi Amin.

Durante su mandato como primer consejero en el Kremlin, había hojeado unos archivos secretos que se remontaban a los albores de la nación en busca de posibles errores de antiguos dirigentes de los que pudiera aprender algo. Así fue como acabó comprendiendo la forma de razonar del Soviet supremo respecto a África (y, de paso, descubrió el nombre del país que dirigiría unos años más tarde).

Dado que la Unión Soviética no había surgido hasta el año 1922, había perdido el tren que había permitido a Bélgica, Gran Bretaña, Francia, el Imperio alemán, Italia, Portugal y España repartirse el continente africano. Sólo durante la Guerra Fría había conseguido rebañar algunas migajas apoyando a los independentistas en Angola, Mozambique y Guinea-Bissau. Entonces miles de jóvenes africanos habían tenido la posibilidad de estudiar en la universidad soviética, que incluía una buena dosis de educación sobre la bendita doctrina del socialismo, para luego regresar a sus respectivos países. Algunos de ellos se habían levantado y habían muerto; no obstante, los más diligentes no sólo habían encontrado la ideología correcta, sino también la mejor forma de moverse tras las bambalinas del comunismo: meter una moneda en el bolsillo en el momento justo, respaldar a la persona justa y esperar tranquilamente el momento justo para asestarle una puñalada por la espalda.

En su momento, podía pasarse varios días seguidos sumergido en los archivos secretos, en particular cuando Yeltsin estaba tan borracho que no notaba su ausencia ni la de ninguna otra persona. Como la semana después de su visita a Washington, cuando el presidente Clinton había tenido la elegancia de pasar por alto que el bueno de Yeltsin había deambulado en calzoncillos por la Casa Blanca buscando desesperadamente un trozo de pizza.

En los archivos del Kremlin había de todo, desde trabajos de campo de distintos agentes hasta brillantes presentaciones de Jruschov ante el Politburó. Estas últimas eran de una precisión asombrosa y estaban repletas de datos históricos.

Precisamente gracias a los documentos de Jruschov se había enterado de que las Cóndores jamás habían despertado el interés de los colonizadores del siglo anterior debido a la escasa superficie y la aislada ubicación del archipiélago. Ciertamente, los ingleses y los franceses se habían acercado a echar un vistazo para comprobar la veracidad de los rumores sobre la existencia de oro, pero después de matar a varios millares de indígenas se había marchado de allí unos después de los otros dejando apenas una escuela y unas cuantas enfermedades venéreas.

Entonces, la más pobre entre las naciones pobres había tenido que arreglárselas a trancas y barrancas durante varias décadas hasta que el primer secretario del Partido Comunista soviético descubrió el potencial de ese país totalmente maleable poblado por unos cientos de miles de habitantes y sin un verdadero gobierno.

La ubicación de las Cóndores, con África al oeste, la península arábiga al norte y la India algo más lejos hacia el este, había dado lugar, con el paso de los siglos, a una población mestiza. Algunos descendían de esclavos africanos, otros de marineros que varaban durante la temporada de tormentas y que habían encontrado otra forma de ganarse la vida mientras tanto.

Jruschov se había propuesto designar a una persona apropiada, ayudarla a eliminar a los opositores y construir desde el exterior una sociedad socialista modélica que sirviera de inspiración a África y, por qué no, también a Yemen, que bordeaba la península arábiga.

Según los documentos secretos, había seleccionado a los cuatro representantes más dotados del archipiélago para preparar el futuro de la nación y los había llevado a Moscú para que recibieran una educación basada en las teorías justas. Al cabo de dos años, él mismo elegiría personalmente al gran ganador.

Pero se libró de tener que elegir: apenas tres semanas después de su llegada, uno de los estudiantes cruzó la calle delante de un tranvía y no quedaron más que tres candidatos. Dos de ellos descubrieron las beneficiosas virtudes del vodka y, después de vaciar dos botellas, se mataron a cuchilladas el uno al otro. Así, a Jruschov sólo le quedó un único candidato.

El cuarto superó los dos años de formación, que consistían en una formación oficial en la doctrina marxista y un entrenamiento menos oficial sobre cómo progresar a expensas de los demás. Después regresó a las Cóndores con el fin de tomar las riendas del país gracias a sus mecenas soviéticos y a su propia astucia. Jruschov estaba contento.

Pero todo salió mal.

El número cuatro creó un partido político y, en menos de diez meses, logró convertirse en el primer presidente del país elegido democráticamente, aunque en realidad alcanzó su objetivo obviando comunicar la fecha de las elecciones, el emplazamiento de los colegios electorales y el desarrollo del escrutinio. Al final, la participación se redujo a una sola persona: el propio candidato.

La primera decisión del recién elegido presidente fue que el francés pasara a ser lengua oficial del país, además de la antigua variante de árabe que casi todos hablaban: el francés tenía estilo, y él lo manejaba bastante bien tras haber estudiado un par de años en la escuela que los colonos habían olvidado al marcharse. Su segunda decisión consistió en fundar el periódico oficial del Partido Comunista, *La verdad condoreña*, publicado en una lengua que prácticamente sólo él comprendía, destinado a una población que era en su práctica totalidad analfabeta y con un contenido que hacía muy poco honor al nombre del diario.

Enseguida, movido por el impulso, dilapidó la mitad de los recursos del país antes de ser apartado mediante un golpe de Estado por su brazo derecho, que continuó por la misma senda.

Jruschov se preguntó cuál era el problema de los condoreños, pero no tiró la toalla. Se reclutó a más estudiantes para que se formaran en universidades soviéticas, se sufragaron escuelas en el archipiélago, se establecieron acuerdos comerciales con las Cóndores declarándolas «nación hermana» (sin importar que la URSS fuera cien mil veces más grande que aquellas islas). Por desgracia, entonces vino la crisis de Cuba y luego, tras enemistarse con todos y con todo, el Politburó lo confinó a un piso de Moscú en el que pasó el resto de sus días sentado en una mecedora preguntándose por el sentido de la vida, hasta que falleció a consecuencia de un ataque al corazón.

A diferencia de Jruschov, el futuro Aleko jamás había tenido fe en el comunismo ni en ninguna otra persona más que en sí mismo... y en Günther, y en su mujer, bastante más tarde.

¡Y mira tú por dónde, ahora tenía un hijo! Un joven de corazón puro, honrado, curioso, masterchef y, al parecer, también un genio, aunque no saltara a la vista.

De regalo se había llevado una anciana de pelo violeta que le hablaba como si no tuviera claro que él era el jefe y que, por tanto, siempre tenía la razón, y una pitonisa del apocalipsis que lo había atacado con sus puños y su descaro, ¡y que había sido indultada por el Tribunal Supremo! Él sabía bien quién era el tribunal en su conjunto, pero aun así...

En resumen, se dirigía de cabeza a una crisis existencial. Si quería que Johan fuera su sucesor, ya no podía permitirse exprimir el país como un limón hasta el fin de sus días. A ver, honestamente, ¿qué tenía él que no hubieran tenido sus trece predecesores en el gobierno de las Cóndores?

¿Nada?

Tampoco había que pasarse. Tenía dos bazas evidentes. Una era el tema del orgullo: no había nadie más orgulloso que un condoreño ¡y eso era gracias a él! La otra era *Juego de tronos*. Desde que la serie había podido piratearse en internet, el presidente le había encargado a su cuñada Fariba que cada semana emitiera un fragmento en horario de máxima audiencia. Aunque para entonces sólo había diez episodios, en cuanto televisaban todos los fragmentos empezaban de nuevo desde el principio. Él sabía que Marx había asegurado que la religión era el opio del pueblo, pero a su modo de ver *Juego de tronos* cumplía aún mejor esa función: ¡ningún condoreño había visto tanta piel desnuda fuera de su dormitorio!

«¿Comida en la mesa?», pensó el presidente. No, él conocía bien a su pueblo y sabía que sus aspiraciones se limitaban al orgullo y al sexo en televisión todos los miércoles a las ocho de la tarde.

Por otro lado, ¿por qué aferrarse a la presidencia? ¿Serviría eso para que Johan lo sucediera un día sin tener que enfrentarse al eterno problema del fraude electoral o los golpes de Estado?

Probablemente no.

¡Ay! ¡Estaba a punto de hacerle un flaco favor a su hijo! Y le daba la impresión de que éste se lo olía, y ni hablar de aquella tipa de pelo violeta que se mostraba tremendamente crítica.

Mierda.

· · ·

En medio de aquel cacao mental se le acercó la pitonisa del apocalipsis y, después de disculparse por su error de cálculo del día anterior y prometerle que pronto tendría lista una nueva predicción científica, le sugirió que, mientras tanto y por el bien de su hijo, revisara sus métodos de gobierno. Corrían el peligro de que la Tierra aún siguiera girando varios años y, aunque ella estuviera dispuesta a ayudarlo, le sería más útil a la humanidad si se concentraba en su ecuación en sesenta y cuatro pasos versión 2.0.

—En cuanto termine, me tendrás a tu entera disposición. Hasta entonces, el mejor consejo que puedo darte es que hagas caso a la señora de pelo violeta, que en general es muy sabia, salvo por su escepticismo ante el Juicio Final.

No podía decir nada mejor de Agnes porque no estaba dispuesta a admitir que las dudas de su amiga eran más que fundadas.

Aleko la escuchó con atención y decidió seguir su consejo: le haría caso a la anciana y a sus repugnantes ideas sobre el sistema sanitario, las personas mayores y Dios sabe qué más.

Durante sus primeros años en el poder, había repartido los ministerios entre los parientes menos talentosos de su esposa; tras su muerte, tenía una buena razón para destituirlos.

Aprovechó una ceremonia dedicada a su esposa muerta para reunir a toda la familia, vale decir: a todo el gobierno, y anunciar la supresión de todos los cargos a excepción del suyo y otro más. A continuación, ante los sonoros refunfuños de sus parientes políticos, empezó a repartirles nuevos puestos con mucha menos responsabilidad... y mayores salarios. Como no eran ambiciosos, se quedaron conformes. La única prima que conservó su cargo era la encargada de la oficina de pasaportes condoreña: no podía permitirse que ningún extranjero se ocupara de algo tan sensible.

Su intención era nombrar nuevos ministros a la mayor brevedad posible, pero antes se apresuró a darle ciertas órdenes a su prima, que esa misma tarde se presentó con tres flamantes pasaportes diplomáticos.

Johan y Petra mantenían sus apellidos, mientras que Agnes pasaba a ser Agnes Massode Mohadji.

—¿Cómo has elegido ese nombre? —quiso saber la interesada.

Aleko respondió que la elección no había sido tan sesuda como la situación merecía, pero que no había querido perder ni un solo minuto, de modo que había aprovechado que se había topado con el jardinero y su novia, y les había preguntado cómo se apellidaban. Uno había respondido Massode, la otra, Mohadji.

—Agnes Massode Mohadji —murmuró la anciana de pelo violeta—. Pues mira, ¿por qué no? Muchísimas gracias por mis nuevos apellidos y mi nueva nacionalidad, ahora seguro que puedo viajar sin que me detengan. Pero ¿era del todo necesario darme un pasaporte diplomático?

—¡Por supuesto! A partir de hoy serás la ministra de Sanidad.

—¿Ah, sí?

46

Del 8 al 14 de septiembre de 2011

Aleko tenía un concepto muy particular de la justicia: daba igual que una cosa fuera justa o injusta, lo importante es que fuera igual para todo el mundo. Ésa era la razón por la que no destituyó sólo a uno o dos ministros por su descontento, sino al gobierno entero. Y ahora que acababa de ofrecerle un cargo a Agnes, sus principios le prohibían no hacer lo propio con Petra y con Johan.

Empezó por la candidata a ministra más difícil: la atacante del equipo, que lo había maltratado, insultado y, por último, aconsejado.

Sería necesaria una entrevista de trabajo para hacer las cosas en condiciones.

Encontró a Petra donde se lo esperaba: debajo de una sombrilla junto a la piscina, garabateando en un papel.

—¿Quieres un curro? —le soltó.

—Ya tengo uno —respondió Petra señalando las cifras de su ecuación.

—¿Te gustaría ser ministra de Tecnologías de la Información?

—No, gracias.

—¿Ministra del Futuro?

—No, gracias.

Aleko experimentó los primeros síntomas de irritación. ¿Cómo podía alguien rechazar un puesto de ministra?

—¿Prefieres no pertenecer al gobierno como tal? ¿Qué te parece directora general de la unidad meteorológica e hidrológica?

—¿Eso existe?

—Puedo hacer que exista.

—No, gracias.

—¿Y del instituto condoreño de investigación espacial?

—De eso tampoco tenéis, ¿a que no?

Aleko lanzó un suspiro y renunció a sus esfuerzos.

—Pues entonces diviértete tú solita con tus números, pero danos unos cuantos meses antes de que la atmósfera se nos caiga encima: Agnes está trabajando en una reforma del sistema sanitario y sería una lástima que todo el mundo muriera antes de que lograra ponerla en marcha.

Por toda respuesta, Petra preguntó:

—¿Tienes algo más que decirme o puedo seguir con mis cálculos?

La tarea fue muchísimo más fácil con Johan.

—¿Te gustaría convertirte en el ministro de Asuntos Exteriores de las Cóndores?

La mejor forma de preparar al pequeñín para que un día tomase las riendas del país era la inmersión.

—¡Con mucho gusto! ¿Qué es lo que hace un ministro de Asuntos Exteriores?

Los asuntos exteriores eran los relacionados con el extranjero, y el extranjero era la suma de todos los países del mundo salvo en el que uno se encontraba. Por eso, el ministro de Asuntos Exteriores Löwenhult no vaciló ni por un segundo a la hora de tomar su primerísima decisión: encargó salmón extranjero de Noruega y Västerbotensost y colas de cangrejo de río de Suecia.

Mientras tanto, la ministra Agnes Massode Mohadji viajó a Kenia y Nigeria para contratar personal sanitario pasando completamente desapercibida ante los atentos ojos de la Interpol.

Regresó al cabo de cuatro días acompañada de dieciséis médicos y doscientas enfermeras. Todos hablaban inglés, de lo contrario ella no podría haberlos entrevistado; el problema era que tendrían que comunicarse con los pacientes. Le confesó su error al presidente mientras tomaban un café por la mañana en compañía del nuevo ministro de Exteriores.

—Me daré otra vuelta por el continente para traerme unos cuantos intérpretes —añadió.

—Yo sé para qué sirve un intérprete —declaró Johan.

Gracias a uno de ellos, todos los días podían desayunar, comer y cenar de maravilla.

A la pitonisa del apocalipsis la dejaron en paz. Igual que el toro Ferdinando, que olía las flores debajo de su alcornoque, ella se curraba su ecuación debajo de su sombrilla junto a la piscina presidencial. Esta vez no podía equivocarse: su honor estaba en juego.

En ese mismo instante debería estar muerta y el planeta ocupado por unos siete mil millones de cubitos de hielo a 273 grados bajo cero en vez de otros tantos seres humanos.

Y no debería haber sobrevivido ni una sola persona para contarlo ni para escuchar al otro único superviviente.

Pero las cosas habían salido como ya sabemos y, de repente, había siete mil millones de testigos vivos. Aunque ¿testigos de qué? Nadie estaba al corriente de su error. De todas formas, se debatía entre la decepción y el ansia de calcular la fecha y hora del verdadero fin del mundo.

Aunque tampoco se debatía tanto, pensó mientras ahuyentaba aquellas ideas.

Cuando aún era joven y se sentía perdida, pasaba la mayor parte del tiempo reflexionando sobre los secretos del universo y la fugacidad de la vida, y aquello no la había llevado a ninguna parte. O, bueno, sí, a un instituto repleto de hordas de adolescentes ingratos.

Por algún motivo, se acordó del destino del gran Descartes, autor del famoso «Pienso, luego existo», que, después de dar con aquella frase, pensó tan mal que se plantó nada menos que en Estocolmo para morir de frío en el castillo lleno de corrientes de aire de la reina Cristina de Suecia. Sonrió imaginándose que quizá a Johan le habría gustado tanto como a ella visitarlo para reparar un agravio. ¿Cómo habría empezado la entrevista? Tal vez así:

«Entonces, ¿qué, René? Yo pienso en ti, luego existo, pero tú ya no piensas nada, ¿qué piensas de eso?»

La sesión extraordinaria de la Asamblea de la Unión Africana estaba a la vuelta de la esquina, y el presidente estadounidense y el secretario general de la ONU eran invitados de honor.

Aleko acababa de nombrar al nuevo ministro de Asuntos Exteriores, pero convenía dejar que Günther se ocupara una vez más de la parte táctica: Johan estaba muy verde y aquélla era la ocasión perfecta para seguir sacando de sus casillas al resto del continente.

—Pero tú nos acompañas a la asamblea, ¿eh, Johan? Me encantaría que te conocieran.

Su hijo asintió. Obrama sin erre también asistiría, y había pedido Västerbotten para él.

47

Del 15 al 25 de septiembre de 2011

El agente especial Sergio Conte tenía cada día al teléfono al presidente del club de pesca con mosca y al menos a dos de los ocho abogados de la multinacional inocente, uno de Bulgari, también en Roma, y otro de la sede central en París. La campaña de boicot contra la famosa marca lanzada desde Instagram, Facebook y numerosos blogs a raíz de su «cínica estrategia para sacar dinero a costa de personas honradas» alcanzaba continuamente nuevas cotas. Proponer a los jóvenes un modelo inventado de pies a cabeza era de muy mal gusto. Travelling Eklund era la buena estrella que cientos de miles de adolescentes seguían, ¡y de repente resultaba que no existía! ¡Que nunca había existido!

El boicot planetario a los productos de «esos buitres» ya había alcanzado los telediarios y los programas de debate televisivos, donde los tertulianos se mostraban indignados con aquella «actitud de ave rapaz que había triunfado hasta tal punto que la empresa multimillonaria ni siquiera se avergonzaba ya de haber recurrido a una pura farsa». Pese a que en realidad nada de eso se había demostrado, todos sabían que cuando el río suena, agua lleva.

Bulgari y LVMH convocaron a una rueda de prensa en la que el presidente ejecutivo y el director del grupo clamaron por su inocencia. Los recibieron con abucheos y uno de los dos, que había tenido la poco sensata idea de llegar en limusina, se marchó de allí con un cristal lleno de yogur griego. Parecía imposible frenar la ola, a menos que la verdadera culpable limpiara el nombre de Bulgari ante las cámaras de televisión.

Pero, para eso, antes había que encontrarla.

El agente Conte les expuso la situación a los abogados: Agnes Eklund se encontraba en las Cóndores, uno de los ciento ochenta y siete países miembros de la Interpol, y el jefe de la policía del archipiélago le había asegurado que estaban buscándola. Pero los tres (y él, en primer lugar) sabían que «las Cóndores eran las Cóndores», así que había tomado medidas para detener a Eklund en el momento en que pisara el continente africano.

Pero los abogados no se conformaron con que les dijeran que «las Cóndores eran las Cóndores» y un estresado Sergio Conte se vio obligado a llamar por enésima vez al jefe de la policía condoreña.

—Pero qué sorpresa, señor agente especial —lo saludó Günther—. Cuánto tiempo. Ah, no, disculpe, si hablamos ayer.

A Conte le gustaba cada vez menos aquel hombre.

—¿Tiene alguna noticia de Agnes Eklund?

—El archipiélago es grande, señor agente especial —respondió el mejor amigo de Aleko y tío por elección del amigo de la mujer buscada.

—De grande no tiene nada —escupió Conte.

Sin embargo, Günther empezaba a hartarse de la cabezonería de la Interpol, de modo que acudió al palacio para reunirse con la fugitiva.

—¿No crees que sería más fácil si te matásemos?

—¿Te refieres a mí o a la viuda de Eklund?

Aquella noche, la dramática colisión entre un automóvil y una calesa abrió el telediario condoreño. La noticia no incluía un vídeo, sino sólo fotos, pero eran lo bastante terribles: la propia Agnes había tardado horas en retocarlas.

Una mujer blanca de pelo violeta, que además estaba en búsqueda y captura por la Interpol, había chocado de lleno con el carruaje mientras conducía un vehículo robado. El caballo había muerto en el acto y la mujer en el lugar del accidente, a consecuencia de una grave hemorragia. El cochero (hermano de la mejor amiga de la esposa condoreña de Günther) describió con todo lujo de detalles cómo había intentado salvar en un primer momento a su animal y luego a la mujer, pero en vano.

—Por fin la hemos encontrado —anunció el jefe de la policía al agente especial Conte.

—¿Están totalmente seguros de la identidad de la fallecida?

—No hay muchas mujeres blancas de setenta y cinco años con el pelo violeta en este país. Lo que queda de la persona concuerda con los datos del pasaporte que llevaba encima.

—¿Podemos ir a ver el cadáver?

¡Jolines! Había que improvisar, y rápido.

—No, lo siento. No tenemos depósito, por lo que el cuerpo ya ha sido incinerado. Si quiere puedo enviarle su pasaporte manchado de sangre.

Al agente Conte no le quedó más remedio que conformarse. Los malditos abogados se pondrían furiosos y su puesto en la lista de espera del club de pesca con mosca se vería amenazado, pero si uno está muerto está muerto.

48

Del 15 al 25 de septiembre de 2011

Günther reconoció ante Agnes que aquellas llamadas diarias de Roma lo entretenían bastante y que lamentaba no volver a tener nunca más noticias del agente especial Conte.

No le quedaba sino buscar consuelo en la estrategia de continua obstaculización frente a los dirigentes del continente africano. Había aprendido mucho durante su carrera de informador de la Stasi, y luego durante sus años en el Soviet y los albores de la nueva Rusia, cuando era uno de los cabecillas del sindicato de las cartillas de racionamiento falsas: se había convertido en un maestro en el arte del altercado.

Como la vez que había enviado dieciséis pequeños globos aerostáticos hacia Bielorrusia para soltar sobre Minsk doscientas cartillas de racionamiento y sacar de sus casillas a Lukashenko. Por desgracia, el viento había cambiado y las cartillas habían caído en una ciudad de la frontera bielorrusa que se había encontrado, de pronto, con diez veces más cartillas que habitantes. Aquello había provocado un caos, pero Lukashenko, a ciento setenta kilómetros de allí, no por ello había interrumpido su cena.

El caso era que estaba dispuesto a subir el tono ante la Unión Africana, aunque no sabía cómo iba a gestionar la presencia del presidente de Estados Unidos y el secretario general de la ONU. Las peleas con la UA en su conjunto tenían hasta entonces una meta clara, pero las consecuencias de que

Aleko hiciera el tonto delante de dos de las personas más poderosas del mundo eran más inciertas.

No obstante, era preciso hacer de la necesidad virtud. Durante la sesión anterior, Günther había conseguido convencer a su mejor amigo de que fingiera ser duro de oído, lo que les había asegurado el éxito. Su hermano postizo unas veces oía mal y otras directamente no oía nada.

—¿Alguien no está de acuerdo en que se envíe un agente especial a Túnez para que investigue posibles irregularidades? —preguntó el presidente de Malawi a colación del dramático caso de un comerciante de Sidi Bouzid que se había autoinmolado con fuego para protestar por la arbitraria incautación de su carreta de verdura.

—¿Atunes? —se sorprendió Aleko.

—¡Túnez, por Dios santo! —lo corrigió el presidente—. ¿Vota usted a favor o en contra, Aleko?

El presidente condoreño no respondió.

—¿Aleko?

—¿Qué pasa?

Y así todo el rato, durante dos días.

Pero ¿esta vez? A Günther le parecía importante innovar, aunque sólo fuera por una cuestión de orgullo. La idea del presidente haciéndole un calvo a la asamblea le gustaba, pero le faltaba una justificación: no podía bajarse los pantalones de buenas a primeras como si nada. A no ser que...

Mientras esperaba a que le viniera la inspiración, inscribió a última hora a Aleko como orador de la sesión. Sólo faltaba concretar de qué hablaría... en caso de que acabaran descartando la idea del calvo.

49

Lunes 26 de septiembre de 2011

La sesión extraordinaria de la Asamblea de la Unión Africana se inauguró en Adís Abeba, Etiopía, a finales de septiembre de 2011, entre la decimosexta y la decimoséptima sesiones ordinarias. En el orden del día figuraban la situación de Libia, la cuestión climática y la crisis económica mundial.

Participaban cincuenta y cinco jefes de Estado y de Gobierno de toda África acompañados por sus chupatintas, así como el secretario general de la ONU y el presidente de Estados Unidos con sus respectivos equipos.

La sede era un edificio de 99,9 metros de alto construido tan recientemente que ni siquiera había dado tiempo a inaugurarlo. Se había levantado gracias a la generosa contribución del gobierno chino y, en parte, con ayuda de mano de obra china. Desafortunadamente, con las prisas alguien se había dejado en las instalaciones un sistema de escuchas clandestino de tecnología punta, o más bien tres: en las paredes, en los muebles de fabricación china y en el sistema informático. Así, todo cuanto se dijo durante la primera sesión se transfirió por la noche a un servidor de Shanghái hasta que la unidad informática identificó una saturación de la red entre las dos y las cuatro de la mañana que no podía explicarse únicamente por la descarga de películas porno por parte del vigilante nocturno. Era verdad que las veía sin parar, pero no doscientas veinticinco a la vez.

El hallazgo se publicó en *Le Monde*. Se sospechaba de los benefactores chinos, que se indignaron muchísimo y que terminaron por ofenderse cuando el gobierno etíope rechazó educadamente su ofrecimiento para reconfigurar el sistema informático a sus expensas.

Justo al lado de la nueva sede se encontraba el hotel destinado a alojar a los potentados. Se había reservado la suite continental para el secretario general de la ONU y una planta entera para el presidente de Estados Unidos y su comitiva. La seguridad era máxima desde los aledaños hasta la entrada, el *lobby* o los restaurantes. Por suerte, allí no había muebles chinos, pero de haberlos habido los habrían retirado.

Durante los dos días que duraba la cumbre sólo las personas correctamente acreditadas (por ejemplo, un ministro africano de Asuntos Exteriores) podían acercarse a los ascensores, entrar y dirigirse al botones asintiendo solemnemente con la cabeza.

Y si dicha persona decía «a la decimosexta planta, por favor», las exigencias eran todavía mayores. Cuando las puertas se abrían, tenía que conversar largo y tendido con un agente de los servicios secretos.

—¿De qué se trata? ¿A quién viene a ver?

—Busco a Obrama —repuso Johan—, el presidente de Estados Unidos.

Tras reunirse con Angela Merkel, Ban Ki-Moon y Donald Tusk a principios de mes, a Obama le había dado tiempo a pasar por casa antes de regresar a Londres para entrevistarse con el joven primer ministro David Cameron, quien le había contado, casi susurrando, que tenía previsto organizar un referéndum a propósito de la pertenencia a la Unión Europea además de ponerle piedras en el camino al partido populista UKIP.

—Más vale prevenir que curar —añadió con una sonrisa.

Obama había asentido: él también creía que aquella medida proactiva les cerraría el pico hasta a los más bocazas. El ukip había logrado poco más de un tres por ciento de los votos en las últimas elecciones, era ridículo permitirle definir ni un solo punto de la agenda.

Dado que la diferencia de horario entre Londres y Adís Abeba era insignificante, una ventaja nada desdeñable de esa reunión en Downing Street había sido la de ahorrarle al presidente estadounidense un desbarajuste en su reloj interno. Ésa era la razón por la que estaba de tan buen humor. Sin embargo, no estaba seguro de cuánto duraría la sesión: acababa de descubrir que el pesado del presidente condoreño se había apuntado a última hora a la lista de oradores.

Llamaron a la puerta de su despacho. Los servicios secretos habían consultado al jefe de gabinete, que por último abordó a su superior.

—¿Sí, Bill?

William Daley parecía preocupado.

—Tiene usted visita, señor presidente.

—¿En serio? ¿Quién?

—El ministro de Asuntos Exteriores de las Cóndores.

—¡Ni hablar! —exclamó Obama.

—Dice llamarse Johan Löwenhult y viene a traerle cuatro kilos de «väster-botten» o algo así: no tengo muy claro cómo se pronuncia. En todo caso, los servicios secretos han analizado el queso y no corre usted ningún peligro.

Para sorpresa del jefe de gabinete, el presidente sonrió de oreja a oreja.

—Ese visitante es igual de inofensivo que el queso —afirmó Obama—, tanto uno como otro son más que bienvenidos. Pero tú hablabas de las Cóndores y de un ministro de Asuntos Exteriores, ¿no?

—Así es como se ha presentado el señor Löwenhult.

Obama sonrió de nuevo.

—Te está tomando el pelo, Bill. Que entre. Y trae un cuchillo para el queso.

—¡Vaya, vaya, al final sí que sabes a qué te dedicas! —soltó Johan en cuanto vio al presidente Obama.

—¡Encantado de volver a verte, Johan, qué estupenda sorpresa! Pero ¿a qué te refieres?

—La última vez que nos vimos no sabías lo que hacías, y hoy vienes a salvar el medio ambiente y la economía. Al menos eso es lo que me han dicho.

Obama comprobó que su amigo de la embajada sueca seguía siendo el mismo de siempre: masterchef y genio. Directo al grano, ¡bingo!

—Ya veremos cómo va la cosa, pero no me hagas esperar: me muero de ganas por probar tu Västerbotten.

—El mío, no, el tuyo. Pero no puede comerse así sin más; hace falta un acompañamiento.

Dicho lo cual, Johan sacó los ingredientes de su mochila, previamente escaneada.

El presidente ecuatoguineano de la Unión, que se las había arreglado para ostentar un nombre todavía más largo que el de su país: Teodoro Obiang Nguema Mbasogo, estaba tan irritado como el resto de los líderes del continente con su homólogo condoreño. Para colmo, el Comemierda se había inscrito como orador de la sesión extraordinaria. Pero, por desgracia, ni siquiera el mismísimo presidente de la UA tenía derecho a impedirle hablar, puesto que así lo estipulaban las normas de la Unión. Todo era un poco más fácil en su país, donde él hacía y deshacía a su antojo desde que, mediante un golpe de Estado, había destituido al chiflado de su tío hacía ya treinta y dos años.

Cada jefe de Estado tenía derecho a veinte minutos en la tribuna de oradores. «Ni un minuto de más para Aleko», pensó el presidente, que no se había dignado a someterse a dicha regla durante su propio discurso de bienvenida y había lanzado una perorata de cuarenta y siete minutos sobre los lazos de amistad, los esfuerzos conjuntos, la concentración y la luz al final del túnel. Los únicos temas que no le había dado tiempo a mencionar habían sido el clima, la economía mundial y la corrupción.

Sentado en primera fila poco antes de iniciarse la segunda sesión, el presidente Obama pensaba en otra cosa. Concretamente en el salmón, las colas de cangrejo de río y el Västerbotten. Catorce filas detrás de él, el presidente condoreño cabeceaba. Todavía faltaban horas para su intervención y, dado el caso, su exhibición; aún no sabía cómo acabaría su presentación este año, pero tenía plena confianza en su mejor amigo, hermano electivo y jefe de la policía.

Günther le había prometido enviarle su discurso por correo electrónico a tiempo, antes de que tuviera que tomar la palabra, y siempre mantenía sus promesas.

50

Lunes 26 de septiembre de 2011

Agnes se tomaba muy en serio su papel de ministra de Sanidad y estaba llevando a cabo mejoras desde el primer día, lo que tampoco era difícil: lo complejo habría sido empeorar.

No obstante, tras la sacudida inicial, las cosas avanzaban a un ritmo demasiado lento para su gusto. Ciertamente, contaba con un presupuesto razonable desde que el presidente había aceptado renunciar de manera temporal a una parte de su porcentaje del PIB, pero los diferentes edificios cuya construcción había empezado (lo que había tomado semanas, pero bueno) avanzaban lentamente, lo que había puesto a prueba su capacidad de resolución. Finalmente, ordenó instalar junto a las obras ocho carpas en las que su personal sanitario pudo empezar a trabajar gracias a un generador eléctrico que funcionaba con diésel.

Su vida y su trabajo sin duda merecían la pena; sin embargo, echaba de menos los viajes de Travelling Eklund, de manera que, por las tardes, a modo de autoterapia, se distraía con su programa de tratamiento de imágenes. Con él construyó su hospital ideal, anejo a una residencia para personas mayores verdaderamente digna de ese nombre, y, ya puestos, colocó un colegio en cada pueblo y proyectó un aeropuerto nuevo y una Bolsa de valores. Luego hizo desaparecer la mayor parte de las construcciones del centro de la capital y luego las rediseñó añadiendo un gran centro comercial. De llevarse a cabo al menos algunas de esas obras, los gastos superarían varias veces la riqueza acumulada del país, pero ¿para qué escatimar gastos cuando todo aquello era virtual?

Günther tenía buenas razones para visitar el palacio presidencial al menos tres veces por semana en compañía de su hija: al fin y al cabo, allí vivía *Pocahontas*, el poni de la pequeña. Y, mientras Angelika practicaba con su monitor de equitación, a él le gustaba sentarse a conversar con Agnes, con quien iba construyendo poco a poco un vínculo de simpatía. No podía decirse lo mismo de su relación con la pitonisa, quien día sí y día también se aislaba bajo la misma sombrilla con su ecuación, pero a juzgar por sus muecas y gruñidos, incluso con ella había avances.

—Parece que Petra por fin está cerca de concretar la fecha del Juicio Final —le comentó Agnes mientras se sentaba cerca de ella.

—Espero que el fin del mundo llegue antes que el resultado —repuso ella—: no aguantaría una nueva cuenta atrás.

—¿Qué tal vas con eso? —le preguntó Günther mirando sus creaciones digitales en la pantalla.

El país podría parecerse a aquello dentro de veinte o treinta años si el presidente no se ponía demasiado rácano; por desgracia, era de los del puño cerrado.

El jefe de policía y asesor principal tuvo de repente una iluminación.

Dentro de unas horas, como muy tarde, debía enviarle al presidente un borrador del discurso para la asamblea, y de momento la redacción avanzaba despacio. Seguía con la idea del trasero desnudo, pero no sabía cómo preparar el gesto. Además, tarde o temprano el presidente tendría que subirse de nuevo los pantalones, y si elegían un mal momento aquello podría interpretarse como una especie de capitulación.

Pero tenía la solución: ¡las fantásticas fantasías de la ministra de Sanidad! El conjunto era sin duda extravagante, pero presentaba una serie de infraestructuras bastante interesantes. En un instante vislumbró cómo Aleko podría liarla parda en la asamblea... ¡una vez más!

Telefoneó enseguida a su compañero de armas, y Aleko, al ver el nombre de Günther en la pantalla, se apresuró a preguntar:

—¿Tienes la solución?

—¿Qué es lo peor que han visto al menos diez de los cerdos de la asamblea?

—¿El SIDA?

—No: unas elecciones libres y democráticas.

¡Claro! Günther tenía razón. Ahora ya había medicamentos para frenar el avance del SIDA, pero unas elecciones presidenciales limpias implicaban jubilar a una buena parte de aquellos a los que querían jorobar. De todas formas, ¿adónde quería Günther ir a parar? Puesto que ellos mismos eran los primeros que pensaban que tampoco había que pasarse con la democracia...

En eso, Günther y él estaban totalmente de acuerdo, pero los miembros de la Unión Africana, sin embargo, no lo sabían.

51

Martes 27 de septiembre de 2011

El presidente de la Unión Africana había calculado mal al poner a Aleko en el último lugar de la lista de oradores. Confiaba en que la mayoría de los participantes estarían ya regresando a sus respectivos países y el Comemierda se dirigiría a un público inexistente, pero esta vez todo el mundo se quedó hasta el final, más que nada porque los dos invitados de honor seguían allí, pero sobre todo porque sentían una enorme curiosidad por saber por dónde podría salirles de nuevo el Comemierda. Teniendo en cuenta la presencia del secretario general de la ONU y del presidente estadounidense, existía un riesgo bastante alto de que aquello acabara siendo la vergüenza del siglo para África entera.

Una azafata conectó el ordenador portátil de Aleko con la pantalla gigante. Al parecer, tenía la intención de ilustrar sus delirios.

—Estimados miembros de la Unión —arrancó diciendo—, estimados invitados de honor...

Todavía no había hecho el ridículo, pero ahora empezaba lo bueno.

Aleko abrió la primera imagen.

—Aquí tienen ustedes el proyecto de nuestro futuro centro de salud y residencia para personas mayores. Todavía no está acabado, pero prevemos que acoja a dos mil pacientes y quinientos residentes permanentes. —El edificio se erigía a la orilla del mar y Agnes se había empleado a fondo en los detalles—. En cualquier caso, la institución ya está en marcha: médicos, enfermeros, terapeutas, psicólogos... todos trabajan con gran compromiso y eficacia, perfectamente organizados. En los últimos doce meses, aún pendientes de la finalización de las obras de las distintas instalaciones, ya hemos constatado unos resultados médicos extraordinarios. —Cambió a la siguiente imagen—. Y aquí tienen un ejemplo de nuestras futuras escuelas rurales. Cuando todo el sistema de educación primaria esté en marcha, habrá una en cada valle hasta alcanzar un total de dieciocho centros. ¡La educación es el futuro, y así es como visualizamos el futuro en las Cóndores!

Poco a poco, fue desgranando proyectos e ilustrándolos con diapositivas: la universidad, el centro comercial, la planta de tratamiento de aguas...

—... porque ¿qué puede ser más importante que salvaguardar la naturaleza?

Sin embargo, sentía que aún no había causado el impacto que buscaba: las propuestas de Günther evocaban un futuro demasiado lejano, ¡así cualquiera podía ser un visionario! Decidió añadir un pequeño extra cuando las dos últimas imágenes aparecieron en pantalla.

—Asimismo, a pesar de nuestra ubicación relativamente aislada en el océano Índico, nuestra orgullosa nación está a punto de inaugurar la primera Bolsa de valores del país. Y esto, estimados miembros e invitados de honor —añadió señalando la última invención de Agnes—, es el nuevo aeropuerto de las Cóndores: el recién inaugurado Nuevo Aleko International Airport. Como nación insular, hemos dependido históricamente de la navegación, pero, como he dicho ya, mi gobierno se ha empeñado en mirar al futuro y éste es el resultado. Los esperamos en las Cóndores para brindarles una calurosa bienvenida.

Esas palabras dieron en el blanco: ¡una Bolsa de valores y el aeropuerto más moderno del continente! Un murmullo recorrió la sala. ¿Se reducía aquello a un sueño o un delirio? No lo creían. Aleko se sentía como en las nubes. Continuó:

—Estimados miembros e invitados de honor, compruebo su asombro. Se preguntarán de dónde han sacado las pequeñas Cóndores los medios para llevar a cabo todo esto. La respuesta es la política anticorrupción.

El último cuento chino de Günther dejó a la sala entera boquiabierta.

—¡Exacto! Lo que acaban de ver y de oír será el resultado de mis más sinceros esfuerzos contra los sobornos, los abusos de poder, las asociaciones fraudulentas y los intercambios comerciales sin impuestos con el fin de que toda la sociedad condoreña se beneficie de unos servicios que merece y que serán gratuitos. En sólo un año, las Cóndores han triplicado su producto interior bruto gracias a una política de tolerancia cero con la corrupción y, durante el mismo periodo, la alfabetización de la población ha aumentado un veinte por ciento y la esperanza de vida un dieciocho por ciento, mientras que la mortalidad infantil se ha reducido a la mitad. —Hizo una pausa dramática y luego añadió—: Y esto no es más que el principio.

Teodoro Obiang Nguema Mbasogo miró la hora: el Comemierda estaba pronunciando un discurso absolutamente catastrófico para él y otros como él, y todavía tenía catorce minutos por delante. ¿No sería posible pagarle a alguien para que le cortara la electricidad?

—La corrupción, estimados miembros e invitados de honor —siguió diciendo Aleko—, es el cáncer del continente y del mundo, y la República Democrática de las Cóndores está dispuesta a ocupar la vanguardia en la lucha contra la que tal vez sea la peor enfermedad de las sociedades pese a que la Unión Africana no siempre ha confiado en nosotros ni en nuestras decisiones.

Siete participantes se retorcían visiblemente en su asiento y al menos otros tres debían de sentirse incómodos. Unos pocos, aislados, asentían. Todos percibían la potencia explosiva del discurso del antiguo Comemierda ante dos de los hombres más influyentes del mundo.

Aleko abrió los brazos e invitó a Johan a subir junto a él al estrado.

—Permítanme que les presente a mi nuevo ministro de Asuntos Exteriores, Johan Löwenhult. No miento si digo que es el cerebro que hay detrás del desarrollo extraordinario de las Cóndores.

Johan dejó que su padre contara sus patrañas: le había prometido que le seguiría la corriente, aunque, como de costumbre, no comprendía del todo la situación.

En todo caso, estaba encantado con la reacción que creía adivinar en los ojos brillantes de Obrama sin erre, en la primera fila. Pero su padre se había puesto pálido de pronto.

—¿Qué pasa, papá? —le preguntó en susurros—. ¿No te sientes bien?

—No lo sé —respondió Aleko.

—¿Qué es lo que no sabes?

—Por qué he hablado del aeropuerto.

Johan asintió añadiendo que él había sido el primer sorprendido. Desconocía cuánto tiempo se tardaba normalmente en remozar y ampliar un aeropuerto, pero le constaba que las obras todavía no habían empezado cuando habían despegado la víspera, así que suponía que quedaba bastante por hacer.

Johan tuvo una idea: ¿por qué no volvían a llamar a los obreros que se habían encargado del edificio de la Bolsa, que ya estaba casi listo, para que construyeran el aeropuerto en un santiamén?

Maldita sea: era cierto. La Bolsa tampoco existía.

La idea era tan sencilla como atractiva: Günther había propuesto que, en lugar de mostrarse desagradable en todos los aspectos para sacar a la asamblea de sus casillas, hiciera lo contrario apoyándose en las imágenes de Agnes.

Jugar la carta de la democracia frente a Obama y Ban-Ki-moon y pintar las Cóndores como una nación modelo, ¡pura genialidad!

Hasta que él se había puesto a improvisar y había prometido un poco más de lo que podía cumplir... o más bien mucho más.

· · ·

El nuevo héroe del continente sólo tuvo unos segundos para superar el pánico porque, cuando Johan y él interrumpieron sus cuchicheos por lo bajini, el presidente estadounidense ya estaba acercándose para estrecharle la mano.

—Mi más sincera enhorabuena por su edificante discurso —lo felicitó antes de volverse hacia Johan—. Cómo me has engañado, pillín. ¡Masterchef, genio y ministro de Asuntos Exteriores! ¿Por qué no me dijiste nada cuando nos conocimos en Roma?

Johan siguió representando la fascinante obra de teatro dirigida por su padre.

—Estábamos demasiado ocupados analizando los tentempiés: no nos dio tiempo a explayarnos mucho más.

Obama les pidió disculpas a ambos por lo que había dicho en la embajada de Suecia. He ahí por qué no había que creer en los rumores, ¡y pensar que, además de ser experto en canapés de salmón, colas de cangrejo de río y queso, Johan era miembro del gobierno!

El ministro de Asuntos Exteriores tampoco daba crédito por el giro que había dado su carrera: jamás habría pensado que un día podría ocurrir algo parecido después de haberse perdido tras el primer día de entregar el correo.

Obama se echó a reír y su homólogo, el presidente Aleko, se unió a las risas. Por un instante, se olvidó de su nudo en el estómago. Fíjense bien, allí estaba, brillando con luz propia encima del estrado, frente a toda África y la cnn.

Luego la situación mejoró aún más, o empeoró, dependiendo del punto de vista: Ban Ki-moon se unió al trío para cubrir de elogios al presidente condoreño.

—El discurso que acaba de pronunciar da una nueva esperanza al mundo entero.

—Gracias —dijo Aleko—. Lo hacemos lo mejor que sabemos.

Ban Ki-moon no era alguien particularmente espontáneo, pero era sensible al ambiente que lo rodeaba.

—Entre nosotros, señor presidente, tengo proyectos ya bastante avanzados para dinamizar la labor de la onu contra la corrupción. No puedo evitar pensar... —dejó que el suspense se alargara un poco— que el papel de coordinador le vendría como anillo al dedo a su nuevo ministro de Asuntos Exteriores.

52

Martes 27 de septiembre de 2011

Dio tiempo a que la situación se agravara un poco más antes de que el presidente y su hijo se subieran de nuevo en la limusina para regresar al aeropuerto irritantemente reciente de Adís Abeba. Johan propuso que el edificio de la Bolsa, casi acabado, albergara también la sede del renovado plan anticorrupción de la ONU. Ban Ki-moon asintió con entusiasmo y prometió enviar pronto a un ayudante para evaluar las instalaciones.

—La Bolsa no existe, maldita sea —le dijo Aleko en cuanto entraron en la limusina—. ¿No lo has pensado?

Johan respondió que rara vez pensaba tanto como debería, o por lo menos no lo hacía muy bien.

—¿Qué vamos a hacer?

El presidente no quería tirar la toalla, no todavía. La primera de la larga lista de medidas sería limitar los daños.

Los veinte minutos de trayecto proporcionaron a Aleko el tiempo necesario para hacer dos llamadas telefónicas. La primera para ocuparse del problema de la Bolsa, casi acabada y a la vez inexistente. En todo el país sólo había dos edificios que no estuvieran totalmente en ruinas: el palacio presidencial y el edificio de Hacienda en el centro de la ciudad. El segundo podría dar la talla a condición de renovar la entrada, cambiar el rótulo en el tejado y reacondicionar el interior; y reubicar en otras oficinas al personal encargado de los impuestos, desde luego. Varios años antes, el director de Hacienda ya lo había advertido de la necesidad de unas nuevas instalaciones y él lo había escuchado sólo a medias porque el otro no paraba de protestar sobre la dificultad de salvaguardar la ética fiscal de la población y el número de empleados que dicha tarea requería. En todo caso, se acordó de que el director había prometido que las nuevas instalaciones generarían un aumento de la recaudación que les permitiría autofinanciarse en tan sólo unos meses.

Pero la situación era aún más urgente, así que, desde la limusina, Aleko llamó al interfecto y le ordenó que recogiera sus bártulos y se instalara en una carpa en un campo a las afueras de la capital hasta nueva orden.

—¿Qué? —exclamó el director de Hacienda, más alterado que sorprendido, aunque también enormemente sorprendido.

Aleko le pidió que se calmara. No tenía por qué mudarse ese mismo día, bastaba con que las oficinas estuvieran libres al día siguiente por la tarde. Podía pedirle prestadas las carpas a la ministra de Sanidad, que había montado un campamento entero al lado de las obras del hospital.

—Si los médicos logran llevar a cabo en las carpas operaciones y cosas por el estilo, ¿no van a servir también para calcular impuestos?

El director protestó: al final del año, sus servicios tenían que examinar ciento diez mil declaraciones, ¿cómo se imaginaba el presidente que sus noventa empleados podrían tramitarlas en una carpa instalada en medio del campo?

Sin embargo, Aleko no podía dedicarle más tiempo a un director de la administración con problemas de carácter (y con el que no tenía ningún vínculo familiar), así que le ordenó que parara de lloriquear. Además, ¿qué eran todas aquellas tonterías? ¿Desde cuándo se hacían los ciudadanos su propia declaración?

Con un tono ligeramente condescendiente, el director de Hacienda le explicó:

—Los impuestos y las deducciones son un tema complejo. Pueden variar en función del número de personas que conforman la unidad familiar, de los plazos de pago, del importe de los ingresos... es importante contabilizarlo todo muy bien.

—De eso nada —repuso Aleko, que sabía quizá mejor que nadie el daño que unas reglas fiscales complejas podían causarle a una nación.

Así fue como, doce minutos antes de su llegada al aeropuerto de Adís Abeba, el presidente decidió llevar a cabo una exhaustiva reforma tributaria que entraría en vigor a las nueve de la mañana del día siguiente, reforma que, por supuesto, no tendría nada que ver con la que había puesto en marcha en la extinta Unión Soviética.

—A partir de ahora, lo gravaremos todo al cincuenta por cierto.

El director se quedó atónito.

—Pero si el impuesto de sociedades no asciende más que al siete por ciento, y ¿qué hacemos con las donaciones y con las rentas altas? Es demasiado complicado... no podemos...

—¿Las rentas altas? ¿Cuántas de ésas hay en las Cóndores? He dicho el cincuenta por ciento. ¿Sabe usted calcular cuánto es eso? ¡La mitad! Sólo hay que dividir entre dos y una de las partes es la mitad... igual que la otra, por cierto. ¡Haga lo que le ordeno y despida a los empleados! Usted y su mujer solos pueden encargarse de aplicar la nueva regla. Y no se olvide de recaudar la mitad de su último mes de sueldo.

Aleko puso fin a la llamada sin perder tiempo en frases de cortesía.

Todavía tenía muchas cosas por hacer: la Bolsa necesitaría mostrar algún tipo de actividad cuando el representante de Ban Ki-moon fuera a inspeccionarla. Negociaciones financieras, por ejemplo. Se planteó lanzar al mercado un puñado de sociedades para que se compraran y vendieran títulos entre ellas. Con un poco de suerte, eso haría que subieran sus cotizaciones, si es que así era como funcionaba aquello...

La segunda llamada fue a un primo de su difunta esposa: el responsable del maltrecho aeropuerto de las Cóndores.

—He visto tu discurso en la tele —anunció su primo político.

—Bien. En ese caso ya sabes que tenemos un problema que resolver.

Hasta ahí, el director del aeropuerto lo seguía, pero ¿qué hacer?

—Todavía no tengo la solución —admitió Aleko—. Pero hay que empezar por cerrar el aeropuerto.

—Era lo que me temía, ¿y qué razón debo dar?

—Puedes echarle la culpa a un nido de pájaros o a lo que se te ocurra. El ministro de Asuntos Exteriores y yo aterrizamos dentro de una o dos horas, quiero que para entonces hayas encontrado una explicación.

Johan, al lado de su padre, escuchaba y trataba de aprender de él. La idea de la reforma fiscal le parecía bastante buena; sin embargo, no comprendía cómo iban a aterrizar si cerraban el Aleko International.

—Para nosotros no estará cerrado —explicó el padre armándose de paciencia.

—Y, entonces, ¿el nido?

—¡Ya la tengo! —exclamó Petra.

Mientras Aleko y Johan Löwenhult se preparaban para regresar de Adís Abeba, desde donde astutamente habían sembrado el caos en toda África, la pitonisa había terminado sus cálculos.

—¿Qué es lo que tienes? —preguntó Agnes—. ¿La fecha del próximo fin del mundo?

—¡Sí!

—Fascinante. ¿Me da tiempo a ir a lavarme los dientes?

—De sobra.

El desafortunado error de cálculo se había producido bastante tarde dentro de la larga ecuación en sesenta y cuatro pasos, pero había provocado una reacción que se había propagado hasta el final o, en palabras de Petra:

—La tasa de variación del valor de la función es proporcional al valor de la función.

Hablando en plata, eso significaba que la Tierra no tenía por qué haberse congelado el 7 de septiembre de 2011.

—Ya me había dado cuenta —observó Agnes—. ¿Y entonces? ¿Cuánto tiempo tengo para lavarme los dientes?

Petra miró su reloj para darle una respuesta lo más precisa posible.

—Cinco años, cuarenta y dos días, doce horas y veinte minutos, minuto arriba minuto abajo.

Agnes tenía todo el tiempo del mundo para burlarse de la pitonisa equivocada, pero aun así prefirió no hacerlo, recordando que Petra tenía muchos más talentos.

Pero ¿cuál era la edad de la Tierra? Agnes hizo una búsqueda con su tableta.

Los resultados variaban en función de si se metía a Dios en el análisis, pero la estimación que Agnes consideró más creíble era de cuatro mil quinientos millones de años, que eran claramente más que los setenta y cinco años de los que ella misma presumía. Y, en comparación, los años que le quedaban no significaban nada.

Petra, con sus elucubraciones, sólo había conseguido recordarle que tarde o temprano todo se detiene de forma irrevocable, da igual si quien sucumbe es una o la humanidad en su conjunto.

Se trataba, por lo tanto, de vivir plenamente mientras pudiera. Ni por un solo momento había considerado un error sentarse al volante de la autocaravana rumbo a un destino desconocido, pero hasta ese momento no había asimilado que había sido una oportunidad extraordinaria y que no lo dudaría ni un instante si otra autocaravana se cruzaba en su camino.

Petra, por su parte, estaba eufórica con su nuevo cálculo. Primero, porque científicamente era sólido como una roca; y segundo, porque no le había gustado ser el pájaro de mal agüero que recuerda a todas horas que la fiesta está a punto de acabar.

Porque la vida se había convertido en eso: en una fiesta, desde el momento en que aquel simpático masterchef la había empujado por una pendiente. Esperaba con impaciencia el regreso de su amigo y su padre de Adís Abeba para anunciarles que todavía les quedaba una buena temporadita.

En un momento de entusiasmo irracional, llegó incluso a enviarle a Malte un mensaje insinuante a través de Facebook. Si tenía cinco años por delante, nada era lo mismo, ¡y pensar que, cuando Malte había confesado que ella había sido su primer algo, pensaba que les quedaban menos de dos semanas!

Hola, hola, desde una isla perdida en medio del océano. ¿Qué tal todo con Vicky? ¿Sigue pintándose las uñas? Dile de mi parte que debería cambiar de esmalte: no le pega con el color del pelo. O mejor déjalo. Te escribo para decirte que cuido con mucho mimo de tu bate de béisbol.
Besitos de parte de tu primer algo.

El detalle del bate de béisbol era falso: se había quedado en la autocaravana delante del aeropuerto de Roma, ¡pero menuda sorpresa se llevó al recibir una respuesta al momento! Malte le había escrito que le encantaría poder recuperar su bate algún día, siempre y cuando fuera ella quien se lo devolviera en persona; de lo contrario, no hacía falta.

¡Y se despedía con un corazón!

¿Había cortado con Victoria?

Agnes interrumpió las fantasías románticas de la pitonisa para preguntarle qué iban a hacer con aquellos cinco años y cuarenta y dos días. Ella proponía empezar por descorchar una botella de vino, idea que le parecía muy bien, pero todavía había margen de mejora.

—Acabamos de obtener una gracia de cinco años: la ocasión bien merece un champán.

Agnes estaba encantada de que aquel nuevo apocalipsis les diera un respiro. De ese modo tendrían tiempo de hablar de otras cosas, pero antes que nada ¡champán!

Vio a Massode, el jardinero. ¿O era Mohadji?

—¡Mayordomo! ¿Podría traernos una botella de champán, por favor? Gracias. O mejor que sean dos.

—Y fresas —añadió Petra.

53

Martes 27 de septiembre de 2011

El vuelo 884 de Aleko Airlines procedente de Adís Abeba debería haber despegado a las 18.40 h, pero tuvo que esperar a dos pasajeros que llegaban tarde. Es lo que suele ocurrir cuando uno de los viajeros lleva el mismo nombre que la compañía aérea y el otro es su hijo: se los espera.

Luego, en el momento en que debía empezar el embarque, las pantallas del aeropuerto mostraron de repente que el vuelo estaba cancelado, sin más explicaciones.

Aleko se alegró al ver que su primo político no había perdido el tiempo.

Acababa de comunicarle por SMS que había fletado un jet privado para él y su hijo; de ese modo sólo tendrían que sobornar al piloto, el ingeniero de a bordo y una azafata para comprar su silencio, en vez de a los ochenta pasajeros y la tripulación completa de un vuelo regular, puesto que bastaba con aproximarse al Aleko International para comprobar que seguía igual de ruinoso que siempre, con una sola pista de aterrizaje de tierra batida, una terminal decrépita y un control de seguridad que no habría detectado ni un tanque de asalto a cinco metros.

Aleko estaba convencido de que el momento de darse por vencido no había llegado, todavía no. Había probado la sensación de no ser un comemierda y pensaba aferrarse a ella todo el tiempo que fuera posible.

···

Günther y el director del aeropuerto esperaban al padre y al hijo en el Aleko International.

—Bienvenidos a casa —los saludó Günther—. ¡Sois los héroes de toda África y de medio planeta! Todo el mundo habla de las Cóndores. Pero se te ha ido un poco la mano.

—Lo sé —reconoció Aleko.

El jefe de la policía llevaba bajo el brazo un maletín lleno de dólares destinado a la tripulación, así como una promesa de eterna condena si se les ocurría contarle a alguien el menor detalle sobre el estado del aeropuerto.

—¿Entendido? Bien. En ese caso, podéis iros por donde habéis venido. Y cuidado con los baches en la pista, no vayáis a pinchar una rueda.

A continuación anunció que todas las carreteras estaban cortadas en un radio de dos kilómetros alrededor del aeropuerto, aeropuerto que a partir de entonces ningún condoreño podría volver a ver ni a mencionar. Eso le parecía más sencillo que buscar a las cincuenta o sesenta personas que tenían teléfono y, al menos teóricamente, podían llamar a la persona equivocada para comunicarle la información equivocada.

Cuando le llegó su turno, el director del Aleko International informó al presidente de que se había visto obligado a cerrar el aeropuerto tras el hallazgo de un ave en vías de extinción, el *Cyanolanius condorensis*, en un extremo de la pista.

—Nadie puede aterrizar ni despegar hasta que finalice el periodo de reproducción de dicho pájaro —explicó fingiendo un tono autoritario.

El presidente tenía una visión pragmática de las relaciones entre el hombre y la naturaleza. De hecho, había planeado dinamitar la cumbre de la tercera montaña más alta del país para poder explotar la hulla en cuanto las arcas del Estado lo permitieran. Los planes se habían filtrado después de haber enviado a unos ingenieros para que tomaran medidas y el cabecilla de una aldea se había presentado ante él alegando representar a las cabras monteses o algo así, ya no lo recordaba.

Estaba claro que, en todas las Cóndores, no había nadie a quien pudiera importarle menos el destino de un pájaro que el director del aeropuerto se había sacado de la manga.

—¿No se te ocurrió nada mejor que este puñetero pajarraco? —rezongó.

—Es una auténtica *rara avis* —insistió el director del aeropuerto.

Aleko se dio cuenta de que estaba siendo demasiado duro: al fin y al cabo, el tipo había cumplido sus órdenes.

Además, fingir que se preocupaba por los animales podría favorecer su imagen de marca. Negó con la cabeza: no tenía sentido pelearse con su primo político, que había hecho lo que hacía falta.

—Olvídalo. Buen trabajo. Por cierto, ¿el famoso pájaro es comestible?

Luego ordenó que el asfaltado de la pista se iniciara cuanto antes: lo necesitaba para la semana siguiente.

—¿Eso es todo? —ironizó el primo.

—No, también nos hace falta una terminal nueva. Te enviaré una imagen.

54

Martes 27 de septiembre de 2011

El presidente Aleko convocó una reunión de crisis en el palacio en cuanto Johan y él llegaron. Necesitaba toda la ayuda posible de Günther, Johan, Agnes y Petra. No esperaba encontrarse a las dos mujeres achispadas por el champán.

—¡Nos quedan cinco años! —exclamó Petra en cuanto divisó al presidente.

—¿Para el fin del mundo? —preguntó él—. Habría preferido cinco minutos.

Aleko les expuso la gravedad de la situación. Por lo pronto, necesitaban un aeropuerto nuevo con pista asfaltada y terminal. A corto plazo, había que resolver los problemas de la Agencia Tributaria; a un plazo un poco más largo, para salvaguardar la reputación presidencial, Agnes debía completar su complejo hospitalario. Se le encargaría a alguien construir ocho escuelas y, a una última persona, una universidad.

Agnes respondió que no quería hurgar en la herida, pero que no podían olvidarse de añadir unos cuantos detallitos como maestros, material didáctico, catedráticos y uno o dos profesores. Una dificultad adicional era que la mayoría de los estudiantes potenciales todavía no sabía leer.

—Hay libros con imágenes —intervino Johan—, aunque supongo que no es lo mismo.

Aleko masculló que enseñar a leer a la gente deprisa y corriendo era una soberana estupidez.

—De todas formas, en los periódicos no se publica nada más que gilipolleces. Salvo en los que yo controlo. Aunque, ahora que lo pienso, son todos.

Una rápida estimación reveló que las arcas del Estado condoreño necesitaban unos cuatrocientos millones de dólares. La situación era bastante desesperada. Por eso, Aleko había dicho que le encantaría que el apocalipsis se diera prisa.

—De hecho... ¿no habría una forma de sacar dinero de eso?

—Robado no sería, considerando todo el tiempo que le he dedicado —murmuró Petra con un tono que Agnes nunca le había oído.

¿Se había tomado en serio la pregunta?

La pitonisa no sólo se había tomado en serio la pregunta, sino que ya se la había planteado varias veces.

Había dedicado al tema nueve años de trabajo voluntario sin el menor agradecimiento. La Real Academia de las Ciencias ni siquiera se había dignado a recibirla para permitirle explicar lo que iba a suceder; no, le habían mandado al conserje, como si no fuera más que una vulgar charlatana.

Agnes, con mucho tacto, se abstuvo de señalar que al fin y al cabo «charlatana» podía ser un término adecuado, puesto que la pitonisa siguió hablando:

—He estado pensando.

—Yo no —dijo Johan.

—Cuéntanos —la animó Agnes.

Petra se volvió hacia Aleko.

—¿Qué dirías si yo afirmara que la Tierra se destruirá dentro de tres semanas?

—Pero ¿no eran cinco años?

—Da igual, ahora mismo estoy intentando ser didáctica. Limítate a responder a mi pregunta, por favor.

A Aleko no le quedó más remedio que seguirle la corriente.

—En ese caso, sin duda respondería que no te creo.

—¿Y si te presentara una complicada ecuación en sesenta y cuatro pasos que ofrece la prueba inequívoca?

Aleko reflexionó un instante.

—Pues entonces sin duda añadiría que no te creo y que tu ecuación es incomprensible.

La pitonisa asintió satisfecha.

—¿Quieres ganar cien dólares? —le espetó.

¿Cien dólares? Lo que necesitaba eran más bien cuatrocientos millones, pero menos daba una piedra.

—Me encantaría.

—Perfecto. ¿Apostamos? Si tú me das cien dólares, dentro de tres semanas yo te devuelvo doscientos si la Tierra sigue girando.

—¿Perdona?

Agnes entendió por fin adónde quería ir a parar Petra. Le explicó al presidente que la pitonisa había encontrado una solución que tenía el éxito cien por cien asegurado: o bien él recuperaba el doble de su apuesta o bien la Tierra quedaba destruida, caso en el cual le daría lo mismo tener cien dólares más que menos.

Petra asintió: la anciana de pelo violeta era muy lista. Lo único que necesitaban era un mensajero creíble que revelara la ecuación, a ser posible un emisario que no fuera ella, puesto que no quería arriesgarse a destruir para siempre su reputación.

—¿Por cien dólares? —dijo Aleko.

—Multiplicados por unos cuantos millones.

Cuando la suma de dinero potencial alcanzó semejante cuantía, Aleko empezó a poner atención en serio. ¿Quién podría ser ese «mensajero creíble»? ¿Y a quién le encargarían recaudar el dinero para luego hacerlo desaparecer?

Petra ya había pensado en este último detalle.

—Necesitamos un banco sin escrúpulos en las Cóndores.

—Lo tengo.

—¿Quién lo dirige? —quiso saber Agnes—. ¿Un primo, un hermanastro?

—Un primo lejano de mi mujer. Hará lo que yo le diga, como todos los demás.

—También necesitamos un banco en Suiza —continuó la pitonisa—, por una cuestión de credibilidad. Por suerte, Agnes tiene un novio allí.

La señora de pelo violeta se ruborizó. Aquello no era del todo falso: se escribía con el simpático y elegante Herbert von Toll desde el día en que se habían conocido en Zúrich. Mejor cambiar de tema.

—Si queremos atraer al gran público —dijo—, también nos hará falta una persona experta en redes sociales. Ésa no hay que buscarla: aquí me tenéis.

—Y por último habrá que encontrar un chivo expiatorio —concluyó Petra.

—¿Un chivo expiatorio? —se sorprendió Johan.

La pitonisa no quería perder el hilo de su discurso.

—Luego te lo explico.

Ante la posibilidad de obtener unos ingresos jugosos en un futuro próximo, Aleko sintió que renacía.

Se le ocurrió una manera de quitarse de encima el asunto del nuevo aeropuerto: un trágico incendio que quemara hasta los cimientos las instalaciones antes incluso de su puesta en marcha. De la noche a la mañana, el Comemierda que había ascendido a la categoría de esperanza africana se convertiría en objeto de la compasión del mundo entero, todo ello amplificado por las imágenes de la televisión condoreña, que mostrarían a un presidente al borde de las lágrimas en medio de las cenizas de su bonito aeropuerto. Después de embolsarse los millones que Agnes y Petra prometían, podría reconstruir la terminal con toda la calma... o más bien construirla a secas.

Como por un milagro, todo iba a solucionarse.

Por lo menos eso creía él.

No tenía en cuenta la circunstancia de que su hijo tenía un hermanastro en Roma.

55

La pesadilla del tercer secretario

Mientras Agnes, Aleko y Petra pulían su plan para asegurarse un futuro radiante, Johan batallaba con Malik en la cocina del palacio presidencial. A esas alturas, el cocinero sabía al menos dos palabras en sueco: salmón y Västerbotten.

Entonces lo avisaron de que Ronny Guldén lo convocaba a una reunión privada en su residencia romana.

Varias semanas después de la catástrofe en la embajada con el segundo secretario de Finlandia, el presidente Obama y el imbécil de su hermano Johan, las aguas podían estar volviendo a su cauce. Al fin y al cabo, el tiempo curaba todas las heridas.

Tenía una oportunidad: habían trasladado a Pekín a la primera secretaria, Björkander; por lógica, la segunda secretaría, Hanna Wester, debía ascender un grado en el escalafón, y él iría detrás.

Pero Hanna Wester no era muy espabilada, y él mismo había tomado medidas para impedir que brillara más que él. Nada del otro mundo, alguna que otra chiquillada: esconderle la perforadora de papel a la menor ocasión, cambiar de sitio sus bolígrafos y cosas por el estilo. Mientras los demás ya estaban entregados a sus quehaceres cotidianos, la segunda secretaria inspeccionaba las oficinas buscando los objetos perdidos sin preguntarle a nadie: prefería parecer vaga antes que negligente, y cualquiera de las dos cosas le convenía a Fredrik.

Era poco habitual que un tercer secretario adelantara a su superior inmediato, pero de vez en cuando sucedía. Los próximos minutos serían el momento decisivo. Fredrik se juró a sí mismo no mostrar su decepción si, pese a todo, Hanna Wester mantenía su rango en el escalafón.

—Me alegro de que hayas podido venir.

—Cómo no, señor embajador.

—Nuestra primera secretaria, Birgitta Björkander, se marcha para tomar posesión de su cargo en Pekín.

—Eso he oído.

—Lo que significa que quedará una plaza vacante aquí, en Roma.

—Es lo que tengo entendido.

—Creo que tengo el nombre del sustituto, pero antes me gustaría saber tu opinión.

Había dicho «sustituto», no «sustituta»: hasta nunca, Hanna Wester.

—¿Crees que, si yo se lo propusiera, tu hermano Johan aceptaría un puesto tan humilde como el de primer secretario?

Fredrik sintió que se enfrentaba al peor mal trago de toda su vida. No estaba al tanto de las noticias que el día anterior habían llegado desde Adís Abeba.

—¿Johan?

El embajador bajó la voz como si estuviesen conspirando.

—Sé lo que estás pensando, que qué voy a hacer con Hanna. Pero, entre nosotros, todavía es casi tan novata como tú.

«¿Casi tan novata?» Ese mal trago resultó aún peor que el que un instante antes le había parecido el límite.

—No... sé qué responderle.

El embajador no había acabado. Había visto un reportaje de la CNN que era una sucesión de elogios a Johan. ¿No se había enterado Fredrik de lo que su hermano mayor había logrado?

—Hermano menor —lo corrigió él.

—Sí, claro. Pero conseguir que Aleko le haga caso, levantar toda una nación... De acuerdo, es la nación más pequeña de África, pero aun así. Al fin y al cabo, la corrupción es la plaga del continente, ¡del mundo entero! Nunca podremos agradecerle lo bastante a Johan por una contribución así.

—No... no sé qué responderle.

¿Se estaba repitiendo?

—Respóndeme con sinceridad. Nadie conoce a tu hermano mejor que tú. ¿Crees que su lealtad a Suecia es lo suficientemente grande como para aceptar un descenso de categoría?

Fredrik no sabía cómo había sobrevivido a la reunión con el embajador. El hombre más cretino del universo estaba a punto de destruir su carrera antes incluso de empezar. Johan desconocía la diferencia entre continente e incontinencia, entre América y África, no habría podido situar a Alemania en un mapa de Europa central... ¡y aun así era el favorito de su madre! Un segundo antes de morir, era la mano del Idiota la que ella había agarrado, no la suya. Su última palabra había sido «Johan», y ahora su ojito derecho iba a convertirse en el héroe de la diplomacia del mundo entero... a costa suya.

Había que poner al descubierto la verdadera naturaleza de Johan lo antes posible. Por dos razones. La primera era su carrera diplomática; la segunda, su salud mental: su hermano menor estaba a punto de volverlo loco.

Se inventó una historia: su fantástico papá, el famoso embajador, había caído gravemente enfermo; ¿había alguna posibilidad de que se cogiera unos días libres para ir corriendo a Montevideo y despedirse de él?

¡Por supuesto! El embajador Guldén le concedió de inmediato una semana de vacaciones y le rogó que le transmitiera a su antiguo jefe el más cordial de los saludos si todavía estaba consciente cuando llegara. Eso sí: antes de irse, ¿le importaría decirle a Hanna que se encargara de la fotocopiadora para que la embajada pudiera continuar sus actividades sin problemas?

· · ·

Fredrik no tenía ningún plan concreto, sino más bien una idea fija. La versión oficial era que iba de camino a Uruguay, donde residía su padre supuestamente moribundo. En realidad, se dirigía hacia las Cóndores en un estado febril. Estaba seguro de que una vez allí se le ocurriría una idea, daba igual cuál. En cuanto la verdadera naturaleza de Johan quedara expuesta, todo volvería a la normalidad.

Durante el vuelo a Mombasa, visionó una y otra vez la pieza televisiva sobre la cumbre de Adís Abeba, el discurso del presidente condoreño y la aparición de Johan en el escenario. La conversación campechana entre su hermano menor y dos de los hombres más poderosos del planeta. ¿De qué habrían hablado? ¿Cómo era posible que el presidente estadounidense y el secretario general de la ONU no se dieran cuenta de que era idiota?

Había algo que no cuadraba, ¡o quizá todo! Aquel imbécil redomado se había arrimado al presidente más corrupto del mundo en el país más chungo del mundo ¡y ahora resultaba que iba a coordinar la lucha contra la corrupción en la ONU!

La gente se negaba a darse cuenta de que Johan tenía el coeficiente intelectual de una perca común, pero ¿y el «milagro condoreño»? Las percas nadaban sin rumbo por el agua, comiendo plancton, larvas de insectos y peces pequeños, eran incapaces de tener pensamientos inteligentes y, sobre todo, no hacían milagros.

Se había autoimpuesto la misión de descubrir el o los problemas, lo cual exigía ir a indagar sobre el terreno. ¿Estaban obligando a esclavos a trabajar en las obras? ¿Acaso eran auténticas las imágenes?

Sólo le quedaba la última escala en Mombasa cuando se enteró de que su vuelo estaba cancelado. ¿Cómo podía ser? ¿Y el siguiente? ¡Pero es que él tenía que llegar a las Cóndores! ¿Cómo que «imposible»?

56

Un presidente preocupado

Aleko se había convertido en un maestro en el arte de comunicarse con África. Bastaba con confiarle los asuntos que le convenían a la directora del canal de televisión, Fariba, la hermana de su difunta esposa, quien, a diferencia de su difunta gemela, siempre le hacía caso.

La gran noticia del momento era el repentino cierre del aeropuerto. Fariba ordenó que no se ahorraran elogios al pájaro «de una belleza extraordinaria y en riesgo de extinción» cuyo nido se había descubierto en los alrededores de la pista de aterrizaje, y que se insistiera en que el presidente había afirmado siempre que no había nada más importante que proteger a la madre naturaleza. En esos momentos, la Agencia Nacional de Protección del Medio Ambiente analizaba la situación del *Cyanolanius condorensis*. Hasta nueva orden, todos los vuelos estaban cancelados, así como los despegues y aterrizajes de helicópteros.

«Se ruega que cualquiera que oiga el característico canto de esta ave, *chrr-crrk-crrk-crrrrk-crk-crk*», repetía el presentador de cada espacio de noticias, «contacte inmediatamente con el 12 22 37».

Después de cumplir lo que se le había pedido, Fariba acudió a ver a su cuñado. Había difundido la información siguiendo a pies juntillas las instrucciones de Günther, pero se sentía en la obligación de informarlo que la pieza mencionaba una Agencia Nacional de Protección del Medio Ambiente que simplemente no existía.

—¿Y para qué querríamos una? —repuso Aleko.

La información sobre el pájaro se propagó por todo el mundo y el secretario general de la ONU en persona se puso en contacto con el presidente Aleko. Aunque lamentaba el aplazamiento de la visita de inspección del edificio de la Bolsa, felicitaba al presidente por la responsabilidad que asumía en relación con la fauna: la preocupación de los condoreños por su archipiélago era una potente señal para el mundo entero.

Aleko le agradeció su comprensión respecto a la importancia de la diversidad biológica evitando hacer alusión a sus proyectos de extracción de hulla, más necesaria que nunca ahora que habían talado hasta el último árbol de sus bosques, ni al cabecilla de la aldea y portavoz de las cabras monteses condoreñas.

A Ban Ki-moon todavía le quedaba un tema en el tintero. Acababa de llamarlo George Clooney, el famoso actor de Hollywood, quien, con su encantadora esposa Amal, estaba muy involucrado en la lucha mundial contra la corrupción. El caso era que el señor Clooney quería ponerse en contacto con el presidente para transmitirle unas palabras de elogio y de aliento. ¿Le importaba si le daba su número de teléfono?

Aleko sabía que Clooney había interpretado a Batman en una película de Hollywood hacía unos años, y lo último que necesitaba era un dechado de virtudes de fama mundial en medio de aquel desastre.

—Estoy muy ocupado, pero si me da usted su número prometo llamarlo antes del verano.

Los problemas eran muchos, y el del dinero no era uno de los menos importantes. ¿Y si el proyecto de apuestas de Agnes y Petra no fructificaba? La renovación del aeropuerto le costaría a Aleko mucho más que todas las reformas del desempleo acumuladas que nunca había llevado a cabo, y no era el único proyecto que había que llevar a cabo urgentemente.

¿Cuánto era razonable invertir para salvar la nueva reputación del presidente? «Mucho», pensó Aleko. Estaba harto de ser un comemierda, sobre todo ahora que había probado lo contrario y deseaba construir un futuro para su hijo. ¿Qué ocurriría si las arcas del Estado se agotaban para siempre?

Siempre podría imprimir más dinero, claro, pero algo le decía que no salía gratis. Además, Günther lo había prevenido frente a esa solución: la experiencia le había enseñado que no bastaba con imprimir cartillas de racionamiento para poner de su parte a la población, también había que tener los alimentos correspondientes. En cambio, le había propuesto otra cosa. No le gustaba verlo tan preocupado.

—¿Y si simplemente dejáramos que la anciana y la pitonisa vuelvan a caer de pie? Ya lo han hecho antes.

57

Viernes 30 de septiembre de 2011

—¿Hay disponible algún helicóptero? —le preguntó Fredrik al hombre tras el mostrador del Mombasa Helicopter Service Ltd.

El propietario, piloto y único empleado asintió: ésa era precisamente la razón por la que su empresa se llamaba así.

—¿Adónde querría usted ir?

—A las Cóndores.

La misión se canceló antes incluso de emprenderse.

—El vuelo habría costado dos mil dólares, pero no tenemos permiso para aterrizar: han encontrado un pájaro del que todo el mundo se apiada.

Fredrik se sentó en una silla. Necesitaba pensar.

No podía quedarse ahí hasta que los polluelos rompieran el cascarón: esas cosas podían tardar lo suyo. ¡¿Cómo era posible que un ave, por mucho que estuviera en peligro de extinción, pudiera obligar a cerrar un aeropuerto internacional que acababa de construirse?!

De pronto, se dio cuenta de que no era posible y, al mismo tiempo, de que allí debía de estar ocurriendo algo muy gordo, algo en lo que, además, estaría involucrado el imbécil de su hermano menor.

—Le ofrezco siete mil dólares si aterriza donde yo quiera —le propuso al hombre de la ventanilla.

Y aquel hombre necesitaba dinero. Estaba casado con la mujer más fascinante de todo Mombasa, una especuladora con divisas que había logrado duplicar la fortuna familiar cada trimestre hasta el día en que se había encaprichado de un riquísimo productor lechero de Madagascar y había decidido dejarlo todo atrás e irse con él. Las cosas no le salieron mal al principio porque aquel hombre se convirtió en presidente del país. Hasta ahí, todo iba bien. Pero el flamante presidente cometió la estupidez de comprarse un jet privado con el dinero del Estado mientras sus electores ganaban menos de un dólar al día. El descontento se generalizó y el ex productor lechero no tardó en convertirse también en ex presidente. Lo echaron del país y él se marchó dejándolo todo atrás. Incluida la mujer más fascinante de Mombasa. A continuación reinó el caos. La moneda malgache cayó en picado. Un ariari pasó a valer 0,005 dólares estadounidenses y la pobre mujer vio cómo el equivalente a cuatrocientos mil dólares estadounidenses que había invertido se transformaban más o menos en papel de cocina, aunque sin su poder absorbente. Es decir, se arruinó.

Lo único que le quedaba era el amor por su marido y su encanto irresistible. Mientras pasaba sus largos dedos entre los cabellos de su amado, le dijo con una sonrisa triste que la leche malgache se había agriado y que, a partir de ese momento, le tocaría a él pasar el mayor tiempo posible en las nubes, siempre y cuando le pagaran por ello en una moneda sólida.

Una oferta de siete mil dólares representaba, por tanto, una oferta irresistible. Así y todo, aquel cliente parecía muy dispuesto a pagar más.

—No sé —vaciló el enamorado piloto dueño de la compañía—. Saltarse una prohibición de aterrizar conlleva riesgos importantes. Claro que en el archipiélago me conocen bien y tal vez... Pero siete mil...

—Ocho mil —pujó el tercer secretario.

El piloto no se atrevía a estirar demasiado las negociaciones.

—Si me paga diez mil, nos vamos ahora mismo aunque tenga que aterrizar encima del nido de ese pájaro.

—Despegamos cuando esté listo, pero que sea ya —repuso Fredrik.

Dado que en las Cóndores no había mayores controles del tráfico aéreo, el piloto sabía que nadie los abatiría en pleno vuelo. Sin embargo, debía aterrizar con cuidado: las fuerzas policiales sí que estaban considerablemente activas.

Para Fredrik, ese aspecto era igual de importante: lo que menos le interesaba era conocer una cárcel condoreña por dentro aunque fuera de reciente construcción. Hasta ese momento se había dejado llevar por la adrenalina, pero mientras se aproximaban al archipiélago todo se volvió real de repente. ¿Se atrevería a bajar del aparato? ¿Debía pedirle al piloto que lo esperara? ¿Para hacer qué, exactamente? Descubrir todas las grietas de aquella fachada podía llevar tiempo.

Argh. Todo había ido demasiado rápido. Se sentía estúpido. Bueno, eso sería exagerar, pero lo había hecho todo deprisa y corriendo, se había precipitado.

O no.

—¡Lo sabía! —exclamó cuando el Aleko International apareció por debajo del helicóptero.

El aeropuerto estaba en un estado tan lamentable como esperaba: la pista de aterrizaje no era más que un camino de tierra, la terminal parecía implorar: «Acabad de destruirme, por Dios.» Nada, absolutamente nada, se parecía a las imágenes que el presidente de las Cóndores había mostrado en Adís Abeba.

El piloto se preguntó qué estaría pensando su pasajero, pero no hizo preguntas. Se limitó a cumplir órdenes con la impresión de que quizá ni siquiera haría falta aterrizar.

Fredrik le pidió que sobrevolara el aeropuerto varias veces a poca altura. Después de obtener las imágenes que necesitaba, ya no le hacía falta nada más, así que podían marcharse. El genial Fredrik Löwenhult, futuro embajador, poseía ahora una prueba de que el presidente Aleko se estaba marcando un farol y de que tenía un cómplice: su puñetero...

—¡... hermano menor! —le grito al embajador Guldén, aunque éste no podía oírlo porque estaba a muchos cientos de kilómetros de allí.

58

Herbi y su tesoro

Los amigos vivían en la bendita ignorancia de la catástrofe que se cernía sobre ellos. Fredrik Löwenhult figuraba sin duda en el top tres de las personas que bajo ningún concepto podían enterarse de la verdad sobre el aeropuerto Aleko International.

Lo único que los mantenía a salvo por el momento (aunque eso tampoco lo sabían) era que Fredrik se encontraba oficialmente en Montevideo, así que no podía comunicar de inmediato sus hallazgos. Tenía que esperar a regresar a la embajada. «Señor embajador, ¡no se va usted a creer lo que se ha publicado en internet!» Guldén ya no querría ver a Johan ni en pintura y, por el mismo precio, el Comemierda se volvería más comemierda que nunca.

Las cosas empezaban a concretarse. Agnes no se había equivocado al suponer que el simpatiquísimo Herbert de Zúrich se sumaría a su plan. Aquel septuagenario estaba dispuesto a romper, por fin, el cordón umbilical que lo seguía uniendo a su nonagenario padre.

Se llamaron varias veces por Skype y no sólo se pusieron de acuerdo en cuanto al *modus operandi*, sino que terminaron asignándose unos ridículos motes cariñosos. El pasó a ser *Herbi* y ella *Tesoro*. A Herbi lo había impresionado desde un principio ver cómo Agnes, a sus años, abrazaba la vida de aquel modo, pese a que su historia era tan desilusionante como la de él (sólo había que sustituir Dödersjö por Banco von Toll). Cierto que el marido había pisado un clavo y se había ido al otro barrio, mientras que su nonagenario padre parecía cada vez más joven y más lozano, pero en todo caso no era normal que él, a sus casi setenta y siete años, continuara siendo el recadero de su padre: tenía que seguir los pasos de su Tesoro, ¡y a lo grande!

Ambos esperaban con impaciencia verse personalmente al cabo de sólo unos días, pero antes, el proyecto Juicio Final requería tomar una serie de medidas en Zúrich.

59

La última pieza del rompecabezas

El tema del banco sin escrúpulos en las Cóndores estaba solucionado, al igual que el del aval digno de confianza en Suiza. El sitio web y las cuentas de Instagram, Twitter y Facebook estaban listos para su lanzamiento. Lo único que faltaba era la persona de confianza designada por el grupo para anunciar el sensacional servicio de apuestas en el que nadie podía perder (más que la vida).

¿Dónde iban a encontrarla? Agnes era una experta en creación de perfiles falsos, pero el problema era precisamente que eran falsos. Necesitaban a una persona real, aunque no se les ocurría quién podría ser.

A punto estaban de tirar la toalla cuando Günther entró al rescate. Tras escuchar a la anciana y a la pitonisa, con muy buen tino, llegó a la conclusión de que lo que necesitaban era: 1) una persona real con un perfil creíble que 2) hubiera fallecido recientemente sin que nadie se hubiera dado cuenta; es decir, que se hubiera desvanecido de la faz de la Tierra.

—En mi época, Rusia estaba llena de personas así —declaró Günther—. Dejadme pensar.

Rebuscando en su pasado, se acordó de un astrofísico y profesor de la Universidad de Moscú que se había vuelto más indispensable de lo que le convenía por tener un talento extraordinario a la hora de calcular la trayectoria de los cohetes espaciales y otras cosas por el estilo. En un momento dado se le había ocurrido pedir cada vez más dinero por sus cálculos, una *dacha* más grande, mujeres de vida alegre más dispuestas... Se atrevió incluso a ocultar un parámetro decisivo hasta dos horas antes del lanzamiento aduciendo su necesidad de un coche nuevo. El problema no era que en Rusia faltaran presupuesto, coches o mujeres de vida alegre, ¡pero mezclar aquello con el programa espacial era simple y llanamente un chantaje!

Günther sabía de buena tinta que una persona con al menos un pie en el Kremlin había ido a consultar a los *vory* para saber si estaban dispuestos a eliminar al insoportable profesor, y éstos se mostraron tan dispuestos como siempre a hacerle un favor al poder supremo a cambio de algunas prebendas más.

La operación no se puso en marcha enseguida, puesto que los talentos del científico seguían siendo indispensables, pero unos años después Günther había leído en el periódico que el profesor en cuestión había desaparecido sin dejar rastro. *The Guardian*, en Londres, conjeturaba que había huido a Occidente, pero él sabía que lo más probable es que hubiera cometido el error de transmitirle sus conocimientos a alguno de sus discípulos, con lo que debía de haber quedado a merced de la venganza del Estado... a través de los *vory*.

Günther sonrió al darse cuenta de que había encontrado la solución.

—¿Has acabado de cavilar? —preguntó Agnes, que vigilaba su expresión.

—Smirnoff.

—¿No es demasiado temprano para eso?

—El profesor Smirnoff —precisó Günther.

—¿Te refieres a que ese señor puede ser nuestro hombre? Günther asintió.

—Estoy prácticamente seguro de que no protestará.

• • •

Con esa última pieza del rompecabezas, Agnes pudo completar el sitio web del proyecto. Incluía un texto donde el profesor Smirnoff revelaba que se había mantenido al margen de la vida pública durante años para poder trabajar en su ecuación matemático-astronómica más importante hasta el momento. No quería desvelar su paradero exacto, pero daba a entender que podría tratarse de un pueblo de montaña en las proximidades del Tíbet. Aprovechaba la ocasión para hacerle saber a su familia que lamentaba que las cosas hubieran sido así, pero que si uno nacía astrónomo lo era para toda la vida, y que su trabajo era importante, incluso vital. Sus cálculos tenían que ser precisos.

También aseguraba estar tan convencido de tener razón que estaba dispuesto a apostar con el mundo entero y, como prueba de que iba en serio, había escogido como aval un reputado banco de Zúrich. Sus trabajos revelaban que la atmósfera iba a disiparse y que el mundo se detendría el 18 de octubre de 2011 a las 21.20 h, hora de Europa central. Cada apuesta le costaría al interesado cien dólares, aunque no había límite de apuestas. Si él se equivocaba, pagaría doscientos por cada apuesta a las 16.00 h en punto del 19 de octubre, hora de Europa central; si acertaba, seguro que el dinero ya no le importaría a nadie. ¡No había nada que perder!

Desde luego, el aval del Banco von Toll, transmitía confianza, pero además, la web también contenía los cálculos: la compleja ecuación en su totalidad, con cifras complementarias, signos, flechas, aclaraciones didácticas y ejemplos de problemas que había sorteado en el transcurso de la investigación.

Eso sí, la operación, con sus sesenta y cuatro pasos, era tan complicada que daba la impresión de que Einstein necesitaría al menos dos meses para descubrir el engaño.

Y para entonces ya sería demasiado tarde.

60

Del arte de neutralizar a un testigo

Agnes, Aleko, Johan y Petra estaban sentados en el salón violeta celebrando con té y *scones* la culminación de sus preparativos para el timo del apocalipsis mientras el hermano mayor de Johan (o más bien su hermanastro mayor) descubría la verdad desde un helicóptero que sobrevolaba el Aleko International. Pronto recibirían una llamada de teléfono que presagiaba la catástrofe.

El director del aeropuerto se había puesto manos a la obra con su importante misión. Ya había reclutado a un hábil equipo de doscientos trabajadores y las obras en la pista empezarían a las siete de la mañana del día siguiente. Tenía que reconocer que daba pena ver aquel aeropuerto tal como era, aunque lo cierto era que hasta entonces no se había dado cuenta.

Pero ¿qué era eso que veía? ¿Un helicóptero? Reconoció el aparato de la Mombasa Helicopter Service Ltd, pero no tenía ni idea de qué hacía allí. Quizá era cosa de Aleko; al fin y al cabo, en las Cóndores todo pasaba por el presidente...

Al final, el helicóptero dibujó varios círculos por encima de la zona antes de irse por donde había venido.

Qué extraño.

Arriesgándose a cualquier cosa, llamó al palacio.

—¿Esperabas visita, Johan? —le preguntó Aleko.

—Pues no: no conozco a nadie más que a los que estáis aquí, a mi hermano, a un danés que se llama Preben, al presidente Obrama sin erre y al secretario general Ban Ki-algo. Ah, y un poco al embajador sueco en Roma, pero no sé para qué querría venir.

Aleko pensó que le habría bastado con responder «no».

—Yo sí que conozco a algo más de gente, pero tampoco esperaba a nadie, y sería una tragedia si alguien hubiera visto el estado del aeropuerto antes de la renovación, una verdadera tragedia.

Se volvió para preguntarle a Agnes si le quedaba mucho para marcharse a Zúrich, y la anciana le recordó que justo estaban celebrando el fin de los preparativos. Sólo faltaba hacer una última relectura, para lo que tendría tiempo de sobra a la mañana siguiente, como estaba previsto.

—¿Y si te fueras ahora?

—¿Te refieres a ahora ahora?

—Sí.

—Podría ir leyendo por el camino.

Johan, su padre, Agnes y Petra se pusieron en marcha hacia el aeropuerto. Agnes iba enfrascada en su trabajo, así que Johan acabó de nuevo al volante y hasta él mismo se sorprendió de que la cosa fuera tan bien.

—No he visto a nadie conducir tan mal como tú, hijo mío —comentó el presidente.

—No eres el único —lo informó Petra.

Aleko le suplicó que fuera un poco menos rápido para que pudiera marcar un número de teléfono en el móvil: quería llamar a la empresa de helicópteros de Mombasa con la que había hecho la reserva para que al día siguiente por la mañana los recogieran directamente en el jardín del palacio.

—¿Diga? Lo llama el presidente Aleko. ¿Cuánto se ha embolsado por sobrevolar mi aeropuerto hace una hora?

—No sé de qué me habla.

—¿Quince mil?

El piloto no tuvo el valor de mentirle a un hombre que de todas formas jamás le creería.

—Diez mil.

—Pues vuelva ahora mismo, pero esta vez aterrice. Nos vemos en el aeropuerto.

—¿Va usted a detenerme?

—Para nada, aunque diez mil me parece muy poco por una entrada ilegal en el territorio de una potencia extranjera.

—Lo sé, y encima ese precio incluía el aterrizaje. Pero por lo menos conseguí sacarle más que los siete mil que me ofrecía.

—Entonces ¿llegó a aterrizar?

—No, el tipo cambió de opinión.

—Ya hablaremos de eso. Dese prisa porque lo estamos esperando.

—Antes tengo que repostar: acabo de soltar al rácano.

Una hora y diez minutos más tarde, el helicóptero EC155 se posó en medio de un remolino de polvo rojo. De haber existido, todas las aves en peligro de extinción que anidaran a lo largo de la pista de aterrizaje se habrían dado a la fuga.

El piloto bajó del aparato encorvándose bajo las palas inmóviles del rotor y, con paso rápido, entró en la terminal ruinosa y desierta.

—Bienvenido —lo saludó el presidente Aleko.

—Lo mismo digo —añadió Johan.

—Gracias —respondió el piloto.

Sentadas a una mesa algo más lejos había dos mujeres, una mayor y otra más joven, pero fuera de ellas nadie. Sobre todo, ningún policía. Daba la impresión de que el presidente mantendría su palabra y no haría que lo detuvieran, al menos no por ahora.

—Siento cierta necesidad de revisar la historia, o más bien el presente —dijo Aleko.

El piloto no entendía nada, salvo que más le valía mostrarse obediente.

—A mí se me dan bien las revisiones de todo tipo. Dígame en qué puedo ayudarle.

Aleko respondió con otra pregunta:

—¿Alguna vez ha visto una terminal más bonita que ésta?

Las nubes de tierra de la pista de aterrizaje se habían filtrado por cada una de las infinitas grietas de las paredes, todo estaba podrido o roto, y los escáneres de rayos X, totalmente oxidados. Era evidente que llevaban varios años sin funcionar. Había fisuras en el techo y ventanas rotas por todas partes.

El piloto sabía lo que debía responder, aunque no entendiera por qué.

—Es, con diferencia, la terminal aeroportuaria más bonita de toda África.

Satisfecho, Aleko asintió con la cabeza.

—¿Y qué opina de la pista?

—Llana, rectilínea, perfectamente asfaltada y señalizada.

—Buena respuesta, veo que nos entendemos.

Siguiendo instrucciones, Johan abrió un maletín.

—Se supone que usted debía venir a buscarnos mañana por dos mil dólares, ¿qué le parece si lo dejamos en treinta mil?

El piloto sonrió.

—Por treinta mil, soy capaz hasta de ver dos terminales en vez de una.

—Bastará con una —lo frenó Aleko—, somos un país pequeño.

El piloto miró fijamente a Johan y reconoció al joven que había visto en la tele de su cocina.

—Pero ¿no es usted el nuevo jefe anticorrupción de la ONU?

A Johan la palabra «anticorrupción» le resultaba igual de difícil que «extraordinario» o «descerebrado», pero la evolución de su carrera, de cartero fracasado a masterchef, genio e ilustre ministro de Asuntos Exteriores, pasando por amo de casa estafado, le había dado un empujón: ahora sabía que no era un negado del todo, que era capaz de aprender. Llegaba a plantearse cuestiones del tipo: «¿Cómo podría una persona que no vale para nada tener mi sensibilidad por los gustos y los aromas?» Esta última pregunta, desde luego, era retórica, aunque Johan tampoco conocía esa palabra.

Gracias a largas y numerosas conversaciones con su padre había empezado a comprender, al menos en parte, la cultura del país al que ahora representaba y, por lo tanto, la importancia de reconocer las situaciones en las que era posible untar manos para alcanzar sus objetivos.

En ese preciso instante, tenía la sensación de estar ante una prueba con su padre como testigo.

Le habían ofrecido al piloto treinta mil dólares por declarar, si era necesario, que había visto un aeropuerto que todavía no existía. Hasta ahí, todo bien. Pero cuando el trato parecía cerrado, de repente habían aparecido las palabras difíciles. ¿Qué hacer? Recordó lo que su padre le había dicho: se trataba de sopesar cada situación y de tomar la iniciativa antes de que el adversario fuera consciente de su ventaja.

—Efectivamente, soy el jefe anticorrupción —repuso con fingida seguridad—. Por cierto, ahora que lo pienso, creo haber visto diez mil dólares más en el maletín.

El rostro del piloto se iluminó.

—Diez mil más pondrían contentísima a mi mujer. Y no se preocupe: toda Mombasa sabe que yo nunca falto a mi palabra vendida. Si hay algo más en que pueda serles útil, simplemente díganlo.

Aleko estaba orgulloso de su hijo, aunque aquello empezaba a salirle caro.

—Dale el dinero —le pidió a Johan, y luego se dirigió al piloto—: Y usted, cuéntenos todo lo que sepa sobre esta situación.

• • •

El piloto hizo lo que se le pedía, aunque, por desgracia, no sabía tanto como Aleko habría querido. Un hombre blanco de entre treinta y cinco y cuarenta años que hablaba en inglés y deseaba a toda costa llegar a las Cóndores le había ofrecido siete mil dólares por llevarlo hasta allí. La idea inicial era aterrizar, pero el cliente había cambiado de opinión en cuanto había visto el ruinoso aeropuerto.

—Uy, perdone, el flamante aeropuerto.

Entonces, le había ordenado volar en círculos sobre el aeropuerto mientras él sacaba fotos con su teléfono. Una vez satisfecho, le había indicado que regresara a Mombasa.

—¿Y después?

—Sólo me consta que cogió un taxi que giró a la izquierda por la autovía. Es decir, que no se dirigió al centro de la ciudad, sino hacia el aeropuerto. Fue más o menos en ese momento cuando usted me llamó.

Uno de los dos testigos había sido neutralizado, quedaba el otro: el no identificado. Y tenía fotos. ¿Quién sería?

—En fin, podemos irnos —zanjó el presidente.

—¿Adónde? —preguntó el piloto—. No quiero ser indiscreto, señor presidente, pero es que tengo que llevarlos.

—Vamos a Zúrich, pero usted y su helicóptero se quedan en Mombasa.

61

La jugarreta condoreña

Fredrik regresó a Roma antes de agotar sus días de permiso llevando consigo las pruebas necesarias para que el cálido afecto que el embajador Guldén sentía por Johan se enfriara... o más bien se congelara.

Sin embargo, aún batallaba para asimilar lo que había sucedido unos días atrás: se había llevado una sorpresa inconmensurable al oír al embajador postular al idiota de Johan como posible primer secretario de la embajada.

Sabía que el embajador Guldén no podía ofrecer ningún puesto sin contar con la aprobación de los mandamases en Estocolmo, pero también que, después de su larga carrera como embajador (había desempeñado ese cargo en cuatro países distintos), tenía muy buena mano en el Ministerio de Asuntos Exteriores, así que probablemente bastara con que propusiera a algún candidato para que éste fuera aprobado casi de inmediato.

La mera idea de tener como jefe al imbécil de su hermano menor era superior a sus fuerzas.

Cualquier observador neutral habría advertido que las competencias intelectuales de Johan no eran las que el embajador sueco en Roma se imaginaba, y que éste, pese a ser un hombre conocido por su buen juicio, por una vez había juzgado mal

318

la situación y a la persona. Pero Fredrik iba mucho más allá: aunque Johan hubiera sido la única solución para salvar a la humanidad, de todas formas debería desaparecer, esfumarse. Casi le daba un soponcio sólo de pensar que la paz pudiera renacer, fuera donde fuese y como fuese, gracias a algo que había hecho su hermano, y no él.

No obstante, si se presentaba sin más en el despacho del embajador y le ponía las fotos delante de las narices, corría el riesgo de que éste acabara enterándose de que había ido a África a pesar de haber pedido permiso para ir a Montevideo a ver a su moribundo padre: ¿quién iba a creerse que había viajado hasta aquel lejano país sudamericano para decirle hola y adiós a un padre agonizante y luego volver a subirse en el avión de inmediato?

Al final, Fredrik acabó por encerrarse varios días en su piso de Roma con las persianas bajadas, pero no de brazos cruzados. Tras abrir en Instagram un perfil que bautizó como «La jugarreta condoreña», publicó una serie de fotos del ruinoso aeropuerto de Monrovi comparándolas con las imágenes que el presidente de las Cóndores había exhibido ante la Unión Africana, el secretario general de la ONU y el presidente de Estados Unidos. Los pies de foto (redactando los cuales gozó como loco) eran parecidos a éste:

Los mandatarios de los países de la Unión Africana siempre han considerado al presidente de las Cóndores una especie de broma pesada, pero todo ha empeorado tras el nombramiento de Johan Löwenhult como nuevo ministro de Asuntos Exteriores. Según fuentes fidedignas, Johan sería más tonto que Abundio, y aun así, él y su jefe han pretendido mostrarse como los reformadores de todo un continente ¡y hasta del mundo entero!

Tras cinco o seis fotografías con sus respectivos pies, el anónimo titular de la cuenta empezó a seguir al mayor número posible de periódicos, cadenas de televisión, comentaristas, comentócratas y opinadores políticos de todos los pelajes, muchos de los cuales empezaron a seguirlo también por cortesía, mera costumbre o curiosidad. Así, Fredrik consiguió su objetivo y la verdad sobre el maltrecho aeropuerto de las Cóndores se propagó como un reguero de pólvora.

Un suave sol de otoño brillaba sobre Zúrich. Todo estaba listo.

Agnes, Aleko, Johan, Petra y Herbert von Toll estaban sentados en una terraza situada en una calle perpendicular a la Bahnhofstrasse. La felicidad de volver a verse de la primera y el último de esa lista los había llevado a pedir sendas copas de vino blanco; el resto se conformaron con café.

—¿Le doy al botón? —preguntó Agnes, que había colocado la tableta sobre un soporte.

Los demás asintieron.

En realidad, tuvo que darle varias veces al botón porque no sólo lanzó al espacio virtual la página web del proyecto Juicio Final con su oferta imposible de rechazar para cualquiera que tuviera cien dólares que tirar incluida (o más, ya puestos), sino publicaciones en tres redes sociales distintas con vínculos a la susodicha página.

Después de respirar hondo, la anciana de pelo violeta levantó su copa y dijo mirando a Herbert:

—«*May the force be with us.*»

—*La guerra de las galaxias* —intervino Johan reconociendo la cita—, 1977, 1980, 1983, etcétera, etcétera. Y era «*you*», no «*us*», pero en fin, te lo perdono.

Agnes volvió a sorprenderse de que Johan pudiera ser tan culto en materia de cocina, brebajes y cine estadounidense, y estar en Babia en todo lo demás, pero no le dio tiempo a entretenerse demasiado con aquella curiosidad de la naturaleza: tenía la nariz pegada a la tableta y, a su lado, Herbert estaba en conexión directa con el banco.

—Ya llevamos quinientos —anunció.

—¡Quinientos dólares en pocos minutos! —aprobó impresionado el presidente Aleko.

—Quinientas apuestas: cincuenta mil dólares... bueno, noventa y cinco mil... no: ciento veinte mil... ciento ochenta mil.

Mientras el dinero caía del cielo, Johan tecleaba en su móvil. Papá Aleko le había pedido que estuviera atento al flujo de noticias y él sabía que, si uno toqueteaba en los lugares adecuados, podía hacer que aparecieran noticias en la pantalla del teléfono. Con un poco de pericia podía consultar la información. Pero ¿cómo era? Papá Aleko le había pedido que estuviera atento al flujo de noticias. En su opinión, el no va más para el proyecto Juicio Final sería aparecer en el *USA Today* o en la CNN, por ejemplo. Decía que, aunque había grandes grupos mediáticos en otras partes del mundo, como en Japón o en la India, en ningún lugar había más dólares que en Estados Unidos.

La verdad, no era muy probable que esos medios de comunicación se hubieran fijado en aquel aviso de apocalipsis, pero...

—¡Mirad! —exclamó Johan—. ¡Tiene gracia!

Les mostró un artículo de prensa, ¡con fotos!, recién publicado en *The Daily Sun* de Johannesburgo.

¿Qué es eso de «La jugarreta condoreña»?

Las fotografías eran del aeropuerto Aleko International, y se habían tomado desde el aire, aunque a poca altitud, a través de la reluciente ventanilla de un helicóptero. Iban acompañadas de un texto escrito por un corresponsal que había estado presente, días atrás, en la cumbre de la Unión Africana, y que había asistido al discurso durante el cual el presidente de las Cóndores había mostrado imágenes que supuestamente correspondían al nuevo aeropuerto de su país. El corresponsal se preguntaba si Aleko habría intentado burlarse, una vez más, del resto del continente y daba credibilidad a las revelaciones de una fuente anónima en Instagram.

Más o menos en el momento en que sus ingresos superaban la barrera de los dos millones de dólares, Aleko sintió que el terror lo invadía.

¿Acababa de decir Johan que aquello tenía gracia?

—Dime exactamente dónde le ves la gracia a este asunto —exigió.

Estaba a punto de convertirse de nuevo en un comemierda, y esta vez no habría marcha atrás.

Pero Johan había descubierto en la imagen un detalle que los demás habían pasado por alto.

—¿Veis ese reflejo verde en el cristal?

—¿El reflejo verde?

Si se veía más de cerca, podía distinguirse la mano del fotógrafo y, en su muñeca, la esfera verde de un Rolex Oyster Perpetual.

—Mi hermano Fredrik tiene uno exactamente igual —reveló Johan.

—Comprado con tu dinero —le recordó Petra.

La agradable reunión con vino y café para asistir al lanzamiento del proyecto Juicio Final se trasformó en reunión de emergencia. La principal teoría entre los miembros del grupo capaces de razonar con normalidad, era que el hermano de Johan, Fredrik, iba a por ellos... y que ya les sacaba un punto de ventaja.

Agnes, que se sentía igual de cómoda en las redes sociales que en la realidad, declaró que aquello no suponía ningún problema y que no había razón para que acabara siéndolo.

—¡Cómo no va a ser un problema! —exclamó exasperado Aleko—. ¡El aeropuerto es un espanto!

—En las fotos de Fredrik sí, pero no en las nuestras.

—La diferencia es que las suyas son reales, ¿o no?

Agnes se echó a reír.

—¿Y qué importa eso?

Mientras tanto, Herbert trajinaba en el corazón del sistema financiero del Banco von Toll.

—¿Qué estás haciendo? —preguntó Petra.

—El nombre de Fredrik Löwenhult me ha puesto la mosca detrás de la oreja, así que estoy comprobando una cosita en nuestro registro de clientes. Pues sí: abrió una cuenta con nosotros en verano y nos confió la gestión de sesenta y cuatro millones de coronas suecas que, a estas alturas, se han transformado ya en sesenta y siete millones: mi papá no es sólo un viejo malvado, también es muy hábil.

—Sesenta y cuatro millones —reflexionó Petra—: un poco más que lo que calculamos que habría recibido por la vivienda de doce habitaciones más trastero.

—Yo creo que ya tenemos a nuestro chivo expiatorio —añadió Herbert.

—¿«Chivo expiatorio»? —preguntó Johan.

—¡Chist! —repuso Agnes.

62

El mundo entero acepta la apuesta

Mientras el presidente que no quería ser un comemierda sentía que el mundo entero se derrumbaba a su alrededor, el dinero seguía engrosando una cuenta controlada por Herbert von Toll en el reputado banco de su padre en Zúrich. El creciente ritmo de participación era tan impresionante como lógico: en efecto, bajo determinadas circunstancias, internet puede propiciar que una información determinada se difunda exponencialmente: dos lectores se convierten en cuatro, luego en ocho, luego en dieciséis... Así, veintitrés multiplicaciones más tarde estaríamos hablando de 134.217.728 y, al cabo de seis multiplicaciones más, el sitio habría tenido más lectores que personas hay en nuestro planeta, si eso fuera posible.

Pese a todo, una mentira que se ha viralizado suele dejar de difundirse tarde o temprano... a excepción de ésta. Seguro que en ello influía la mera posibilidad de recibir nada menos que el doble del dinero apostado en caso de que el profesor Smirnoff errara, la insignificancia de la pérdida monetaria en relación con la extinción misma de la especie humana, en caso de que acertara, y el aval de un banco suizo. Muchos buscaron razones concretas para dudar de ese aval, pero no las encontraron.

Se trataba del Banco von Toll, fundado en 1935 y con probada solvencia.

Quizá, pero sólo quizá, la viralización se habría detenido si alguna figura de talla mundial hubiera expresado alguna duda; alguien como Britney Spears, por ejemplo, que era una de las artistas más en boga en el año 2011, y cuyo novio, Jason Trawick, no tardó en anunciar que Britney y él acababan de apostar cien mil dólares confiando en doblar esa suma y poder pagar así la costosa fiesta de compromiso que planeaban. O Bill Gates, quien, tras estudiar en profundidad los materiales publicados en la página web, declaró que acababa de apostar un millón de dólares seguro de que en unas pocas semanas contaría con el doble de esa cantidad para hacer una nueva contribución a los estudios sobre el cambio climático. O el fanfarrón empresario Donald Trump, que publicó una serie de tuits donde aseguraba que el cambio climático era un cuento, que ni el fin del mundo lo detendría si le daba la gana postularse como candidato a la presidencia de Estados Unidos y que, cuando llegara a presidente, una de las primeras cosas que haría sería prohibir que se hablara del cuento del cambio climático. Mientras llegaba ese día, había apostado 1,1 millones de dólares pero, a diferencia de Bill Gates, él no donaría sus ganancias porque no era un comunista.

Así pues, antes que frenar la difusión de la apuesta, las declaraciones públicas de esas figuras la llevaron a otro nivel. Herbert observó sorprendido cómo ocho millones de dólares se transformaban en trescientos de la noche a la mañana cuando un puñado de los hombres más poderosos del planeta y un montón de celebridades competían entre ellos a ver quién apostaba más

Si en algún momento Agnes pudo temer que no recaudarían ni un céntimo, ahora estaba cada vez más segura de que el resultado superaría todas sus expectativas. Eso sí: de haberse conocido las cifras que manejaban, cualquiera habría deducido, y con razón, que el profesor Smirnoff no podía tener recursos suficientes para pagar sus deudas. ¿Quién, aparte de unos pocos magnates del nivel de Bill Gates, podía disponer de trescientos millones simplemente para pagar una apuesta perdida?

Para anticiparse a cualquier posible aguafiestas, publicó en todas las redes sociales unos supuestos comentarios de

Smirnoff donde éste se quejaba de que casi nadie había aceptado su apuesta.

Petra quería saber más sobre el componente psicológico de lo que estaba sucediendo.

Agnes le explicó que, tras diez años de asidua utilización de internet, había aprendido un par de cosas. Como, por ejemplo, que cualquier cosa que se difundía en las redes se topaba de forma invariable con una resistencia desde una dirección indeterminada, dado que siempre había un internauta que aspiraba a algo distinto. Además, la ficción y la realidad se fusionaban hasta tal punto que, antes de que uno pudiera darse cuenta, no había quien distinguiera la una de la otra. Al final, todo el mundo se refugiaba en su versión favorita sin que la ciencia o ni tan siquiera la verosimilitud influyera en absoluto. Esto último daba lugar a diálogos de esta índole:

A: Por lo tanto, está científicamente probado que...

B: Cierra el pico, capullo.

Extrapolado a la situación actual, eso se traducía en que, dado que casi nadie quería morir, casi nadie creía en las falsas verdades de Petra.

Y era más la suerte que la inteligencia lo que los hacía tener razón.

La opinión más extendida en el debate planetario era que la profecía era una farsa y que más valía no hacerle caso; sin embargo, siempre era posible replicar a quienes eran de ese parecer: «Pues si tan seguro estás de lo que dices, ¿por qué no apuestas todo lo que tienes?»

Otra reacción consistía en intentar desacreditar la ecuación que soportaba la hipótesis. Algunos afirmaban (y era mentira) que habían logrado llegar hasta el final de los sesenta y cuatro pasos sin obtener el mismo resultado. Sí, la Tierra se destruiría, hasta ahí todos de acuerdo. Pero ¿cuándo? Si uno afirmaba que ocurriría dentro de seis mil años, otro decía que dos mil, y un tercero que el fin del mundo había sucedido en 1882, pero pedía un poco más de tiempo para hacer las cuentas de nuevo. Las autoproclamadas autoridades se anulaban unas a otras y ya nadie les prestaba atención, al menos no más que al supuesto profesor Smirnoff.

Petra había temido que la superchería del Juicio Final diera lugar a un pánico generalizado o a comportamientos aberrantes. El incidente que más se aproximó a sus temores fue la creación de un grupo de Facebook que lanzó una invitación a una orgía que empezaría en ese mismo momento en Hyde Park. Varias horas más tarde, la policía de Londres comunicaba que había detenido a una pareja casada en pleno acto en ese parque y dispersado a una pequeña aglomeración de espectadores.

La pitonisa entendía el razonamiento de Agnes sobre el funcionamiento de internet y de los seres humanos, pero se negaba a que su amiga llamara a sus cálculos «falsas verdades», aunque había amañado el final de la ecuación sustituyendo el parámetro 7,32 por 3,72. De ese modo, cualquiera que realmente lograra estudiar todos los pasos de la ecuación llegaría a la misma conclusión que el profesor Smirnoff: el funeral se celebraría el próximo 18 de octubre por la tarde; después de comer, para quien viviera en Nueva York, o al día siguiente por la mañana en Sídney. Pero su dignidad profesional le impedía publicar puras falsedades.

—Por cierto —recordó—, hasta en internet un aeropuerto ruinoso sigue siendo un aeropuerto ruinoso, ¿no?

—¡Mira que eres! —respondió Agnes sonriendo.

63

Agnes toma el mando

El equipo apocalipsis regresó a las Cóndores en compañía de un suizo de setenta y seis años que acababa de cortar los lazos con su padre para seguir a una novia en potencia de setenta y cinco.

A Aleko le estaba costando mantener el optimismo después del ataque de Fredrik Löwenhult. Tenía la impresión de que la única forma de reparar el daño causado por el artículo de *The Daily Sun* sería mostrarle al corresponsal del periódico la moderna terminal y decirle: «Compruébelo usted mismo: esa cuenta anónima de Instagram no dice más que mentiras.»

El problema era que no se trataba de mentiras.

Agnes, en cambio, no tiraba la toalla. En un abrir y cerrar de ojos montó una estrategia de comunicación, o plan de RRPP, en tres fases:

1. Entrevista al piloto del helicóptero en el programa televisivo *Nuestras Cóndores*.
2. Terminal provisional.
3. Búsqueda de un «idiota útil».

Le prometió a Aleko que todo se solucionaría.

Por un pelo, no tuvo razón.

64

El plan de RRPP de Agnes

Parte 1 de 3

A instancias de la anciana de pelo violeta, el magacín de periodismo de investigación *Nuestras Cóndores* emitió una entrevista exclusiva con el piloto de helicóptero de Mombasa para arrojar luz sobre el asunto de las fotografías del aeropuerto condoreño en ruinas que de repente estaba en boca de media África.

Normalmente, la cuñada del presidente Aleko se limitaba tan sólo a dirigir la cadena, pero cuando las circunstancias lo aconsejaban, como en este caso, hacía también de presentadora.

—Es incomprensible —mintió el piloto.

Unos días antes, un europeo le había pedido hacer un viaje de ida y vuelta a las Cóndores.

—Le dije que era imposible, que estaba prohibido aterrizar debido a un pájaro en peligro de extinción.

—¿Y qué le respondió él?

—Que no deseaba aterrizar, simplemente llegar hasta la frontera del país y luego dar media vuelta. Pagaba bien, y yo no veía nada ilegal en el asunto, así que acepté.

La cuñadísima prosiguió con tono severo:

—Pero las imágenes se tomaron dentro del espacio aéreo de las Cóndores, ¿no es así?

El piloto de helicóptero fingió un gesto de incomodidad.

—Sí —confesó finalmente—. Cuando llegamos a la altura de la frontera, aquel señor me prometió dos mil dólares más si continuaba durante unos minutos. Acepté, pero lo advertí de que en ningún caso aterrizaría sin autorización en el archipiélago. Él me respondió que no haría falta, que bastaba con que sobrevolara la zona un momento y luego diera media vuelta. En aquel momento me pareció que eso no le haría ningún daño al pájaro.

—¿Es usted consciente de que ha infringido la ley?

El piloto titubeó.

—Lo siento.

—No es a mí a quien debe pedir disculpas, sino al pueblo condoreño. Pero cuéntenos qué pasó a continuación.

—Después de infringir la ley, por lo que pido disculpas al pueblo condoreño, pasé rápidamente por encima del aeropuerto, el extranjero tomó fotos y me dijo que ya podíamos irnos. Sólo permanecimos unos minutos dentro del espacio aéreo de las Cóndores.

—¿A qué se refería hace un momento, cuando ha dicho «es incomprensible»?

—Bueno, pues es bien sencillo... ¡que el aeropuerto es superbonito!

—¿No se parece a estas imágenes?

—¡Para nada! El extranjero debió de falsificarlas o sacarlas unos meses antes. Simplemente no lo entiendo...

—¿Hizo también fotos de la famosa Bolsa de valores del país? ¿De las obras del nuevo hospital? ¿De todos los colegios en construcción?

—No, no. Se lo juro, sólo del aeropuerto.

65

El plan de RRPP de Agnes

Parte 2 de 3

La pedregosa y terrosa pista del aeropuerto se había convertido, en tiempo récord, en una superficie perfectamente llana, negra y brillante.

Agnes felicitó al extenuado director del aeropuerto dándole una palmadita en el hombro.

—Buen trabajo. Ya sólo falta la terminal.

—¿Está usted de broma?

—Tiene cuatro días.

—Está usted de broma.

Pero Agnes no estaba de broma: la excelente idea de Aleko de quemar la antigua terminal haciendo creer que se trataba de la nueva no bastaba tras la publicación de Fredrik Löwenhult. Nadie se lo creería.

Sacó los croquis de lo que tenía en mente: una fachada de ciento diez metros de largo por ocho metros de alto erigida sobre la cara del edificio que daba a la pista de aterrizaje. Sería de madera, pero pintada de color gris claro para darle apariencia de cemento. Según los planos, la sostendrían un gran número de puntales desde el interior. Desde la perspectiva y la distancia adecuadas, la verdadera terminal, que seguiría decrépita, quedaría totalmente oculta, y el aeropuerto sería la réplica exacta de la mentira que Aleko había contado hacía poco más de una semana.

Resguardada por la falsa fachada, el ave imaginaria podría ocuparse tranquilamente de su nidada y el director del aeropuerto iniciaría la laboriosa tarea de retirar y despejar el desastre que se ocultaba al otro lado. (Aleko quería que los escombros se descargaran en el valle del portavoz de las cabras monteses para que éste tuviera la mente ocupada un buen rato.)

El director le preguntó a Agnes si no creía que el engaño quedaría al descubierto en cuanto el primer pasajero cruzara las puertas de entrada a través de la fachada.

—Tiene usted cuatro días, ¿se lo he dicho ya?

66

El plan de RRPP de Agnes

Parte 3 de 3

El piloto de helicóptero generosamente sobornado tenía unas dotes de actor insospechadas. La entrevista en *Nuestras Cóndores* se propagó por el continente. En las redacciones de los periódicos de repente había un gran revuelo. ¿Era el Comemierda un comemierda o no?

El sudafricano *The Daily Sun* había sido el primero en poner en tela de juicio la credibilidad de Aleko después de la publicación de las fotos en Instagram. Sin embargo, ahora un piloto de helicóptero al borde de las lágrimas juraba que las fotos que habían aparecido en una cuenta anónima de Instagram estaban trucadas.

El patito feo se había convertido en cisne, después volvió a ser anadón y luego… luego ¿qué? ¿Habría participado Samuel Duma, el corresponsal que había asistido a la cumbre y visto las imágenes de Aleko para luego descubrir la cuenta de Instagram y publicar la nota, en el descrédito de un inocente?

No se quedó más tranquilo después de leer la declaración del presidente:

La decisión de cerrar el Aleko International Airport de las Cóndores con la finalidad de proteger una especie amenazada en nuestro planeta ha sido cuestionada por fuerzas nocivas que quieren devolver África a las eternas tinieblas de la corrupción. No les importa poner en riesgo a una pobre ave, a un débil pajarito que lo único que desea es desplegar sus alas, con tal de alcanzar sus deleznables objetivos. Pero yo prefiero sacrificar mi reputación internacional antes que reabrir nuestro espléndido aeropuerto cuando el *Cyanolanius condorensis* todavía no ha abandonado su nido.

Samuel Duma consideraba que era responsabilidad suya, más que de ningún otro, esclarecer toda aquella historia, así que envió un mensaje al palacio presidencial condoreño para pedir permiso para visitar el archipiélago en barco si era necesario. Sin embargo, una alternativa razonable sería utilizar un helicóptero que podría aterrizar en cualquier parte, a una distancia prudencial del gorrión amenazado. «*The Daily Sun* pretende así acallar los rumores de una vez por todas y, ojalá, también restablecer el honor del presidente condoreño.»

Sin saberlo, Samuel Duma le había hecho ganar tiempo a Agnes: el «idiota útil» se había presentado *motu proprio*. El gobierno condoreño, había respondido el portavoz de palacio (que no era otro que el presidente en persona, aunque era imposible que Samuel Duma lo supiera), estaba presto a organizar un vuelo en helicóptero desde Mombasa; no obstante, lamentaba informarlo de que, por razones incongruentes, la visita no podría llevarse a cabo hasta dentro de cuatro días.

La anciana de pelo violeta leyó la respuesta de Aleko.

—Muy bien lo de los cuatro días, pero ¿de dónde te has sacado ese «incongruentes»? ¿Sabes lo que significa «incongruente»?

—Es un término que solía utilizar en Moscú cada vez que tenía que poner a alguien en su sitio: las palabras pueden ser un arma.

—Pero ¿sabes lo que significa?

—Ni te imaginas la cantidad de veces que he pensado en buscar el significado, pero luego nunca lo he hecho.

—«Absurdo.»

—Pues yo me considero la mar de sensato.

—¡«Incongruente» significa «absurdo»!

—¡Anda! Era eso.

«De tal palo tal astilla», pensó Agnes. El empleo de la palabra «incongruentes» hacía que la invitación presidencial fuese un poco incongruente, pero en cualquier caso funcionaría.

67

Fracaso estrepitoso

Sólo había una cosa que Aleko detestaba más que la Unión Africana: a los periodistas. Ya durante sus comienzos como presidente, varios de ellos lo habían asaltado durante una visita a Gambia y le habían hecho una serie de preguntas grotescas sobre cualquier tema imaginable, incluida su opinión sobre los derechos humanos... ¡como si los derechos humanos fueran un derecho humano!

Había logrado darles una lección, pero desde entonces huía de los miembros de ese gremio como de la peste. Por lo tanto, no era de extrañar que hubiera vacilado ante la propuesta de Agnes de organizar un encuentro aparentemente fortuito con un periodista. No obstante, la anciana parecía saber lo que hacía y tenía buenos argumentos...

Ésa era la razón por la que estaba escondido en el despacho de la empresa de helicópteros de Mombasa, subiéndose por las paredes mientras el piloto recibía a Samuel Duma en la puerta de la sala de espera.

El corresponsal creía que le habían ofrecido la posibilidad de aterrizar en la isla y entrevistar al orgulloso director del aeropuerto, pero el piloto había recibido la orden secreta de «recordar» en el momento apropiado que no le quedaba combustible suficiente y debía regresar de inmediato a la base. Entonces, sobrevolaría dando un amplio giro la flamante pista de aterrizaje, lo que le permitiría a Duma contemplar la fachada de madera disfrazada de cemento desde una perspectiva perfecta para sacar fotos. Luego, a su regreso a Mombasa, se toparían con el presidente Aleko, que justo volvería de una importante reunión en El Cairo (o en la Conchinchina) y aceptaría, de mala gana, concederle una entrevista.

Así, el Comemierda se convertiría por segunda vez en un mes en el héroe del continente.

Ése era el plan.

Pero... ¿por qué las cosas nunca saldrían según lo previsto?

Johan tenía la impresión de que todos los problemas de papá iban solucionándose poco a poco. No conocía los detalles, pero le bastaba saber que un hombre importante debía sobrevolar el aeropuerto y hacer fotos que demostraran que Aleko no era un comemierda. Luego, ambos se reunirían en Mombasa y papá recibiría un montón de felicitaciones porque el tipo importante le contaría al mundo entero qué encanto de hombre era el presidente condoreño.

Johan tenía ganas de aportar su granito de arena: Aleko hablaba a menudo de la importancia de mostrar iniciativa, de ser dinámico, de prevenir en vez de curar. Se le ocurrió algo y, con un preaviso de sólo una hora, se las arregló para aparecer en la televisión de las Cóndores.

Allí, en su calidad de ministro del gobierno, declaró que, para apoyar el trabajo infatigable del presidente, decretaba la prohibición oficial de la corrupción a partir de ese mismo día.

No podía estar más orgulloso de sí mismo.

El clima condoreño se caracteriza por una estación seca de mayo a octubre y otra lluviosa acompañada de temporales, ciclones y alta humedad atmosférica de noviembre a abril. Desafortunadamente, en la era del cambio climático esas previsiones no eran fiables. Durante el año 2011, la estación lluviosa se presentó sin avisar la tarde del 10 de octubre.

El piloto de helicóptero se mostró cuando menos sorprendido al ver que las gotas de lluvia empezaban a estamparse de repente contra su parabrisas. A medida que el viento arreciaba, avanzar era cada vez más difícil, pero él contaba con decenas de miles de horas de vuelo a sus espaldas y ese viento no iba a asustarlo.

El viaje se desarrolló según lo previsto y, justo en el momento en que el aparato penetraba en el espacio aéreo condoreño, pudo soltar en el micrófono de su casco la palabrota que había ensayado cuidadosamente:

—¡Mierda!

Samuel Duma le preguntó cuál era el problema.

—Me he olvidado de llenar el tanque, ¡seré tonto!

Duma sintió que su primicia peligraba.

—¡Pero si casi hemos llegado! Podría repostar en las Cóndores, ¿no?

El piloto ya se esperaba aquella sugerencia.

—¡Ni loco! Su porquería de combustible se cargaría cualquier motor. Así que, a menos que a la vuelta le apetezca hacer un amerizaje de emergencia en el océano Índico...

A Samuel Duma no le apetecía: quería regresar junto a su mujer para celebrar su décimo aniversario de boda. Habían planeado dar un paseo de la mano por el jardín botánico Walter Sisulu.

—Pues entonces volvamos —concluyó el piloto, que inició un amplio semicírculo al norte del aeropuerto.

A poca altitud, para así no fastidiar la perspectiva de la fachada de pega.

A Duma no le dio tiempo a pensar que el nivel de keroseno no variaría mucho si el piloto aterrizaba brevemente antes de dar la vuelta.

Al divisar el aeropuerto, empezó sus capturas, alternando las fotos con los vídeos. Ya tenía la primicia. ¡El aeropuerto estaba a estrenar! Las imágenes aéreas eran excelentes, con la pista perfectamente asfaltada y de un negro reluciente en primer plano y la imponente terminal de cemento justo detrás.

En ese momento, el viento arreció y la lluvia golpeó todavía con más fuerza el parabrisas.

El crujido ensordecedor de los catorce enormes puntales de madera partiéndose uno a uno fueron inaudibles dentro del habitáculo del helicóptero; además, tanto el piloto como el pasajero llevaban el casco puesto.

Sin embargo, el instante fue perfectamente visible: las fotos y la grabación mostraron con gran calidad y sin lugar a duda una terminal de aeropuerto que cedía ante el viento y dejaba a la vista lo que se ocultaba detrás.

68

Los horrores del periodismo

El aparato EC155 fue ganando terreno en dirección a Mombasa. El vuelo bajo la lluvia y el viento cada vez más fuertes resultó accidentado, pero aun así el corresponsal Samuel Duma logró esbozar su artículo.

MONROVI - MOMBASA (Samuel Duma, corresponsal). Aleko, el presidente de las Cóndores, causó sensación hace dieciséis días en Adís Abeba tras declarar, en nombre de su país, la guerra contra la corrupción.

Su discurso hizo nacer una nueva esperanza en el corazón de todo un continente y lo hizo merecedor de los espaldarazos del secretario general de la ONU y el presidente de Estados Unidos.

Sin embargo, Aleko había engañado al mundo entero. Ya se rumoreaba que era un corrupto, un cínico y un embustero, y hoy, *The Daily Sun* revela que esos rumores eran ciertos.

Para acabar el artículo tendría que esperar a llegar a la sala de embarque del aeropuerto de Johannesburgo, pero había conseguido una primicia, y ese tipo de informaciones había que compartirlas con el mundo cuanto antes. Eso sí, por ética periodística, antes de publicar nada tenía que enviar un correo electrónico al palacio presidencial de las Cóndores y darle a aquel presidente de pacotilla, el hombre al que con razón llamaban Comemierda, la oportunidad de explicarse. Intuía que no recibiría respuesta. Mejor. Bastaría incluir en el artículo la siguiente frase: «*The Daily Sun* ha intentado contactar con el presidente Aleko, que ha declinado hacer cualquier tipo de declaración.»

En cuanto el helicóptero se posó en tierra, el corresponsal bajó corriendo y corrió hasta la oficina de la empresa de helicópteros para no esperar un taxi bajo la lluvia torrencial. Para su gran sorpresa ya había alguien dentro, un hombre de pie en un rincón y con cara de estar esperando para montarse en el helicóptero pese al tiempo de perros. Caramba, le resultaba familiar.

—Ya veo que hoy no es precisamente mi día de suerte —le dijo el presidente Aleko—: tengo la costumbre de jamás conceder entrevistas. —Todo se desarrollaba según lo planeado y él estaba de un humor radiante a pesar del tiempo espantoso. No cabía duda de que Agnes sabía gestionar de maravilla las crisis—. ¡Anda! ¡Pero si es usted el corresponsal de aquel periódico sudafricano que quería verme! En ese caso puede hacerme un par de preguntas; de todas formas, estamos atrapados aquí...

Samuel Duma tardó un segundo en darse cuenta de que en efecto se trataba del hombre que creía. En un abrir y cerrar de ojos ya se había puesto las pilas.

—Estupendo, señor presidente. En ese caso, ésta es mi primera pregunta: ¿por qué ha intentado engañar al mundo entero?

Aquélla no era en absoluto la pregunta que Aleko se esperaba.

—No lo sigo. Tenía entendido que regresaba ahora mismo de hacer un reportaje en las Cóndores. ¿Me he perdido algo? ¿Se ha desviado el helicóptero?

—Señor presidente, tengo una serie de fotos y también una grabación que muestran su patética fachada de madera volcada por el viento y, detrás de ella, una de las terminales más lamentables de toda África. Ha intentado utilizarme para promocionarse, así que mi siguiente pregunta es: ¿por qué?

Aleko vio esfumarse los elogios con los que soñaba. ¡Puñetero tiempo! ¡Puñetero todo! En su cabeza las ideas se sucedían a cien kilómetros por hora. ¿Sería factible abalanzarse sobre el tipo y acabar con él allí, en el acto?

Duma se dio cuenta de que el presidente estaba en shock.

—¿Está inventándose ahora mismo una explicación cualquiera? Créame, no lo conseguirá: sé lo que he visto, he sacado fotos y ya he tenido tiempo incluso de redactar la introducción de mi artículo. Lo mejor que puede hacer, señor presidente, es recono...

—Veinticinco mil —lo interrumpió Aleko—. Dólares, por supuesto.

—¿Qué? —exclamó Samuel Duma desconcertado.

—¿He dicho veinticinco mil? Quería decir cincuenta mil. El sueldo de tres años, más o menos, ¿me equivoco?

Aleko se jactaba de que no había otro como él a la hora de comprar el silencio de cualquier persona.

—Yo diría más bien el sueldo de cinco años, señor presidente; o de cincuenta, si fuera agricultor en las Cóndores.

—Sólo a un idiota podría ocurrírsele ser agricultor en las Cóndores, y no creo que usted sea un idiota. Pienso que hoy podría ser el mejor día de su vida. Le propongo un apretón de manos por cien mil, y no se hable más. Tengo muchas cosas que hacer y me gustaría regresar antes de que el tiempo empeore aún más, pero primero quisiera dejar zanjado este penoso asunto.

Samuel Duma opinaba lo mismo: si el señor presidente lo disculpaba, debía terminar un artículo cuanto antes.

—Mire, ahí está mi taxi. Le agradezco la entrevista, señor presidente, y le deseo mucha suerte a partir de ahora. Hasta siempre.

Dicho lo cual, desafiando la lluvia, Samuel Duma entró de un salto en su taxi y desapareció. Cien mil dólares era una cantidad desorbitada para cualquier periodista sudafricano, pero su honor no estaba en venta.

El piloto de helicóptero había llevado a cabo todos los procedimientos necesarios para apagar su aparato. Después de comprobarlo todo una vez más, regresó a su oficina. Fue entonces cuando descubrió al presidente Aleko en la sala de espera.

—Buenos días, señor presidente. ¿Todo en orden?

—Cierra el pico —repuso Aleko—. ¿Cómo has podido ser tan estúpido como para traer de vuelta al reportero después de lo que había visto?

El piloto presentía que la jornada no acabaría bien, pero ¿qué se suponía que debía haber hecho?

—¿Qué se suponía que debía haber hecho? —protestó.

—Para empezar, apañártelas para estrellarte en el mar, o al menos para arrojar a tu pasajero desde quinientos metros de altura, ¡cualquier cosa menos esto!

El piloto tenía un barómetro moral para evaluar los niveles de soborno en función de la situación y, en este caso, el dinero que se había embolsado no alcanzaba para soltar los mandos aunque fuera unos segundos en pleno temporal para empujar a su pasajero fuera del aparato, ¡y mucho menos para suicidarse! No, aquello habría acabado mal para todo el mundo.

—Salvo para mí —farfulló Aleko—. Vamos, arranca tu dichoso helicóptero y llévame a casa.

—No con este tiempo, señor presidente: es demasiado peligroso.

Pero Aleko no tenía intención alguna de pasar la noche en una sala de espera, de modo que le lanzó una mirada especialmente convincente.

—Aunque, con un poco de suerte, tal vez se despeje —rectificó el piloto—. Despegamos a las 15.00 h.

—A las 14.00 h.

MONROVI - MOMBASA (Samuel Duma, corresponsal). Aleko, el presidente de las Cóndores, causó sensación

343

hace dieciséis días en Adís Abeba tras declarar, durante un discurso en la sesión extraordinaria de la Asamblea de la Unión Africana, la guerra contra la corrupción y anunciar, presentando incluso imágenes, la terminación una serie de impresionantes obras de infraestructura.

Su discurso hizo nacer una nueva esperanza en el corazón de todo un continente y lo hizo merecedor de los espaldarazos del secretario general de la ONU y el presidente de Estados Unidos.

Sin embargo, Aleko había engañado al mundo entero. Ya se rumoreaba que era un corrupto, un cínico y un embustero, y hoy, *The Daily Sun* revela que esos rumores eran ciertos.

La terminal aérea, por ejemplo, no era más que una fachada de madera que acabó en el suelo al primer golpe de viento.

The Daily Sun ha obtenido, además, una entrevista exclusiva con el presidente Aleko durante la cual lo enfrentamos con la realidad de los hechos. Pero el mandatario ni siquiera se tomó la molestia de dar una explicación; en vez de eso, intentó hasta en tres ocasiones sobornar a quien esto escribe. Luego, sin siquiera sonrojarse, calificó a sus gobernados de «idiotas» por aceptar trabajar a cambio de sueldos de miseria.

El reportaje completo podrá leerse en la edición de mañana de *The Daily Sun.*

La precoz temporada de lluvias pareció dar marcha atrás, como si estuviera indecisa. El piloto aterrizó sin dificultad cerca del palacio presidencial, dejó bajar a su pasajero y despegó de nuevo con la clara sensación de que Aleko tenía los días contados. Lo mejor que podía hacer era reclamar su pago lo antes posible y confiarle el dinero a su esposa aconsejándole, de paso, especular con un franco condoreño muy debilitado.

Cuando Aleko entró en la sala donde el equipo acostumbraba a reunirse, Agnes, Günther, Herbert, Johan y Petra estaban viendo la televisión. La cadena de noticias estadounidense CNN había adquirido cuatro fotografías y un vídeo que acompañaban de citas extraídas del artículo sudafricano y de la entrevista en la que el presidente calificaba de idiotas a sus conciudadanos. Todo ello seguido de tres breves entrevistas a condoreños que llevaban semanas varados en Adís Abeba después de que su vuelo de regreso se hubiera cancelado de repente.

Los tres afirmaban no querer seguir siendo representados por un hombre que no los respetaba y además mentía de una forma tan flagrante. Finalmente, la cadena de noticias mostraba un vídeo en el que el ministro de Asuntos Exteriores del archipiélago decretaba la prohibición oficial de la corrupción a partir de ese día.

El presidente, con el pelo empapado de lluvia, no abrió la boca durante todo aquel reportaje demoledor, hasta que terminó la intervención de Johan.

—Pero si los sobornos siempre han estado prohibidos, ¿cómo ha podido la loca de mi cuñada permitirte aparecer en directo para decir eso?

Johan no se atrevía a mentirle a su padre.

—Le solté un billete de cien.

La jornada de Aleko concluyó con la llamada telefónica de Ban Ki-moon para notificarle que Johan Löwenhult había sido destituido de su cargo como jefe anticorrupción. En cuanto al presidente, podía meterse su centro financiero por donde ya sabía. Ban Ki-moon jamás había empleado una expresión parecida durante sus varias décadas al servicio de la diplomacia, pero a esas alturas la diplomacia no contaba con palabras lo bastante fuertes.

Aquella llamada hizo que Johan se acordara de que su padre le había dado el teléfono de cierto actor hollywoodiense.

—Creo que hay que animar un poco el ambiente; ¿y si llamo a George Clooney? Recuerdo que quería felicitarnos.

—Buena idea —ironizó Petra.

El rostro de Johan se iluminó.

—¿De verdad?

—No.

69

Es hora de pasar página

Al día siguiente tuvo lugar una manifestación frente al palacio presidencial. Alrededor de doscientos condoreños se reunieron al otro lado de la valla al grito de «¡Dimisión!». Sus voces llegaban hasta el salón donde Aleko se encontraba en compañía de Agnes, Günther, Herbert, Johan y Petra. De no ser por el mal tiempo, la manifestación habría sido diez veces más numerosa.

Aleko había conseguido que su pueblo se avergonzara de él. Las pancartas le reprochaban las mentiras, los sobornos a diestro y siniestro y los insultos a sus conciudadanos.

—Que a uno lo llamen «idiota» tampoco es el fin del mundo —comentó Johan.

Petra repuso que también lo llamaban «mentiroso» y «corrupto».

Agnes les había enseñado a sus amigos que casi siempre era posible darle la vuelta a la tortilla para sacar tajada de una situación mediante un buen programa de retoque de imágenes y una potente campaña publicitaria en el mayor número de redes sociales posible. Si había alguien capaz de revertir la mala imagen de Aleko era ella. Por ese motivo fue un gran revés para todo el equipo oír que por primera vez respondía con palabras malsonantes:

—Ni de coña voy a arreglar esto, joder.

—Qué guapa te pones cuando dices palabrotas —comentó Herbert embelesado.

Günther se bebió la mitad de su vaso de vodka y enseguida lo embargó una profunda melancolía rusa, por muy alemán del Este que fuera.

—Todo es culpa mía —se lamentó.

Por qué exactamente, no estaba muy claro.

No obstante, una vida larga y plena le había enseñado a Aleko a reconocer el momento de abandonar el barco.

Por ejemplo, cuando Gorbachov o Yeltsin estaban a punto de perder el poder. Al primero lo había dejado tirado para irse con el segundo; después de la caída en desgracia del segundo, había hecho las maletas llenándolas con todo el dinero que había desfalcado y había dejado Rusia para siempre. Ahora estaba a punto de pasar página tras siete años como presidente.

—Bueno, toca bajarse del burro y seguir caminando.

70

Operación Salvar los Muebles

Parte 1 de 5

Aleko en realidad no tenía ningún plan, sólo sabía que iba siendo hora de cambiar de ubicación con todo el dinero que pudiera en las maletas.

Petra calculó las medidas que había que tomar. La ecuación era la siguiente:

$$\text{Ganar tiempo} + \text{asegurar sus fondos} + \text{emigrar} = \text{paz y tranquilidad}$$

Le confió a Aleko la tarea de ganar tiempo: la prioridad sería calmar el ambiente revolucionario generalizado. No tenían ni la calma ni los medios para permitirse un golpe de Estado.

El presidente apreciaba las dotes de líder de la pitonisa. En otras circunstancias habría sido un verdadero as en la manga en su gobierno. Llamó a Fariba para avisarla de que tenía la intención de enviar un mensaje televisado a su pueblo esa misma tarde a las 20.15 h.

—¡Pero si es justo en medio de *Juego de tronos*! —exclamó Fariba.

—Lo sé —respondió Aleko.

Era así como se llegaba a las masas.

• • •

Se pasó toda la tarde puliendo su discurso y escuchó las opiniones de Günther y de Agnes antes de dejar que Petra decidiera. Unos segundos antes de las 20.15 h, se bebió un buen lingotazo de su mejor vodka ruso para meterse en su papel. Los focos del plató se encendieron. La cuenta atrás comenzó: «Tres... dos... uno... ¡acción!»

¡Mirada segura y directa a la cámara!

—Mis queridos y orgullosos compatriotas condoreños. Durante más de siete años he trabajado día y noche para velar por vuestro interés y resistir ante quienes han intentado pisotearnos, pero también he cometido errores, y sé que la semana pasada decepcioné a muchos de vosotros. Por eso os ofrezco mis más sinceras disculpas y os anuncio que, asumiendo las consecuencias de mis actos, convocaré unas elecciones presidenciales en las que no me presentaré como candidato. Se celebrarán dentro de una semana y, como muy tarde, una semana después confiaré la responsabilidad de la nación al vencedor democráticamente electo. ¡Viva la democracia! ¡Vivan las Cóndores! Ahora, le devuelvo el protagonismo a *Juego de tronos.* ¡Larga vida a Ned Stark!»

Aquel homenaje a Ned Stark no estaba en el guion: se le había ocurrido en el momento y le pareció bastante apropiado. En el fondo, le gustaban las mismas cosas que a todo el mundo.

Resultó ser la maniobra perfecta porque, aunque poco antes el número de manifestantes frente al palacio ya había ascendido a tres mil, salvo siete de ellos, todos se fueron a casa a ver el fragmento semanal de la serie estadounidense... y ninguno regresó.

En cuanto a los siete restantes, fueron tirando la toalla uno a uno después del anuncio, en cuanto se enteraban de un modo u otro de lo que el presidente había declarado en directo.

Aleko, que había pronunciado su discurso desde un plató especial en las entrañas de su palacio, observó desde la tercera planta del ala oeste con sus prismáticos la partida del último manifestante. Daba la impresión de que se trataba de una joven. No parecía rabiosa en absoluto, quizá algo decepcionada. Se alejó arrastrando los pies y dejando una pancarta del revés.

¡FUERA ALEKO!

El presidente saliente tuvo que inclinar la cabeza hacia un lado para leerlo.

—Ya voy, joder —dijo desde su ventana.

71

Operación Salvar los Muebles
Parte 2 de 5

A tan sólo tres días del segundo apocalipsis en el intervalo de un mes, el flujo ininterrumpido de dinero en la cuenta de Herbert poco a poco había ido perdiendo fuerza hasta casi detenerse por completo. Durante su tradicional reunión posmeridiana en la enorme terraza del palacio (donde Johan siempre les preparaba una agradable sorpresa), Agnes lamentó que seguramente hubieran llegado ya a todas las personas dispuestas a apostar. El mercado estaba, por así decirlo, saturado.

—Aunque 514 millones tampoco está nada mal —concedió.

Aleko estaba totalmente fascinado por la decepción de la anciana de pelo violeta.

—¿A cuánto aspirabas?

—Me habría encantado superar los mil millones.

A todos los demás la suma les parecía más que suficiente. Petra decidió que ya era hora de sacar el dinero de la cuenta suiza y transferirlo a las Cóndores, para lo cual necesitaban más que nunca a Herbert von Toll. Éste se volvió hacia Aleko y le aseguró que, para que la transacción fuera invisible, necesitaba que le entregara todas las claves digitales del Banco Condoreño.

Aleko obedeció, pero no sin antes hacer una pregunta muy seria:

—¿Podemos confiar en ti, Herbert?

—Totalmente —respondió Agnes.

Inspirada de repente por la anciana de pelo violeta y su nuevo novio, Petra se concedió una pausa en su labor de planificación, aunque quizá estaba planificando su propio futuro. Había continuado hablando con Malte, que seguía en Estocolmo, pero aún no se había atrevido a preguntarle qué lugar ocupaba Victoria en su corazón después del incidente del bate de béisbol y el palo de golf.

Le constaba que era tan afectuoso y amable como ella ya sospechaba en el instituto, pero ¿sería también irremediablemente indeciso? En todo caso, él le había escrito que pensaba comprarse un bate de béisbol nuevo y bautizarlo en su honor.

Si eso no era un flirteo, entonces ¿qué era?

Herbert apartó los ojos de la pantalla y anunció a la asamblea que los 514.226.000 dólares estaban a buen recaudo en el Banco Condoreño.

Puede que en las setenta horas en que las apuestas seguirían abiertas se reunieran unos cuantos miles de dólares más, pero tendrían que renunciar a ellos.

Aleko respondió que eso no le quitaba el sueño: tampoco había que mirar tanto por cada céntimo.

Pero Herbert había descubierto algo extraño.

—Aleko, he visto que hay otros quinientos millones más en tu banco de las Cóndores; ¿de dónde han salido?

—¡Uy, sí, joder! —exclamó Aleko.

Con todo lo que estaba pasando, se había olvidado por completo de aquel asunto.

• • •

Dos años antes, una mujer de negocios rusa había pedido una audiencia para explicarle que se planteaba invertir varios miles de millones en el país.

Él, desde luego, no podía negarse. Le daba un poco de miedo, dada su trayectoria, pero había cambiado de nombre y de aspecto, y ya habían pasado muchos años. En todo caso, el riesgo de que la mujer de negocios pudiera descubrir que detrás de Aleko se ocultaba Alexander Kovalchuk pesaba poco en comparación con la suma de la que hablaba.

Había decidido invitar a Günther a la reunión. Al otro lado de la mesa estaba sentada una mujer muy elegante acompañada de su intérprete, pero, durante la conversación, él se había dado cuenta de que, en realidad, con quien estaba tratando era con los *vory*, que ahora se ocultaban detrás de chaquetas y corbatas o, como en este caso, de un traje sastre Prada hecho a medida y un par de tacones de aguja Louboutin. Lo tranquilizó un poco que aquella mujer fuera tan joven: debía de haber sido una niña cuando él había huido de Rusia.

De todas formas, por seguridad, había hablado en francés y procurado disimular que sabía ruso, no fuera a ser que aquella joven señora lo contara al volver a su país y alguien atara cabos de algún modo.

Tras una serie de fórmulas de cortesía, Aleko había agarrado el toro por los cuernos:

—Vivimos en un mundo injusto. Basta con extraviar el más mínimo recibo o aceptar complacer a un socio comercial para verse de repente en posesión de sumas de dinero que los Estados y las autoridades califican injustamente de «sucio». Me siento orgulloso de pertenecer a la vanguardia que combate esta aberración financiera. Le propongo que probemos la experiencia juntos, si no le parezco demasiado atrevido.

Habían acordado empezar por diez millones de dólares de dudosa proveniencia que había que blanquear.

Günther había tomado las riendas del asunto en cuanto la rusa y su intérprete se habían marchado del palacio. Sabía cómo proceder porque, muchos años antes, había tenido como socio de confianza a un chino de Hong Kong, a la sazón residente en Florida, que imprimía unas cartillas de racionamiento soviéticas falsas de tanta calidad que era más fácil que las autoridades sospecharan de fraude ante una cartilla auténtica. Además del negocio de la falsificación, el hongkonés poseía una cadena de peluquerías y un negocio de importación de caviar «ruso» producido y envasado en Vietnam, así que su relación no se había interrumpido con la caída de la URSS.

Con Günther ya en las Cóndores, su socio había empezado a copiar las tarjetas de crédito de sus clientes y a transmitir los números al archipiélago, donde imprimían tarjetas falsificadas que después enviaban por correo a la República Dominicana, el destino vacacional favorito del hongkonés. Luego, éste remitía esas tarjetas a conocidos suyos desperdigados por todo el mundo (tenía la mejor red de contactos imaginable en lugares como Malasia, Noruega, Rumanía, Sierra Leona, México, Lituania, Irlanda, Marruecos, Filipinas y muchísimos países más) que compraban televisores y otros dispositivos electrónicos de alta gama que despachaban a las Cóndores. Finalmente, un viejo contacto de Aleko revendía los aparatos en Moscú utilizando una cadena de tiendas bien conocida y aparentemente respetable.

Un comercio que vende aparatos electrónicos de alta gama sin tener que pagarlos no tarda en obtener pingües beneficios. Pero es que además los vendían en Rusia, donde esa clase de aparatos escaseaban sistemáticamente. Así, diez millones de dólares malversados se convertían pocas semanas más tarde en 9,5 millones de dólares blanqueados, y Aleko, Günther, el hongkonés y sus amigos desperdiciados por el mundo y el comerciante ruso se repartían los beneficios.

La estrategia de Günther para blanquear el dinero de los *vory* era una variación sobre el mismo tema: en vez de utilizar el dinero de los incautos clientes de la peluquería, emplearían el dinero de la mafia a cambio de jugosas compensaciones por las molestias. A los diez primeros millones les siguieron veinte con los mismos resultados excelentes. Luego fueron cincuenta millones y después cien hasta que, nada menos que la víspera, habían transferido quinientos millones de dólares: a esas alturas, no había duda de que el presidente condoreño era un hombre de palabra.

—Pues ya que estamos enfadados con todos los demás, qué más da meter a la mafia en el mismo saco —dijo Aleko, que no era un hombre de palabra—. Pon todo el dinero junto, Herbert: seguro que nos viene bien.

Agnes debería haber estado satisfecha por haber alcanzado los mil millones, pero no era el caso. Su objetivo era la reconstrucción de la nación mal gobernada de Aleko y el presidente estaba a punto de dimitir, vaciar las arcas del país y darse el piro abandonando el hospital inconcluso que ella misma había diseñado.

Aleko se revolvió en su asiento pensando qué decir, puesto que Agnes acababa de describir la pura verdad. Lo salvó la llegada de Johan, provisto de una gran bandeja de plata.

—¿A quién le apetecen unas vieiras con su emulsión de cebollino y mantequilla avellana?

—A mí, por favor —respondió enseguida Aleko—. ¿Puedo proponer que degustemos esta comida en silencio?

Herbert era todo un experto en movimiento de capitales. Bastaba con que le diera a un botón para que mil millones de dólares invertidos en las Cóndores se fueran volando a Curasao y de ahí a Singapur, Letonia, Israel y las Islas Vírgenes británicas hasta aterrizar finalmente en Barbados.

De todas formas, después de saborear las vieiras servidas en el momento justo, Aleko quiso asegurarse de que la policía no podría seguirle la pista al dinero. Herbert le explicó que la Interpol contaba con unos analistas la mar de listos y con herramientas último modelo. Era seguro que acabarían descubriéndolo todo, pero necesitarían tiempo.

—¿Y de cuánto tiempo hablamos, más o menos? —preguntó Aleko.

—Unos cuantos milenios, si trabajan a destajo veinticuatro horas al día y tienen un poco de suerte.

—Si piensan tardar más de cinco años y unas cuantas semanas, más les vale no molestarse —comentó Petra.

—Bueno, ¿y mi hospital? —insistió Agnes.

72

Operación Salvar los Muebles

Parte 3 de 5

Aleko podía ser muy rencoroso. A tan sólo un día de la fecha límite para inscribirse en la lista de aspirantes a la silla presidencial, y a dos días de las elecciones (los plazos organizativos eran muy cortos en las Cóndores), descubrió que no había más que un único candidato: nada más ni nada menos que aquel puñetero portavoz de las cabras.

—Bajo ningún concepto le entregaré el bastón de mando a ese tipo —le dijo a su hermano electivo Günther.

—Quizá no haga falta, si todo se desarrolla como tengo previsto —respondió éste.

Aleko daba por sentado que Günther lo acompañaría cuando se largaran a la francesa. Se le encogió el corazón al enterarse de que tenía la intención de quedarse en las Cóndores junto con su mujer y su hija. Claro que habría podido llevárselas a ellas dos, pero no a *Pocahontas*, el adorado poni de Angelika, y eso le partiría el corazón.

—Te echaré de menos, querido hermano. ¿Qué piensas hacer?

Günther suponía que el nuevo presidente, fuera quien fuese, seguramente querría nombrar a su propio jefe de la policía, por lo que él tendría que devolver su uniforme, cosa que no le gustaba nada. Así que había pensado en convertirse él mismo en presidente; de ese modo, podría autodesignarse jefe de la policía y conservar su uniforme; ya puestos, con un buen puñado de medallas.

El rostro de Aleko se iluminó: ¡qué idea tan brillante!

Sin embargo, no podía descartarse que el cabecilla de la aldea gozara de cierto respaldo en los valles. Aleko empezó a mover hilos. No por casualidad, el presidente de la comisión electoral era el tío paterno de su difunta esposa, quien en su día le había suplicado que le ofreciera a aquel señor un puesto bien pagado en el que no hubiera que mover ni un dedo, puesto que era al mismo tiempo vago, viejo y, a decir verdad, un poco simplón. La comisión electoral era el puesto ideal en un país donde no había elecciones.

Era el momento de que aquel vago por fin se pusiera a trabajar y le sumara un cuarenta por ciento al número de votos que Günther realmente obtuviera. A priori podía parecer mucho, pero más valía prevenir que curar. También le pidió a Fariba que emitiera un gran número de vídeos de propaganda electoral donde Günther diera su mejor cara. En varios de ellos, el candidato se dirigía directamente a la población:

Me llamo Günther y soy jefe de la policía del país con el índice de criminalidad más bajo de África. Estoy dispuesto a aceptar el honor de ser vuestro presidente. Entre las prioridades de mi programa figuran una bajada de impuestos, un aumento de los salarios, más puestos de trabajo y una climatología más clemente. Juntos, haremos que las Cóndores prosperen como nunca antes.

En el anuncio, Günther hablaba en un francés macarrónico. Por desgracia, muy pocos condoreños hablaban esa lengua, así que Fariba hizo subtitular sus palabras en árabe sin tener demasiado en cuenta que sólo una pequeña parte de la población sabía leer.

· · ·

Una vez neutralizado el cabecilla de la aldea, Aleko sólo tenía en contra a una persona (si se obviaba a la totalidad de los dirigentes africanos): el hermanastro de Johan.

Fredrik había mangoneado a Johan durante toda su infancia, le había robado varios millones, había destrozado su carrera como ministro y, por encima de todo, después de desprestigiarlo a él internacionalmente, lo había obligado a presentar su dimisión y abandonar el país.

Ese tipejo lo lamentaría: cargaría con la culpa de aquella estafa por valor de quinientos millones de dólares. Era evidente que reivindicaría su inocencia, máxime teniendo en cuenta que, desde un punto de vista objetivo, era inocente, de modo que ellos tendrían que asegurarse de contar con un as en la manga.

A Aleko le parecía natural que una persona que de repente ganaba quinientos millones de dólares se concediera algún caprichito. El problema, en el caso de Fredrik, era que él, a diferencia del equipo de las Cóndores, no se había enriquecido recientemente. La solución era elegir por él un caprichito de los buenos, alguna cosa que de ningún modo pudiera justificarse con un sueldo de tercer secretario.

Llamó por teléfono al hongkonés de Miami y recibió la respuesta que esperaba: éste contaba con al menos tres socios leales en la capital italiana, todos más que dispuestos a ganarse un dinerito.

Seleccionó a uno de ellos, hizo imprimir una tarjeta de crédito y un documento de identidad a nombre de Fredrik Löwenhult y se las arregló para que llegaran a las manos indicadas en Roma. Para esto último, contó con la colaboración del piloto de helicóptero corrompido de Mombasa y de una empresa de mensajería internacional. Entre la idea original y el acuse de recibo no transcurrieron más de diecinueve horas y treinta seis minutos.

Y así fue como un Ferrari rojo registrado a nombre de un tal Fredrik Löwenhult apareció aparcado encima de un paso de peatones en la esquina de la via Clitunno y la via Serchio, a tiro de piedra de la embajada de Suecia en Roma. La operación le había costado un riñón a Aleko, pero le supuso una enorme satisfacción. A la mañana del día siguiente les resumió la historia al resto del grupo delante de un café.

Pero quizá resumió demasiado porque Petra tuvo que reconocer que se había perdido.

—¿Podrías, por favor, volver a explicarnos por qué le has comprado un Ferrari a uno de los individuos que figuran en lo más alto de tu lista de enemigos?

—Y un Ferrari rojo —puntualizó Agnes suscribiendo la pregunta de Petra.

—¿Es que no tenían ningún Honda Civic? —preguntó Johan—. Te habría salido menos caro.

Aleko respondió que sin duda el Honda Civic era un buen coche, pero no del tipo que uno se compraba para celebrar una repentina fortuna de quinientos millones de dólares. El objetivo del Ferrari era dar la impresión de que Fredrik Löwenhult tenía millones para dar y tomar.

—Lo cual es cierto —le recordó Petra—: robados en parte a Johan.

—Ha sido una jugada de lo más estúpida —observó Agnes—, y disculpa la franqueza.

Ella habría preferido que ese dinero se destinara al hospital en construcción.

Cuando Aleko explicó que el vehículo estaba estacionado en un paso de peatones para así llamar la atención, a tiro fijo, de la policía italiana, los demás ya habían dejado de escucharlo.

73

Elecciones en las Cóndores

El presidente anciano, vago y tal vez un tanto simplón de la comisión electoral se tomaba muy en serio su misión. Quizá porque, al llevar desde 2006 sin mover un dedo, estaba perfectamente descansado.

Tan sólo disponía de veinticuatro horas, pero logró llevar a cabo la hazaña de organizar el reparto de las papeletas en todos los valles y hasta en los rincones más remotos del país.

Dado que el número de candidatos ascendía sólo a dos, no hacía falta que las papeletas fueran muy sofisticadas: la foto y el nombre de cada aspirante y dos casillas que marcar.

Al pie de la primera fotografía (ligeramente más grande), podía leerse:

«Candidato 1: Günther. Apreciado jefe de la policía desde hace numerosos años y, por tanto, de dilatada experiencia. Su único objetivo es conseguir lo mejor para las Cóndores.»

Y al pie de la segunda:

«Candidato 2: antiguo cabecilla de aldea. Quizá sepa leer. Quiere subir los impuestos.»

Mientras esperaba a que los encargados de repartir las papeletas por todo el país pasaran a recogerlas, el presidente de la comisión electoral se sentó a la mesa con sus seis hijos. Juntos se dedicaron a marcar a toda prisa las papeletas adicionales. Günther necesitaba un cuarenta por ciento más, pero ¿cómo saber cuántas eran? La opción más segura era seguir marcando papeletas, ya verían a qué porcentaje correspondía.

Los colegios electorales cerraron a las 18.00 h y los votos se transportaron en escúter o en bicicleta hasta la sede de la comisión electoral, en el centro de Monrovi. El índice de participación no había sido muy alto, así que el presidente de la comisión podría anunciar en televisión el resultado en directo a las 22.00 h de ese mismo día. Había encomendado el escrutinio de los votos a doscientos antiguos trabajadores forestales: dado que ya no quedaban bosques que explotar, éstos tenían todo el tiempo del mundo.

Sin embargo, las matemáticas no eran santo de la devoción del anciano presidente de la comisión, por decir lo menos, y ahora tenía que vérselas con dos resultados, el oficial y su propia manipulación. ¿Qué debía hacer? ¿Sumar los resultados y dividirlos por dos? ¿O mejor por tres, para estar más seguros?

Decidió consultar con la mente más despierta de su familia: su hija Camille, de nueve años, que ganaba casi siempre al Yatzy. La pobre chiquilla debería haber estado durmiendo porque al día siguiente había colegio, pero su madre le concedió, a regañadientes, cinco minutos por el bien de la democracia.

—Mira, papá... —dijo la pequeña Camille, y empezó a escribir grandes cifras y letras en una hoja en blanco para explicárselo de la forma más clara posible.

En total, 101.202 condoreños habían depositado realmente su voto mientras que 44.665 condoreños falsos habían votado a Günther. El resultado era que el cabecilla de la aldea había obtenido el 99,6 por ciento de los votos de verdad y Günther el cien por cien de los falsos.

—Entonces ha ganado Günther —se alegró el viejo presidente—. ¡Perfecto!

Por desgracia, la cosa no era tan simple: como los votos de verdad eran más numerosos, al sumarlos todos se obtenía un resultado de un 69,1 por ciento a favor del jefe de la aldea y sólo un 30,9 por ciento a favor de Günther.

Camille no pudo explayarse mucho más: mamá opinaba que con aquello ya era suficiente.

—¡Venga, a la cama!

Su padre se quedó mirando los porcentajes que tenía delante y decidió que lo mejor sería fusionarlos.

Y así fue como el presidente de la comisión electoral anunció en directo en televisión que el candidato 1, Günther, había obtenido un 130,9 por ciento de los votos.

Era sin lugar a duda más de lo que Aleko le había exigido.

—¡Ay, ay, ay! —exclamo asombrada Fariba, que hacía de presentadora—. Ése es un porcentaje muy alto.

Incluso demasiado alto, pero no podía decirlo frente a las cámaras. En vez de eso, se congratuló:

—La participación refleja de forma muy clara el entusiasmo de los condoreños por ejercer sus derechos democráticos.

Tras lo cual, cometió un error catastrófico: hacer una segunda pregunta.

—¿Cuántos votos ha obtenido el perdedor?

Según el método de recuento avanzado de la comisión, un 168,7 por ciento.

—Pero si eso es más... —se le escapó a Fariba, que no daba crédito.

—Es una forma de ver las cosas —declaró el viejo presidente de la comisión, que tenía la vaga sensación de que la cosa iba a acabar mal.

También añadió que el 130,9 por ciento de Günther merecía en cualquier caso el mismo respeto.

Ese comentario no ayudó a Fariba: 168 era bastante más que 130. No tuvo más remedio que felicitar por su victoria al cabecilla de la aldea; lo que no hizo fue darle las gracias al presidente de la comisión electoral por su participación en el programa.

¿Perdería su trabajo?

· · ·

En conclusión, prácticamente nadie había votado a Günther. Tenía un nombre raro, no hablaba la lengua adecuada y mantenía estrechos lazos con el presidente saliente, mientras que el cabecilla de la aldea se había pasado cuatro días seguidos haciendo campaña de caserío en caserío.

Aleko estaba furioso. Llamó por teléfono al viejo presidente de la comisión. ¿Cómo había podido anunciar un resultado que arrojaba una participación del 299,6 por ciento? El viejo tío trató de recordarle que, aun así, Günther había obtenido un resultado más alto del que él le había exigido. Para sacar más votos, habría necesitado una familia dos veces más numerosa en torno a la mesa de la cocina y sólo tenía una esposa y seis hijos, uno de los cuales todavía no había cumplido los cinco años. Por cierto, que el pequeño había servido a la democracia al menos doscientas veces antes de que su madre lo obligara a irse a la cama.

Aleko ni siquiera se tomó la molestia de despedirlo, se conformó con desearle un futuro penoso y luego colgó.

El traspaso oficial de poderes debía tener lugar en menos de una semana y la ministra de Sanidad Massode Mohadji (es decir, Agnes), perseguía al presidente por los pasillos: la posibilidad de que las obras de su hospital se interrumpieran sólo porque el grupo abandonara el país la tenía muy contrariada.

Pero el interés de Aleko por el lifting estético de la nación estaba relacionado con el porvenir de su hijo Johan, y ahora que ese porvenir había quedado anulado por aquel condenado hermanastro ya no veía ningún motivo para llevar a cabo todo lo que Agnes había puesto en marcha.

Bueno, tal vez uno sí.

No aguantaba ni un segundo más con ella persiguiéndolo a todas horas.

—Sí, sí. Te prometo que este condenado hospital se acabará inaugurando sea como sea, pero sólo si dejas de acosarme.

Agnes asintió satisfecha: Aleko rara vez prometía algo, pero cuando hacía una promesa la mantenía.

El periodo de gobierno de Aleko estaba a punto de concluir y, faltando sólo tres días para el cambio de presidente, éste convocó por primera y última vez una reunión del gobierno en la que participarían Johan Löwenhult, ministro de Asuntos Exteriores; Massode Mohadji, la ministra de Sanidad y, como invitado sin voz ni voto, el presidente electo, que probablemente también tenía un nombre.

—Bienvenidos —comenzó Aleko con voz solemne—. El primer y único punto del orden del día son las cabras monteses condoreñas: acabo de decidir exterminarlas a todas.

Johan y Agnes estaban en el ajo.

—Sabia decisión, papá... quiero decir, señor presidente —dijo el primero—. Las cabras monteses suponen una amenaza para todo el mundo.

—Concurro —aseguró Agnes—: las cabras monteses son la plaga de la nación.

Conforme a sus expectativas, el portavoz de las cabras y futuro presidente se mostró profundamente consternado.

—Pero, por favor... ustedes no pueden... no tienen derecho a... Además, ¿cómo iba a darles tiempo a...? —balbuceó.

—¿Tiempo? —dijo Aleko—. Eso no es ningún problema: todavía me queda un día y medio en el cargo. En el peor de los casos, recurriremos al napalm.

—Puede comprarse por internet —informó Agnes.

Aleko prosiguió sin que al cabecilla de la aldea le diera tiempo a poner más pegas.

—La única persona que podría impedírmelo es el jefe de la policía, Günther. Al parecer, es un verdadero amante de los animales; de hecho, hace poco le compró un poni a su hija. Por desgracia, dimitirá hoy a las 14.00, anticipándose a su futura toma de poder, señor presidente electo.

No hizo falta decir nada más. Aleko llevaba un documento listo para ser ratificado. Un par de firmas más tarde,

Günther era ratificado en su cargo de jefe de la policía por un periodo de quince años.

Agnes tenía preparado un chantaje parecido, pero Aleko tenía muchas cosas que hacer, así que decidió ir directo al grano:

—Además, deberá terminar la construcción del hospital. De lo contrario, será usted quien acabe en urgencias.

El cabecilla de la aldea lo prometió, y preguntó humildemente si podía añadir al lado una clínica veterinaria.

—No. Voy a transferirle diez millones de dólares para el hospital. Pobre de usted si los emplea para otra cosa.

TERCERA PARTE

Después del segundo fin del mundo

74

Último día del director de un banco

El grupo de amigos tenía tantas cosas en mente que no les dio tiempo a darse cuenta de que las 21.20 h del 18 de octubre de 2011 (momento exacto en que el mundo desperdició de nuevo la ocasión de venirse abajo) habían pasado, y también las 16.00 h del día siguiente, momento en que ni siquiera uno de los apostantes había recuperado su dinero.

No obstante, sí que había muchas (¡muchísimas!) personas en todo el planeta que habían estado pendientes del reloj. Muy pronto, las denuncias contra un tal profesor Smirnoff empezaron a llegar a la Interpol de todas partes del mundo, incluida la Antártida.

La Interpol las reunió en su sede de Lion y, como de costumbre, se puso en contacto con su OCN local, en este caso la Fedpol suiza, ubicada en Berna, con relación a un presunto fraude que ascendía a varios millones. El montante exacto de la estafa se desconocía por ahora, pero el número de denuncias se aproximaba a las treinta mil.

Dos agentes especiales suizos, un hombre y una mujer, se desplazaron hasta Zúrich para hacer una visita al banco identificado como partícipe en el fraude.

Llamaron a la puerta... llamaron al timbre... llamaron de nuevo a la puerta.

Al cabo de un rato, un hombre de muy avanzada edad apareció al otro lado de la puerta de vidrio blindado, pero se limitó a negar con la cabeza dando a entender que no tenía ninguna intención de abrir.

—¿Nos oye? —preguntó a viva voz uno de los dos agentes especiales.

—No —respondió Konrad von Toll a través de la puerta.

Alzando de nuevo la voz, el agente le comunicó su nombre y a quién representaba, y luego le presentó a su colega.

El anciano siguió en sus trece. La mujer se sacó del bolsillo interior un documento que le mostró a través del cristal de la puerta. Se trataba de una orden de registro.

Cuando ni siquiera aquello logró su cometido, los dos agentes subieron todavía más el tono e informaron al anciano de que estaba a punto de perder su licencia bancaria.

El argumento dio en el blanco. El viejecito entreabrió la puerta.

—¿Hay algún problema?

—Digamos que todo es un problema —respondió el hombre—. Somos agentes especiales de la Fedpol de Berna, ¿podría invitarnos a un café? Tenemos mucho de lo que hablar.

No, Konrad von Toll no podía. El empleado que se ocupaba de la máquina del café había puesto pies en polvorosa.

—¿Les apetece un whisky?

La agente especial, miembro de la brigada informática, era única a la hora de sortear los cortafuegos y, para gran disgusto de Konrad von Toll, estaba hurgando en lo más sagrado del banco. El anciano se fijó en que ninguno de los dos agentes había tocado el vaso de whisky, mientras que el suyo llevaba ya un buen rato vacío. De la mujer no le extrañó: en su mundo, los licores fuertes no eran para las féminas.

—¿No se toma usted su whisky, señor agente especial? —le preguntó al que no tenía la nariz pegada a la pantalla.

—No, gracias. Tómeselo usted, por favor. Sería una lástima desperdiciarlo.

—Bébase también el mío —le espetó la agente sin despegar la vista del ordenador—. Estoy a punto de entrar en sus registros y no quiero que se ponga nervioso.

El director del Banco von Toll se adueñó *ipso facto* de los dos vasos.

La agente pudo constatar que en el transcurso de las últimas semanas se habían ingresado más de quinientos mil dólares en una cuenta protegida que ahora contaba apenas con trescientos veinte dólares.

—¿Podría usted desbloquearme esta cuenta, señor von Toll?

El nonagenario estaba desesperado: hasta el último de sus nervios le gritaba en ese momento que nadie, absolutamente nadie, podía colarse en sus cuentas de esa manera. En este caso, ni siquiera él, puesto que quien la había creado y protegido era el chico que había puesto pies en polvorosa.

—¡No! —exclamó—. Bajo ningún concepto. Quiero decir: no puedo, no sé cómo. Por favor, explíquenme qué es lo que pasa.

—Deberíamos ser nosotros quienes se lo preguntáramos, señor von Toll —repuso la agente—. Un lego en la materia podría imaginar que ha cometido usted fraude en tercer grado, pero estoy seguro de que tiene una explicación, ¿a que sí?

El nonagenario no se había sentido tan violentado desde que, a finales de los años treinta, se enteró de que la distracción pasajera con la que había estado entreteniéndose se había quedado embarazada. Apuró el whisky de la agente. A esas alturas ya se había tomado tres whiskys uno detrás de otro, además de los dos que acostumbraba a tomar cada mañana. Empezaban a ser muchos. Sin embargo, el último de la serie le había devuelto el valor.

—Nada es más importante para el Banco von Toll que el secreto bancario —declaró—. Señor agente especial y... señora... tendrán que disculparme, pero...

—Es totalmente posible ser agente especial, mujer y hasta experta en derecho a la vez —lo interrumpió la informática—, lo crea o no.

Se sabía más o menos de memoria las leyes más importantes de toda una serie de países. Rebuscando entre ellas, empezó a citar una con la intención de asustar al anciano:

—«Cualquier persona que maniobre de cualquier modo para inducir a otra a un acto u omisión que suponga un beneficio para la primera persona o un prejuicio para la segunda o para un tercero, será culpable de fraude y susceptible de ser condenado a una pena de cárcel.» Chúpese eso, señor von Toll.

Era posible que Konrad von Toll hubiera hecho lo que ella había dicho: que se lo hubiera chupado, pero su corazón, después de noventa y seis años de esfuerzos, decidió dejar de latir. La circulación sanguínea se detuvo y todos sus órganos, incluido el cerebro, sufrieron una violenta falta de oxígeno. El nonagenario se desplomó sobre su escritorio y cayó de bruces sobre la calculadora americana que llevaba muchísimos años sin utilizar, pero que seguía ocupando un lugar de honor, cual reliquia sagrada de un tiempo pretérito. Afortunadamente, el anciano ya no podía hacerse daño.

—¡Nos ha jodido! —exclamó el agente especial—. ¿No hay un desfibrilador por aquí?

—¿No podría haber desbloqueado antes la cuenta? —se quejó la agente, que en ese instante no habría dicho que no a un whisky.

El médico tardó una hora entera en presentarse para certificar lo que todo el mundo ya sabía. Durante ese tiempo, la agente especial estuvo forcejeando con el sistema informático del banco, así que, cuando su compañero y ella se quedaron a solas de nuevo, ya había resuelto el problema y había accedido a la cuenta. Unos días antes, tras una conversación entre el titular de la cuenta, un tal Fredrik Löwenhult, con domicilio en Roma, y un destinatario por el momento desconocido se habían transferido a las Cóndores quinientos catorce millones de dólares.

—Voy a llamar a Italia —anunció su compañero.

El agente especial Sergio Conte había aprovechado la vuelta a la calma después de la muerte de Agnes Eklund en un accidente en el que habían estado implicados un automóvil y una calesa para pasar un fin de semana en Sicilia. No tenía dudas de que estaba muerta y, tras muchos esfuerzos, había conseguido convencer a los abogados de Bulgari y LVMH de que se conformaran. Ya sólo quedaba pendiente el presidente del club de pesca con mosca, que aún estaba disgustado.

Pero los delincuentes no hacían vacaciones, y sus superiores acababan de informarlo de que debía regresar para hacerse cargo de una estafa de varios millones en un banco suizo cuyo principal sospechoso era un diplomático sueco destinado en Roma que había transferido el dinero desfalcado a...

Dio un profundo suspiro y exclamó en voz alta:

—¡Y dale otra vez con las Cóndores!

A varios miles de kilómetros al sur de Zúrich, Herbert von Toll había estado siguiendo en su ordenador portátil el trabajo de la agente experta en informática. No sabía quién había al otro lado, pero fuera quien fuese sabía muy bien lo que hacía.

—Creo que acaban de descubrir a nuestro chivo expiatorio —anunció después del revelador hallazgo—. A estas alturas a papá ya le habrá dado un ataque al corazón.

Durante los primeros cincuenta años de un total de sesenta y uno al servicio de su padre, su principal tarea había sido velar por la limpieza de las oficinas, el buen funcionamiento de la máquina de café y por que la caja de puros y el mueble bar del whisky estuvieran siempre bien provistos, pero con el avance de la digitalización, su padre se había visto obligado a ampliar sus responsabilidades. Así, durante el decenio siguiente las dotes de Herbert se desarrollaron infinitamente más de lo que el viejo podía llegar a comprender.

Mientras el grupo estaba ocupado en los preparativos, él había aprovechado sus conocimientos para lograr dos objetivos a la vez. Por un lado, para que la implicación de Fredrik resultara verosímil era importante ponerle las cosas difíciles a la policía, de modo que había ocultado el nombre y el número de documento de Fredrik Löwenhult con un complejo cifrado prácticamente imposible de desencriptar que, sin embargo, él sospechaba que había sido franqueado por la policía, como demostraban las penas de cárcel que habían recibido últimamente varios agentes financieros suizos por realizar actividades que, por más inmorales que fueran, eran también bastante comunes. Le interesaba, pues, hacer creer de manera fidedigna que Fredrik estaba en el ajo y, al mismo tiempo, confirmar su teoría, y esto último acababa de suceder delante de sus narices.

—Diffie Hellman —soltó sin más.

—Pues como no nos lo expliques... —repuso Petra.

—¿Quieres la versión larga o la corta?

—No tengo prisa.

Herbert, al igual que su padre, tenía muy mala opinión del frente unido que conformaban los gobiernos europeos, la ocde y, sobre todo, Estados Unidos. Juntos, iban por la buena senda legislativa para conseguir forzar las puertas de los bancos y amedrentar a decenas de miles de exiliados fiscales de altos vuelos.

Pero además, tras analizar durante varios meses el asunto había llegado a la conclusión de que la nsa y la Interpol sabían algo que los operadores bancarios no sospechaban que sabían. Todos los bancos gastaban importantes sumas para impedir que cualquier persona o institución no autorizadas (incluida la ocde) se infiltraran en sus sistemas. Al mismo tiempo, las entradas y salidas eran fundamentales, de otro modo ¿cómo podría el sospechoso A hacer negocios con su socio B, igual de sospechoso? La solución se llamaba «intercambio de claves» o «cifrado avanzado», y distintos bancos empleaban distintos sistemas. Lo que él había deducido antes que nadie era que todos los agentes que estaban entre rejas empleaban el mismo método antiintrusión de intercambio de claves.

Diffie Hellman.

Que la NSA y la Interpol hubieran podido descifrar el protocolo Diffie Hellman era tan probable como que un ladrón pudiera entrar y salir a su aire de Fort Knox, el sitio donde el gobierno de Estados Unidos custodia sus reservas de oro. No obstante, después de largas comprobaciones y reflexiones, Herbert había llegado a dos conclusiones:

1) Era imposible descifrar el método de intercambio de claves Diffie Hellman.

2) La NSA y la Interpol habían encontrado la forma de lograr lo imposible.

Sólo quedaba probar la segunda. Hasta ahora, el Banco von Toll nunca había empleado el protocolo Diffie Hellman, pero Herbert se había puesto manos a la obra. Había creado el interlocutor ficticio X y lo había escondido en un lugar en principio inaccesible, en este caso el Banco Condoreño. No le hizo falta crear al interlocutor Y: Fredrik Löwenhult se había mudado poco antes de Suecia a Italia y había optado por el Banco von Toll para administrar una jugosa suma de varios millones de coronas. Esa sabia decisión dejó de serlo en el momento en que Herbert hizo que X le enviara a Y (es decir, a Fredrik) un mensaje que contenía el código de acceso al número de cuenta supuestamente a salvo de intrusiones. Pero la NSA y la Interpol lo habían averiguado.

75

Conte, Guldén
y el mayor de los Löwenhult

—Soy el agente especial Conte, de la OCN de la Interpol en Italia.

—Encantado —dijo el embajador Guldén.

—Me gustaría decir lo mismo —repuso Conte—. Lo llamo con relación a un diplomático de apellido Löwenhult.

—¿Fredrik? ¿Ha hecho alguna tontería? ¿Se ha saltado un semáforo en rojo?

—No, pero hablando de rojo, ha aparcado su Ferrari de ese color en medio de un paso de peatones no muy lejos de la embajada.

—¡Pero si no tiene ningún Ferrari!

—Es bastante probable que tenga más de uno... al menos podría permitírselo.

—¿De qué me habla?

—Es sospechoso de estafa.

—¡Imposible! ¿Quién es la víctima?

—Nada de «la», más bien «las» víctimas.

—¿Y quiénes son? —insistió el embajador incrédulo y con voz impaciente.

Tan impaciente que el agente especial se molestó.

—¿Quiere usted todos los nombres, señor embajador?

—Sí.

—Calculamos que las víctimas ascienden a unos cinco millones. ¿Le bastarán los de las sesenta y siete mil que ya han presentado una denuncia?

En ocasiones, la inmunidad diplomática resulta muy eficaz: Fredrik no se arriesgaba a una pena de treinta o más años de cárcel, sino sólo a la repatriación y a un eventual juicio en su país. De todas formas, aseguró que era inocente y accedió de buena gana al interrogatorio. La cuestión era que éste no podía llevarse a cabo hasta unas horas más tarde y, dado que siempre había un policía con la lengua muy larga que no pondría reparos a embolsarse un billetito, la noticia de que había diplomático sueco sospechoso de estafa recorrió la mitad del globo antes de que el interesado se enterara de cuáles eran los cargos de los que se lo acusaba.

—Me gustaría grabar la conversación, ¿está usted de acuerdo? —preguntó el agente especial Conte.

—¡Exijo que la grabe! —exclamó Fredrik—. Soy inocente, ya se lo he dicho.

Por seguridad, el embajador lo acompañaba en calidad de observador.

—En ese caso, empecemos por el motivo de su presencia en un helicóptero que sobrevolaba las Cóndores hace una semana. —Activó la grabadora—. Interrogatorio del diplomático sueco Fredrik Löwenhult...

Fredrik se quedó callado y el embajador respondió en su nombre.

—¡Ja! Va muy desencaminado ya desde la primera pregunta. Hace una semana mi ayudante estaba en Uruguay.

«¿Ayudante?», pensó Fredrik. «Tercer secretario» sonaba mejor, aunque no tan bien como «primer secretario» o «segundo secretario», pero bueno.

—No es eso lo que afirma el piloto de helicóptero de Mombasa que se ha puesto en contacto con nosotros hace un rato, ni lo que demuestra lo que en lenguaje informático se denomina «dirección IP».

—Mombasa no está en Uruguay —objetó el embajador, imbatible en geografía.

Fredrik Löwenhult cavilaba a toda velocidad. Sergio Conte prosiguió con una selección de detalles extraídos de sus pruebas.

El descubrimiento del apellido Löwenhult detrás de un cifrado vinculado a un número de cuenta en las Cóndores era la circunstancia agravante número uno, la segunda era la procedencia de su nuevo Ferrari.

—¡No tengo ningún Ferrari, maldita sea! —protestó Fredrik.

—Sí que lo tiene, y una tarjeta de crédito condoreña.

—¿De qué me está hablando? ¡Jamás en la vida he puesto un pie en las Cóndores!

—Ah, bueno, entonces ¿no aterrizó?

Conte notaba que tenía a Löwenhult contra las cuerdas. El tercer elemento era la serie de publicaciones en Instagram subidas desde el ordenador portátil de Fredrik, requisado legalmente horas antes.

—¿Las redactaste durante tu horario de trabajo? —quiso saber el embajador.

—No —respondió Fredrik con voz lastimera.

—Entonces ¿mientras estabas al mismo tiempo en Sudamérica, cuidando a tu padre moribundo, y en África? ¿Cuando dejaste la fotocopiadora en manos de Hanna?

El embajador estaba muy enfadado: culpable o no, la carrera diplomática de Löwenhult estaba acabada, él mismo se encargaría de que así fuera.

—Y también en Europa —añadió Conte—: no se olvide del coche que ha comprado en Roma.

—¡Verifíquenlo con el banco, joder! —exclamó desesperado el tercer secretario.

—Va a ser difícil —respondió Conte.

No sólo porque el hombre que debería haber respondido era un anciano de noventa y seis años, sino porque, para colmo, estaba muerto.

76

Operación Salvar los Muebles

Parte 4 de 5

El grupo de la estafa del apocalipsis tomaba el té junto a la piscina del palacio enfrascados en un debate sobre quién tenía peor nombre, considerando que ninguno de ellos podría volver a emplear jamás el nombre que usaba hasta hacía poco. Aleko estaba seguro de que ganaba por goleada: ¿podía haber algo más horrible que ser el Comemierda total y absoluto de un continente entero?

Herbert von Toll aceptó el desafío. Llevaba el mismo apellido que un banquero decrépito que había estafado quinientos millones de dólares a cinco millones de clientes. Para colmo los suizos tenían fama de no olvidar jamás una afrenta.

—Como yo —dijo Aleko.

«Y los *vory*», podría haber añadido.

Petra les recordó a sus amigos que ella era la persona detrás de la profecía del Juicio Final que había engañado a todo el mundo. Si algún día uno de ellos aparecía en la portada de la revista *Time* como el rostro del cinismo personificado, estaba claro que sería ella, ¿a que sí?

Agnes llegó a la conclusión de que, pese a todos sus defectos, no les llegaba a la suela del zapato. Johan volvió de la cocina con *scones* recién hechos y mermelada de moras importadas de Noruega (y enviadas por kilos junto al salmón cada quince días). No sabía muy bien de qué iba la conversación, pero se alegró de poder participar. Declaró que, si tenían previsto viajar, le encantaría volver a ver a Obrama sin erre.

—¿Por qué no nos mudamos a Estados Unidos? Puedo llamarlo para pedirle permiso. Al fin y al cabo, es él quien dirige el país.

Sus amigos lo disuadieron de telefonear al presidente estadounidense. Johan, creyendo que había aprendido de su padre cómo funcionaba el mundo, explicó que a Obrama sin erre le gustaba tanto el Västerbotten que unos cuantos kilos de queso bastarían sin lugar a duda para que los acogiera con los brazos abiertos.

—Mejor déjalo —dijo Petra.

—Entiendo tu razonamiento —admitió su padre—, pero en este caso tengo que darle la razón a Petra: mejor déjalo.

No obstante, la idea de Estados Unidos no era tan estúpida... ni tampoco la del queso. En Estados Unidos se hablaba una lengua inteligible, y estarían a una buena distancia de África, donde a él no podían verlo ni en pintura, y de Rusia, donde la mafia ya lo perseguía antes incluso de que les birlara quinientos millones de dólares.

Empezaron a perfilar lentamente un plan comiéndose los *scones* y la deliciosa mermelada de moras de Johan. El asunto requirió rellenar un par de veces las tazas de té, pero después todo el mundo tuvo una idea muy clara de su futuro próximo.

—Es un plan temerario, pero perfectamente factible —resumió Petra.

—Que, además, yo entiendo en gran parte —añadió el masterchef y genio.

Existen rincones del planeta en los que basta con agitar un fajo de dólares para adquirir la nacionalidad. Varios países del Caribe ofrecían este tipo de arreglo, pero la nacionalidad de Granada o San Cristóbal y Nieves no era una de las más atractivas.

Nueva Zelanda podía funcionar, pero tenían un largo camino por recorrer y, además, los neozelandeses jamás se olvidan de facturar apropiadamente sus servicios.

En este sentido, Chipre era menos caro, y Malta todavía menos. En ambos lugares, cualquiera que envíe dinero o compre una propiedad por valor de un millón de dólares, si mueve los hilos correctos, puede convertirse en ciudadano de un Estado miembro de la UE con acceso a ciento ochenta países sin visado.

El problema de Agnes, Aleko, Herbert, Johan y Petra era que Europa, y en particular la Interpol, no los dejaría en paz tuvieran la nacionalidad que tuviesen. Y, si se paraban a pensarlo, el planeta entero los odiaba.

La solución residía en la condición de Aleko de presidente de un país donde él lo decidía todo, y aún le quedaba un día.

Cuarenta minutos después de entrar en la oficina de pasaportes, dirigida por el primo lejano de la difunta esposa de Aleko, todos tenían en sus manos nuevos documentos de identidad. Precedió al proceso una animada conversación acerca del nuevo nombre con el que cada uno de ellos deseaba llamarse. Un día, Johan había oído el de Winston Churchill, ya no recordaba dónde, y pidió llamarse así. Agnes objetó suspirando que esa opción era casi tan estúpida como llamarse Gengis Khan si quería evitar llamar la atención. Sin embargo, Johan, que no veía cuál era el problema, insistió:

—Pero yo no quiero llamarme Gengis no sé cuántos, sino Winston Churchill.

Tras andarse un buen rato por las ramas, lograron llegar a un arreglo: Aleko y Johan se convertían en Kevin y Winston Church, padre e hijo respectivamente.

Agnes, Herbert y Petra eligieron nombres que simplemente sonaban bien.

Günther, quien los había llevado hasta la oficina de pasaportes en calidad de chófer, al no ser sospechoso de nada podía continuar con su vida sin más, pero su derrota en las elecciones presidenciales lo corroía por dentro y le echaba la culpa a aquella letra extraña, la «u» con diéresis. Un nombre nuevo tal vez podría darle más suerte en el futuro.

—¿Qué opináis de Konrad Adenauer?

—¿Para ir a juego con Winston Churchill y Gengis Khan? —preguntó Petra.

—¡Muy bonito! —aprobó Johan.

Günther explicó que le gustaría mantener cierto vínculo con sus orígenes sin por ello tener que simpatizar con el comunismo. Konrad Adenauer había sido el primer canciller federal de la Alemania occidental, lo que daba cierto empaque, ¿no creían?

Petra delegó el asunto de los nombres en Agnes, que se mostró, en el peor de los casos, dispuesta a aceptar Konrad G. Adenauer, con la «G» de Günther, pero sin la diéresis.

Aleko, alias Kevin Church, no estaba seguro de que el nombre de Konrad le sirviera de mucho a Günther en una futura campaña presidencial, pero su hermano electivo rechazó la objeción: en el pasado, ningún presidente en funciones en las Cóndores había convocado por voluntad propia nuevas elecciones.

—Pues yo sí —dijo Kevin Church.

—¿Por voluntad propia?

—Bueno, no del todo.

77

Operación Salvar los Muebles

Parte 5 de 5

Aleko y los demás abandonaron las Cóndores quince minutos antes de que el nuevo presidente tomara posesión. Ésa fue la última misión del piloto de helicóptero.

—¿Estaría usted de acuerdo en pagar esta vez en efectivo, señor presidente?

—Por principio, no estoy de acuerdo en nada si se trata de usted. Llévenos de inmediato a Mombasa y, si cuando aterricemos estoy de buen humor, recibirá su remuneración en lugar de una somanta.

Una vez en Mombasa tomaron un avión y, después de hacer escala en Nairobi y Fráncfort, casi un día más tarde aterrizaron en el aeropuerto de La Valeta.

Agotados pero felices, se presentaron directamente en la Oficina de inmigración de Malta, donde los informaron de que su solicitud tardaría tres meses en ser atendida.

—¿Tres meses? —repitió Aleko.

La encargada de los expedientes les dirigió una sonrisa lo bastante maliciosa para que el ex presidente y su hijo comprendieran.

—Johan, ¿te ocupas tú o lo hago yo?

—Ya no me llamo Johan —dijo Johan—. ¿Quién tiene mi pasaporte? Al lado de mi foto hay un nombre, aunque no me acuerdo de si era Weston o Winston.

—¿Tú o yo?

El hijo no quería decepcionar a su padre: o se era masterchef, genio y ex ministro de Asuntos Exteriores o no se era.

Se volvió hacia la empleada de la Oficina de inmigración y le dijo que le estaría eternamente agradecido si su solicitud pudiera ser procesada en el plazo necesario para enviar un Honda Civic 2011 a su domicilio con la entrega solemne de las llaves incluida.

La marca del coche se le había ocurrido tras recordar un incidente en el que se había visto involucrado un palo de golf.

—Veré qué puedo hacer —respondió la mujer—. ¿Se podría plantear que fuera un Audi 80?

—Por supuesto: no hay mejores coches que los franceses.

Papá Aleko se sintió orgulloso a pesar de las dificultades de Johan para acordarse de su propio nombre y del país de origen de las marcas de coches.

El trámite costó tres millones de dólares en una inversión inmobiliaria inútil más un Audi 80, pero a partir del día siguiente Malta contaba con cinco nuevos ciudadanos que hasta poco antes todavía se llamaban Agnes, Aleko, Herbert, Johan y Petra. Cuatro de ellos ya habían empezado a acostumbrarse a su nuevo nombre.

La etapa siguiente requería que el antiguo Aleko y el antiguo Johan viajaran al norte de Suecia, donde tenían que solucionar unos asuntos relacionados con el queso.

78

Los *vory* siguen la pista

Aleko se había visto obligado a huir de Rusia más o menos en el momento en que Putin se imponía como nuevo primer ministro del presidente Yeltsin. Casi se habían cruzado en la puerta. Pero el presidente saliente de las Cóndores y el hombre que gobernaba Rusia desde principios de siglo tenían bastantes cosas en común. Por ejemplo, ambos habían entendido, ya al principio de sus mandatos, la importancia de tomar el control de las cadenas de televisión de sus respectivos países. Y si Putin había infiltrado los organismos encargados de los sondeos de opinión en Rusia, Aleko había cerrado el equivalente condoreño y puesto al antiguo director al frente de la gestión de los parques (en una ciudad sin parques). A la larga, estas medidas supusieron la efectiva desaparición de toda opinión pública que no coincidiera con la del presidente y una creciente tendencia, gracias a la propaganda televisiva, a coincidir con él al menos en temas puntuales.

Eso sí, mientras que la democracia condoreña siempre había sido de chiste, Putin había tenido que trabajar con ahínco durante sus más de diez años en el poder para desmantelar el débil régimen democrático que había heredado de su predecesor.

Yeltsin tenía ciertas ambiciones democráticas, y procuraba escuchar con un oído a los economistas formados en el capitalismo mientras Putin, por el otro, le hablaba en susurros del orgullo perdido de Rusia y la forma de recuperarlo. No es de extrañar que el primer presidente ruso en la historia en ser elegido democráticamente abandonara el cargo unos meses antes del fin de su mandato.

Tras sucederlo, Vladimir Putin dio inmediatamente el alto a aquella experiencia de democracia rusa que pasó casi desapercibida en el resto del mundo. En realidad, a la gran mayoría de los rusos no les importaba mucho cómo se llamaba o debía llamarse su sistema político, simplemente deseaban que las cosas funcionaran, y el nuevo presidente parecía ser la persona indicada para eso.

Para conseguir ese objetivo, Putin había tenido que colocarse en las antípodas de Aleko al menos en un punto en particular: mientras que el presidente condoreño se preocupaba por llenar sus propios bolsillos y los de nadie más, el ruso regaba con miles de millones a la mafia y la oligarquía del país y, al hacerlo, validaba dos sistemas paralelos: el oficial, con él mismo al volante, y el criminal, que mantenía en movimiento las ruedas del vehículo. Por su propia seguridad, trazó una línea roja que nadie debía cruzar. El mensaje era, aproximadamente: «Haced lo que queráis con vuestros asuntos, pero a mí no me disputéis el poder político. ¡De lo contrario, será la guerra!»

Putin modeló a golpes de martillo la Rusia que había imaginado. La combinación de falsa democracia y capitalismo corrupto funcionaba y él se permitió modificar la Carta Magna para poder permanecer en el poder tanto tiempo como quisiera. En cuanto a los demás planes que pudiera tener en mente, era imposible saber en qué consistían: el antiguo jefe del KGB era un tremendo granuja.

Incluso si hubiera sido italiana, habría sido incorrecto llamar a Ekaterina Bykova *il capo di tutti capi*: las jerarquías en la mafia rusa son más difusas y la organización más laxa, pero no cabía duda de que ostentaba una posición de poder después de que su padre le cediera las riendas nueve meses antes.

Serguéi era viejo y estaba cansado, y además había quedado debilitado por un derrame cerebral; ella era joven, fuerte e inteligente, había sido su mano derecha muchos años y era su heredera natural.

Desde muy pronto, Ekaterina se había encargado de gestionar el dinero, lo que implicaba la tarea, cada vez más ingente, de darle apariencia legal. Porque, aunque cueste entenderlo, los *vory* necesitan dinero legal para poder seguir cometiendo sus ilegalidades.

Fue entonces cuando las Cóndores aparecieron en el horizonte. En una época en que la ONU, EE.UU., la UE, la OMC, la OCDE y casi todas las demás siglas afilaban sus cuchillos contra los paraísos fiscales y bancarios, aquella nación liliputiense había virado descaradamente en sentido contrario. Ekaterina apreciaba ese tipo de temeridad, y se presentó en el archipiélago en compañía de un intérprete que sabía ruso, francés, inglés, árabe y persa: alguna de aquellas lenguas debía de funcionar.

La reunión con el líder supremo de las Cóndores condujo a un primer acuerdo de blanqueo seguido de un segundo y un tercero.

Todo fue como la seda hasta la última transacción, por valor de quinientos millones de dólares. El dinero acababa de llegar a la nación insular cuando el presidente anunció que dimitía y convocaba a elecciones. Para ese momento, Ekaterina ya había sucedido a su padre, y no era lógico que alguien de su importancia en la organización se pusiera en riesgo viajando a las Cóndores, así que envió a dos de sus colaboradores más cercanos para vigilar el dinero y, con suerte, felicitar al nuevo presidente, sin duda igual de corrupto que su antecesor.

Pero los dos colaboradores no consiguieron llegar más allá de Mombasa: era imposible acceder al archipiélago si no era en barco y, para colmo, acababa de empezar la época de lluvias.

«¿El nido de un pájaro en peligro de extinción?» Ekaterina se olió la jugarreta, y no se equivocaba.

Lamentaba no haber hecho comprobaciones más exhaustivas sobre el tal Aleko cuando todavía estaba a tiempo. Hasta donde ella sabía, ni siquiera tenía nombre de pila. En su momento, le había llamado la atención que se dirigiera a ella en un francés sin el menor deje árabe y sí, en cambio, con cierto aire eslavo; y, sobre todo, que pretendiera disimular que entendía perfectamente el ruso.

¿Qué significaba todo eso?

Ahora que tenía una razón para detenerse en todos los detalles, se acordó de otra cosa: Aleko había estado acompañado todo el tiempo por un hombre con uniforme de policía al que no había presentado y que no había pronunciado una sola palabra, pero que era, sin duda, su brazo derecho.

Dos años más tarde, un hombre con uniforme de policía acababa de presentarse a las elecciones presidenciales condoreñas, y se parecía muchísimo al fiel lugarteniente de Aleko. Se llamaba Günther: un nombre con sonoridades más alemanas que condoreñas.

El equipo de investigación de la mafia se inventó un pretexto y una nueva identidad para contactar a las autoridades policiales de las Cóndores con el fin de obtener información sobre aquel Günther.

Fue el nuevo jefe de la policía, Konrad G. Adenauer, quien les respondió. Después de confirmar que Günther había sido su predecesor, le explicó que no contaba con más información que pudiera interesarles, salvo que el antiguo jefe eran un buen hombre. No tenía la más remota idea de dónde podía hallarse Günther tras su derrota en las elecciones presidenciales.

Así que Aleko y Günther se habían esfumado... junto con los quinientos millones de Ekaterina.

—Os deseo buena suerte —masculló ella mientras clavaba con chinchetas una fotografía de cada uno en la pared.

Allí se quedarían mientras vivieran; es decir, no mucho tiempo.

• • •

El padre de Ekaterina entró en el despacho en su silla de ruedas y le propuso que comieran juntos. Ella le dio un beso en la frente y aceptó.

Por muy viejo, cansado y enfermo que estuviera Serguéi Bykov, conocía a su hija y se olía que algo no iba bien.

—Hay algo que te preocupa, Katuchka. ¿Quieres que hablemos?

—No, papá. No es nada —mintió ella.

Entonces, el anciano se fijó en las fotografías de la pared.

—Ése es Alexander Kovalchuk —anunció—. Se ha afeitado el bigote y lleva gafas, ha cambiado de peinado y ha envejecido, pero aun así no tengo dudas de que es ese desgraciado al que nunca hemos conseguido trincar. Y el otro es el alemán de las cartillas de racionamiento. ¿Cómo se llamaba? —se preguntó el viejo cerrando los ojos y poniéndose una mano en la frente.

79

El agente especial
le da vuelta a la página

—Mira, Conte —dijo el jefe—: tú empezaste esta historia cuando nos sugeriste poner en pausa varios expedientes importantes para localizar a una anciana de pelo violeta que se había embolsado ilegalmente un dinero gracias a internet, así que ahora tienes que aclarar este vínculo. ¡Quiero un informe en mi mesa hoy mismo antes de las cinco de la tarde!

Se había descubierto una posible (y desconcertante) relación entre la difunta Agnes Eklund y la estafa bancaria por valor de quinientos millones de dólares de un banco suizo y, por algún motivo, ese asunto había vuelto a convertirse en urgente de la noche a la mañana.

Conte se fue a su despacho y recapituló. Le constaba que la tal Agnes Eklund, acompañada de otros dos suecos, había tomado un avión desde Roma con destino a Adís Abeba y luego hasta las Cóndores, un país que, al parecer, no ponía de buen humor a nadie y, más importante, donde se habían transferido los quinientos millones desde Suiza.

Gracias a la OCN de Suecia había obtenido el historial de los tres sospechosos. Ninguno tenía antecedentes penales, pero unos meses antes Petra Rocklund había tenido que ser desalojada por la policía de la Academia Sueca de las Ciencias, adonde había acudido para advertirlos de un supuesto fin del mundo inminente.

En cuanto a Johan Löwenhult, de quien averiguó que se había desplazado en autocaravana de Suecia a Roma para luego volar hasta las dichosas Cóndores, al parecer pertenecía a una familia bien situada socialmente, pero nunca había sabido ni hacer la «o» con un canuto, pese a lo cual, apenas tres días después de aterrizar en las Cóndores, fue presentado en la televisión como el nuevo ministro de Asuntos Exteriores y diecisiete días después asistió como uno de los representantes de ese país a una sesión extraordinaria que la Asamblea de la Unión Africana celebraba en Etiopía. Varios vídeos de los que disponía lo mostraban, en mitad de aquella cumbre, sosteniendo una animada conversación con el presidente estadounidense Obama, con quien se trataba como si fueran uña y carne.

¿Cómo diablos era posible?

Un día, poco después de aprobar las oposiciones al cuerpo de policía, Conte había recogido en la calle lo que quedaba de un hombre a quien la 'Ndrangheta le había metido treinta y ocho disparos… ¡y había sobrevivido! En veintidós años de carrera, no había vuelto a ver nada tan increíble como aquello hasta que se topó con el fulgurante ascenso profesional de Johan Löwenhult.

Finalmente, de Agnes Eklund se sabía que había estado casada con un fabricante de zuecos y que era viuda. Al parecer, vivía sola y constaban en su expediente varios cursos de informática e internet que luego había aprovechado para hacer dinero ilegalmente en la red y joderle la vida al propio Conte. Poco antes de volar a África (y para averiguar esto el investigador italiano había tenido que presionar en serio a dos bancos a través de la OCN suiza) había transferido una cantidad nada despreciable del Svenska Handelsbanken a la filial zuriquesa del mismo banco, y luego al Banco von Toll, que también estaba en el epicentro, por haber actuado como aval, de aquella estafa relacionada con el apocalipsis de la que medio mundo había sido víctima.

El primer sospechoso, evidentemente, había sido Konrad von Toll, el sempiterno director del banco que llevaba su nombre, pero falleció de un infarto delante de dos agentes de la OCN suiza. De todas formas, según esos mismos agentes no parecía saber nada. Las sospechas recayeron entonces en su hijo Herbert, a quien se dio por desaparecido hasta que se encontró un billete de avión a su nombre ¡con destino a las Cóndores!

Otro sospechoso había sido un profesor ruso de apellido Smirnoff, que se había encargado de organizar la apuesta, pero bastó una simple llamada telefónica a la OCN de Moscú para descartarlo: los colegas de Conte no tenían dudas de que, después de caer en desgracia años antes, había muerto a manos del Estado, de los *vory* o de ambos.

También se había investigado a un diplomático sueco de poca monta que, además, era el hermano mayor del mencionado Johan Löwenhult. Se llamaba Fredrik y trabajaba como tercer secretario de la embajada de Suecia en Roma, pese a lo cual tenía un Ferrari (¡rojo!) a su nombre. Después de varios interrogatorios los agentes se inclinaban a pensar que el tal Löwenhult no sólo era mucho menos listo de lo que él creía, sino que no tenía relación con el Ferrari ni con los quinientos millones.

Después de terminar ese amplio resumen y reflexionar durante un rato, Conte se sentía en condiciones de afirmar que:

1) El fin del mundo anunciado por el profesor Smirnoff era en realidad obra de la pitonisa del apocalipsis Petra Rocklund.
2) El banco de Konrad von Toll en Zúrich había sido utilizado en la estafa por cuenta y riesgo de su hijito Herbert.
3) Los criminales habían gozado de la protección del atento presidente condoreño Aleko.
4) El tal Fredrik Löwenhult era básicamente un inocente chivo expiatorio arrojado a las fieras.

Además, cada vez tenía más claro que el jefe de la policía de las Cóndores lo había engañado con la muerte de la anciana de pelo violeta. Unos días antes, había llamado encolerizado a aquel puñetero Günther para confrontarlo con sus mentiras, pero resultó que ya había sido sustituido por un tal Konrad G. No-sé-qué tras la toma de posesión del nuevo presidente, y el tal Konrad no sólo le había parecido igual de terco que su antecesor, sino que tenía una voz casi idéntica.

Él le había explicado que tenía motivos suficientes para solicitar que la Interpol investigara al presidente dimisionario Aleko, así como a Agnes Eklund, Johan Löwenhult, Petra Rocklund y Herbert von Toll; todos ellos sospechosos de una estafa de varios millones de dólares, y el flamante jefe de la policía condoreña le había respondido prometiendo que colaboraría en todo lo posible con las indagaciones. Cómo no.

Alrededor de las once de la mañana, Conte tuvo que interrumpir su trabajo en el informe para ir a hacer aguas menores, pero no acababa de poner un dedo del pie en el pasillo cuando oyó que le decían desde el despacho de enfrente:

—¡Conte! ¿Adónde crees que vas?

Y lo mismo sucedió a las dos de la tarde, cuando decidió que se merecía al menos una taza de café.

—¡Conte! ¿Adónde crees que vas?

El agente especial le deseó todos los males a su jefe.

Era verdad que la investigación se había demorado más de lo que el propio Conte hubiera querido, y ya no digamos su jefe, pero había razones para ello: unas razones profundamente humanas y también algo tristes. En primer lugar, el agente especial Conte llevaba ya más de veinte años al servicio de la policía y, por si eso fuera poco, los once últimos años, ya en la OCN de la Interpol en Roma, había estado siempre bajo las órdenes de aquel insoportable jefe cuya puerta, para colmo, estaba enfrente de la suya.

Sumémosle a eso que vivía solo en un lúgubre piso de un solo dormitorio en un lúgubre barrio de la periferia de la capital italiana. Le habría gustado tener pareja, pero su única afición era la pesca con mosca y no había conocido nunca a una mujer que compartiera ese hobby. Por eso había depositado grandes esperanzas en llegar a pertenecer a aquel club de pesca con mosca de la zona sur de la capital... y ya había logrado ser el tercero en la lista de espera cuando su mala suerte y aquella maldita Agnes Eklund lo hicieron caer treinta puestos. Ahora sólo le quedaban sus conversaciones en línea con Sigrid, una noruega a la que había conocido varios años atrás en una web de citas. Viviendo cada uno en un país distinto, sabían que lo suyo era imposible, pero habían mantenido el contacto.

Sigrid provenía de un lugar llamado Søndre Landsjøåsen, ¡y no había otra como ella a la hora de anudar las moscas! Intercambiaban consejos y trucos; ella le había enseñado unas cuantas palabras en noruego y él su equivalente en italiano. Por desgracia, nunca había podido ir a visitarla por culpa de la suerte o de ese trabajo que lo consumía.

Y se sentía más solo que nunca.

A las tres y cuarto ya había terminado el informe. Acomodó bien los folios y abrió su correo electrónico: quizá Sigrid le había enviado un mensaje que le subiría la moral.

Por desgracia, su jefe lo vio a través del vidrio de la puerta. Se levantó, se fue derecho a su despacho y le dijo:

—¿Qué haces? ¿Todavía no has acabado tu informe?

El documento estaba justo allí, entre los dos, pero para Conte era una cuestión de principios.

—Había entendido que tenía hasta las cinco.

—¡Pues sí, pero no creo que te hiciera daño ir un poco más allá del mínimo exigido aunque fuera por una vez!

Cuando quiso responder, el jefe ya se encaminaba hacia su despacho.

Ésa fue la gota que colmó el vaso. Hizo una bola con el informe que acababa de terminar, lo tiró a la papelera y le arrojó una cerilla. Luego se puso el abrigo y se dirigió a la salida del edificio pasando por delante del despacho de su jefe.

—¡Conte! ¿Adónde crees que vas? —preguntó su superior por tercera vez aquel día.

Y él, por primera vez, le respondió.

—A Noruega.

—¿Y el informe...?

—En mi papelera. Te aconsejo que cojas un cubo de agua.

80

Västerbotten, Suecia, 1871

Cuenta la leyenda que, a comienzos de la década de 1870, había un mozo de granja llamado Anton que sentía mucha curiosidad por una lechera que respondía al dulce nombre de Ulrika Eleonora y que estaba dotada de una generosa pechera.

Anton no era el único que le había echado el ojo a la joven, pero la mayoría de sus admiradores guardaban las distancias. Ella era, en efecto, independiente y decidida, unas cualidades que, desde tiempos inmemoriales, han puesto nerviosos a los hombres.

Pero Anton no era como los demás. En lo más íntimo de su ser, estaba convencido de que era mozo tan sólo porque así lo había querido el destino, no porque fuera incapaz de lograr algo mejor. Soñaba con poner en marcha una diligencia entre Burträsk y Skellefteå pasando por Åbyn, Järvtjärn, Skråmträsk, Djupgraven y Klutmark. A diferencia de los demás mozos de granja, no se gastaba su paga semanal en aguardiente, sino que se cosía los ahorros dentro del dobladillo del pantalón. En menos de siete años, había podido comprar una carreta; ya sólo le faltaba un caballo que tirara de ella.

Mientras esperaba la llegada del futuro se dedicaba a darles de comer a los cerdos, a segar el heno o a hacer recados por los dominios de la lechera y, cuando tenía tiempo, retiraba piedras de los campos de la finca para que el arado pudiera pasar.

Ulrika Eleonora sabía que mucha gente pensaba que era una joven fría y distante, pero ya le parecía bien. Entre semana necesitaba concentrarse y los sábados por la noche prefería que los mozos de granja a los que tanto les gustaba beber fueran de caza a otros cotos que no eran los suyos. Ninguno de ellos le interesaba. ¿Por qué iban a interesarle, cuando un par de capataces se mostraban francamente atraídos por ella y hasta el mismísimo amo de la granja le había dado a entender en unas cuantas ocasiones que no era indiferente a sus encantos?

En todo caso, sabía bien que ni los mozos, ni los capataces ni el dueño de la granja la buscaban por su inteligencia, sino por una parte de su anatomía que estaba situada por delante, concretamente debajo del cuello.

Sólo Anton, el porquero, era distinto. Cuando charlaban, la miraba a los ojos, no a la pechera; mostraba auténtica curiosidad por lo que ella le contaba y, en resumen, parecía verla como un ser humano, y no como una mera ocasión de pasar un buen rato en el pajar.

Era sin duda el más pobre de todos, pero también trabajador y divertido, y sus intenciones parecían honestas. Resumiendo, ella perfectamente lo estimaba; de modo que, cuando él le propuso una tarde que dieran un paseo, aceptó.

La cuba quesera podría apañárselas sin ella durante tres cuartos de hora.

Después de caminar un rato llegaron a un peñasco a la orilla del lago y empezaron a besarse, y cuando Ulrika Eleonora se dio cuenta ya habían pasado mucho más de tres cuartos de hora.

Regresó a toda prisa a la lechería seguida de Anton, que esperaba poder ayudarla a salvar lo que pudiera salvarse, pero era demasiado tarde: la masa del queso se había endurecido. El dueño de la finca se pondría furioso.

Y, como las desgracias nunca vienen solas, éste no tardó en aparecer delante de la puerta.

—¿Puedo preguntarle qué hace, Ulrika Eleonora? ¿La masa no debería estar ya enfriándose?

La lechera estaba al borde de las lágrimas, pero Anton acudió en su auxilio:

—Qué curioso, yo acababa de preguntarle lo mismo y ella estaba explicándome que había decidido calentar el cuajo treinta y siete minutos más porque estaba convencida de que el resultado final alcanzaría una nueva dimensión, y ella siente que se lo debe a usted, señor, que le ha dado este trabajo.

—¿Treinta y siete minutos? —repitió el dueño de la granja, desconcertado al verse conversando con un mozo que, además, conocía la palabra «dimensión».

Ulrika Eleonora reaccionó rápido:

—Señor, no haga caso de lo que dice el porquero: el tiempo necesario son treinta y seis minutos más. Está claro que no puedo garantizar el resultado, y seguramente me extralimité en mis competencias, pero una lechera nunca deja de soñar con un día lograr el queso perfecto.

Dicho lo anterior, se lanzó a hacer un cálculo a ojo de buen cubero:

—Ahora maduraremos la cuajada el doble de tiempo a una temperatura máxima de ocho grados al fondo de la cámara. Es un trabajo extra, lo sé; por eso he hecho venir al porquero. Por cierto, ¿cómo te llamas, so manazas?

—Anton —respondió el porquero, que en ese instante había acabado de enamorarse perdidamente de Ulrika Eleonora.

—A ver, porquero —intervino el dueño de la granja—, no te quedes ahí de brazos cruzados. Haz lo que te dice la lechera, y cuanto más al fondo de la cámara, mejor. —Pero entonces asimiló por fin lo que había dicho la lechera—. ¿El doble de tiempo has dicho? —preguntó.

—Por lo menos catorce meses, señor. No le garantizo el resultado, pero la estrategia es la correcta.

Ulrika Eleonora había conseguido ganar tiempo: dentro de catorce meses lo más probable es que el amo ya se hubiera olvidado del incidente. El dueño se marchó y, una vez acabada la tarea, a Ulrika Eleonora y al porquero les quedó tiempo de sobra para seguir besándose... al fondo de la cámara.

81

Västerbotten, Suecia, 1872

Apenas un año y dos meses después del despiste en la lechería vino al mundo la hija de Anton y Ulrika Eleonora. A ella,
el dueño de la granja la valoraba tanto que le dio tres días de
descanso después del parto.

Ulrika Eleonora jamás consiguió explicarse cómo el amo
se había acordado, pero justo catorce meses después de la tarde en que había sorprendido a Ulrika Eleonora y al porquero
en una situación comprometida, probó el queso que había al
fondo de la cámara.

—¡Dios mío! —fue el veredicto.

Era imposible imaginar nada mejor. El queso de Burträsk ideado por Ulrika Eleonora presentaba una pasta al-
veolada y dura, y un aroma delicioso. El dueño de la finca se
entusiasmó tanto con el resultado que decidió darle nombre:

—Västerbotten —declaró.

Era el nombre de toda la provincia.

La lechera (con la pequeña Sara en los brazos) se quedó
boquiabierta cuando se enteró. Reivindicar que el suyo era el
mejor queso de Burträsk era osado, pero pretender que era
el mejor de toda la provincia parecía demasiado.

—Pruébelo usted misma, querida lechera.

Ulrika Eleonora lo probó.

—Es delicioso.

82

Suecia, lunes 31 de octubre de 2011

Exactamente ciento treinta y nueve años y tres semanas más tarde, y después de un trayecto de cien kilómetros en taxi desde el aeropuerto, Aleko y Johan se presentaron en Burträsk para hablar de negocios. Sin embargo, un capataz del almacén los informó de que la oficina central de la fábrica del queso Västerbotten estaba ubicada desde hacía mucho tiempo en Umeå, la misma ciudad en la que aquellos señores probablemente habían aterrizado unas horas antes.

Johan se sintió igual de idiota que en el pasado, pero logró parar a tiempo al conductor del taxi para que los llevara de vuelta.

—¿Adónde vamos?

—A Umeå.

—Pero si venimos de ahí.

—Estupendo, así sabrá cómo llegar.

Granlund, director de la empresa láctea Norrmejerier, se encontraba disponible y en las instalaciones cuando padre e hijo solicitaron una reunión.

—¿En qué puedo ayudarles? —les preguntó en sueco.

Johan no supo qué responder y Aleko no entendió la pregunta.

—*My name is Kevin Church* —dijo—, *and this is my son, Winston.*

—Sin «ill» —puntualizó Johan.

Granlund se preguntó a qué clase de bichos raros había dejado pasar su secretaria.

Diez minutos después ya tenía mucha más información: el señor Church, ciudadano de Malta, quería abrir una fábrica de Västerbotten en Estados Unidos y deseaba adquirir la licencia necesaria.

No obstante, Granlund se oponía tajantemente a la idea: el sabor único del Västerbotten no era sólo el resultado de una receta guardada en secreto desde la década de 1870, sino también de la tierra en la que pastaban las vacas que proveían la leche.

Nadie sabía con exactitud por qué aquel queso tenía un gusto tan particular. Incluso había algunos que aseguraban que el impacto de un meteorito que había caído veinte mil años antes había formado un lago y, de ese modo, había permitido la aparición de un heno rico en calcio y perfectamente adaptado a los inviernos fríos y al sol de medianoche que brillaba desde junio hasta agosto.

Aleko, alias el señor Church, no sabía lo que era el sol de medianoche, de modo que Granlund le explicó que, en pleno verano, el sol se ponía justo antes de medianoche y volvía a salir alrededor de una hora más tarde sin que ningún ser, ni humano ni vacuno, reparase en su breve ausencia.

Según él, ese fenómeno no era tan relevante en Burträsk, porque un poco más al norte del país el astro rey ni siquiera se tomaba la molestia de ponerse; sin embargo la cuestión exacta era que las vacas pastaban a la luz del día durante casi veinticuatro horas seguidas en verano, a lo que se sumaba que en los muros de Burträsk se daba un determinado cultivo de bacterias que era absolutamente imposible trasladar. Eran cosas complicadas que no le apetecía explicar más en detalle.

Más le valía deshacerse de aquellos malteses extraños que estaban haciéndole perder su precioso tiempo.

—Resumiendo: es imposible recrear este queso en Estados Unidos.

—Caramba —repuso Aleko—, y yo que estaba pensando en un contrato de licencia por valor de unos cien millones de dólares.

Granlund, titulado en economía por la Universidad de Umeå, sabía contar mejor que la mayoría de la gente.

—Por eso le decía que es perfectamente posible recrear el Västerbotten en Estados Unidos o en cualquier otra parte, pero es algo que exige prestar mucha atención a los detalles. ¿Cuánto ha dicho usted que ofrecería por la licencia?

83

Suecia, lunes 31 de octubre de 2011

Mientras Aleko y Johan negociaban sobre el Västerbotten en Västerbotten, los otros tres nuevos malteses se quedaron en Estocolmo. Agnes y Herbert se dedicaban a pasear contemplando el otoño hasta que empezaba a hacer demasiada rasca y luego se refugiaban en la habitación de la una o del otro en el Grand Hôtel para calentarse mutuamente.

Petra, en cambio, pasaba horas sola en el porche acristalado del hotel con vistas al agua. El idilio de Agnes y Herbert le recordaba que ella misma jamás había vivido algo así.

En un momento dado se hartó y, esta vez, en lugar de enviarle el enésimo mensaje timorato a su Malte, salió del hotel y paró un taxi.

No estaba tan nerviosa como la última vez. Le interesaba averiguar de una vez por todas si Malte de verdad había flirteado con ella o si había sido sólo el fruto de su imaginación de pitonisa. Acababa de caer la tarde y la oscuridad reinaba fuera de la casa, que tenía las luces encendidas. Eso sí: no había ni rastro del Honda Civic en el camino de entrada.

Petra llamó a la puerta y pegó la oreja. Ninguna voz femenina gritó que estaba pintándose las uñas. A lo mejor no había nadie... o Malte estaba solo.

Finalmente, oyó pasos que se acercaban y la llave al girar en la cerradura.

Era Malte.

—¿Sigues viviendo con ella? —preguntó Petra enseguida.

Su primer, gran y único amor la miraba con los ojos muy abiertos. Malte se recompuso en un pispás:

—¿Quién? Ah, ella. No, le pedí que se fuera y que se llevara el coche.

Cada uno desde un lado del umbral miraba fijamente al otro. Petra no había planeado nada más allá de la pregunta inicial.

—He estado de viaje. Y perdí tu bate de béisbol en Roma. Lo siento.

Malte no era muy aventurero y casi nunca decía palabrotas. Pero sintió que era un asunto de ahora o nunca.

—Me importa un carajo el bate de béisbol, y no sabes cuánto me alegro de verte. ¿Puedo darte un abrazo?

—Me encantaría.

84

Noviembre-diciembre de 2011

Resultó que Malte y Petra eran mucho más compatibles de lo que jamás habrían imaginado. Sin ir más lejos, los dos habían llegado a las mismas conclusiones en cuanto al futuro del planeta, aunque cada uno había llegado a esa conclusión por caminos distintos.

Poco después de que sellaran en el dormitorio de Malte la relación amorosa que llevaban quince años postergando, Petra le había contado la verdad que sólo ella sabía: no soportaba tener secretos con su amado. Les quedaban menos de cinco años antes de que todo se acabara, ésa era la mala noticia, pero también había una buena: debido a su error de cálculo, podían considerar esos años como un bonus.

Malte estaba seguro de que el nuevo cálculo de Petra era acertado: no había olvidado que, cuando iban al instituto, ella casi nunca se equivocaba. Tampoco es que tuviera demasiada competencia en la clase, pero si algo era correcto era correcto, y si era falso era falso. Sin embargo, no estaba seguro de que a la Tierra le diera tiempo a desmoronarse antes de que todo se desmoronara.

Petra le preguntó con humildad qué quería decir.

Resultaba que Malte, además de aficionado al golf y al béisbol, era ante todo economista. Trabajaba en una empresa de mierda haciendo tareas de mierda que no le procuraban el menor placer, pero no les dedicaba más tiempo del necesario y, desde que por fin se había espabilado y había puesto a Vicky de patitas en la calle, había encontrado el tiempo de reflexionar al respecto.

—Es difícil saber si tardará menos de cinco años, pero todo se va a ir al traste; de eso estoy seguro.

El capitalismo con el que Malte siempre había simpatizado y sobre el que había construido su propia personalidad estaba a punto de acabar con el planeta entero. Las diferencias salariales en Estados Unidos eran igual de desorbitadas que en tiempos del crac de Wall Street, en octubre de 1929. Malte predecía un suceso similar en Suecia y, ya puestos, en el mundo entero. No tenía mucho que decir de los comunistas Marx y Engels, pero reconocía que, al menos, su visión implicaba la unión de los pueblos con el fin de alcanzar un ideal superior. No obstante, en la actualidad todos se volvían contra todos y se echaban la culpa mutuamente.

—¿Tú crees? —preguntó Petra, preocupada ante la idea de que el mundo se acabara como predecía Malte, antes de que ella pudiera por fin tener razón de una vez por todas.

El novio perfecto se enredó en un razonamiento psicoeconómico. Era evidente que el régimen de apartheid en Sudáfrica, por ejemplo, había sembrado la discordia al decidir que se repartieran tres albóndigas a los presos negros y cinco a los mestizos. De este modo, los amos blancos habían establecido divisiones entre la inmensa mayoría de la población que, de lo contrario, habría corrido el riesgo de unirse.

—¿Albóndigas? —se sorprendió Petra.

El ejemplo le parecía más sueco que sudafricano.

—O patatas, ya no lo recuerdo muy bien.

Lo que Malte quería decir era que la opinión dominante «es culpa de los demás» había evolucionado con una rapidez descabellada poniendo a blancos contra negros, a la clase media contra los necesitados, a nativos contra inmigrantes, a la derecha contra la izquierda, a los de arriba contra los de abajo, a los de aquí contra los de allí y a los ricos contra los demás. Eso era algo que la economía de mercado favorecía a todas luces, pero ahora mismo estaba descarrilando debido precisamente a esa mentalidad generalizada del todos contra todos.

—Si nadie le echa una manta mojada al capitalismo todo acabará muy pronto.

Petra se tranquilizó: Malte simplemente había estado dándole vueltas al tema demasiado tiempo. Su apocalipsis científicamente probado tendría lugar con absoluta certeza antes del derrumbe, más bien emocional, que describía Malte. Además, el capitalismo siempre había tenido la facultad de reubicarse cuando había hecho falta, algo imposible para una atmósfera volatilizada.

Sin embargo, volvió a ponerse nerviosa al pensar que debía contarle toda la verdad, y no sólo lo que se refería al fin del mundo.

—¿Puedo hacerte una pregunta hipotética? —dijo.

—Claro, cariño —repuso él.

—Digamos que alguien hubiera estafado quinientos millones de dólares a la mafia rusa, ¿tú qué opinarías?

Malte se echó a reír.

—Que los mafiosos deben de estar muy enfadados.

Petra se revolvió, inquieta.

—Es completamente hipotético, como te he dicho. La cuestión es: ¿tú lo verías como un acto horrible que nos aboca aún más al fatal desenlace o como otra cosa?

Malte sintió que la quería con toda el alma. ¡Qué pregunta tan interesante! ¡Y pensar que en todos aquellos años con Victoria jamás había necesitado, por así decirlo, utilizar el cerebro! Ahora se trataba de demostrar una gran altura moral.

—Quizá deberíamos empezar por recordar que el dinero de la mafia proviene de la extorsión a ciudadanos normales y corrientes, ¿no? —reflexionó en voz alta—. Si lo empleáramos en algo que beneficie a esos ciudadanos... Sí: en ese caso estaríamos haciendo algo bueno para el mundo en vez de torpedearlo.

Petra asintió. «Algo bueno» sonaba razonable, pero ¿qué había que hacer para asegurarse de que fuera realmente bueno?

—¿Qué tal una fábrica de queso en Estados Unidos? ¡De un queso riquísimo! Crearíamos cientos de puestos de trabajo bien pagados... ¿qué te parecería eso?

Petra se quedó con Malte en su chalecito de las afueras mientras el antiguo Aleko y el antiguo Johan cerraban sus negociaciones con el director Granlund y media Burträsk.

—Por mí no hay ninguna prisa —les hizo saber.

No hizo falta mucho tiempo para que los últimos documentos se firmaran solemnemente en el Grand Hôtel de Estocolmo. El acuerdo, de varios millones, incluía un camión lleno de tierra extraída de la zona de Burträsk y doscientas vacas, con la finalidad de que el Västerbotten estadounidense se pareciera todo lo posible al original. Granlund añadió también en el contrato que la variedad estadounidense debería escribirse sin la diéresis en la a; de ese modo daría menos pena pensar que la copia no estaba a la altura del original.

Pero, ante todo, las partes debían respetar la cláusula 4.9, que estipulaba que el contrato prescribiría si Estados Unidos negaba la entrada en su territorio a los malteses, la tierra y las vacas.

Agnes ya estaba trabajando en ese detalle. Se inscribió en el USCIS (Servicio de Ciudadanía e Inmigración de Estados Unidos) como representante de una moderna empresa maltesa del sector alimentario que tenía el ambicioso proyecto de establecerse en Randolph, Vermont, con un presupuesto inicial de noventa millones de dólares y ciento ochenta empleados locales, para empezar poco a poco.

Dado que aquel rincón de las proximidades de Randolph consistía básicamente en cuatro campos, unas cuantas casas, una bifurcación, una gasolinera y una tienda de alimentación cerrada, los servicios de inmigración miraron la solicitud con buenos ojos y prometieron gestionarla con rapidez. El paquete comprendía un permiso de residencia permanente para seis orgullosos ciudadanos de la UE (de los cuales sólo uno, Malte, podía utilizar el nombre de siempre).

—¿Estás seguro de que quieres acompañarnos, cariño? —le preguntó Petra una mañana mientras desayunaban—. Llevamos… quiero decir, hace sólo unas semanas que… a ver, que es una decisión importante. Me refiero a la Interpol, la mafia y todo lo demás.

Malte respondió que jamás en la vida había estado seguro de nada… hasta ese momento.

El USCIS no era una institución que pudiera sobornarse a base de dólares, coches o ninguna otra cosa, así que no pasaba ni un solo día en que no tuvieran que aportar un nuevo dato o documento. Cada una de las vacas necesitaba un certificado veterinario, la tierra debía permanecer en cuarentena en un puerto estadounidense hasta que hubieran analizado un número suficiente de muestras, tendrían que ofrecer garantías y una suma enorme en concepto de fianza, el hormigón, todos los vehículos de transporte y catorce productos especificados debían adquirirse *in situ* y la pequeña unidad de supervisión compuesta por tres vigilantes correría a cargo de los solicitantes.

Agnes lo aceptó todo e incluso un poco más.

—¿No sería más seguro para todos contar con cinco vigilantes? —propuso.

Ocho semanas más tarde, llegó la respuesta: «Bienvenidos a los Estados Unidos de América.»

—Si me hubierais dejado llamar a Obrama sin erre el asunto se habría solucionado en un cuarto de hora —aseguró Johan.

El hombre que ya no llevaba su nombre de nacimiento porque no podía se emocionó.

Alexander Kovalchuk, hijo del responsable del mantenimiento de una ciudad de la URSS, había sido uno de los artífices del desafortunado hundimiento del inmenso país y, en la época de Yeltsin, el autor de unas leyes fiscales tan absurdas que casi todas las figuras corruptas de su entorno habían querido cortarle la cabeza. Luego, con el nombre de Aleko, había iniciado una nueva andadura en un archipiélago del océano Índico, con tanto éxito que, poco más tarde, se había hecho con el poder del país. Después de volver locas a la URSS y a Rusia, había vuelto loca a toda África hasta que la cosa había dejado de funcionar. Ya sólo le quedaba robarles quinientos millones de dólares a casi cinco millones de apostantes y una cantidad similar a la mafia más temida del planeta.

Y ahora mismo, con el nombre de Kevin Church, tenía la intención de lanzarse a la conquista de un tercer continente.

—¡Allá vamos, América! —exclamó.

Si papá estaba contento, Johan también lo estaba.

—«*This is America, babe. You gotta think big to be big!*»

—¿Qué?

—Lo decía Christopher Walken en una película cuyo título he olvidado. Pero me acuerdo de todo lo demás. Masterchef, genio y cinéfilo, ¡ése soy yo!

85

Enero de 2012

Johan seguía teniendo prohibido llamar a Obama con o sin erre. Lo cual no impidió que Obama, un buen día, tomara la iniciativa. Había seguido a una distancia prudencial toda la historia del presidente Aleko, que se encontraba en paradero desconocido después de su dimisión.

Al rememorar sus conversaciones con aquel sueco tan chisposo, había llegado a la conclusión de que Johan tenía más de masterchef y de «ser de luz» que de genio, lo cual explicaba su limitado éxito como cartero y como ministro de Asuntos Exteriores. Eso reforzaba su simpatía por él; deseaba tener noticias suyas.

—¿Qué tal, amigo? Soy Barack.

—¿Quién? —preguntó Johan.

—Obama, el presidente. ¿No te acuerdas de mí?

El rostro de Johan se iluminó.

—¡Pues claro que me acuerdo!

Barack Obama le habló de su último encuentro, dejando caer de paso que casi se le había acabado el Västerbotten, aunque lo llamaba sobre todo por curiosidad. ¿Podía contarle lo que había ocurrido después del congreso en Adís Abeba? Entendía que las cosas no habían salido precisamente según lo previsto.

Johan respondió que habían sucedido muchas cosas tanto antes como después. Ya nada era como antes. Por ejemplo, ya no se llamaba Johan, sino de otra forma; no Winston Churchill, pero casi.

Barack Obama dijo que no estaba seguro de querer saber más sobre el tema, pero Johan no tenía ninguna intención de parar ya que había empezado. Papá Aleko, Agnes, Herbert, Petra y él habían obtenido pasaportes nuevos y luego se habían marchado a un país en el que les habían dado otros pasaportes. Después, habían pasado por Suecia, donde había comprado una licencia para producir el rey de los quesos en Estados Unidos y, ya de paso, se habían llevado un novio para Petra.

Este nuevo personaje no le interesaba tanto al presidente como la historia del queso. ¿Iban a empezar a exportar el Västerbotten a Estados Unidos? Ésa era una noticia fantástica.

—No, lo vamos a hacer directamente allí. Abriremos una fábrica en Ver... no sé qué. ¿Versalles? No, no era así.

—¿Vermont?

—Puede que sí.

Barack Obama volvía a estar en la tesitura de querer y no querer saber.

El presidente Aleko seguramente había saqueado las arcas de las Cóndores y había conseguido una nueva identidad para sus seres más cercanos y para sí mismo, pero ¿qué había dicho Johan? ¿Que Aleko era su padre?

Exacto. Johan todavía lo ignoraba cuando se habían conocido en la embajada sueca, así que no tenía que sentirse culpable por haber llamado «comemierda» a su padre. Nadie podría haberlo sabido. Igual que Johan no podría haber sospechado, unos meses antes, que entablaría amistad con una pitonisa del apocalipsis, una anciana de pelo violeta que actuaba como si tuviera diecinueve años y un viejo banquero de un país que puede que formara, o no, parte de la UE.

—Por cierto, antes de que se me olvide, Barack se escribe con una erre en medio, ¿verdad?

Obama pensó que los acontecimientos posteriores a la fiesta de la embajada confirmaban el sobrenombre de Aleko, pero, como Johan se había encariñado con su padre recién descubierto, no dijo nada. Confirmó la ortografía de su nombre de pila y ahí quedó la cosa.

—¿Y tú cómo vas? —preguntó Johan.

—Bien, gracias —respondió Obama—. He estado muy liado.

A veces hace falta un tiempo para asimilar ciertos detalles.

Barack Obama había observado en silencio el circo mediático generado por una estafa que ascendía a quinientos millones de dólares y había afectado a millones de personas en todo el mundo, y que estaba relacionada con un supuesto fin del mundo el 18 de octubre del año anterior.

La gente había montado en cólera contra el profesor Smirnoff, el estafador del apocalipsis al que nadie había visto desde entonces (ni tampoco desde hacía mucho tiempo). El más furibundo de todos era Donald Trump, el empresario, quien había publicado un tuit iracundo exigiendo que Obama dejara de esconder la cabeza en la arena e indagara seriamente en las sospechas de que, detrás de la operación, podía ocultarse un movimiento clandestino liderado por Hillary Clinton, Tom Hanks y Benedicto XVI.

En cambio, otra víctima del engaño, Bill Gates, se tomaba el fraude con mucha más calma.

—Me ha sorprendido mucho haber sido embaucado por un prestigioso banco suizo. No obstante, dado que había prometido dos millones para la investigación sobre el clima, aquí los tenéis —dijo mientras sacaba la chequera.

—Idiota —comentó Trump.

En el despacho oval, el presidente por fin empezaba a asimilar las últimas noticias de su amigo sueco. Johan había mencionado entre sus conocidos a una pitonisa del apoca-

lipsis y a un banquero. ¿Cuántas carambolas semejantes podían darse?

El empresario Trump le había aconsejado que dejara de
esconder la cabeza en la arena, así que, por el bien de todos,
debía hacer justo lo contrario.

Hundirla hasta lo más hondo.

CUARTA PARTE

Antes del tercer fin del mundo

86

Menos de un año más tarde

A tan sólo dos días de las elecciones presidenciales estadounidenses, la vida parecía sonreírle al presidente. Su rival, Mitt Romney, viajaba de estado en estado, pero su mensaje estrictamente conservador iba suavizándose a medida que la campaña avanzaba. En estos momentos, su retórica parecía casi liberal.

Obama había fracasado en su intento de frenar el aumento del desempleo, y el déficit presupuestario era tan alto que era casi imposible de calcular; no obstante, sacaba una amplia ventaja en las encuestas. Si la población del país hubiera consistido únicamente en hombres blancos de mediana edad, no habría tenido la menor posibilidad; por suerte, Estados Unidos era más que eso.

Aun así, el resultado no estaba garantizado. Precisamente por eso, la sorpresa fue total cuando se supo que el presidente había optado por Vermont para el cierre de su campaña electoral. Si había un estado en el que su victoria estaba garantizada, era ése. Se especulaba que se trataba de una forma de devolverle un favor a Bernie Sanders, aquel senador loco y liberal que, en el pasado, había entrado en el Congreso una y otra vez como representante de Vermont.

La situación dio un giro todavía más sorprendente cuando Barack y Michelle Obama, arropados por su equipo, se plantaron en mitad del campo para visitar... ¿qué? ¿Una fábrica de queso?

Las cámaras de la CNN trataban de mantenerse como mucho a uno o dos pasos por detrás de él, y esta vez no fue la excepción. El presidente no quería hacer comentarios, pero los empleados de la fábrica sí. Un tal Church (ataviado con sombrero y gafas de sol), que se presentó como el gerente, declaró que estaba orgulloso de sus logros y sentía nostalgia de las altas montañas, los ríos y lagos de la bella isla de Malta, pero también que amaba su quesería y su nuevo país, sobre todo en pleno periodo electoral. ¿Había algo más hermoso que una democracia rebosante de vida?

Por fortuna, la reportera de la CNN no sabía que Malta no tenía ni ríos ni lagos, ni mucho menos que la montaña más alta medía apenas doscientos cincuenta metros.

De pronto, un joven con gafas de sol, gorro y chaqueta de cocinero salió del comedor del personal. La escena, ya de por sí extraña, se volvió rocambolesca cuando se acercó sin que nadie se lo impidiera hasta donde estaba Obama y le dio un abrazo ¡que el presidente le devolvió!

Poco después, la reportera de la CNN logró abrirse paso hasta el joven con gafas de sol, gorro y chaqueta de cocinero.

—Disculpe, ¿podría hacerle unas preguntas?

—Claro.

—¿Quién es usted y cuál es su relación con el presidente Obama?

A esas alturas, Johan se había acostumbrado ya a su nuevo nombre.

Me llamo Winston Church, sin «ill», y soy el jefe del comedor del personal. Esta noche tendríamos que haber preparado un menú especial para el matrimonio presidencial, pero se nos ha complicado la cosa, así que les ofreceremos lo que ha sobrado del mediodía.

La reportera de la CNN no había obtenido ninguna respuesta a la segunda parte de su pregunta, pero se había quedado atónita por lo que acababa de oír.

—Señor Church, ¿está usted diciendo que el presidente y la primera dama cenarán en el comedor del personal y que van a servirles las sobras?

—Hay sobras y sobras —objetó Johan—. Soy yo quien se encarga de la cocina, y esperábamos visita, sí... pero es que ni siquiera con un poco de ayuda... ¡son ciento ochenta estómagos que hay que alimentar! El caso es que no me ha dado tiempo de preparar nada para esta noche: nos apañaremos con el menú del mediodía.

—No le ha dado a tiempo a prepararle nada al presidente de Estados Unidos y su esposa ¡¿y piensa darles sobras?!

—Eso es lo que acabo de decir.

—¿Puedo preguntarle qué va a servirles?

—Adelante.

—¿Qué va a servirles?

—Veamos. Habrá salmón braseado con salsa de rábano, Västerbotten rallado y pistachos asados a la sal. Quiche de Västerbotten, judías verdes salteadas con ajo y cebollas encurtidas. Risotto de rebozuelos y panceta crujiente. A continuación, solomillo de uapití con Västerbotten, arándanos y col rizada frita. Y, de postre, manzanas al horno con salsa de caramelo aromatizada al romero espolvoreadas con Västerbotten. Me encanta el Västerbotten, con o sin diéresis en la a. Si quiere, puede usted acompañarnos, hay sitio de sobra para todos.

La reportera tuvo que interrumpir la entrevista cuando un miembro de los servicios secretos apareció junto a ellos y le ordenó apagar la cámara mientras la informaba de que la cadena CNN no estaba invitada a la cena, por mucho que le hubieran dado a entender lo contrario: la recepción era privada.

El director de la quesería Church, es decir, el ex presidente Aleko, llevó a Petra ante la entrevistadora y la presentó como la directora de ventas. Petra, que no llevaba ni sombrero ni gorro, pero sí se había puesto las gafas de sol, declaró ante las cámaras de la CNN que la fábrica de Västerbotten tenía una serie de proyectos a largo plazo; en particular, un plan de desarrollo muy detallado para los próximos cuatro años y un poco menos preciso de ahí en adelante.

Se abstuvo de mezclar en sus declaraciones la inminencia del fin del mundo.

Malte, a una distancia prudencial, esperaba el momento de abordar a Obama para debatir las desorbitadas diferencias salariales del país, pero finalmente él también se abstuvo.

Por el reportaje de la CNN daba la impresión de que la dirección de la nueva fábrica de queso estaba en manos de un grupo de saltimbanquis malteses. Los analistas políticos de la cadena de televisión coincidieron en que Obama, con gran habilidad, acababa de demostrar que, a diferencia de Mitt Romney, él era y quería seguir siendo el presidente de todos los estadounidenses. El reportaje se cerraba con la imagen a cámara lenta del abrazo entre el presidente estadounidense y el cocinero del personal: la humanidad del líder del mundo libre no podría haberse ilustrado de mejor modo.

Epílogo

Parte 1 de 2

La mafia rusa se había desarrollado a lo largo de varios siglos y, gracias a las fluctuaciones de la sociedad rusa, soviética y de nuevo rusa, la red criminal había podido perfeccionar sus métodos, integrándolos en parte en el Estado. Durante aquellas numerosas décadas, varias veces se había dado el caso de que un individuo demasiado ambicioso o demasiado estúpido se enfrentara a la organización, pero sólo había sobrevivido en casos excepcionales, y rara vez más de una semana.

En cambio, lo que jamás había ocurrido era que un imprudente le robara a los *vory* la desorbitada suma de quinientos millones de dólares y después consiguiera permanecer ilocalizable durante un año entero.

En Moscú, la reina de los ladrones, Ekaterina Bykova, había encargado a veinte de sus mejores espías y asesinos a sueldo buscar y capturar a Alexander Kovalchuk, alias el ex presidente Aleko. Sus servicios eran cualquier cosa menos gratuitos.

El día del primer aniversario del asunto de marras, el brazo derecho de Ekaterina y contable de la organización le planteó una cuestión:

—Jefa, hoy se cumple un año desde que empezamos a buscarlo. Tenemos desperdigados por el globo a veinte hombres que han removido cielo y tierra para encontrarlo. Como

responsable de finanzas, me veo obligado a preguntarle si deberíamos interrumpir la búsqueda.

La jefa le dirigió una mirada vacía y enigmática.

—¿Veinte hombres? —preguntó.

—Sí.

—¿Un año entero?

—Sí.

—Manda a cuarenta, y ven a verme de nuevo dentro de
un año.

Epílogo

Parte 2 de 2

Fredrik Löwenhult quedó absuelto de la estafa de quinientos millones de dólares. No obstante, había viajado a África en horario laboral en vez de ir a despedirse de su moribundo padre (que por lo demás gozaba de muy buena salud), y el embajador Guldén no toleraba la mentira ni las trampas. Además, aquellos dos hermanos no parecían en absoluto trigo limpio, de modo que ambos fueron borrados para siempre de la lista de representantes y posibles representantes de Suecia.

El mayor se vio obligado a empezar otra vez de cero, y para colmo sin blanca, dado que alguien había vaciado su cuenta en el Banco von Toll para donarlo todo a la Fundación por la Defensa de los Quesos Duros de Europa. Para colmo, él mismo había negado estúpidamente ser el dueño del flamante Ferrari que la Interpol le atribuía, y con tanta vehemencia que habían acabado creyéndolo y embargando el vehículo.

Afortunadamente, gracias a aquellos pocos meses en el sector de la diplomacia, había adquirido cierta experiencia en materia de fotocopias. Con el apellido Olsson, pidió trabajo en la oficina central de correos, donde le encargaron el mantenimiento de las fotocopiadoras. Vivía en un estudio en Märsta, a una hora al norte de su antigua dirección en la avenida Strandvägen de Estocolmo. Su único consuelo era haber conseguido arruinarle la vida al imbécil de su hermano menor, el puñetero de Johan: el Idiota llevaba más de un año desaparecido, el mismo tiempo que el presidente Aleko, a quien Fredrik se las había arreglado para obligar a dimitir. Con un poco de suerte, la muchedumbre los habría linchado en las Cóndores, o tal vez se ocultaran en la selva virgen brasileña. De hecho, prefería esta última posibilidad: mejor verlos sufrir que descansar en paz.

El trabajo en correos era agotador y nada gratificante. Después del largo trayecto diario en cercanías, seguido de seis paradas de autobús, Fredrik normalmente se compraba una pizza y encendía la tele sin prestarle atención en realidad hasta que llegaba la hora de acostarse.

Una noche, zapeando de canal en canal, se detuvo en la CNN. Se acercaban las elecciones presidenciales estadounidenses. ¡Y pensar que hacía menos de un año él había estado en la misma habitación que el presidente Obama, que hacía campaña con la esperanza de ser reelegido por cuatro años más! Las imágenes lo mostraban en compañía de su esposa Michelle. Al parecer, visitaban una fábrica en Vermont, y al presidente se lo veía especialmente contento de saludar a uno de los empleados. ¡Incluso lo estrechaba entre los brazos!

El empleado llevaba gafas, e iba ridículamente vestido con gorro y chaqueta de cocinero. No tenía pinta de ser muy listo.

Pero ¿no le resultaba un tanto familiar?

O incluso muy familiar.

¿No era...? No, era imposible que fuera...

¡¿El idiota?!

Gracias a...

... Rixon y los hermanos Lars & Martin, mis primeros lectores/conejillos de Indias: vuestros ánimos me proporcionan la energía necesaria cuando el trabajo está todavía a medias. Y también a mi fantástico tío Hans, que me dice cosas tan amables como: «He leído cosas peores.» Esta vez se mostró más cascarrabias que de costumbre, lo que podría significar que esta novela es la mejor que he escrito hasta el momento. Mi gratitud a Laxå, y a Stefan Järlström, que un día, de tanto reírse por mi culpa, acabó rompiendo la cama. Este texto lo leyó en su cama nueva y me dio unos consejos valiosísimos.

Y más gracias a...
    ... mi editor, Jonas Axelsson, y a mi agente, Erik Larsson, por apreciar lo que escribo y cuidarlo con tanto mimo.

Y, sobre todo, gracias a...
    ... Ludwig Tjörnemo, ganador del concurso de cocina Årets Kock 2020 y miembro del equipo nacional sueco de cocineros, actuales campeones del mundo. Sin su ayuda, Johan, mi chef en la ficción, habría parecido... bueno, un idiota.

Estocolmo, junio de 2022